漫娱图书

黄新星 著

争霸

贰 醒梦

长江出版社　漫娱图书

有生皆苦

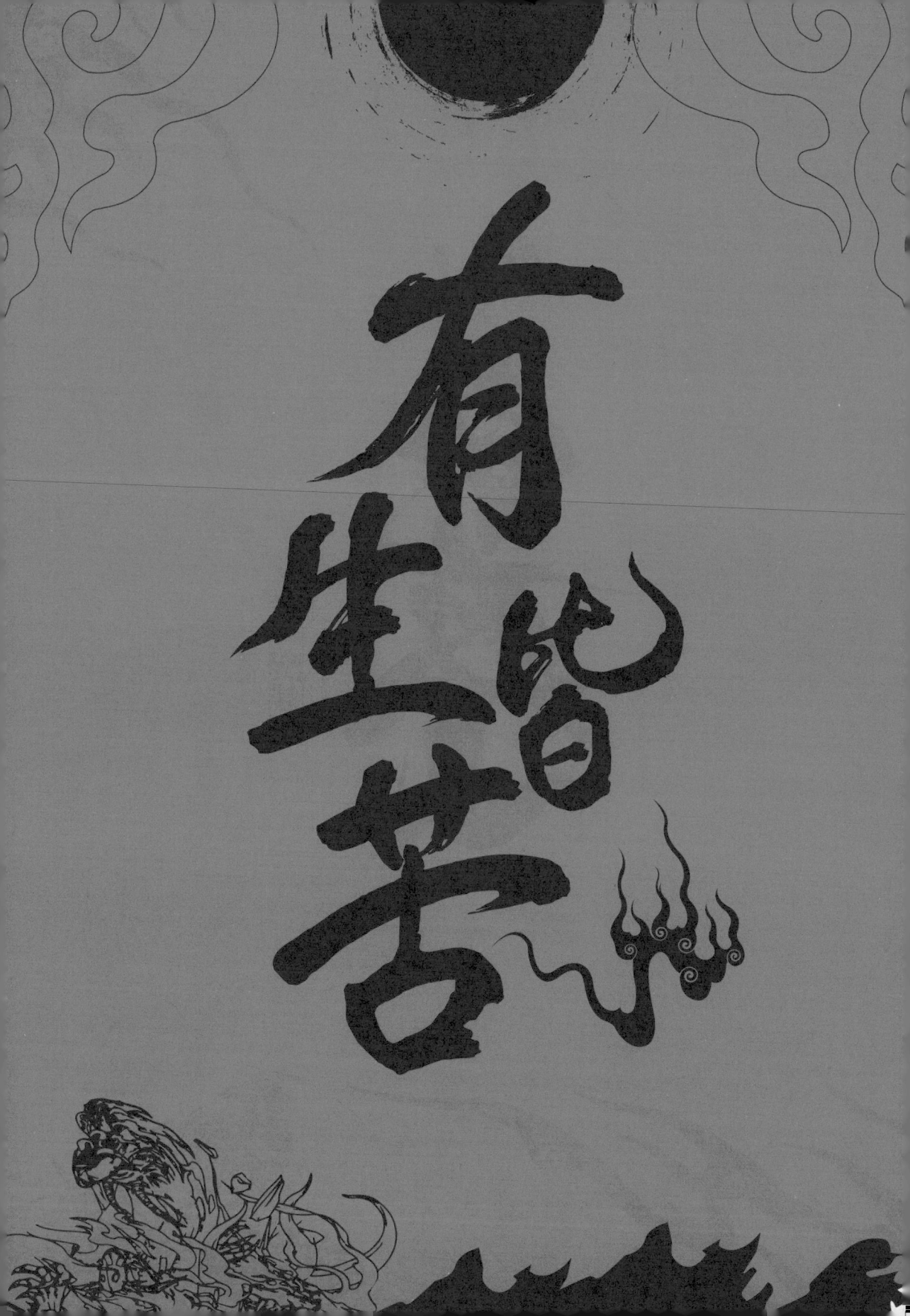

引言

我叫江夜,是子夜旅馆的守夜人,在这阴阳未定的不可知之地,与那些心怀执念又满身伤痕的人相遇,倾听他们的故事,安排他们住宿。

但这栋神秘的旅馆到底隐藏了怎样的秘密,我其实并不知晓,甚至我自身是如何的存在,也模糊不清。

有人曾帮我逃走,逃离这座旅馆,逃离这副躯壳。但冥冥之中,我还是回到了这里,回到了这个身体里。只是这一次,把我找回来的那个老头说,我不用再做接待的活,可以帮着店里的黑猫收拾一下客房。

黑猫管这个工种叫清道夫,但我更喜欢把它称之为——醒梦人。

只有我们五个人知道 有一个秘密
201房间 P007

长发
202房间 P025

画中仙
203房间 P047

好人坏人与未来
204房间 P065

红潮镇
205房间 P079

灭佛计划
206房间 P101

洞穴
207房间 P129

目录

替身 P145 — 208房间

迷雾 P161 — 209房间

少年游 P177 — 210房间

两杯毒酒 P195 — 211房间

百鬼夜行 P209 — 212房间

罪与罚 P227 — 213房间

重逢 P243 — 214房间

光明牢狱 P259 — 215房间

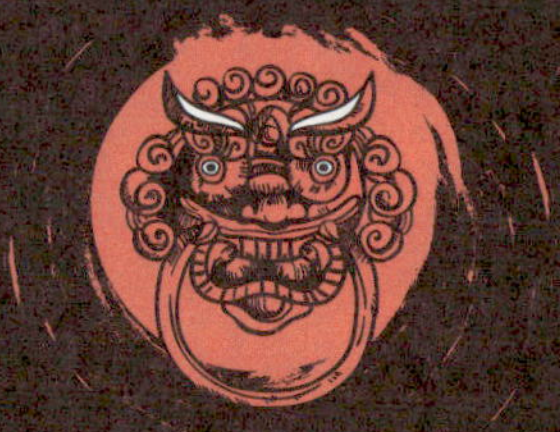

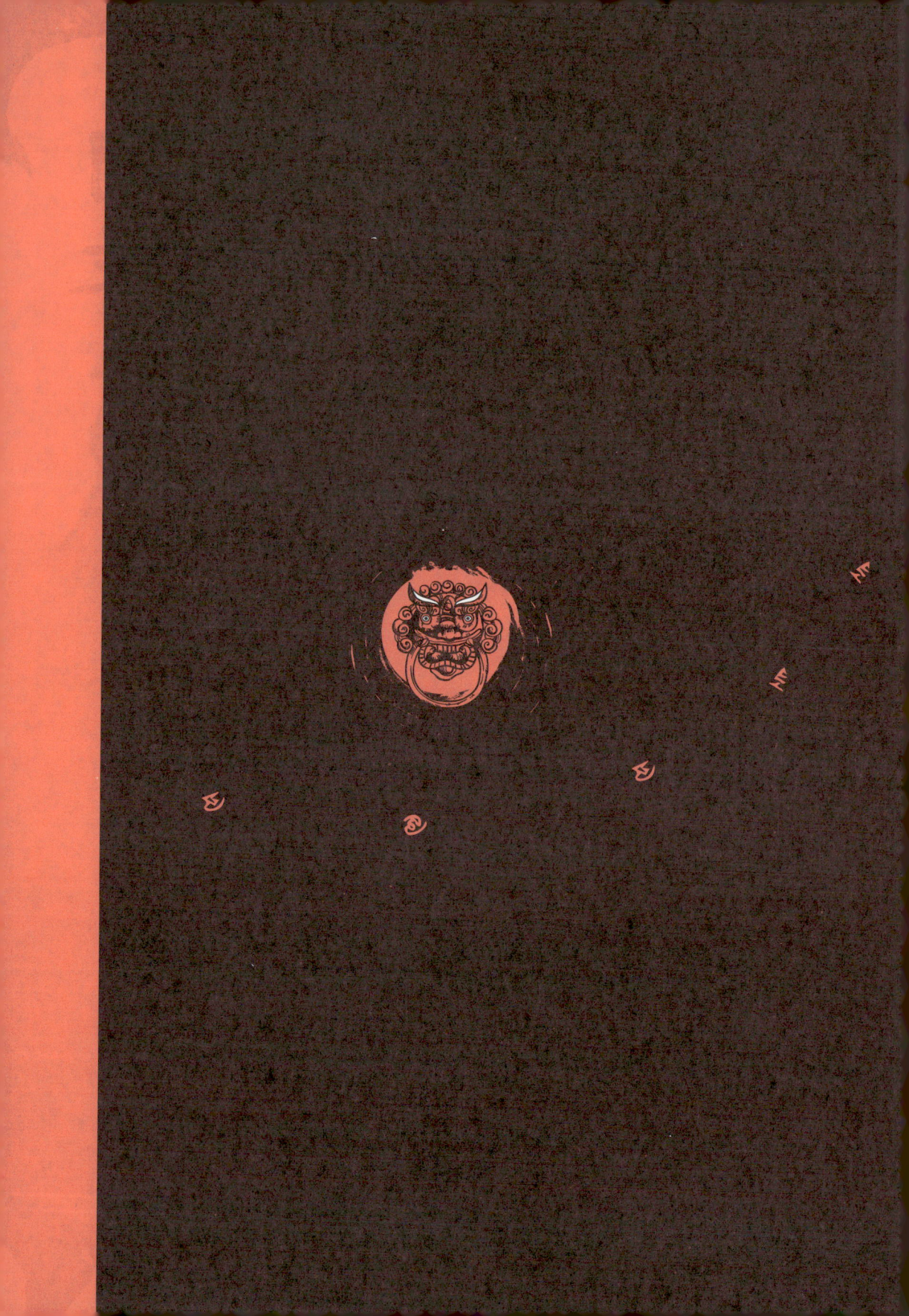

有一个秘密

夜

我们有五人知道

201房间

NIGHT PORTER

只有我一个人知道

有一个秘密

0

如果你被丢在一个什么都没有的房间里，断绝社交、娱乐工具与网络，能待多久而不疯？

褪粉卸妆，直视镜子中的脸，你会觉得美丽还是丑陋，再看久一点呢？感觉到陌生了吗？

人啊，穷其一生，无非是在发现自己、了解自己，甚至妄图掌控自己，但往往到头来，却不敢面对自己。

这世间最难的相处，便是与自己相处。

不过据说，拥有强大灵魂与精神世界的人会不一样。一个疯子说过："一个人知道自己为什么而活，就可以忍受任何一种生活！"

那个疯子已经死了一百多年，但我现在又发现了一个这样的疯子。

1

他蜷缩在黑暗中，不看手机不上网，安静、诡异，如同一具永不瞑目的尸体。但我总觉得他其实像猫，蛰伏中酝酿着狠厉的一爪。这很奇怪，因为我在监控里已经观察了他三天，这是一个绝对慢性子的人，从神态到动作从未流露出任何攻击性。

可能越是这样的人，才越可怕吧。

他的房间很小，十来平方米，生活一览无余——大部分时间都是躺在床上发呆，或者睡觉，偶尔起床开门拿个外卖，蹲在凳子上吃了，随后又躺下。墙边是一个摆满了书的红木书架，他几乎不看书，只会偶尔爬起来坐在桌前写作，用传统的纸笔。

一天二十四个小时，他只活动大概六个小时。

这个人没有朋友，也不跟家人通电话，社会属性几乎为零，日常生活乏味到像是植物人，但他却是一个当红悬疑作家，他叫孙尚。

而我监视他，不是因为变态，更不是他的狂热粉丝——我怕被他杀害。

2

五天前，孙尚的新书《怪物》签售会，我迷迷糊糊地排在渴求签名的读者队伍里。

那是一个露天广场，初秋的风凉意很浓，我打了个喷嚏，鼻涕溅射到了前面一个哥们儿的背上。这哥们儿长得雄壮，天生一副恶相，偏偏穿着小熊图案的T恤。他回头瞪我，像是要发作，我忙不假思索地套近乎："大哥，这么巧啊，你也是来找作者签名的啊！"

"我可是这个谁的铁粉！"说着我忙看了一眼手上书的封面，"……孙尚，对，他的铁粉！"

大哥冷笑了一声："我不是，我是来揭穿他新书抄袭的！"

场面一下就尴尬了。

所幸大哥可能并不知道鼻涕的事，也未深究我与他志不同道不合，而是认真询问我："你不觉得《怪物》跟一个电影里的剧情十分相像吗？"

我虽然压根儿就没看过《怪物》，但这时候只得斩钉截铁地说："对，是有点像！"

"哪里像？"

"……哪里都有点像！"

大哥眼里突然冒起了光，紧紧攥住我的手："哥们儿，你还记得是哪部电影吗？"

"……这个，我真忘了，你也别考我了，直接告诉我吧！"

大哥眼里的光迅速黯淡了下去："原来你也忘记了啊！"

我听这意思，大概明白了："既然你都忘了，还来找作者对质？"

"我在网上搜了很久，却没找到那部电影。不过我发现有几个读者也在论坛里说《怪物》抄袭了一部电影，但他们却忘了那部电影叫什么名字。明明知道一个东西存在，却怎么都找不到它存在的证据，搁你心里不难受吗？"

我抹了抹汗："所以你是特地来询问作者，他的新书抄袭了哪部电影吗？"

可怕的是，他居然认真地点了点头，随即又说道："我叫阿布，你叫什么名字？"

我一蒙，指了指前面："你排到了！"

趁着阿布与作者理论时,我在包里翻出了一个学生证,看了一眼:"姚……衫……天?!"

③

事实证明,哪怕长得雄壮,也不该来拆人家的台,半分钟不到,阿布就被手持电棍的保安丢出了人堆。

我没再理那个傻大个,而是认真打量着面前的孙尚:苍白瘦削的脸,被长长的刘海遮了大半,纤细如女人一般的手签字很慢,丝毫不把排在面前的浩荡长队放在心上。他接书与递书都低着头,所以我没法看到他的眼睛。

如果你看不见一个人的眼睛,你就会觉得这个人深不可测。

如果一个人不想让别人看自己的眼睛,说明他在逃避。

我接过签名书走出人堆,四下一望,茫然无绪,只好先拿出手机点开外卖软件,再点开地址栏,常用地址是学校宿舍。我见余额还有钱便直接打了个车,上车时司机看我的眼神很怪异,五分钟之后我明白了原因——学校就在广场后面。

我像是入学新生一般,不停问路才找到宿舍。运气很好,这个四人间居然只有我一个人住。我花了点时间熟悉这个身份:姚衫天,大四学生,已经不用上课,每天任务就是找工作。当然,他更多的时间还是在打游戏,宿舍其他三个人都因为有了归宿而搬走,只有这个钉子户还顽强驻守着青春的最后一块自留地,所以还真是——不成器啊!

接下来该干吗呢?

这个清醒游戏该怎么玩才能快速通关呢?

④

我叫江夜,是子夜旅馆的工作人员,同事习尧管自己叫清道夫,我更倾向于称呼这一工种为醒梦人。子夜旅馆里有住着各种奇怪客人的房间,而我们则负责清理这些房,清理方式是进入客人依托于房间力量构筑起来的真实幻境之中,唤醒沦陷其中的迷途之人。

所以与其说是清理,我更愿意把它当成是一个清醒游戏。

在进入201房间之前,资深清道夫习尧给我科普了三个知识点,分别是:房主、房眼、房障。

（1）**房主**：幻境的主人，幻境依托他而构建，幻境中的事情多是源于他的记忆或者憧憬。

而房主一定会在我们进入幻境的第一场景中。

习尧老师举了一楼房间的例子，比如 101 房间，只有一个人入住，所以入住者必然是幻境的房主。

但有的房间会住很多的房客，比如一楼的某个大房间，住进去了五个学生和一个叫陈冬的执念物。这种情况下，一般是看谁执念最大，罪孽最深，谁就是房主了。所以她在清理这个房间时，见场景是战火连天的古宅戏台，便知道了房主是陈冬，因为陈冬的经历便是在战场失去了生育能力，又在戏台遇到了自己的爱人。

而入住客人的物种类型，决定了他们能利用多大的力量来构筑幻境，所以又有一个通用房主公式——魔 > 妖 > 执念物 > 人。

因为抢夺房主身份是房客的天性，所以一般而言每一个房间只有一个房主。但也有极个别的特殊情况，比如房间里全是同类型房客，而这些房客的内心都被某种同样的东西所关联，那么便会开启多房主模式。

还比如房间里的房客类型有多种，但优先级高的房客愿意让低于自己的物种在大幻境里构筑自己的小幻境，便也会呈现出多房主模式，而且是特殊的子母房主模式。

（2）**房眼**：幻境的出口，这是一个很抽象的概念，未必是一个实际的地点，它可能是一个物品，甚至是一个行为动作、一句话、一个念头。

习尧举了一个曾经清理过的生化危机式的幻境的例子，房主是一个科研人员，房眼是转变他的心态，必须从逃避心态转到勇敢地面对那些异变之人——心底的恐惧。面对，牺牲，战胜，幻境才能结束。

她让我记住，再复杂的幻境，房眼也很简单，只要找对方向。

（3）**房障**：终结幻境的障碍。

一般而言，房障便是妨碍清道夫终结幻境的东西，也是清道夫需要对付的东西。

在科普了三个知识点之后，习尧还给我划了三个重点：时间效率、自身安全、不得泄露。

时间效率： 进入房间终结幻境的时间越短，提成越高。如果时间拖到了晚上七点之后，则会扣工资。幻境里的一天，相当于子夜旅馆的一个小时。也就是说，如果从早上七点进入房间，最多也只能在里面待十二天。

自身安全： 清道夫并不是无敌于幻境的，反而因为幻境的情况十分复杂，所以极有可能有生命危险。

习尧在我面前着重强调了这一条，因为她知道我作为一个清道夫菜鸟，初生牛犊不怕虎。

听到这一条之后，我对旅馆的安排很有意见，因为习尧是有强悍实力的，她能在幻境中自保，而我没有她的力量，为什么要逼我做这个岗位。习尧没有安抚我，只说作为一个没有力量的清道夫一定要机灵点，多动点脑子，别像实习守夜人楚乔①一样，至今还被困在阿修罗的幻境中，充当人质。关于楚乔我还想继续追问，她却不肯再多说。

释义①：楚乔，羲和神魂持有者，在此前被招来旅馆做了守夜人，后被阿修罗困于幻境中。【故事详情见《守夜人》书，已上市】

不得泄露： 对于幻境而言，我们是外来者，所以进入之后，不得泄露这个世界是假的、幻境、梦境，否则视泄露情况，幻境会出现一系列或轻或重的变化。而这些变化，将会导致清理工作难度急剧提高，有的变化甚至能直接杀死我们。

一切交代完毕之后，习尧径直走进了 201 房间，我紧跟其后。一阵无力的眩晕之后，我便发现自己站在了一个广场上的书迷签售队伍里。而说好跟我一起并肩作战的老员工习尧，却不见了。

5

此刻的我正待在宿舍里发呆，没有老司机带路，确实有点无从下手。按照习尧给的秘籍，第一步是先找房主。正想着，手机突然一振，我拿起来一看，一条消息，来自一个叫作小纯纯的好友："时代广场聚会，有要事相商。"

这前言不搭后语的，我只得往上翻聊天记录。不看不知道，一看吓一跳，原来我也是质疑孙尚新书《怪物》抄袭又找不到证据的人之一，而这个小纯纯便是通过网上大量吐槽发言找到我加上好友的，现在约我见面，似乎要商量什么"倒孙计划"。

不过我也正愁没头绪，还是乐于参加的。刚回了一个"好"字，那边的定位已经发了过来。点开一看，这不就在学校旁边吗，就是签售广场嘛！

一路上通过手机聊天，我得知这个临时组建的反抄袭团伙总共有四个人，其余三个人都已经到了。估计他们刚才应该都在签售队伍里排着吧，只有我傻乎乎地跑回去了。

签售在广场的东北角，西南角有一个喷水池，是我们的聚会地点。当我赶到时，发现等我的三人里，有一个熟悉的雄壮身影，正是之前被保安丢出去的阿布。他见到我毫不惊讶，点了点头，表情像是在说，果然是你。

三人简单向我做了自我介绍。

小纯纯是个标准的大美女，据她说，自己是一个猎奇播客，拍各种有意思的视频放网上，点击量越多就越挣钱。

阿布是拳击手，以打地下黑拳为主。

最后一个叫郝仁，三十来岁，西装革履，看着就像是成功人士，一介绍，果然是公司老板，经营着一个自媒体平台，每月用户活跃数千万。这种人居然有闲工夫跑来签售现场，还质疑作者抄袭？

不过随着交谈的继续进行，我明白了原因。大家集结于此并不是交友娱乐的，郝仁利用阿布的好奇心，与小纯纯的播客属性，建议先由阿布打冲锋去质问，然后我和小纯纯在后面用手机拍摄视频，逼孙尚承认抄袭了哪部电影。如果他还是不说话不承认的态度，就把视频放到自己的平台上传播，让他身败名裂。

我心想，让人家身败名裂是假，为自己的平台造新闻引流是真吧，但情势所趋，只得配合。我与小纯纯一左一右，我假装掏出手机录像，但其实打开的是拍照界面。

正如大家预想那般，孙尚压根不搭理，直接动用保安把阿布再一次赶了出来。四人聚首，我撒谎说刚才一紧张没按保存。幸好小纯纯有职业素养，该拍到的点都拍到了，郝仁十分满意，大家互相留了联系方式便散了。

6

回到学校之后已经傍晚，我摸到食堂吃了晚饭，回宿舍洗了个澡。出来一看手机，发现有人找："总管，三万服务费的大单，这个视频找十个头条号、十个公众号、十个博客号推，链接发下面了！老规矩，你负责联系人，把报价给我就行。"

我这才发现我的账号昵称是"水军总管"，看来这个姚衫天之所以毕业了还赖在宿舍有恃无恐是因为兼着大职啊！

点开链接一看，呵，不就是下午小纯纯拍的那个视频吗，不过打上了"芝麻开门"的水印，看来"芝麻开门"便是郝仁做的那个月用户活跃数千万的平台了。

这个世界真是小。我想了想，回了条："最近没空。"

不一会儿，那边回过来："耍大牌？不接我找别人了，你别后悔啊，没生活费了再找我借，看我理你才怪。"

丢开手机躺上床，我闭眼过了一遍今天的经历，房主是谁还不好说，有点困，先睡觉。

7

第二天我是被小纯纯的电话吵醒的，她慌张地问我："看新闻了吗，看新闻了吗？"

我说："这大早上的谁看新闻啊！是不是你们的视频战果颇丰啊！"

"不是，昨晚阿布死了！"

听到这话，我一下就醒了……游戏正式开始了。

我在手机上看到了新闻：拳击男惨死家中，浑身瘀伤，疑似被活活打死，警方赶到时，现场门窗紧锁，所以是一宗离奇的密室杀人案。据警方透露，死者房间非常杂乱，有发生激烈打斗的痕迹，地上全是摔碎的杯碗、折断的桌椅、散落的毛发……

厉害了，密室杀人案，而且还是活活把一个拳击手打死，这科学吗？

中午，我和小纯纯、郝仁在附近一家咖啡馆碰头。

郝仁脸色铁青："我们昨天确实冒失了，没有证据便公开挑衅一个当红作家。现在不仅原计划失败，阿布还遭到了他的毒手！"

小纯纯问："可孙尚一看就手无缚鸡之力，怎么能把阿布给打死呢？"

"虽然他文静瘦弱，但毕竟是一个当红作家，是有财力请杀手的。"

我问郝仁："你刚说原计划失败，是昨天的视频没传播开吗？"

郝仁点头："咱们没证据，视频的评论区都被他的粉丝给攻占了。"

小纯纯接话："连带着把我骂了个狗血淋头，很多粉丝都取关了。"

我说："那就不合理了，既然我们的阴……计划没有得逞，那孙尚就没必要冒险雇人把阿布杀了啊！"

郝仁冷笑道："昨天的视频事小，但孙尚新书抄袭一事为大，这样一个当红作家，一旦坐实抄袭罪名，不说身败名裂，商业价值也一落千丈，他不急谁急。"

我摊手："但我们并没有找到他抄袭的证据啊。"

郝仁与小纯纯对视了一眼，指了指头，对我说："抄袭这事在我们脑子里板上钉钉，至于证据，多花点时间总能找到的。这个秘密，只有我们四个人知道，当然，现在是三个人了。希望下次再聚，人不会变得更少吧！"

小纯纯脸色一变："你的意思是，他还会继续杀人？"

我喝了一口咖啡，很苦："如果阿布真是他杀的，那么我们三个人，肯定也已经在死亡名单之中了。"

8

回到宿舍，我确定了房主是孙尚。首先，房主必然出现在我进入这个世界的第一场景中；其次，房主一般是这个世界的主角，而第一场景是签售现场，签售现场的主角便是孙尚。现在来看，不论是签售，还是抄袭风波，还是怀疑他杀人，都跟孙尚有关，所以他是房主的可能性最大。

现实中孙尚可能真是一个作家，结果被人诬陷抄袭，然后无良的推手还将此事给无限放大，最终导致他来到了子夜旅馆，内心充满了对诬陷他的人的怨恨，于是构建了一个这样的幻境，幻境中我们怀疑他抄袭，却找不到抄袭的证据，便是因为他本来就没有抄袭。

那房眼又是什么呢？他的幻境构建基础是对诬陷之人的恨，也就是郝仁、阿布、小纯纯与姚衫天四个人。看起来，似乎要把人杀光才能解恨吧。

而我不幸扮演了其中一个房主的仇人，如果房眼真是杀光仇人的话，那这意味着，这场游戏对于我而言，是一个必死之局！

有点坑，不，非常之坑！

难怪习尧不见了，她是不是进来发现不妙，转瞬就跑了？这一局能不能弃权啊，201房间可以跳过不清理吗？浑蛋，没人告诉我中途退出的方法啊！

这时候我想起了习尧在清理103时吐血受伤休养了大半个月的事。子夜旅馆的房间，本来就是危险到能让老司机随时翻车的程度啊！为什么我之前没有一点警惕之心呢！

作为一个没什么经验的醒梦人，我不可避免地慌张了起来。

傍晚的时候，郝仁给我送来了一份能稍微安心的礼物。他趁今天孙尚最后一天签售，花钱雇人潜入他的卧室，安装了一个隐秘的摄像头，然后给我和小纯纯配了一台能看监控的电脑。

我接过电脑，说以后你就是我亲哥，但心里不禁疑虑，郝仁为什么会这样好心？

他是一个精明的商人，装监控自己看我能理解，花钱让我和小纯纯也看监控，对他而言有什么好处？

9

一晃三天过去了，监控里显示，孙尚从来没有离开过房间，也没有再发生凶杀案。他的生活极其无聊，以至于让我们怀疑是不是猜错了，也许阿布的死另有作案人，与这个自闭症作家无关。当积压在心头的死亡阴影散去些许之后，我们甚至有闲心闲聊开他的玩笑，比如这个作家那么有钱，却偏偏要住那么小的单间，一定很抠，难怪没有女朋友……

不过通过这些天的观察，也让我更坚信了一点：房主就是孙尚。没什么硬性的理由，就是一种感觉。一个人能够忍受这么无聊的生活还不崩溃，必然是个了不起的人物。在小说中，一般只有了不起的人物才是主角，换在幻境里，这样的人物便应该是房主。

监控的第四天，也是我来到这个世界的第五天晚上，终于又出事了，小纯纯也死了。

当时我正在跟她聊天，她说有人敲门，问我要不要去开。我说不要开，万一是杀手呢。小纯纯发来一个大笑的表情，说其实是她订的外卖。结果过了五分钟，她都没再回消息，我以为她在吃东西呢，但是突然手机一振，一张照片发了过来——小纯纯被吊在天花板上！

最让人毛骨悚然的是，从这张照片的角度以及画面边缘的手臂可以看出，这还是一张自拍照。

我被吓蒙了，回过神来的第一件事就是去看监控屏幕，奇怪的是，孙尚明明还躺在自己的床上发呆，而且不知是有意还是无意，他此时还翻了个身，呆滞的眼神扫过摄像头，嘴角微微上扬了起来。

我突然感觉浑身发冷，赶紧锁好了宿舍的门窗。

难道真的猜错了？凶手另有其人？

这晚我彻夜无眠，脑海中不断交叉闪现着小纯纯那张可怖的脸与监控里孙尚莫名的笑意。

10

第二天一大早，小纯纯也上了新闻，依然是密室杀人案。根据案件描述，她被一根粗绳吊死在屋内一架停用的悬吊电风扇上，并且凶手还把她死前的样子做成了自拍视频发在了她的播客上，短短一夜，该视频已经点击破百万，不过我去找时已经被删除了。

打拳击的被打死，玩播客的死时的样子被拍成了视频上传，凶手是不是在暗示什么，或者表达什么？

正思索着，手机响了，是郝仁的来电。我接通，他说老地方见面聊。

我到咖啡厅时他已经在了。这次他的脸色更不好看，也不多说废话，直接把一个播放着视频的手机递给我。我顿时有种不好的预感，心跳加速地接了过来。视频画面里是正在镜头前玩手机的小纯纯，她往后看了一眼，然后低头在手机上按了几下，便跑出了房间，不一会儿，她慢慢退了进来，与之一同进来的，是瘦削苍白的孙尚。他先是关上了房门，接着与小纯纯一进一退，走到了视频的盲区里……两个人一直没有再出现，直到画面黑掉。

我把手机还给他："我还以为是在播客上流传的那段视频呢。"

"对于我俩而言，这一段比那一段更有价值！"

我揉了揉太阳穴："所以，你给我和小纯纯电脑，表面上是让我们监控孙尚，实际上是用电脑上自带的摄像头监控我们！"

"这也是一种保护！"

我忍不住笑了起来："还真是谢谢你，小纯纯你保护到了吗？"

"至少她用自己的死，让我们明白了凶手是谁，这样你和我至少不会再犯同样的错误，晚上给陌生人开门。"

"可昨天小纯纯死时，监控里的孙尚正待在自己的房间里！"

"我也想不通，但……只能说，咱俩彼此多保重吧！"

说完郝仁便起身离开了。他的西装有些微皱，身形也没初见时那般挺拔了。

人一旦发现自己跟敌人可能不在同一个维度时，就会丧气。不止郝仁，我也有点灰心，所以回到宿舍后，任凭纸巾、零食壳、毛发等物脏兮兮地铺满一地，也懒得打扫。

11

这是我来到这个世界的第六个夜晚，心里很不安，虽然门窗都已经反锁甚至用了桌椅加固，但还是感觉有一双眼睛在某个角落注视着自己。

可我明明正注视着监控里的孙尚。

真是一种诡异的对峙，监控者反而成了被监控者的猎物。

时间缓慢流逝，夜渐深，我在桌前翻看《怪物》。这已经不是我第一次看这本书，最早怀疑孙尚是房主时，我就匆匆翻看了一遍，但里面的故事真的不是想象那般，能给出很多关于幻境构成和房眼的信息。它是一个什么故事呢……是一本意识流小说，像是精神病人的癔语，絮叨着自己对于世界的理解，对于自我的认知，最终得出了一个结论——自己是个不融于世界的怪物。

不过话说回来，这样的书倒是挺像一个能把自己关在房间里数天一声不吭的"怪物"写出来的。所以我觉得孙尚没有抄袭。

我漫不经心地翻着，突然翻到了一幅插画。

这个书里除了故事神经质，插画也很神经质，图不对文，莫名其妙。比如这一幅，便是画着一个安宁的村庄，一只黑熊蹲在河边搓洗衣服。

我又往后翻，翻了几十页，看到另一幅画，这张也搞笑，一个女孩似乎正拿着手机对着黑熊拍照。

再往后翻——一个男孩在电脑前疯狂输入着什么。

往后翻——一个西装男人摸着下巴，一副奸计浮上心头的猥琐模样。

往后——一个人头攒动的地下角斗场，一个拳击手与黑熊在场中对战，打的标语是拳王 VS 野人……

等等！播客？水军总管？重利的商人？地下拳击手……

我似乎明白了什么！

书里最后一幅插图是黑熊倒在地上，嘴角流血。这是一张黑熊的脸部特写画，可以看出，他其实长着一张人脸，不过脸上和身上长满了浓密的黑色毛发。

……黑色毛发？我忙掏出手机，搜出阿布与小纯纯的凶案现场图，果然，两个人死亡时，家里的地板上都有一样的黑色毛发。

说起来！我宿舍的地板上，好像也有！

我忙回过头，是的，地板上的黑色毛发跟凶案现场的十分相像！

我打了个冷噤，这意味着什么？这一切并不是关于作家抄袭的灭口，而是一场简单粗暴的复仇啊！可是……我看向监控，孙尚依然躺在床上。他明明在家，到底是怎样杀人的呢？

等等，他起床了，是外卖。他接过外卖躬身致谢，关门时手没拿稳，外卖掉在了地上，捡起来，右手因为沾到了汤汁而不自觉在墙上抹了一下，墙上有了一条淡黄色的痕迹……

这个画面……我确信……两天前曾经看到过！之所以印象深刻是因为我对白墙上多了一条痕迹而耿耿于怀。然而今天如果发生了同样的事情，墙上应该有两条痕迹才对，再说了，不可能每次掉外卖、捡外卖、抹墙，动作都跟前一次一模一样……

那么，应该只有一种解释了！虽然我不知道他是怎么做到的，但这一个解释，让一切都说得通了——我看到的早已经不是监控画面，而是重播画面！

而如果这个推论成立，那么孙尚可能早就离开了家。

他现在最有可能在……

12

"对，我一直在你的房间里！"

一个低沉又阴寒的声音从身后传来，仿佛冰凉的毒蛇芯子舔舐着后颈，我瞬间寒毛直竖。

这是第一次听他开口说话。

我转过身，见瘦削苍白的孙尚站在灯下，大半张脸没入头发的阴影中。

"……所以你是来杀我的吗？"

"对！"

我看了看完好无损的门窗，又扫了一眼略显空荡的宿舍："你在我回来之前就进来了，可是你到底藏哪儿了呢？"

"没有藏，一直在你眼皮底下。"

我看了一眼地上，之前的黑色毛发已经不见，顿时明白了："原来你真的是如此神奇的存在，难怪所有的案件都是密室杀人案，难怪所有的现场都留存着一撮黑色毛发。看来我也没必要再问你是如何把监控替换成监控录像的了。"

他慢慢朝我走来："更神奇的事情才刚要发生！"

说着，他的身体突然开始变壮，体表狂长毛发，不一会儿，便变身成了一头黑熊，或者称为短臂大猩猩更妥当。他的头顶到了天花板，体形远比《怪物》插画里的大多了。他伸出毛茸巨掌朝我抓来，劲风一袭竟让我生出一股无法抵抗的感觉。我终于明白他为什么能打死身为拳击手的阿布，也明白了小纯纯为何能被高吊起来，被摆弄着自拍。它拥有着普通人无法匹敌的巨大力量。

我要死了！

"砰——"一声破门巨响，接着是一个比拳头更快的黑影一下兜住了我，然后冲破宿舍外墙，飞了出去……

眼一闭一睁，我已经落在了时代广场上，而救我的，居然是已经死去的小纯纯。

"别大惊小怪，是我！"

这声音，配合刚才这身手，我压抑不住内心的狂喜："习尧？"

"是你姐我！"

真是我的亲人哪，再晚一秒就完蛋了。

我埋怨道："你怎么过了六天才出现，咱俩是九点进的201号房间，算下来，最多只能在这个世界待十天。不管你是戏耍我还是考验我，也得有个度啊！"

习尧白了我一眼："我比你忙，你一个'世界'还没清理完，而我已经独自清理了三个'世界'！"

我一愣："你的意思是？"

"对，201房间很特殊，是多房主模式，有四个雷同又独立的幻境。"

"居然是这样？！"

"是不是长见识了。"

我点点头："长了，不过看来我之前的推论错了，我一直以为孙尚是房主，我、阿布、郝仁、小纯纯四个人都是他的复仇对象，你这样一说，我算是彻底把这个幻境给想明白了！原来并不是必死之局。

"总共五个人：孙尚、阿布、郝仁、小纯纯、姚衫天。阿布和小纯纯死掉了，虽然小纯纯的马甲又被你借来穿上了，但他俩已经不可能是房主，因为没理由房主死掉幻境还不崩塌。我扮演的姚衫天自然也不是房主，剩下孙尚和郝仁。你说201是多房主模式，多房主模式开启条件是诸多房客心中被同一件事物所联结，所以这个世界的房主是郝仁。之所以这么肯定，是因为我大概知道发生了什么事。

"以《怪物》一书中的插画为底，四个人的职业为推论依据，刚才遭遇孙尚的变化为佐证，我试着做一下现实剧情还原：一个浑身长满了黑毛的怪异男孩孙尚，本来生活在一个宁静的小山村，某天被播客小纯纯无意间发现，给他拍了视频传到网上，有人看中了这个视频的潜力，花钱雇了姚衫天这个水军总管去推，结果成功推火，引起了轩然大波。

"商业嗅觉敏锐的自媒体平台公司老板郝仁想到了一个计划，他找人把孙尚弄到了城里，然后以野人之名让他与地下拳王阿布打架，可能涉及地下博彩与病毒视频传播等商业计划。但没想到的是孙尚虽然长得像野人，却并不经打，几下就被拳王阿布给打死了。

"孙尚一死，间接导致了这一结果的四个人不管口头承不承认，内心都充满了愧疚，他们因缘际会结伴来到子夜旅馆，住进了201，借助房间的力量分别构建了属于自己的幻境。不知道你清理的那三个幻境如何，反正在这个幻境里，有着很明显的对应。

　　"比如现实中郝仁找孙尚去打拳击，是以为孙尚会很强大，结果孙尚却不堪一击死掉了。所以郝仁在幻境中制造了一个智商极高——能够偷换监控，身体也能异变得极为强壮——高达两米的孙尚，只为证明孙尚的死跟自己没有关系，像是在向全世界吆喝：你们看哪，这个怪物明明各方面都很强大，只有他杀人的份，我怎么可能害死他呢！

　　"更有意思的是，那个只有我们四个人知道的秘密，其实压根儿不是孙尚新书抄袭，而是他新书里的插画，正是暗示着现实中四个人对于他的迫害。而之所以大家都想不起来，是因为没有人愿意去面对自己的过错。好吧，我站在郝仁的世界里不能把话说得太死，至少郝仁不愿意面对。"

14

　　习尧听了我的长篇大论之后，居然表示了赞同："你分析得对，看来你虽然武力上是个废材，智力上倒还算过得去。其他三个幻境世界，与这个世界大同小异，不同的是每个房主对于孙尚的偿还方式不一样。不必多说，时间不多，当务之急是找出这个世界的房眼，终结它。"

　　我说："如果刚才的推论都能成立，那么房眼便是郝仁对于孙尚的弱小与死亡事实不承认，所以我们只要当着他的面，将孙尚杀死，那么幻境应该就会宣告终结！"

　　习尧原地走了两圈，思考与权衡后停下脚步："还有其他的办法吗？"

　　我说："这是最简单粗暴、最适合你的办法！"

　　"……那我尽力吧！"

15

　　经过分析，孙尚在袭击我不成后，很可能会去袭击郝仁，所以习尧连忙带着我赶到了郝仁的家里。这厮果然是会赚钱的臭奸商，居然有一栋小别墅，但里面已经人去房空。我突然想到，我的电脑也是被他实时监控的，所以刚才被袭击的一幕肯定被他瞧见了，他自然不会坐以待毙。

　　偌大的城市，该去哪里找他呢？

我和习尧就这样胡乱逛荡，找了三天，终于在最后一天晚上，看到了"南四环发生大量汽车追尾事件，疑似有怪兽出没"的本地实时新闻。

　　习尧拖着我像一阵风飞奔向目的地，到了追尾现场之后继续往前追了两公里，终于看到了一个巨大的黑色长毛野人举起拳头，准备将从翻倒的汽车驾驶室里爬出来的郝仁捶成小饼饼。

　　说时迟那时快，习尧手一挥，一根巨大的铁棒凭空而降，直接砸在了长毛野人的头顶。一开始他还能举手顽抗，随着习尧一发力，巨人的脚瞬间陷入泥里，僵持了半分钟之后，长毛野人力竭，跪了下去。习尧乘胜追击，大喝一声，一抬一拍，把他彻底打进了地里。

　　习尧收了棒子，领着我走过去一看，巨大的泥坑里已无野人踪影，难道被压成了飞灰？

　　郝仁狼狈地从车里爬出来，惊魂未定地看着我，又看了看习尧手里的棒子，问："你们俩居然……都没死？"

　　我点头，披着小纯纯马甲的习尧也跟着点头。

　　"那他呢，他死了吗？"郝仁指着泥坑。

　　习尧又点头。

　　"怎么会呢，他那么强大，居然就这样轻易死掉了？"

　　我摇头："他从来就不强大，只是你愿意相信他强大。就像他早就死了，但你一直不愿意他死。"

　　郝仁失魂落魄地坐在地上，看着泥坑发呆。

　　我继续补刀："那个我们四个人都知道的秘密，你再回想一下，其实答案并没有那么复杂，不是什么电影，也不是小说，它是什么，就装在你的心里。"

　　郝仁突然开始大笑，笑声凄厉："哈……你是在怪我吗？可是我问你们，杀掉一个怪物有错吗？杀掉一个怪物有什么错！我没错……没错……"笑声到最后，似乎变成了呜咽声，而也是随着哭声的来临，夜幕开始像碎片一样剥落，逐渐露出一个纯白的空间。

　　前方有一道黑色的门，习尧率先拉开走了出去。我刚迈步，却发现身后飘来了一些细碎的绿色光亮，像是粉尘一样落在了我的肩膀上。我抖了抖，却又不见了。

16

　　我和习尧走出 201 房间，刚好七点，没被扣工资，真是万幸。

我反手揉了揉肩膀:"还是做守夜人好,醒梦人真是太累了!"

"但是能多赚点!"习尧开始往楼下走。

我跟在她身后问:"当工资发的那些破布条到底有什么用?"

"能实现你的愿望啊。"

"能换很多很多的钱吗?"

习尧一脸鄙视地回望:"钱在子夜旅馆不是愿望。"

"那什么才是愿望?"

"在这生死的边界,愿望还能是什么?自然是生死!"

"所以刘先[①]设计了南原[②]的死,然后用工资引诱我回旅馆打工?"

释义:①刘先,疑似子夜旅馆话语权拥有者,具体情况不详。②南原,学宫道家门徒,曾因救江夜而死。

习尧在楼梯上突然止步:"这个你得去问刘先。"

我叹气:"命这个东西,不能欠啊!"

"对啊,不能欠!"习尧少有地附和,声音里带着浓浓的疲惫。

下到一楼,我看她的背影不如往昔那般骄傲挺拔,甚至夹克上还有些脏,便忍不住出口提醒:"哎,你衣服上沾了几根毛发呀,要不要我帮你拍掉!"

她一怔,没回头,只是摆手道:"别管太宽!"

我没再多话,目送她回房。关门时,她狠狠瞪了我一眼,而我则有些担忧。

四个房主,四个幻境……

孙尚每天大部分时间都在发呆、睡觉,仅有六个小时在活动,有没有可能是因为他在四个幻境里穿梭,一天二十四小时,平摊给四个幻境,每个只可以分得六个小时!

可孙尚在四个幻境里都应该只是房障,通俗而言,就是房主的心魔,只依托于房主而存在,是绝对不可以在四个幻境里穿梭来去的!所以……

还有,孙尚在现实中是一个长着黑色长毛的野人形象,为什么在郝仁的幻境中一开始会是一个干净阴郁的帅小伙?郝仁应该只会把他想象成变身后的凶恶样子才对,所以……

如果真是我所想的那般,最后幻境为何会在郝仁那一层结束?难道说,两个房眼刚好重叠在一起了?!

我回想起了《怪物》最后一页的最后一句话:最开始我感到恐惧,接着愈发欣喜,后来无比厌倦,直至坦然接受,自己是一个怪物——不死的怪物。只是这个诅咒,何时到头?

201问题:201房主是谁?

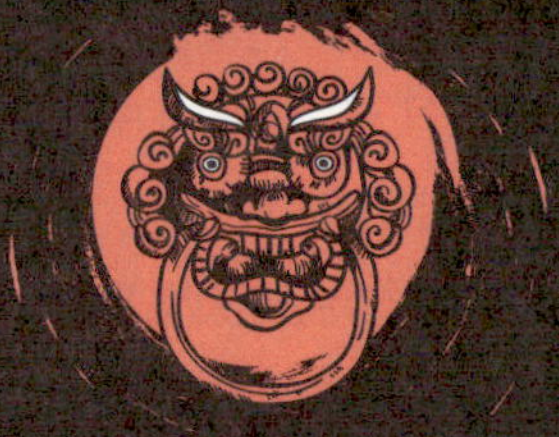

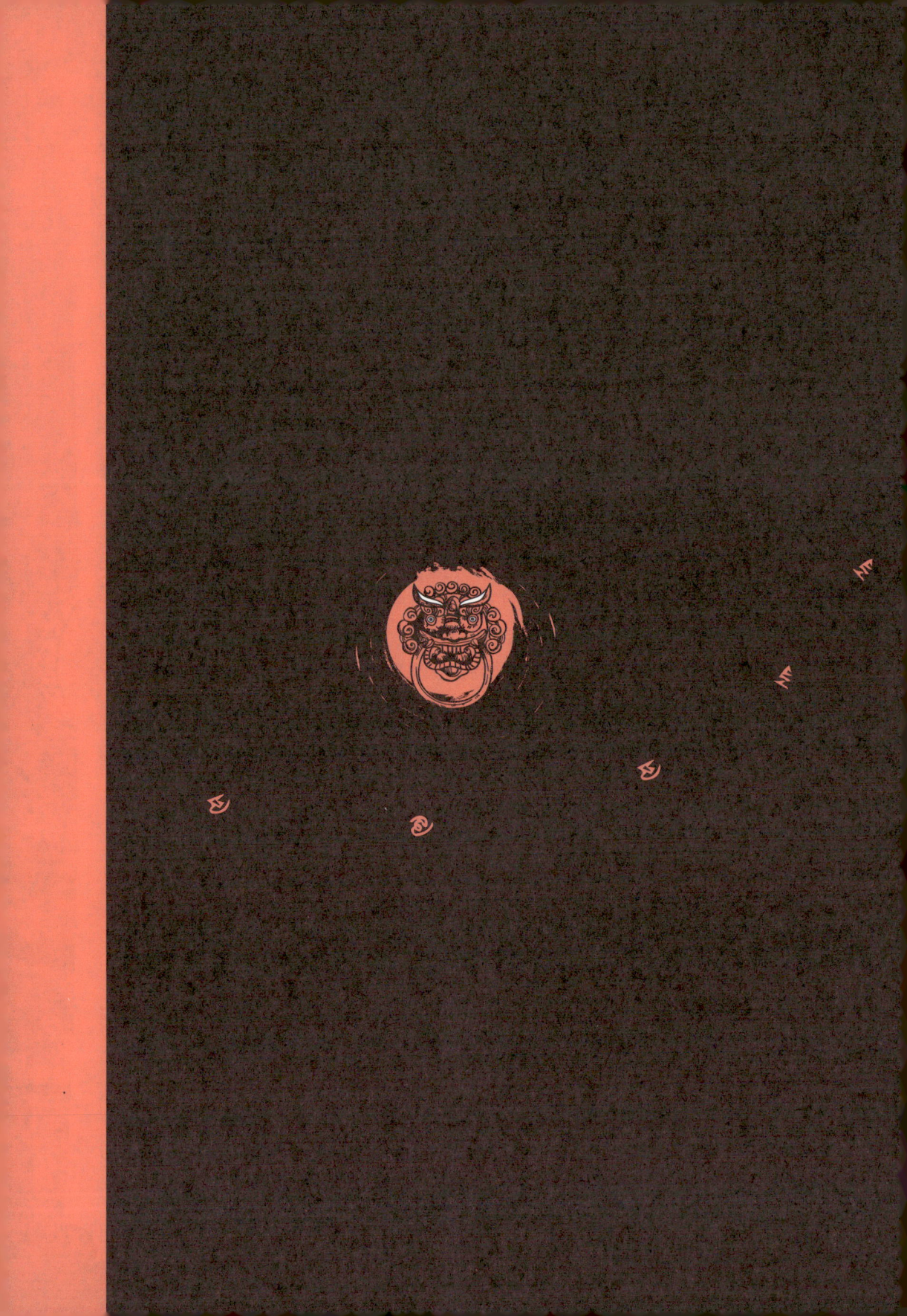

夜

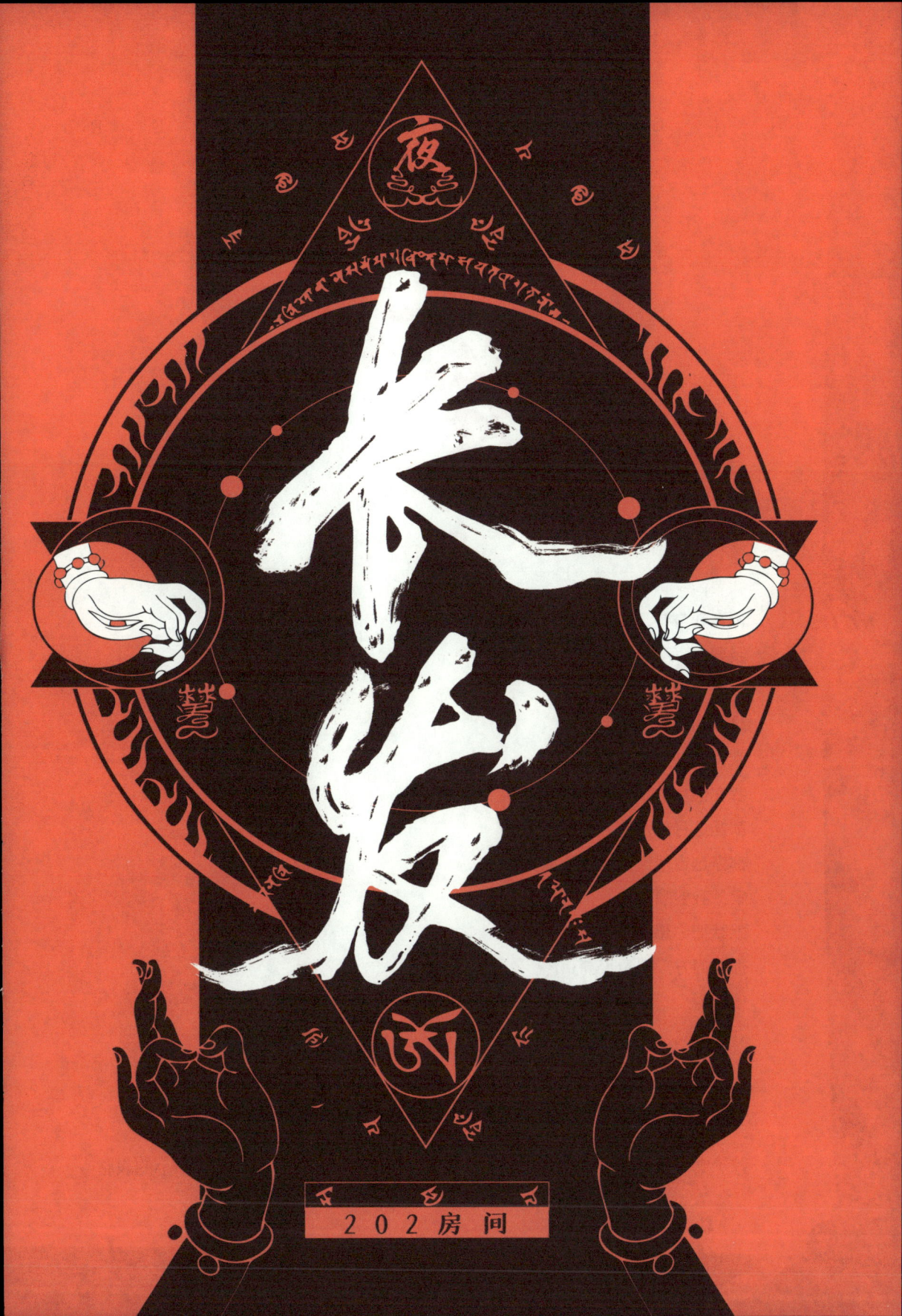

长发

202房间

NIGHT PORTER

长发

0

我要，
你在我身旁。
我要，
你为我梳妆。
这夜的风儿吹，
吹得心痒痒，我的情郎，
我在他乡，望着月亮。
都怪这月色，撩人的疯狂；
都怪这吉他，弹得太凄凉。
噢，我要唱着歌，
默默把你想，我的情郎，
你在何方，眼看天亮。
……

引用歌曲《我要你》，作词人樊冲。

1

韩子安的手表出故障了，自从走进这家歇脚的酒吧，就叮叮直响，小小的表膛里装着闹钟的梦想。可这明明是装有学宫最先进智能系统"阿雅"的高科技表，不应该随便坏的。好在酒吧的歌声够大，唱歌的女人也足够迷人，所以没人对他表示不满。调了半天，声音是没了，只剩下不停闪烁的微弱红光。

一曲《我要你》唱罢，收割了掌声的女人下台，扭着细长的腰肢，朝窗边走来。这年头能穿好高衩复古旗袍的女人不多见，就连在学宫素有柳下惠之名的韩子安也不免多看了两眼。

"介意我坐一会儿吗？"女人声音低沉，颇具磁性，还没得到韩子安的准许，就先拉开对面的椅子，优雅落座，轻搭二郎腿，单手撑脸，饶有兴趣地打量着他，举手投足之间，尽显风情。

韩子安要了两杯酒，推了一杯给对面："请问悦南镇还远吗？"

女人举杯，晃了晃："小哥，你身上的中药味很浓啊，学医的吗？"

韩子安提起领子闻了闻，脸上掠过一丝疑惑："算是吧，我是刚调到悦南镇第一诊所的医师。"

"噢……"女人点了点头，喝了口酒，半眯着眼睛说道，"你是学宫的农家门徒吧！"

韩子安向来稳重，很少有事情能让他一惊一乍，但这句话还是让他握酒的手抖了一下。

"前辈是？"

"我大概猜到了你为什么要去悦南镇，我只说一句，那里未必有你们要找的东西。"

"有没有，去了才知道。"

女人把红唇凑了过来，呵出一口温热的气："那……祝你好运！"

韩子安望着女人离去的背影，陷入沉思。

直到一阵热烈的喝彩声响了起来，他望向舞台，一个清瘦的少女正在表演一段长发舞蹈。她背对着观众，站在高凳之上，如瀑般的长发在手的撩动下像是一把巨大的扇子，不停地打开合拢，泛起微澜，折射着五彩的灯光。

生命真是多姿，韩子安结账离店，心里忍不住赞叹。

2

宁湘有辆红色电动车，每天都要骑着它在悦南镇与沈庄之间来回跑。沈庄是全国知名的旅游小镇，而宁湘就靠在沈庄的大小酒吧里跳长发舞为生。

今天跳完舞出来，宁湘发现自己的小电动不见了，找了很久，无果，不得已只能步行回去。绾着夸张的长发，在烈日下走了二十里地，到达镇口时，宁湘已经脚底生泡，头晕目眩。而这时她看见河边停着一辆红色电动车，镇头有名的泼妇张二嫂正在用瓢舀水洗车。

宁湘走过去，死死盯着张二嫂看。

"咋了？"张二嫂眼角一斜，漏出一句话。

"这是我的车！"

"什么？"张二嫂把瓢往草垛上一丢，"这是今天我儿子从沈庄买回来孝敬他娘的，怎么就成了你的车了？"

宁湘很冷静："如果是你儿子今天刚买的，为什么车上这么脏，你要在这儿洗车！"

"二手车不行？"张二嫂面目凶狠起来，欺身上前。

"这不是二手车！"宁湘绕到车尾指着车牌，"4239……呃……"

"怎么不说下去了？这是你的牌照吗？"

"……这不是我的牌照！"宁湘摇头，但依然坚持，"但车是我的车！"

"还说是你的车，看我不撕烂你的嘴！"张二嫂猛扑过来，把清瘦羸弱的宁湘按在地上。

夕阳西下，不少人都从田里收了工，但他们没有回家，而是聚集在镇头的石桥上，抽着旱烟看热闹。

没有人想要来帮帮这个姑娘。

因为没人喜欢她。

悦南镇的镇尾不像镇头那般连接着通往旅游景点沈庄的大马路，也不像镇中挤满了房屋与商铺，它靠着一座荒山，稀稀拉拉地坐落着几个院子与房舍。而宁湘家，就在镇尾的尾巴尖上。

委屈而又疲惫的宁湘回到家，洗了个澡，在脸上和脚上都抹了药膏。

疼。

她蜷着腿坐在桌前，在台灯下翻开一本厚厚的笔记本，慢慢写道——

"今天跳舞挺顺利的，观众很喜欢，还给了我两百块小费。可是出来的时候电动车被人偷了，是镇头张二嫂家偷的。我想跟张二嫂讲道理，但没用，不仅电动车没要回来，还被她……"

"我不知道自己还能在这里坚持多久,一想到张二嫂那凶狠的模样,一想到那么多人围观却没有一个人帮我说说话,我就越发讨厌这个镇子……

"算了,不想了,今晚我得早点休息,明天去趟派出所……"

微凉的夜风从窗户吹进来,把一旁的盆栽枝叶吹得沙沙作响。宁湘合上笔记本,爬上床,睁着眼睛看着天花板。

据说,只要眼睛长时间盯着一处不动,就容易流眼泪。

又是一个孤寂苦楚的夜,宁湘湿了枕单。

3

早晨,韩子安下楼,看了看表,八点整,还有时间,便来到早食摊:"大爷,一杯豆浆一根油条!"

掏出钱,结果老板没理他。他又重复了一遍,只见老板斜着眼看他:"兄弟,我今年虚岁四十,你叫我大爷?"

韩子安瞥了一眼老板额上的皱纹与半白的头发,默默改口道:"大哥,来一杯豆浆一根油条!"

这是韩子安来到悦南镇上班的第一天。吃完早饭,刚进办公室坐下,就听见外面闹哄哄的,接着一个小护士敲开他的门,说有急诊。

经过检查,病人是急性贫血。病人的儿子说,母亲的身体一向很好,种地养猪在悦南镇是一等一的好手。

韩子安解释道:"再健壮的人也有可能贫血。"说完打开私人木箱,从中拿出一支药剂给病人注射,宽慰道,"没什么大事,让她在这躺会儿,下午应该就会醒来。"

回到办公室,小护士跟了进来。她捧着个热水杯,坐在墙角,跟这个新来的帅哥医生聊了起来。

"韩哥,你刚才用的什么药啊?我怎么没见过?"

"噢,京都市特供的,你们这没有很正常。"

"那肯定很贵吧?"

"嗯,不算便宜。"

"依我看,这么好的药就不该给张二嫂用!"

"怎么?"

"张二嫂不是什么好人,经常欺负镇里的本分人,她儿子张二蛋也是偷鸡摸狗的惯犯。听说这娘俩昨天把镇尾丧门星的小电动给偷了,还把人家打了一顿。"

韩子安眉头微皱："医学院的老师没对你说过吗，医者仁心，切勿对人下药，哪怕病人是囚犯，我们也要一视同仁尽力医治。"

护士没料到眼前的帅哥居然是老中医的做派，嘴一瘪，委屈道："人家不是怕他们赖账嘛……再说我也没上过医学院。"

韩子安突然反应过来，这里只是小乡镇，并不是京都市，稍带歉意地轻笑道："没关系，我的药不是诊所采购的，所以不需要他们付钱，你只需要开张看诊费的单过去就好。"

小护士这就要出去，韩子安又叫住了她："对了，刚才你说镇尾的丧门星，是谁？"

小护士回头，眼露嘲讽："谁得罪她谁就会倒大霉的宁大霉女，韩大医生想认识一下吗？"

4

宁湘每次走上坡路，都会很吃力，因为头发太重了，老像是肩膀上坐了一个人。长发盘起来会显得头大，而她身形又瘦小，所以远远望去，像是一个行走的大头娃娃。喜欢她的人会觉得可爱，而讨厌她的人则会觉得恐怖瘆人。

可惜镇上没有喜欢她的人。

大头娃娃脚步踉跄，摇摇晃晃，被一辆疾速驶过的车一吓，仓皇让路时脚一歪，一屁股跌倒在地。

她眼睛发黑，干脆坐在地上休息一会儿。

这时，一道阴影笼罩了过来，宁湘抬起头，只见一个俊朗的男人半俯着身子，朝自己伸出手，温和笑道："要帮忙吗？"

炫目的阳光照在他的后背上，溅射出迷人的光辉。

宁湘摇摇头，咬着牙，自己爬了起来。

"请问悦南镇派出所是在前面的半山坡上吗？"

"……是。"

"你好，我叫韩子安，是刚调到悦南镇的医生！"男人伸出手。

宁湘犹豫了一下，并没有跟他握手，只是回答："我叫宁湘。"

两人并排走着，开始有一搭没一搭地聊天。

"你也去派出所吗？"

"嗯。"

"去干什么？"

"报警，有人偷了我的电动车。"

韩子安顿了顿，看着宁湘的侧脸："说起来也巧，今天我刚接待的一个病人，是镇头的张二嫂，听人说，她昨天好像跟人闹过一场电动车的纠纷，是你吗？"

宁湘停住了脚步，看了一眼韩子安，点了点头，又接着往前走。

"镇上的人好像不怎么喜欢你？"韩子安突然问了一句。

"是啊……"

"为什么呢？"

宁湘没有再回答，直到两人走到派出所门口，她指了指韩子安的手腕："你的表好像坏了，一直在闪红光！"

韩子安一愣，笑道："可不是吗，得去修修了。"

5

韩子安跟宁湘一同进入派出所，但两人的待遇却千差万别，一个是被值班民警接待，一个是被所长亲自接待。

韩子安来悦南镇之前就已经让上面的人打点好了一切，所以所长把一沓叠资料放在他面前，就恭敬地离开了。

韩子安开始快速翻阅这些关于悦南镇近二十年来的居民信息卷宗，这样的状态持续了一个小时，他才停下来喝了一口茶水，揉着太阳穴开始思考。

这个小镇果然有问题，近十年来，过六十岁的人越来越少，平均死亡年龄居然只有四十九岁。

悦南镇，是一个短命镇。

韩子安离开派出所时，宁湘已经不见了，他问所长："刚才那个姑娘的事情立案了吗？"所长问值班民警，民警摇摇头。所长看了看韩子安，又看了看民警，一跺脚："赶紧立案，赶紧去查，该是谁的电动车，一定要还到谁手里！"

傍晚时分，韩子安回到诊所，蹲在档案室翻查近十年来的意外死亡病例，他发现有很多例意外死亡，都是源于器官的急性衰竭。并且衰竭前，病人丝毫没有该器官的病变前史与患病先兆。

从档案室出来，他抬腕看时间，已是晚上八点，该下班去吃饭了。只是他看着这只表，突然想起了什么，掏出手机，在通信录的墨家分类里找到一个叫旭光的人，拨了过去。

"怎么了，我在忙！"接通后，在一片嘈杂的异响声中，夹着一句急促的话。

"你送给我的智能手表出故障了，时不时就会响，还闪红灯，有点烦人。"

"什么？你说什么？你等一下……"电话那头传来了关门声，喧闹声终于变小，"子安，你现在在哪儿？"

"我在出一个任务！"

"就你一个人吗？"

"怎么了？"

"……我建议你向上面再申请一个厉害的帮手。"声音顿了顿，接着说道，"因为我送给你的手表里，装着一个灵魔探测器。"

6

宁湘裹着米黄色的浴巾，躺在一张长条宽板凳上，头枕着浴桶的边沿，万千黑长的发丝在温水里舒展开来，像黑蛇一样缓慢游动。

如果从屋顶上方看下去，此时的宁湘就像一棵躺倒的树，只是枝叶过于茂密，树干却略显枯瘦。

仿佛是那黑蛇一般的枝叶把树干给吸干了。

"砰"的一声，宁家的院门被人踢开了，紧接着便是连串的骂声。

宁湘翻下椅子，爬进浴桶躲了起来。

院子里一阵乒乓乱响，直到这间伙房兼浴室的门被踢响："你在里面对不对……嘿嘿，别以为躲在里面不出声我就拿你没办法！"

宁湘在浴桶里缩了一刻钟，直到水变凉，再侧耳倾听时，发现院子里没了动静。该是走了吧！她这样想着，从浴桶里冒出头，看见前窗的玻璃被砸烂了一扇。

真是个野蛮人！宁湘站起身，回头找衣服，结果凉风一吹，整个人愣在了那里。她忘了，上个月后窗的铁栏杆已经朽坏，所以那儿成了一个可供人钻进钻出的通道。

此时张二蛋的上半身便已经从后窗钻了进来。

张二蛋在看见宁湘之后，那张因挤压而憋得通红的脸上竟流露出了一股淫邪之气，他咽了咽口水，舔了舔嘴唇："哟，还挺白净的嘛……"

宁湘想往前门逃，但头发还在水里，湿重的头发扯着她难以移动。眼看着张二蛋就要钻进来，她只能颤抖地躲在浴桶后面，闭着眼睛向天祈祷。

"哎……哎，谁抓我的脚……哎……别拉，别拉……哎哟！"

仿佛上天显灵，宁湘睁开眼睛探头一看，发现张二蛋已经被人扯了出去，窗后一阵拳打脚踢声，接着便是一句如洪钟般的"滚"，然后有人连滚带跑地逃走了。

宁湘打理好自己的头发，穿戴整齐之后打开门，看见中午邂逅的韩子安正站在院子里，双手背在后面抬头仰望着夜空。

"住得僻静，连夜空都会显得寂寥一些。"韩子安转过身，"当然，这也没什么不好！"

"谢谢你救了我！"宁湘微微躬身。

韩子安指了指附近的一家灯火："我刚巧出诊路过，听到动静，就过来看了看。其实一个人住，可以养一条大狼狗。"

"谢谢你的建议，我会考虑的！"

韩子安笑了笑："怎么，你不请我进屋坐坐喝杯茶吗？"

宁湘迟疑了片刻："……好吧！"

韩子安跟着宁湘掀开竹帘进入卧房，窗明几净，简约清幽，墙角还摆着盆修剪得体的绿植。

"品位不错！"韩子安夸奖道。

宁湘给他倒了杯热茶，放在桌上："不过是一个人没什么可用的家具罢了，习惯了清冷。"

韩子安吃了这杯茶，见宁湘也无留客的心思，抬腕看了看表。宁湘说："你的表还没去修。"韩子安尴尬地甩了甩手，仿佛能把表盘上刺目的红光甩掉似的："是啊，烦人，我先走了！"

宁湘把韩子安送到院门外，韩子安回头说道："外界流传头发太长对身体不好，其实是假的，但你体弱，所以最好不要蓄长发。"

宁湘目送韩子安远去，才关了院门，慢慢回到卧房，坐在桌前，发了会儿愣，然后摸出笔记本，提笔写道：

"今天电动车被民警还回来了，然后还认识了一个新来镇子的医生，人不错，多亏了他，不然我就被张二蛋给……"

7

这是韩子安来到悦南镇的第二个早晨，他刚走进诊所，就发现一群人闹哄哄地围在候诊厅。拨开人群，见地上躺着一个人，他见过两面，第一面是昨天早晨在诊所，第二面是昨天晚上在宁家后院。

韩子安蹲下身摸了摸他的脉搏，又听了听他的胸口道："死了！"

张二蛋死了，事实上把他抬进来的人也没抱什么希望，因为他浑身的皮肉紧紧缩在一起，已然是一具干尸。

"报警吧，我们这儿已经无能为力！"韩子安抬头说道。

张二嫂呆滞地望着儿子的尸体，神情恍惚，再不复往日的飞扬跋扈，只痴痴说道："我在窗外看见了，是黑蛇妖吸干了他的精血……是黑蛇妖……"

韩子安走进办公室，把喧闹关在门外，可他也平静不下来，耳朵里全是张二嫂的呢喃，脑子里不可抑止地浮现出宁湘那张苍白瘦削的脸，与那头如黑蛇一般的妖异长发。

就这样熬到了中午，尸体被派出所接手了，围观的人也早散了，他离开诊所，叫了一辆三轮车，来到了宁湘家。

院门换了新锁。他一直等到下午两点，才见穿着白色吊带裙的宁湘骑着红色电动车回来。

"找我？"宁湘下车，打开院门，将车推了进去。

韩子安开门见山："张二蛋死了！"

宁湘身子一滞，她看了一眼韩子安，向卧房走去："关我什么事呢？"

韩子安继续说："他死得很恐怖，像是一具被吸尽了精血的干尸。"

"所以呢？"宁湘进了房间掩上门，再度出来时拿着一套衣物，"我刚从沈庄演出回来，得洗个澡换套衣服，你自己在院子里找把凳子随便坐会儿吧！"

韩子安点头，但在宁湘进入洗澡间之后却闪身进了卧房，因为陈设简单，所以搜查毫不费力，最后他的目光停留在了一本泛黄的厚笔记本上。抽出来，快速翻阅。

韩子安是农家最为优秀的门徒之一，同时也是万物生长科技Ａ组实验室的核心成员，快速寻找重点的能力自然不差——首先这是一个自我倾诉的日记本，记录着宁湘这些年的生活；其次，这个日记本里出现了一些人的名字，跟韩子安在诊所档案室里看到过的有所重合。远的不说就说最近的两篇，宁湘提到了张二嫂和张二蛋，结果昨天张二嫂急性贫血，而今天张二蛋更是直接死了。

这似乎是一本——死亡笔记啊！

韩子安得出结论之后合上笔记本，正想把它归位，突然察觉到异样。他转头一看，原来不知何时起，披散着长发的宁湘已经站在了自己身边，面色诡异，悄静无声。

8

　　宁湘从韩子安手里拿过笔记本，走到床前，拉开床头柜小心翼翼地放进去，然后合上柜子仔细落了锁。

　　"确实冒犯了，但我有必须这么做的理由！"韩子安在她身后说道，"所有你笔记本中提到过的人都出事了，有的生了大病，有的直接死去，这不该是巧合！"

　　宁湘拿起一把梳子，冷冷问道："你是警察吗？"

　　韩子安摇摇头："可我是个医生！"

　　宁湘走到他面前，把梳子递给他，背过身："帮我梳梳头吧，长头发一个人可是很难打理的！"

　　韩子安握着梳子，迟疑了片刻，终究是梳了上去。

　　触感冰凉湿滑，仿佛冷血动物的外皮。

　　"我给你讲个故事吧！"宁湘看着墙上的半身镜，缓缓说道，"有一个无忧无虑的姑娘，生活在一个祥和美丽的江南小镇，还有一个青梅竹马的恋人。两人本该幸福地过一生，结果在她十八岁那年，一场大病将一切都毁了——她躺在病床上不再青春美丽，而家人为了筹钱给她治病思虑过极，竟先一步离她而去；恋人为她求药远走他乡，结果再也没有回来。说什么待你长发及腰，我便归来娶你，都是骗人的！

　　"更讽刺的是，就在她恋人出走的几个月之后，一个老婆婆路过小镇，听说了姑娘的病竟笑道并不难治，只需要在屋里种点绿植改善一下空气就好。所有人都说这老婆婆是神棍，可姑娘房里摆放了半年她送的绿植之后，病竟然真的慢慢康复，不治而愈了。然而病虽痊愈，但姑娘已经孤身一人，没了家人与恋人，甚至连朋友都没有了。小镇上的戾气越来越重，大家越来越不喜欢她，疏远她孤立她，叫她丧门星……

　　"你经常给爱人梳头吧，手法挺娴熟的！"

　　韩子安停了下来："所以你是因为在等舒望，才留的长发？"

　　"你看到扉页上的名字了？他姓肖。"

　　"看来那并不是一个日记本，而是这些年你写给肖舒望却无法寄出的信吧！"

　　宁湘冷笑道："那不是信，那是你们眼里的死亡笔记！"

　　"是不是死亡笔记，今晚就知道了。"韩子安放下梳子，"今天冒犯了，不过临走前再冒犯一句吧，卧室最好不要放绿植，对人体健康不利。"

　　韩子安走后，宁湘想了想，打开床头柜的锁拿出笔记本，翻到最新的一页，发现上面不知何时竟写上了一个龙飞凤舞的名字——"韩子安"！

9

韩子安趁着天还没黑回到医院，又一头扎进档案室，这回要翻的是宁湘的病历，可翻了好久都没找到，最后去问一个老医生，医生推了推老花镜，说："你得往前翻，这事有十来年了吧！"

韩子安有些讶异，因为宁湘看起来也就二十出头，她说十八岁的时候得了病，怎么可能是十年前的事情呢？那就是说，其实宁湘已经近三十岁了？要换在京都市，女人面嫩一点韩子安不会惊讶，但这可是在悦南镇，一个像是被诅咒过不会长寿，且所有人看上去都要比实际年龄偏大的地方，独独一个饱经了沧桑的女人居然一副少女相，该怎么解释呢？

韩子安的疑问在翻到了宁湘的病历单之后更大了，因为她十年前患的是一种罕见的怪病——"头发脱落""皮肤枯萎""所有器官急性衰竭"……

而那一年，她的怪病却不治而愈了，但随之而来的，这个小镇的平均寿命逐年降低，直到现在平均死亡年龄居然只有四十九岁。

所有与宁湘有过节的人，不论是轻症状急性贫血，还是重症状器官急性衰竭，甚至是死症状骨血枯竭，共同点都是急性与流失，突如其来的生命力的流失！

韩子安把很多事情串到一起之后，额上冒出了细密的汗。

他摸出手机，打开通信录，在阴阳家分组里找到好友北落，拨了过去。

第一遍没人接听，第二遍通了。

"催什么，你说你催什么，催什么，昨天接到你的信息就已经十万火急往这边赶了，现在正堵在高速呢，指不定什么时候能到……对了，你要是有空，先去市场买点白蜡、朱砂、黑狗血、乌鸡毛……"

韩子安挂了电话之后有些无奈，但也只得趁着还有夕阳，出门采购这些乱七八糟的东西。意外的是，小镇居然还都有，让他给凑齐了。

提着大包小包的韩子安见傍晚已至，心里升腾起一股不安的感觉，忙往宿舍赶。也许是有点魂不守舍，韩子安在巷子里跟路人撞了一肩膀，那是一个满头脏辫的少女，回头就竖了一个中指给他。韩子安皱了皱眉头，没有跟她计较，此时他更多的心思是在懊悔，不该在北落没有赶来之前过于冒失，直接在那个笔记本上签上自己的名字。

是夜，乌云蔽月，一道黑影出现在韩子安宿舍的窗前，它悄悄拨开了窗户，慢慢滑进了房间里立在半空中，弓起身子，蓄力，像箭一样射向床铺。

可惜它刚接触到床上的被子，就亮起了一阵刺目的火光，头部仿佛射在火炉之上，冒起了黑烟。变故突生，它一下就从房间里缩了出去。

被子被一脚踢开，一个身背长匣、头扎双马尾的小姑娘从床上弹了起来，她携着身边的韩子安，也像箭一般，跟着刚才的黑影从窗户蹿了出去。

追逐，嗅着涩鼻的焦味追逐，在这个没有月亮的夜晚，只有微弱的荧光照明。前方的地表被异物隆起一个夸张的幅度，飞快地朝镇尾犁去。

一路追到宁家院门外，动静消失了。双马尾女孩与韩子安站在门口看了一刻钟，才悄悄离开。

"北落，怎么样？"回到宿舍，韩子安开口问道。

北落把背上的长匣卸下，盘腿坐在地上打开匣子："得亏我及时赶来，这个东西很危险，特别是本体所在的那个院子，用阴阳眼一看，别提多恐怖了，得赶紧制作噬妖烛，只有在那地方布下五行封魔阵，咱们才有胜算……哎哟！"

"你怎么了？"韩子安见北落突然弓腰捂住肚子难受得厉害，连忙上前搭上她的手脉，"是刚才被伤了还是浊气入体了？"

北落忍着疼痛，吊起白眼看他："大姨妈来了！"

"咳……"韩子安撤开手，站起身，"我去给你熬点汤！"

刚走到门口又停住脚步："不是我说你……既然生理期，为什么还不穿裤子到处跑！"

"我……"北落本想起身，可又抵不住腹内疼痛，只得任其离开。她轻捞蝙蝠衫，看着显现出来的短皮裤，小声骂了句。

两天后的黄昏，韩子安在悦南镇头截住了演出回家的宁湘，她憔悴了许多。韩子安把她拉到没人的河边，把一颗丹药与一张符咒递给她。

"这是什么？"宁湘满脸疑惑。

"宁家有妖！"韩子安也不再多说废话。

"鬼扯！"宁湘作势就要把丹药与符咒丢出去，却被韩子安一把抓住手腕。

"你难道就从未怀疑过吗，我不信！问问你的内心吧！"韩子安与宁湘那双疲态尽显的双眼对视道，"入夜前把这颗药服下，假装睡觉，有没有到时候就知道了。记住，遇到危险，就丢符。"

11

　　对于宁湘而言，这是一个格外漫长的夜晚，因为作息极其规律的她，服下了韩子安的药，便没了困意，但她需要装睡。

　　一个清醒的人闭着眼睛躺在床上，就会觉得时间流走得格外缓慢，一分钟像是一天，一个小时便像是一个世纪。

　　宁湘的脑子里开始胡思乱想，她回忆起了自己得怪病的时候，也是这样躺在床上，绝望地等待着他人的救治，可惜想救她的人都因为她而离去。

　　这一夜格外地香。是外面的香花树又开花了吗，可是时节不对啊！但香气总是令人愉悦的，宁湘不可抑制地回想起了跟肖舒望在一起的时光。那是个多傻的男人啊，只不过儿时的一句戏言，便在自己病得不成人样时不离不弃，还听信了神棍的话，去找什么治百病的神药……

　　像是在跌落深渊的时候突然被一双大手接住，宁湘突然一抖，从迷糊的状态清醒过来，差点就睡着了。

　　人在关闭视觉之后，其他的感官会变得极其敏锐。

　　比如说听觉。

　　黑暗中，似乎有窸窸窣窣的声响，一开始还很小，以至于让宁湘觉得是幻听，可后来却明目张胆地大了起来。

　　什么东西才会蠕动呢？宁湘光是一想，寒毛就竖了起来——家里有蛇？

　　偏偏这时候夜风从窗户吹了进来，夜雾附着在光洁的大腿上，湿湿凉凉。这种感觉让她有点难受，但还能忍耐。

　　不一会儿，风似乎大了起来，开始撩动宁湘的长发。

　　夜雾太大？还是下雨了？手臂、腰间，甚至是后颈都开始湿凉起来，早知道应该关窗……

　　不对！这不是夜雾的湿凉，而是异物的湿凉！

　　宁湘猛然睁开眼，入目的景象让她陷入了巨大的惊恐之中，心脏像是要从胸腔跳出来——房间内闪耀着诡异的绿光，在光芒的照耀下，无数根巨大的藤蔓将自己缠绕了起来，悬在半空。

　　原来韩子安说的是真的！

　　宁湘惊慌地抬起右手，准备将那张握了一晚上的符咒丢出去。

皎洁的月光下，韩子安正在跟北落拌嘴。

"明明是你布阵技术不行，为什么赖我？"韩子安凑在地上，一下又一下地打着火，想要引燃滴在地上的白蜡，可这白蜡跟石头一样，没有任何反应。

北落来回绕圈，嘴里絮叨："你个死木头……你个死木头……你个死木头……一定是材料买错了！怪我太相信你，居然没仔细检查……"

韩子安站起身，丢掉打火机："我不可能犯这种低级错误，再说你如果不相信我，为什么不自己带材料过来呢？"

"你以为我不想带？"北落在韩子安身前站定，仰起头，气呼呼地瞪着他，"这几天京都市开大会，飞机安检太严了！"

韩子安突然一愣："……我想起来了，那天买完材料，我被一个女人撞了一下，兴许是东西被调包了！"

"你们农家门徒真没用！"北落翻了个白眼，蹲下身开始把散落一地的符咒往长匣里收。

韩子安思索道："可是什么人要阻止我们收妖呢？"突然他回想起了酒吧里那个声音低沉、风情万种的女人。

北落没理他，自顾自地收东西，嘟囔道："我现在极度怀疑把自己二次发育，变为成熟性感女人的期望，交托到你手里是不是学宫的年度笑话。"

韩子安认真回答道："你要的药已经在研究中，但自从你把这个需求提出来，就已经成了去年学宫排名第二的年度笑话！"

北落停下来，用翻得雪白的眼，死死盯着韩子安："告诉我，排行第一的笑话是什么？！"

"北落真的二次发育了！"

一道雷电劈了下来……

见北落重新背上长匣，满脸焦黑的韩子安问道："接下来有什么安排？"

"明儿我亲自去买材料，重新做一次噬妖烛，再给它两天苟延残喘的时间吧！"

韩子安点点头，与北落往回走。走了十几米，北落突然停下脚步："那个女孩，要不要带走？"

韩子安摇摇头，脸上闪过一丝不忍："不用，她待在那儿比跟我们在一起更安全。"

13

两天后的中午，韩子安正靠在椅背上假寐，却被护士的敲门声吵醒了，"呵，有人找"，语调阴阳怪气。

宁湘推门而入，她显得更憔悴了，原本白皙的皮肤开始泛黄，原本乌黑的长发也变得干枯分叉，就连声音都沙哑了起来："是不是有点意外？"

韩子安起身给她拉出一把椅子："这两天你不在家，去哪儿了？"

宁湘落座："被一个怪女人关了起来！"

"怪女人？"

"这另外再说，我今天来是要问你，你到底知道多少？"

韩子安反锁了办公室的门，靠在墙角："我不是普通的医生，来悦南镇是为了调查一些事情。经过这段时间的研究分析，我发现悦南镇居民的寿命普遍偏短，而且大家都特别显老，体内的器官动不动就衰竭。当然，只有一个人除外，那就是你。镇上的人之所以讨厌你，是因为你越活越年轻，跟他们截然相反，而且所有得罪过你的人，都没有好下场。我之前就说过，这不是巧合。

"你十年前患的怪病并未康复，只是转嫁到了所有镇民身上！而之所以能完成这一转嫁，需要一个载体，十年前那个老婆婆送给你的绿植，就是载体！镇上的人看见的那个会吸人精血的黑蛇，便是那株绿植从地底伸出来的根须。从来就没有什么死亡笔记，只有死亡绿植！"

宁湘听后毫无表情，毕竟她早就目睹了妖物的真身："就这么多了吗？"

"对。"

"那你接下来……要将它除掉吗？"

韩子安抬腕看表："如果北落二甲的毕业成绩不是作弊的话，这时候可能已经除掉了！"

"我想去看看，毕竟是……我家的妖！"宁湘说这话时声音止不住抖了一下。

韩子安沉默半晌，开口道："场面应该会很血腥。"

"我要去！"

14

北落毕业考试的时候确实作弊了，所以此刻嘴角淌血，半跪在地上，只能用一把缠满符咒的铁剑支撑着身体。

一个冒着红光的巨大阵法将宁家院子整个罩住，而九根巨大如蟒的黑藤从宁家房顶伸出来，在空中不住地扭动。

咣咣两声异响，让北落皱起了眉，回头一看，原来是韩子安带着宁湘撞入了驱魔结界。

韩子安跑过来扶住北落："怎么搞得这么狼狈？"

"大姨妈最后一天！"可能每个驱魔人都有自己的骄傲与倔强。

不过随即北落还是忍不住说道："这个树妖已经成器，九根藤蔓只有一根是真身，其他的斩断之后能无限复原。"

正说着，一根藤蔓突然疾射而来，北落一把将韩子安推开，挥剑一斩，藤蔓被劈开两半，内壁露出密密麻麻的黑色的肉芽，但这根藤蔓并没有死掉，反而像是张狭长的大嘴，一口就把北落咬了进去。

北落用铁剑横撑着藤蔓的内壁，掏出一张符咒正准备丢，突然劲风袭来，另一根藤蔓从上方偷袭，狠狠将她拍了出去。

北落飞出好远，在地上滚了几圈，血染红了双马尾。

她疼得叫不出声，一开口只有血沫，而悲惨的是，此时又有三条藤蔓像是巨蛇一样在空中弓起了身子。

"住手！"宁湘不知何时竟站了出来，张开双臂挡在了北落身前。

藤蔓一时间没有动作。

宁湘喊道："为什么不冲我来？"

藤蔓还是没有动作。

"你还要杀多少人？"

藤蔓在空中不停摇晃。

"你变了！"

宁湘悲哀地嘶喊着。

此时，在五行封魔阵的红光照耀下，北落看见最右边的藤蔓外壁渗出了白色的汁液，趁它呆滞，她从怀里掏出一张雷罡符掷了过去。

符咒贴在藤蔓上瞬间爆炸，直接将其炸得稀巴烂。而这一次，它没能复原。

其他八根藤蔓像是失去了妖力支援瞬间枯萎，五行封魔阵的红光也随之褪去，刚才还妖气冲天、恐怖万分的宁家大院，一下就萧条了起来。

宁湘缓缓走进院径直来到卧房，看见这十年里一直摆放在墙角的那盆绿植已经枝叶焦黑。她跪下去把木盆用力抬起，原来这棵植物的根早就贯穿盆底，甚至扎破了地板生长到了地下。

原来，怪女人没有骗她，一切都是真的。

——那时宁湘被藤蔓缠在半空，正准备丢符，房门却突然被推开，一个低沉的女人声音响起来："你等了他十年，就是为了杀掉他吗？"

此时绿植的根须大多也都已经不动，只有两根还在顽强地向上伸展，宁湘将手伸过去，半透明的小须芽开始在她的手掌慢慢地划动。

可惜只划了几下就软了下去，再也动不了了。

泪流满面的宁湘头发瞬间变白，皮肤也像是失水过多那般迅速紧皱起来，一个妙龄少女眨眼就变成了七十老妪，她疯狂地点头，哑着嗓子："我懂，你不必多说，我懂……"

没能多点几下，她也趴在地上不动了。

15.

"我变了……但我对你的爱，从未变过！"

16.

宁家的院子一夜之间夷为平地，凭空添了一座坟，坟前有两块无字碑。风扬起坟前的尘埃，久久不落。

悦南镇临山，所以建筑多是立体布局。宁家在坡上，坡下是另一个长年空着的院子。但今天院子门开了，一个身着修身旗袍的美丽女人端坐在院子正中，而一个扎着脏辫的姑娘正从屋里的地窖爬上来，手里拿着一个通红的果子。

姑娘来到女人面前，把果子扔给她："李清水，你布了十年局，就是为了这样一颗果子？"

李清水把果子放在阳光下，轻笑道："芝灵，你仔细看看，这可不是普通的果子。"

薛芝灵仔细一看，果不其然，果子像是一个胖乎乎的小人，有鼻子有眼的。

李清水又说道："再说了，这可不是我的局。宁湘的命，确实只能如此维系，肖舒望的执念太深，怪不得我。不过在助人为乐的前提下还能有所收获，我自然也是欢喜的。"

薛芝灵瞪圆了眼睛："你既然知道生命之树的枝叶离了本体，就只能靠人的精血滋养，还要叫他去折，不就是摆明了要害死他吗？"

薛芝灵走到水井边，边整理刚在地窖弄脏的衣服边嘟囔道："跟了你就没什么好事，不是偷鸡摸狗，就是挖土掘坑！"

"多么有趣的人生！"李清水在阳光下慵懒地轻笑。

17

京都市T2航站楼，北落与韩子安靠在窗边等待托运行李送出来。

北落的手臂和大腿上都缠着绷带，她用手机当镜子，不停比对着自己两侧的脸："你说哪一边更肿一些？"

"我的消肿技术在学宫是最好的，你不需要怀疑。"

北落放下手机，见韩子安不停把玩着一支绿色试剂："你是把它藏裤裆里了吗，居然能带过安检？"

韩子安没理她。

北落又问道："那天你为什么不告诉宁湘，自己去悦南镇的真正任务是寻找生命之树的汁液呢？为什么不告诉她，那棵妖枝就是她男朋友呢？"

韩子安呆呆地看着手里的试剂："我只是觉得，她既然已经等待了十年，就不必把血淋淋的真相摊给她看了吧！期待不是坏事，期待落空，才是坏事！"

"这只是你的直男思维，我们女人可不是这样想的！"

韩子安刚想反驳，电话响了，是他的女朋友周敏。北落瞅着韩子安接电话时甜蜜的神情，撇了撇嘴："普天之下尽是狗粮！"她走到行李认领处，等了一会儿，看到了自己的木匣子，背好转身走回去，却见韩子安整个人僵住了。

"……小敏在地铁上正跟我通着话，突然一阵刺耳的轰鸣，电话断掉了！"

"别担心……兴许是手机不小心摔了！"

北落正安慰着，身后却有人叫道："呀，新闻，京都市地铁一号线发生惨烈追尾事故……"

韩子安一把捏紧了手里的绿色试剂，飞快地朝出站口跑去。

18

子夜旅馆的大堂中间支着一个火炉，此时里面燃着幽蓝色的火光，光芒上方映照出一些连续的声画。而我和守夜人白鹤正坐在椅子上，抬着头目不转睛地观看。

画面消失后，白鹤止不住感叹道："原来还有这种操作，学习了。"

我自满地点头道："所以呀，有事尽管请教。以后再遇到这样不发一言的房客，知道该怎么操作了吧！"

我们面前，坐着沉默不语的韩子安。他从前半夜被王言不破带进来之后，不论我们问什么问题，都没有说出一个字，好在旅馆设备神通广大，还是让我们了解到了他的故事。

"跟看电影一样。"白鹤似乎还沉浸在讶奇之中。

但我毕竟是有强迫症，向也才刚低下头来的韩子安问道："没播完呢，后来发生了什么？"

"发生了什么，有那么重要吗？"他终于开了口，嗓音低沉，像男主播。

"当然当然，我就想知道你是怎么来的！"

"何必执着于此，你只管把我送走不就是了？"他语气略带鄙夷，似乎极度不尊重我的工作。

我心里暗骂，你以为我想揽这些破事呢？还不是清理房间过于危险，所以才想在顾客上门时先搞清楚故事，以便工作的时候更有头绪嘛！

见我和白鹤都没有动作，也没有说话。他轻叹了口气，缓缓说道："我爱人出了事，我只好把本应上交学宫的生命之树汁液用在了她身上。也因此，被学宫罚去了卧佛镇。"

"卧佛镇又是什么地方？为什么要用'罚'字？"

"我虽然用掉了生命之树的汁液，但是公司通过我的情报，探查到十年前肖舒望离开悦南镇后一路西行，最终在卧佛镇消失了。以此推理得出，生命之树的本体就在那里。虽然学宫势大，但天下更大，总有地方是学宫无法渗透与掌握的，而卧佛镇，就是其中之一。每一个学宫门徒都清楚，去这些无法监控的地方出任务便是九死一生，所以是受罚。"

"那你去了卧佛镇又发生了什么？"

我给积极提问的白鹤竖起拇指点赞。

韩子安揉了揉太阳穴："……我记不太清了，好像是遇到了地震……我被埋了……再后来应该是被那个大胡子救了出来，带到这里？"

我还想再问得详尽一些，但白鹤拍拍我的肩膀指了指头顶的明瓦，天光泛白，已近黎明。

"就这样吧，我送他去202休息，你先在这里等等我，我有几句话跟你说。"

我点头目送两人起身，因了油灯的照耀，他们身后被投射出两条狭长的影子，其中韩子安的那条似乎不太规矩，像是由无数不停滚动的数字代码组成的那般，滑稽又怪异。

白鹤送客又回来，也不多废话，直接说道："咱俩也做个交易吧！"

我满脸问号。

"我知道你想要每个入住房客的信息，这样方便你的工作，我会尽量让你旁听。"

"那我要给你什么呢？"我不糊涂，交易的重点不是能得到什么，而是需要付出什么。

白鹤俯身过来，轻声道："我怀疑小荷的神识散落在二楼各处，希望你在上面工作时，能多加留意一下。"

我有些恍惚，突然想到前几天清理201的时候，那些散落在我肩头的绿色光点。

见我点头，白鹤便准备走开，但我叫住了他："你刚刚……为什么说'也'？"

202问题：谁跟着韩子安溜入了子夜旅馆？

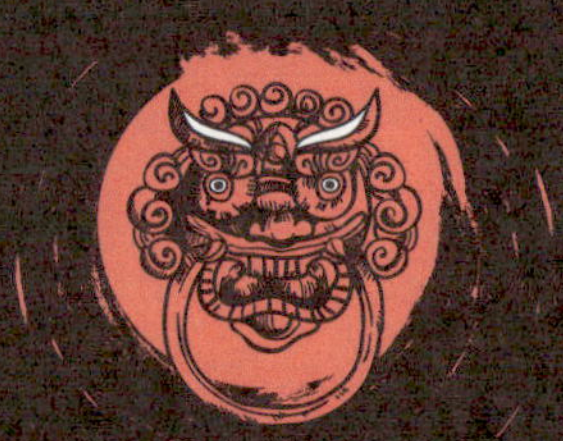

夜

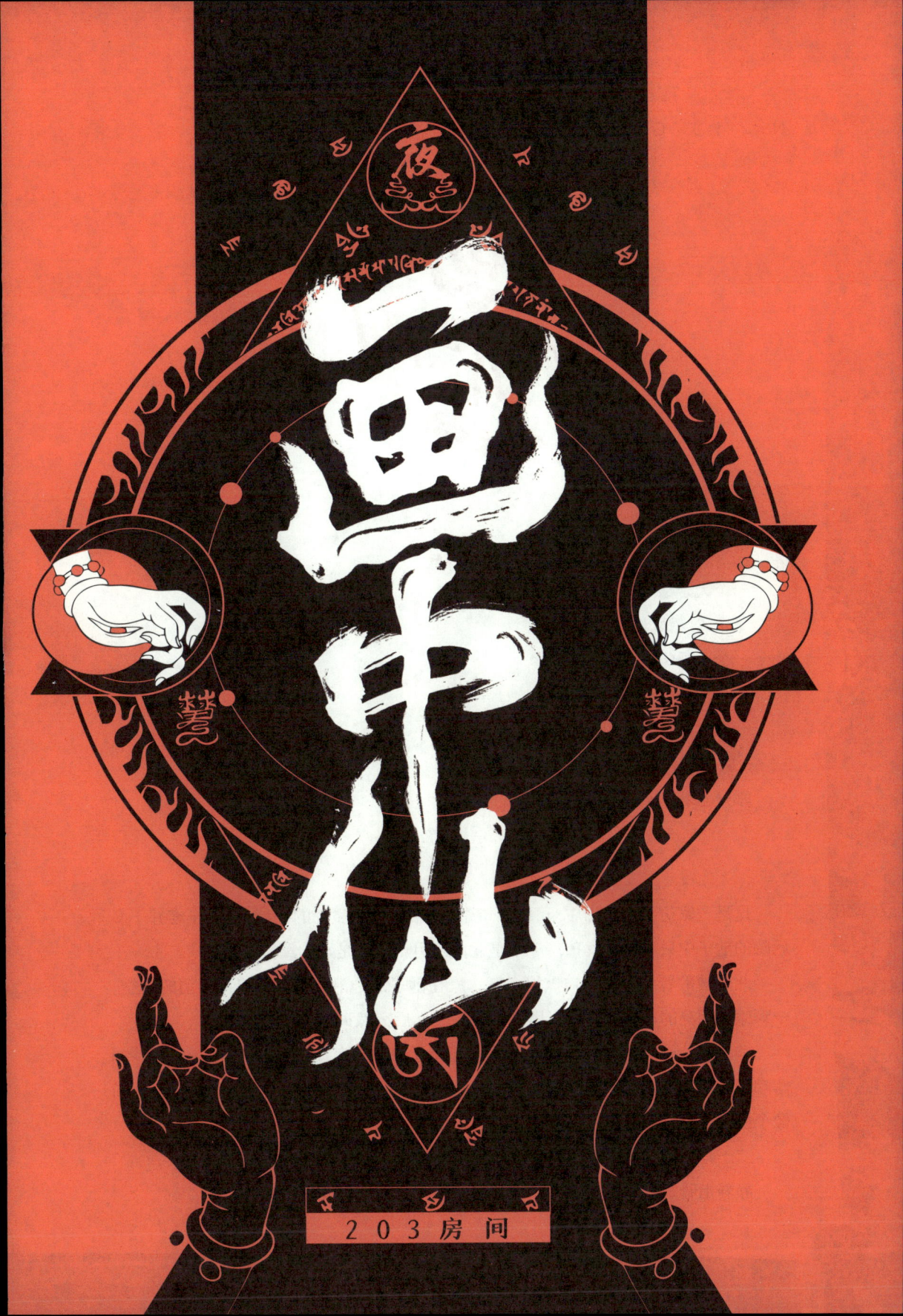

画中仙

203房间

NIGHT PORTER

壶中仙

0

一个人走路。

一个人吃饭。

一个人睡觉。

一个人的生活，冷冷清清。

一个人的背影，可怜兮兮。

幸好，北落不是一个人。

1

这是一家仿古温泉山庄，可能离市中心太远，在这微凉的初秋天里，顾客并不多。后院的池子中只有两个女孩，一个是北落，另一个，是她的闺蜜静静。

北落披散着头发，脸被熏得微红，瘫在池子的边沿，仰望着略显凄清的夜空。一颗原本明亮的星在她的目光里闪了一下，然后突然灭掉了。

"奇怪……难道又有人死了？可我无父无母，只有你这么个妖孽朋友啊！"北落嘟囔了一句，等了片刻，见没有人回话，便抬起了头，发现静静正蹲在自己胸前，像个色魔一样盯着自己不争气的胸部看。

"干吗呢，干吗呢，干吗呢？"外强中干的北落提了提浴巾。

静静指着她胸前的瘀青："你是去做了什么不可告人的事情吗？"

北落捶了静静一拳:"去你的,这是上次收妖时受的内伤……就快好了!"

"你不是学宫阴阳系二甲毕业的吗,怎么老是受伤?"

北落的脸在热气蒸腾下更红了,她噌地一下站起来,脚踩在触感奇妙的鹅卵石上:"上次是意外,本来一切都在我的掌控之中,不料除妖当晚发现,用来布置阵法的材料被人调了包。无奈之下,只有再花时间准备,可就是这拖出来的两天时间,让那个藤妖成了大器……"

静静眼睛一亮,缓缓起身,调笑道:"藤妖?丫头你艳福不浅哪!"

北落一愣,掐了过去:"看我不撕了你的嘴!"

静静嬉笑着一闪,但还是被北落扯下了浴巾,朦胧的月光下,露出一副姣好身材,于是北落就更生气了,张牙舞爪扑了过去……

这女人真是……没羞没臊!

2

夜渐深,厮闹疲累的两人上了岸穿上鞋,进到旁边的小隔间擦干身子,换了睡衣,出来后拉开木门,见供人吃茶聊天的后厅已空无一人。静静打了个哈欠,边走边说:"大家都睡了,快跟我回房吧!"

北落没理她,目光被墙上一幅巨大的壁画吸引住了,那是一幅恢宏壮阔却又莫名诡异的画卷。静静见北落站定,凑过来看了一眼:"这是?"

北落思索道:"这幅画得是冷清的长安。"

"你从哪看出这是长安?"

北落指了指画卷上方。

静静看过去,吃力念道:"长……安……春……宫……图?"

"滚!春倦,长安春倦图!"

这是一幅奇怪的画卷,因为长安本该是一座繁华的城市,结果在作者笔下成了一座空城。那一处处的酒坊、赌庄抑或是青楼都成了无人的空房,如同鬼屋一般。

北落边看边絮叨:"咋没人呢?"

"谁说没人了,这就有个人呀!"静静仿佛在玩找碴游戏,一手指着画卷最右边的一处山峰,另一手获胜般高高举起。

北落看过去,那是长安郊外的一处矮峰,峰上有一亭阁,阁楼里斜坐着一个女子,她背对着看客,用手撑着半边脸打盹。

难怪叫春倦图,不过用一座空城去衬一个女子也太奇怪了,构图与立意都让人琢磨不透。

静静打了个哈欠："艺术鉴赏家，还睡不睡了？"

北落点点头不再多想，与静静回到她们的双人大房里，开灯上床。

"哎呀，我的脚底怎么被割破了？"静静掰着脚嚷道。

北落指了指自己斜倚在墙角的长匣："让你刚才瞎闹，估计是被池底的石子割的吧，我的箱子里有特制创可贴，一片顶市面上五片，谁用谁知道。"

静静瘪下瘪嘴："也就一道血痕，我可不敢乱用你们阴阳家的东西！"说着便躺下身盖上了被子。

北落也缩进了被窝，习惯性摸出手机，结果没信号。没信号就算了，连 Wi-Fi 也没有！她跳下床，踢着拖鞋跑到前厅，发现大门紧闭，前台无人。

怎么都没个人值班呢，不怕我把温泉偷走吗？才十一点，正是美好夜生活开始的时候，怎么就都睡觉了呢？北落虽这样想着，身体却诚实地打了个哈欠，也许是山庄内的熏香催眠，也许是温泉让人放松吧，她回到房间爬上床，不一会儿就沉入了梦乡。

时间一分一秒过去，转眼便到了午夜十二点。一团厚重的白雾在后厅涌现，它像活物一般朝着走廊漫过来，渗进了一个又一个房间，直到来到北落与静静的房门口。它犹疑了片刻便要往里面渗，却被一道金光弹开——睡前门上贴符，是阴阳家门徒居家旅游的良好习惯。

白雾似是有些惊慌，开始缓缓退去。

3

早晨，北落醒了过来，本想伸个懒腰，却发现身上压着沉甸甸的重物，一个鲤鱼打挺把重物给抖落，仔细一看，原来是不知何时从隔壁床摸过来的静静。

"哎呀，我不就是摸了一下你吗，用得着反应这么激烈吗？"静静揉着脖子与屁股，想要爬起来打北落。

北落一闪，跳下床："该，睡觉都不老实！"

北落打开房门，缩了缩脖子："怎么这么冷，暖气都舍不得开？"随即气冲冲地走到前厅，不料大门依旧紧闭，前台依旧无人。

"破旅馆！"

这家温泉山庄并不大，只有一个前厅，一个后厅，中间夹着一条长长的走廊，走廊的一侧是供客人休息的房间，另一侧是单人温泉间与桑拿房。

"服务员，有没有服务员？"北落喊着，敲开了一间又一间的温泉间与桑拿房。没有人，也没有暖气，冷得像是失修多年的废弃旅馆。

北落跑回房间，见静静端坐在镜子前描眉："别臭美了，赶紧穿衣服免得冻着，这家旅馆有问题！"

静静放下眉笔，又拿出一支口红："有你这个脾气火暴的驱魔师在，能有什么问题？"

"旅馆没人了！"

"本来人就不多啊，可能是还没起床吧，你去咱隔壁的客房看看？"

北落风风火火地穿上小皮裤套上蝙蝠衫后，还真去了隔壁。一开始还是正常的敲门，可一分钟之后，静静涂口红的手一抖，因为她似乎听到了一声破门的爆响。

"我的姑奶奶欸！"静静匆忙收拾好，在镜子里练了一下人畜无害我见犹怜的表情，踩着拖鞋跑过去准备给人家道歉。可刚进隔壁房门，就见北落站在床前往躺在那儿一动不动的男人鼻前探手指。

"你把人家杀啦？！"

"嘘！"北落示意静静安静，探过男人鼻息后，又掰开眼皮，"有呼吸还活着，但瞳里无神，怕是被人摄了神识！"

见北落认真了起来，静静主动把自己调成了静音模式，跟着驱魔师大姐把所有的房门都踢开了，剩余的房间里还有两个人是同样状况，其余的都是空房间。也就是说，整个温泉山庄，只有五个客人，而除了她们两个还醒着，其余三个都陷入了莫名其妙的沉睡之中。

北落与静静来到空无一人的后厅，凉风一吹，寒意颇浓。拨开木门来到温泉池边，池子里也没人，也没冒热气。北落四处走动探查了一番，毫无所获，而此时的她突然听到身后的静静一声惊叫。

北落回头闪身，瞬间来到静静面前："怎么了？"

"……你没发现这张图，跟昨晚有什么不一样吗？"

北落抬头一看，身子一抖："长安城里……有人了！"

4

画中昨晚一片死寂的长安城，此时已经有了人，虽不至于人群熙攘，但至少有了生气，像是一幅正常的画作了。

"这是怎么回事？"静静愈发紧张。

北落没有回话，而是走到右侧去看那座山峰上亭阁里的女人。此时女人已经站起了身正面对着北落，阁楼的阴影投下来，遮住了她的大半张脸，只能看到嘴角与一抹意味深长的笑。

　　北落突然一怔，一个后撤步："画……中……仙？！"

　　静静忙问道："什么仙？"

　　北落敲着自己的头："我这个猪脑袋啊猪脑袋……大唐初年，山门大开，百鬼夜行，民不聊生，悬赏捉妖，男丁尽去，长安空城……当年课上背得滚瓜烂熟的东西，怎么昨晚就给忘了呢！"

　　"到底是什么啊？"

　　北落指使静静："你先去房间帮我把长匣拿过来，我去把那三个被摄了神识的人背过来。"

　　"我不去，你那个匣子沾满了狗血妖血，晦气得很！"静静一脸嫌弃。

　　"那你去背人？"

　　"人家背不动……"静静眨着眼睛，楚楚可怜。

　　无奈，北落只好先去拿长匣，然后再跟静静一起把三个人搬到后厅。

　　北落打开匣子，边捣鼓里面的瓶罐符咒，边向静静解释："学宫的历史课本里记录过一件事，驱魔专业课老师给我们讲过一个民间传说，现在看来，这件事和这个传说是连在一起的。历史课本上记载的是，大唐贞观二年，山门大开，长安城百鬼夜行，大唐第一驱魔师钟馗以一己之力将妖邪驱逐出城，并耗尽半身之功布下护城大阵。

　　"长安虽然逃过一劫，但第二年，大唐境域内诸多地方纷纷被鬼邪侵扰，民不聊生。朝堂征集能人异士驱魔逐妖，超度恶念，凡立下功劳者皆加官晋爵赏赐重金。一时间，长安城男丁纷纷应征，只剩女眷独守空城。

　　"而在驱魔专业课上，老师讲的故事是，大唐有一隐士画圣，姓名已不可考，据说吴道子便师承于他。这位高人感念世间疾苦画过一幅画，画中有一人一城，因画工了得，栩栩如生，久而久之画中人便活了过来，成了画中仙。但这个画中仙因在画中过于孤寂，一有机会就把人的神识摄入画中做伴。

　　"你看，如今这幅画摆在面前，仔细一想是可以连上的。长安男人走空，只剩下女眷。画圣不忍诸多家庭离别之苦，便画了咱们面前这幅画，使用抽象的艺术手法，将盼君归来的女眷浓缩成了一个坐在城外山巅遥望远方的女人，而这个画中的女人吸纳了那么多人的相思怨念便活了过来，成了画中仙灵。"

"吸纳了怨念？那不是会变成妖吗？"

"仙和妖本就是同一种东西，不过仙多为人形、女体，样子美丽高贵，人总是不自觉想去亲近；而妖则多是半人不人，体态恐怖，人看了就会害怕，欲除之而后快！"

静静冷笑道："看来颜值决定命运，从古至今皆如此。"

北落脑子里闪过悦南镇的那株藤妖，黯然道："可不是吗！"

"现在我们要干什么？是要对付她吗？"静静指了指画中的女人。

北落摇头："我没有把握，但既然知道了是怎么回事，至少要把这三个人给救出来。"

"怎么救？"

"画中仙常用的套路是把人的神识摄入画中，再用他们心底的执念将其困住。你看看……"北落指着壁画，"这幅画凭空多出来的人，主要集中在三个地方——赌坊、青楼与学堂。"

说着，北落用那把缠满了符咒的大剑将其中一个胖男人的手指割破，挤出一颗血珠滴入早已调配妥当的罐子里，用笔搅拌之后在一张空白黄符上画上符印，往前一掷，使其牢牢贴在了壁画上。

接着，肉眼可见的震颤像水波纹一样在画上荡漾开。

静静努了努嘴："这是……要进去吗？"

"对！"北落拉着她，盯着壁画看了几秒，然后一头撞了上去……

5

这是一家人声鼎沸的赌坊，所有人都沉迷于赌，以至于完全无视了两个奇装异服的女子来临。

北落与静静观望了片刻，立马明白了其间的局势。虽然此间的赌局有很多，但无疑中间那场才是重头戏，因为被人群围得水泄不通。

两人拼尽全力挤进去，只见一个大胖子坐在赌桌的一头，另一头坐着一个额冒冷汗的老头。大胖子手边的筹码已经堆积如山，可见战果颇丰。通过听周围的议论，北落明白了这个大胖子已经在这儿连赢了三天三夜，逼得赌坊老板亲自出马，可是老板与他赌了两局，也显出败象。这最后一局要是输了，胖子就会赢下整个赌坊。

一个长毛尖嘴的小厮充当荷官，拿起桌面上的骰盅一通猛摇，继而砸在桌上："押大押小？"

大胖子眯了眯小眼睛，把如山般的筹码推到了一个写着"大"字的区域。冷汗直流的老板用颤抖的双手，将赌坊的房契推到了"小"字区域。

北落直直盯着骰盅，眼珠突然变成了血红色，她看到里面的骰子是一二三，小。可就在小厮手持骰盅，喊道"买定离手，开"的时候，骰子突然自己一通乱滚。待盅揭开，众人一看唏嘘一片，四五六，大！

老板眼皮一翻，从椅子上跌了下去。大胖子笑得腮帮子乱颤，抓起一把筹码撒向身后："大爷高兴，见者有份！"

但是人群并没有哄抢，因为一个扎着奇怪发型的姑娘扶起了对面的椅子坐了上去："看来你赌无不胜，我跟你赌一把！"

"好呀，以何为筹码？"

北落拉过身边的静静："以这个美女！"

静静脸一红，可见众人看向自己，又不想输了气势，只好端庄笑着在牙缝里挤出一句话："你可真仗义哈！"

胖子扫了一眼静静，笑得暧昧："正好，正好，来，来！"

小厮还是像刚才一样，摇了骰盅之后，问买大买小。北落一看骰盅，把静静的手按在了"大"字上。

"那我就小吧！"大胖子把筹码一推。

"买定离手，开！"就在小厮准备揭盅的那一刻，北落的右手将一张符咒顶在了桌下。在她的阴阳眼视野里，骰子本想翻滚，却被一股力量给生生按了下去，动弹不得。

盅被揭开，一四六，大！

大胖子一下就站起了身，眼睛得圆鼓鼓："怎么……怎么可能？！"

静静妩媚笑道："因为本姑娘……福大佑四方啊！"

此时，围观人群的脸色全都变得铁青。北落一笑，一脚踢翻赌桌，从背后抽出铁剑："终于演不下去了吗？"

人群闻言，纷纷化作青面獠牙的妖魅，向北落扑来……

6

温泉山庄后厅的壁画白光一闪，北落和静静从中跳了出来，北落像是足球运动员，落地的一瞬间，将一个胖乎乎的白色光球一脚踢进了地上躺着的胖男人体内。随着她们出来，一直贴在壁画上的符咒燃烧成灰。

静静问道:"这样就好了?"

北落点点头,也不多说废话,继续如先前那般,用第二个男人的血画出一道符咒,再一次拉着静静入画……

莺歌燕舞,灯红酒绿。静静跟着北落绕过后院的假山,看见一大群颜值高身材好的姑娘们在前厅门口排着长队。

两人上前侧耳一听,原来是青楼被一个英俊多金的公子包了场,如今大家正在轮番上场,各施本领,只为博公子青睐。

静静鄙夷道:"哎哟,这个家伙比刚才那个胖子还会做美梦!"

北落四下一看,一个干脆利落的手刀,砸晕了一个排在末位的姑娘,把她拖到了假山后面,然后探出头招呼静静过去。静静一去,迎面扑来一套泛着桃花香粉味道的红色衣裳……

"我不!"静静气得跺脚。

北落摇着她的手:"好静姐,你不出手咱们破不了局啊!"

"只有这一个办法吗,你就不能把这些妖魅都杀光,强行带那色鬼离开?"

"不行啊,执迷不破,美梦不碎,他的神识出不去!"

静静瘪着嘴:"死丫头,回京都你得买最好的香水给我!"

北落把头点得跟筛糠一样,见静静开始换装,一闪身溜出假山,再一闪身挤进人群,最后现身于青楼大堂。

无数姑娘簇拥着一个红绸结带的舞台,台下只有一桌客人,其中一个满脸油光的男人被众星捧月地伺候着吃喝,不消说,一定是这次营救的对象了。

北落抱着剑,站在一个不起眼的角落,看着一个又一个肤白貌美的姑娘轮番登场又离场,突然开始担心,静静真的能在这一票姑娘中脱颖而出吗?

等了很久,北落头一偏一个激灵差点睡着了,赶紧从旁边的桌上摸来一盏茶喝醒醒神,可刚喝下去,就见舞台周围的姑娘一阵骚动。紧接着,静静闪亮登场,北落一口茶水全喷在了身前的柱子上。

静静并没有穿那套古装,而是将自己的紧身T桖衫从下往上撕开直至胸前,而原本应该穿在腿上的紧身牛仔九分裤,此时被她当作围裙一样系在腰间……

小蛮腰,大长腿,静静刚上台还没走两步,就被主角大声锁定了:"就是她了!"

静静暧昧地舔了舔嘴唇:"怎么,这就被选上了?我还有才艺没展示呢!"

满脸油光的男人一箭步冲上台,作势要抱:"嘿嘿,有什么才艺晚上私下给本公子展示吧!"

"呸！"静静一脚把男人踢下台，一口唾沫吐在他脸上，"你倒是看上我了，可我看不上你啊，就凭你，撒泡尿洗洗脸，回家做梦去吧！"

男人愤怒、无助，一脸的不可思议："怎么会有女人抗拒我呢，怎么会有女人不喜欢我呢？怎么可能……"

大堂顿时黑气腾腾，鬼啸四起。北落提剑，一跃而上……

7

书院本该是清幽之地，如今却也围满了人。学堂里，一个细皮嫩肉、明眼人一看就知道是女扮男装的书生，正手执书卷正襟危坐着苦读，两耳不闻窗外事，两眼不看窗外人。

但窗外人都在看她，目光灼灼。

一只白嫩小手敲了敲她的桌子："书呆子，你看窗外有人在看你呀！"

书生抬眼并不看窗外，而是直视北落笑道："我在看书，他人看我，你又在看他人。世间趣事甚多，甚多！"

"肾多？"静静凑过来盯着书生的脸看了半晌，对北落摇摇头，"这个我没法帮你了！"

北落一把夺过书本："执迷于酒色财气的人很多，执迷于读书的还真是少见！"

书生笑道："你错了，我不是执迷于读书。读书很苦，十年寒窗，孤冷寂寞，没人会喜欢，更别说执迷……我之所以读书，是为了考取功名。当下妖祸众生，虽有唐、孙一行人西度百鬼、平妖除乱，但朝堂时局不稳，天下需要我！"

北落眼睛一亮，终于找到了突破口，一拍桌子："你说得都对，唯独最后一句不对——天下不需要你！"

"此话怎讲？"

"因为你是女子！"

书生一怔，竟显出一副痴相："真的吗，我是女的吗？"

静静握住她的手，放到她的胸口上："你自己感受一下不就知道了吗？"

书生依言而行，泪水滚滚而出……

8

将三人都带出画之后，静静趁着北落把人弄醒之际，回房换了身衣服。她再度出来时，北落问她："这一趟穿越之旅有何感想？"

静静想了想说道:"原来只需要一句话,就能把一个人的梦击碎。"

北落一脸不可思议:"哇,你居然也有深刻的时候!"

静静认真地点点头:"比如一个人正做着春梦,你只需说一句……"

北落赶紧捂住她的嘴:"好了好了,我不该质疑你的,有外人在呢,咱们还有正事哈!"

三人皆醒,大家认识了一圈。

胖子叫张大全,跟着别人做点小工程,赚一年赔两年。

满脸油光的男人叫田波光,宅男,游戏狂人。

戴眼镜的姑娘叫白建设,是一个基层公务员。

北落把目前的处境大致说了一遍,因为三人都残留着画中记忆,所以接受这些神怪之事倒也容易,当下便表示愿意跟着北落逃离这个诡异的温泉山庄。

于是也不再废话,北落领队,一脚踹开了山庄大门,带着众人开始往山下走。可前腿刚离开,大家就听见身后狂风大作,回头一看,一阵肉眼可见的黑风从山庄里刮出,摧花折树地朝众人袭来。

"你们先走!"北落柳眉一皱,挥剑殿后。

风如利刃,人如松柏,两相对峙,北落正欲抵抗,却见这股黑风突然一停,绕过了她,直直追向逃跑的众人。

北落学过鬼神步,但再快也比不上风速。眼看着风刃就要击中静静的后背,她咬牙用力一甩,把手里的大剑抛了出去。剑腾空而起,原先缠绕在剑身上的符咒一瞬间爆裂般地散开,闪耀着金光在空中织成了一道大网,将那股黑风网罗其中。

黑风左突右窜,却突破不得。符咒网越缩越小,直至缩成一个皮球。皮球左弹右飞,似憋闷至极。北落也不管它,飞身一掠左手接剑,右手提起静静的胳膊带着她往前跑:"这下咱俩扯平了,不用帮你买香水了!"

9

天色阴沉,山间布满了浓厚的雾气,一行人逃了半个小时,终于见到了院子房舍。最前面的田波光站在围墙上,作势就要往院子里跳。北落闪身上前,一把扯住他:"你好好看清楚!"

众人止住脚步,定睛一看:一个大池子,池子前面是一栋仿古建筑——这不就是刚逃离的温泉山庄吗?怎么出现在了山下呢?

胖子张大全一边喘息,一边抹着额头上的虚汗。

北落沉思了一会儿，说道："小伎俩罢了，这吓唬人的把戏之所以古往今来能困住那么多人，一方面，是因为被困的人会害怕，一害怕就会丧失掉基本的推理能力；另一方面，被困时多是夜间，容易在复杂的路段绕圈。而现在是白天，刚才我们一路直行往下，没有绕任何弯路，走了半个小时来到了山庄后墙，那么只要往上走二十分钟左右的路程，就理应可以找到一个界点！"

白建设扶了扶眼镜："你的意思我明白了，一段路程绕了个圈，所以除以二就是这个圈子的起始点。可为什么选择回头，而不是绕过这个山庄往下走？"

"刚才那道黑风虽然被我用天罗地网咒困住却并未完全制服，现在应该还在山庄门口挣扎，我们最好不要跟它对上！"

静静问："等等，一半的路程……不该是十五分钟吗？"

北落翻着白眼道："大姐，刚才是下山，现在是爬山。"

二十分钟后，众人来到了一块大石下休息。北落开启阴阳眼一望，皱眉道："奇怪，居然没有看到界点。"

"是位置不对吗？"白建设问。

北落摇摇头："界点如果存在，肯定会在我视野范围之内。"

"那还有办法破解吗？"

北落蹲下身打开长匣，从里面掏出一罐黏稠的液体，拔掉塞子，一股刺鼻异味让众人纷纷捂住了口鼻。她把液体往地上倒了几滴，然后重新封装好，见大家纷纷远离她而站，笑道："现在的情况我猜测多半是地精作祟，而地精由阴寒之气凝结而成，最见不得至阳之物，而我刚才滴的这个东西学名就叫阳火。"

于是一行人盯着那块被阳火滴过的土地，足足看了一刻钟，什么变化都没有发生。

北落起身，清了清嗓子："嗯，这就说明，此处的困局跟地精无关！"

"快看！"白建设指向地面，一行字逐渐显现，无笔而书——**皓月易碎，宝玉无姓**。

张大全问北落："丫头，这是啥意思？"

北落端详了半天："这个局应该不是地精布的，但它害怕布局之人不敢明说，又害怕被我追究，所以给了两句谜语一样的提示。"

一时间破不了局，好在暂时没有危险，大家便各自选了干净地方坐下休息。

不是地精作祟又是谁呢？画中仙的大部分力量只局限在画中，出画后能刮出那阵妖风已经是它的极限了才对……北落正思忖着，却见一张油嘴悄悄凑了过来："那个……你朋友的微信能不能让我加一下？"

北落看了一眼树下正拿着小镜子补妆的静静，厌恶地瞪向田波光："不给！"

"那……你能告诉我她的名字吗？"

"呵，我劝你赶紧打消这心思，她是你搞不定的女人！"

劝退好色之徒后北落却突然一蒙，对啊，静静叫什么来着？自己怎么突然忘记了，唉，猪脑袋！

北落敲了敲自己的头，却见张大全神色诡异地左右张望："你怎么了？"

"我……尿急！"

北落翻起白眼。

"嘿……嘿，小姑娘，你说这又是黑风老妖，又是画中女怪的，走远了……我怕啊！"

"真麻烦，那你就去石头后面解决吧！"

北落说完这句，靠在大石上的白建设赶紧起身挪步。

她来到北落身边坐下："有个事情，不知道方不方便问？"

北落警惕地看着她："要找我借钱吗？"

"……不是！"

"那问吧！"

"你之前说画中仙是根据每个人的执念，制造出针对性的幻象来困住我们，所以我很好奇像你这样强的人，出现的幻象是什么？"

北落摇头："我没有进入画中，所以并没有被幻象困住。"

"是吗？"

"你们快过来看啊！"石头背面的张大全突然喊了一句，"这石头后面有字！"

田波光率先凑了上去，三个女人虽然也挪了过去，但极有默契地捂着鼻子且隔了老远距离观望。

路边的大石背面，刻着三个斑驳掉漆的隶书大字——"点翠峰"。

北落嘟囔道："不就是一个山名吗，有什么大惊小怪的？"

张大全提了提裤腰带从草丛里走出来，沉声说道："十年前我刚入行，跟着徐哥做的第一个地产工程，就是点翠庄园小区项目，当时徐哥挣了几个亿，我也跟着捞了几百万。"

他摸着大石，仿佛回忆起了自己的峥嵘岁月，好一会儿才叹道："这个项目的第一步，就是把点翠峰炸平！"

白建设问道："你的意思是，点翠峰十年前就已经不存在了？"

"对！"张大全面色凝重地点了点头，"我亲自带人炸的！据说还炸出了一个古董，被博物馆收走了。我当时对古董什么的没兴趣，所以也不关心，现在想来……你们说，那个古董会不会就是那张把我们吸进去的画啊！"

没有人回答他，因为大家此刻脑子里想的都是——既然点翠峰是不存在的，那么此处又是哪儿？

薄雾湿凉，白建设拉了拉北落的手将她带到树下，悄声说道："我可能知道'**皓月易碎**'是什么意思了！"

11

北落从树下走出来，对静静喊道："老污婆，帮我把匣子拿过来！"

静静双手抱胸一脸嫌弃："晦气东西，自己过来拿。"

北落走了过去，拍了拍田波光与张大全的肩膀："白建设叫你俩过去，有点事。"

两个男人不明所以，但还是走了过去。

北落在静静身边坐下，一边整理长匣，一边神秘兮兮地说道："我知道皓月易碎的意思了！"

"什么意思？"

"你说，什么样的月亮是容易碎掉的？"

"……卖什么关子啊！"静静用手肘戳了北落一下。

"笨，水里的月亮啊！"

"好吧你赢了……不过水里的月亮又代表了什么意思呢？"

"水中皓月，梦幻泡影，皆是虚幻！"北落抬眼看向说不清楚是可爱还是妖娆的静静，"说起这个早已消失多年的点翠峰，你不觉得它特别像《长安春倦图》里，那个女人待着的山峰吗？"

静静脸色一变："你……别吓我！"

北落嘻嘻一笑，一把抱住了她："哈，我怎么会吓你呢！"但她松开手之后，脸上的笑意瞬间消失了，然后她站起了身，眼里闪过一丝落寞与悲伤，"这里才是真正的画中吧，静静，你才是真正的画中仙！"

"是你在吓我！"北落转过身，执剑对着静静，眼神凌厉。

静静一脸平静，呆坐在地上毫无动作，因为她的后背刚被贴上了一张黄符："什么时候开始发觉的？"

"一开始你死活不肯碰我的长匣，我就有点疑惑。直至白建设问我，我的幻象是什么，我下意识回答她，我没有被拉入画中，所以并没有被幻象困住。当张大全说点翠峰十年前已经不存在的时候，我突然想到那我们是如何来到的这个温泉山庄呢？可我脑袋空空，居然搜索不出任何记忆……而且有人跟我打听你的名字，我居然只记得你的小名，忘记了你的全名。我不该是个健忘的人啊！"

静静轻笑道："都说胸大无脑，看来胸小给你带来了不少好处。"

"死到临头，还要嘴污吗？！"北落眼里厉色更浓，手里的黑铁大剑震颤了起来。

"你真的要杀死我？杀死你的闺蜜，你在世间唯一的好朋友？"

北落神色黯然闭上了眼睛，但手并不迟疑，长剑疾刺而去，一下就贯穿了静静的胸膛。

飘飞在寒雾之中的，是滚烫的血与泪。

静静虽受此重创，却依然浅浅笑道："我可曾害过你！你便要杀我？"

说完她的手突然动了，一只纤葱玉指抹掉了北落眼角残留的泪，随即轻轻一推，把北落重重击飞。一霎间，风云涌动，天地变色，孤峰之上，飞沙走石，草木枯萎。静静张开双臂，整个人缓缓升至半空，对着地上狼狈的四人伸出了手，雷云瞬间在众人头顶聚拢，跳跃着刺眼的电光，像是天怒神罚一般令人胆寒。

北落旧伤未愈，又添新伤，此时唯有把剑插进土里，才能勉强稳住身形。她小声骂道："当初真应该好好学习，也不至于毕业后谁都打不过！"

正当众人准备以死迎接这场突如其来的劫难时，却见一个桀骜不驯的符咒皮球突然弹到了半空中。北落一个闪念，决定赌上一把，立马手捏诀法，解了天罗地网咒，于是皮球瞬间爆裂，里面的黑风冲了出来，没有管之前困住它的漫天符咒，而是第一时间冲向了静静。

静静没料到会出现这种变数，来不及躲闪，被黑风从胸膛一穿而过。黑风穿过之后并未停止，而是绕了一个弯回到了地面，变成一缕纯黑的墨汁喷射在了那块大石之上，大石也因此摇身一变成了一张巨大符咒蹿至空中，将被定在半空中的静静一圈又一圈地缠绕，直至将她缠成了一个木乃伊，然后在一阵刺目的闪光中，轰隆一声爆炸开来！

霎时间，天崩地裂。北落昏迷前，认出了那是一道阴阳家失传已久的符咒，上课时专业老师用录像带放给他们观摩过，说这是阴阳家祖师爷所创的一道绝世符法，叫作——滚蛋吧，卷心菜！

12

北落在冰凉的地板上睁开眼睛，先是转动眼珠，尽可能多地观察周围——这是一个黑暗空旷的场地。再听声音，一片死寂。应该没有危险，她松懈下来坐起了身，一通猛烈咳嗽，看到面前躺倒着三个人，分别是张大全、田波光与白建设。

她站起来走了一圈，发现这是一个博物馆，便终于想了起来，自己是因为接了一个单，说是博物馆里有妖物困人，才在夜里潜入调查的，想来该是调查时过于大意被吸进了画中。

北落摸出长匣里的手电，找到珍藏在玻璃墙柜里的这幅《长安春倦图》，细细看去，依旧是一座空城，依旧是一女子坐在亭台里打盹。但奇怪的是，墙柜的玻璃上用黑笔写着一行小字：皓月易碎，宝玉无姓。

这句话原来是局外人给的提示！可究竟会是谁呢？北落皱着眉头，盯了好一会儿，既然想不通，那就不再去想。她没管地上的几人，从二楼的一扇洞开的窗户跳了出去，来到公路上打了一辆车。

回家的路上她掏出手机，终于有了信号，打开微信找到一个叫"姜汁加冰"的好友，发了句："办妥了，人都救出来了！"

凌晨三点本以为没人回，不料消息刚发过去两分钟，一笔五千块的到账通知就弹了出来。

北落呼出一口气，靠在椅背上眯了会儿眼，她想起画中的事，想道："我其实不算没有朋友吧，韩子安欠了我那么多人情，还在帮我尽心尽力地研制药物，应该算朋友！嗯，勉强接受他成为本姑娘的朋友吧！"

再次翻看手机，同学群里有几百条未读。都有什么可聊的啊，北落本想点开再关闭，可当她看见大家的聊天内容，整个人就僵掉了。

13

北落裹着条栗色的围巾，站在猎猎秋风中，额发凌乱，马尾倒飞。

从夏到秋，只花了一个多月，而从她与韩子安分别，到今天来参加韩子安的葬礼，也只是一个多月。

有人拍了拍她的肩膀，转头一看，是一个法家的师哥，在上学的时候见过几次面，不熟。北落冷眼看他，不知找自己何意。

"我叫祁明,是子安的朋友。"

"噢。"

"子安离开京都之前,让我联系并转告你,他答应给你的东西,已经拜托了实验室的同事继续研究,成功之后会由我转交给你,请你放心。"

可能是秋风太紧,北落觉得眼睛发涩鼻子发酸,偏过身:"我知道了!"

"你怎么还不走?"北落看着一直盯着自己的祁明,有些不满。

"前几天市北博物馆发生了一起游客失踪案,有两个男人进去后就再也没出来,家人报了警,警察查了监控,又把博物馆搜查了个底朝天,毫无所获。直到昨天早晨,失踪的两人被人发现昏倒在一楼展览大厅……是你把他们救出来的吗?"

北落瘪了瘪嘴:"你们法家的人每天监控这些有意思吗?是我又怎么样!"

祁明轻笑道:"子安说得没错,二十五岁的姑娘还像小孩子一样闹脾气,我只是想提醒你,别什么活都接,很多事情,你一个人应付不来!"

北落摆摆手:"罢了罢了,今天没心情跟人吵架,你可以走了!"

祁明无奈地摇了摇头,往前面人群扎堆处走去。

"等一下!"北落又叫住了他。

祁明回头。

"听说你们法家门徒个个文化课满分,我有一句谜语你能破吗?"

"……说吧,我试试。"

"宝玉无姓。"

祁明一愣,说道:"《红楼梦》里有两个宝玉,一个叫甄宝玉,一个叫贾宝玉。我想,当宝玉无姓时,便是不知甄贾吧!"

北落嘀咕了一句:"最讨厌看小说!"也不再多想,转身走进了冷风之中。

北落没什么朋友也不需要朋友,不仅因为她是个孤儿,更因为她知道做驱魔这一行,生死太过寻常,牵挂少一点,软肋就少一点。孤独,虽然冰冷厚重,却是一副好铠甲。

一个人走路。

一个人吃饭。

一个人睡觉。

一个人驱魔。

一个人的生活,冷冷清清。

一个人的背影,可怜兮兮。

北落就是一个人。

但她觉得，其实也还好！

14

子夜旅馆空旷的大堂内，油灯与炉火都还未燃起来，因为还没到迎客时间。

隔壁饭店的老板王言不破跟守夜人白鹤端坐在一张小桌的两侧下棋。王言不破举着黑子正在犹疑，一阵狂风吹开了旅馆的木门，风铃声响，一道卷起来的黄符飘了进来。王言不破伸手接过黄符，将其拆开，里面是一撮雪白的毛发。

"小天同学，有客上门，去登记吧！"

白鹤虽然相貌比王言不破老多了，但表情却是极其恭敬，他双手接过这撮毛发，低头问道："老师，这是谁？"

王言不破捏了捏自己的络腮胡子："也对，这只狐妖风骚世间的时候你还没出生……她叫白茶，善察人内心，通魅惑之术，本来被我封在一幅古画之中，可现在看这白毛，应该是她在画中领悟了分身之术，又借助了外力，以此骗过了符咒禁制……"

"老师的意思是，狐妖的真身逃出来了？"

"对，你且拿她的毛发去登记，算是给她提前预约房间了！"

白鹤点头，依言而行。

——那晚，在黑暗死寂的博物馆里，北落并没有注意到，当她举着小手电，细细观察着玻璃墙柜里的《长安春倦图》时，身后的白建设已经悄然睁开了眼睛。

203问题：谁给北落发布的任务？

好女人坏男人与未来

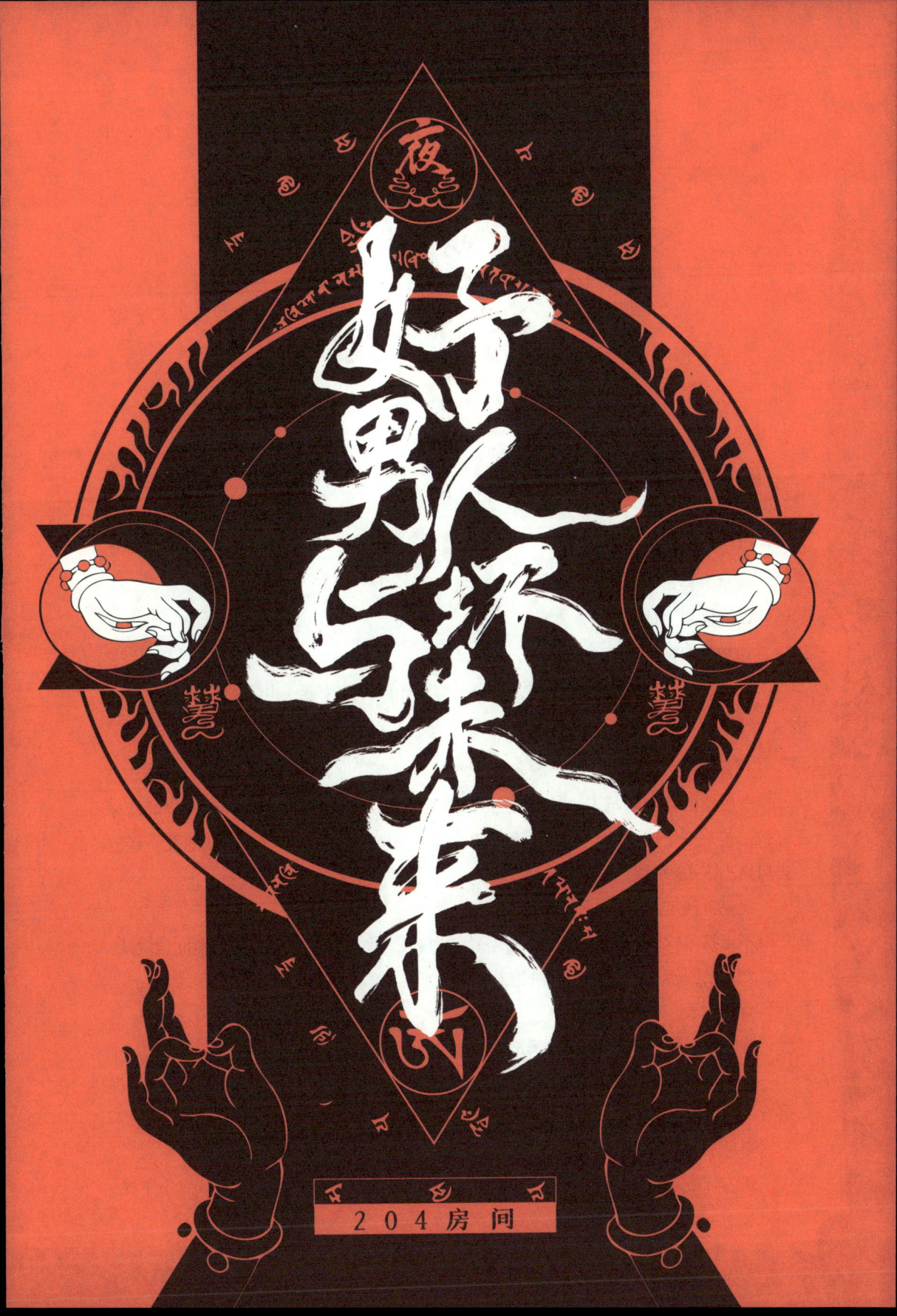

夜

204房间

NIGHT PORTER

好男人与坏未来

0

你是不是也常常觉得自己忘了什么？

可到底忘了什么呢？

你想不起来。

不仅想不起来，过几天，你会把自己忘了什么的这件事，也给忘了……

1

驾驶室的香水味呛人，徐奋进打开车窗让夜风吹了进来。手机振动，轻触蓝牙耳机，传来一个低沉的男声："徐师傅，麻烦去镇北罗魄湖边接一下我朋友，送他去凤凰小区 13 号楼。"

说完就挂了。

不走打车软件而是直接打电话，多半是熟人，徐奋进的车刚好走在镇北这块儿，于是便在前面转了个弯向罗魄湖开去。

看了看表，晚上十点半。

跑完这一趟就回家吧，徐奋进心想。

不同于南方来客可以直达镇南汽车站，北边一直只有过路车，所以罗魄湖不仅是一个美丽小湖，也是北方来客的下车点。

皓月下，罗魄湖波光粼粼。

湖边有路，路旁有灯，灯下站着一个干净秀气的年轻男人。徐奋进从车上下来，帮男人把行李放进后备厢。

"小哥是从京都来的吗？"

"是的。"

"嘿嘿，这个点也只有京都的长途大巴车会在这儿往下丢人了！"

车缓缓开动，朝着山谷里那个灯火璀璨的卧佛镇驶去。

一个转弯，徐奋进突然急刹车。

幸好男人有系安全带的习惯，他问道："怎么了？"

徐奋进擦了擦冷汗："一条狗跑到了路中间！"随即按了一声喇叭，把狗赶跑了！

车重新启动，徐奋进为了缓解刚才的紧张气氛，问道："小哥在京都市做什么的呀？"

"……制药的。"

"真是好职业……来我们这种穷乡僻壤是旅游吗？"

"找点药材。"

"来卧佛镇找药材？我们这盛产香囊，可没听说过有什么名贵药材！不过我也不懂就是了！"

"这儿为什么叫卧佛镇？是因为附近的哪座山，像一尊卧倒的佛吗？"

"啫，哪是啊！"聊到本地话题，几乎所有的司机师傅都会兴奋起来，"是镇子北边的山上有一间醉佛寺，里面立了数百个佛像。据说当年唐三藏西天取经功德圆满，一群佛便开起了庆功宴，纷纷喝得酩酊大醉，导致坠落人世间。而这些坠落的佛因为太过放浪形骸，统统被开除了佛籍。于是，失去了职称的群佛干脆卧在坠落的地方不走了，而这个地方，便被取名为卧佛镇。"

年轻人点点头："难怪听闻卧佛镇盛产各种香囊，每一种都有不同的佛光加持。"

"是的呀，卧佛镇受百千佛光庇佑，醉佛寺的香囊更是全国知名的驱邪庇宅产品，甚至远销海外啊！你有空也可以去拜一拜，买几个回去。"

年轻人看了一会儿窗外的夜色，突然又问："欢喜佛呢？"

"在本地最有名的就是欢喜佛了，它在庇护卧佛镇的诸佛中最为特殊，也最受人喜欢。它不是醉酒被罚的，不过关于他的传说有很多个版本，有人说他不守佛规而被佛祖驱逐，所以自暴自弃逍遥世外；也有人说他是偷渡过来的，不受本土佛的管束，所以放荡不羁。但所有的传说最后都会归结到一点上——有很多人亲眼见他在镇上出现过。因此，醉佛寺里欢喜佛的香囊最多，最普遍也最畅销。"

"……"

闲聊间，到达了目的地，徐奋进下车，快步从后备厢拿出行李，又帮男人拉开了车门。

男人下车，环顾四周："这是？"

"凤凰小区十三号楼！"徐奋进钻进车里，发动了引擎。

"可我不是要来这儿啊，我在打车软件上设置的目的地是三温暖旅馆。"

徐奋进突然愣了，三温暖旅馆？哔哔打车？糟糕，自己可能接错人了！

凤凰小区在镇东，三温暖旅馆在镇西。

他摇下车窗，满脸愧疚的笑："小哥，实在抱歉，我家里出了点事，来不及送你去三温暖了，刚好打车钱也没收呢，要不您自己再打一辆车去吧！实在对不住了！"

男人沉默了片刻，也只好点头。

徐奋进吁了口气，擦擦汗，一脚油门往外开去。

十年的司机生涯，一直以稳妥著称，今天居然大意了，幸好乘客通情达理，他在心中默默感恩。

徐奋进刚开出小区，就在路口撞上红灯，只好停下来等待。这时，大地突然一震，巨大的轰鸣声冲得他耳鸣，作为卧佛镇本地人，第一反应就是地震了，下意识抱头缩身躲避！

可他缩了一会儿，发现震动并没有持续传来，忙起身看向窗外，只见车外尘土漫天，但路人并没有惊慌失措地逃跑，反而纷纷站在原地，向他的身后眺望。

徐奋进下车一看，呆了。

整个凤凰小区，已经成了一片废墟。

刚才到底发生了什么？

自己刚开出来啊，真是福大命大。可他突然想到了刚才的那个年轻男人，脸色瞬间煞白！

那晚，徐奋进守着镇政府紧急成立的搜救队，一个一个伤员看过去……终于在后半夜，找到了那个年轻人，他的面容无伤，很好辨认，但整个胸膛被巨石压塌了，神都救不了了。

凌晨四点，徐奋进开车回家，车速缓慢。他看不太清路面，不停揉着眼睛，又想听音乐调节心情，但颤抖的手偏偏摸不准按钮。

十年司机生涯，从未出过差错，今天一出错，就是人命！

自己如果在他搭乘时多问一句，什么事情都不会有了……

自己如果在知道搭乘错时，再载他一程，他也不会死了……

这个三十五岁的忠厚老实人，陷入了巨大的悲伤与愧疚之中。

突然，前方闪过一个白衣女人的身影。失神的徐奋进赶紧死蹬刹车，车骤停，头磕了一下方向盘，眼一黑，待他再睁眼，前方哪有什么白衣女人，只有一条被吓傻了的哈巴狗。

"怎么了？"身边一个熟悉的男声问道。

徐奋进偏头一看，那个死去的年轻男人竟神不知鬼不觉地又坐在了自己的副驾驶上。

2

惊恐的事情远远不止这一件，徐奋进还发现灯火通明的卧佛镇在前方的山谷之中，也就是说他此刻并未行驶在镇里，还在镇外。看了看手表，现在也并不是凌晨四点，而是晚上十一点。

怎么回事？

说起来这一幕似曾相识，在自己刚搭乘男人进镇的时候好像出现过，难道说——刚才的一切只是自己开车失神后的幻觉吗？

徐奋进抹了抹汗，按下喇叭，惊走路中央的狗，重新启动了汽车。

"……你叫什么名字啊？"

虽然胡吹海侃是司机的必备技能，但很少会打听乘客的名字，可不知道为什么，在经历了那场过于真实的幻觉之后，徐奋进对这个年轻人有了一种特殊的情感。

年轻男人也有点讶异，沉默良久之后，才慢慢回道："……韩子安。"

"……子安，好名字啊，平平安安！"徐奋进握方向盘的手更稳了。

"听说卧佛镇盛产护佑平安的香囊，而且每一种都有不同的佛光加持！"

"是的。"

"欢喜佛加持的是什么？"

"不太清楚。"

"你们本地人对欢喜佛了解多吗？"

"没怎么听说。"徐奋进没心思聊天，所有的注意力都集中在开车上，这一次，不能出任何差错。

转眼便到了镇口，一个巨大的十字路口，左边是往凤凰小区，右边是往三温暖旅馆。

徐奋进咽了咽口水，有些紧张："您……是要去三温暖旅馆对吗？"

"不是，我要去凤凰小区！"

这一句回答如晴天霹雳，一下就击中了徐奋进本就忐忑不定的心神。

"确定是凤凰小区吗？"

"有什么问题吗？"

徐奋进握方向盘的手更紧了，他长呼一口气，在心中劝慰自己："也对，刚才毕竟是幻觉！"

但是左转不久，他就接到了一个电话，蓝牙耳机里是一句稚嫩的话语："爸爸，妈妈突然昏倒了，你快回来看看啊！"

该死，幻觉重演了？

徐奋进在疑虑中加快了速度，不一会儿，车就到了凤凰小区路口。

"再往里开一段吧！"韩子安说。

徐奋进抹了抹汗，摇头道："就停在这儿吧，我家里出了点急事，您受累自己走几步吧！"

韩子安倒也随和，点点头就要下车，但一拧车门却打不开，他回头看徐奋进，有些不解："车费APP上会自动扣除的！"

徐奋进没有解释自己不是APP上的约车，他的脸在暗淡的灯光下一红一白，最后一咬牙一脚踩下了油门，把车往前开了好长一段路才停下来。

韩子安坐在副驾驶中，脸色隐怒。但他还来不及发作，就听见一声轰然闷响，车身随之微微一震。

"怎么了？"韩子安忙向外看去。

车外全是席卷而来的烟尘。

"我救了你一命！"徐奋进长呼了一口气。

待烟尘落地，灾难平息，徐奋进才把韩子安放下车。

韩子安取了行李之后，没有问他是怎么未卜先知的，只是弯腰跟他道谢。徐奋进点点头，本想开车走，可能是心中大石落地，突然想了起来，把过马路的韩子安叫住："对了，你想了解欢喜佛，可以去醉佛寺……"

韩子安回过头来还没来得及说话，突然就被一辆飞驰而来的摩托车撞飞。徐奋进冲下车，为时已晚，韩子安躺在路灯下，整个胸膛已经被机车的轮子压扁，人……还是死了。

不远处头盔开裂的肇事者反而没事，趴在地上喃喃自语："是他乱穿马路……"

红灯嘛不是……不关我的事……红灯……"

3

精疲力竭的徐奋进叩开家门，看到妻子岳蓉那张恬静温柔的脸，心里才有了一丝暖意。而也是这时候，他才想起来女儿给自己打的那通电话，忙用手比画了两下。岳蓉摇摇头，用手比画道："只是贫血而已，不必担心！"

"没事就好……没事就好！"徐奋进嘟囔着走进卧室，一头栽倒在了床上。

可能是风寒、劳累抑或是思虑过重，总之那晚之后，徐奋进便生了场病，三天后身体虽痊愈，精神上却出现了一些异常：比如有了强迫症，晚上睡觉前总要反复走到门前确认是否已经反锁，窗户是否关严实了；还有了洁癖，洗手时会在池子里揉搓很久，仿佛上面沾满了洗不掉的血污……

岳蓉知道他肯定出了什么事，但每每问及，他又不肯说，只是一个人发呆、走神、郁郁寡欢。

恰逢女儿朵朵生日，岳蓉提议一家人外出游玩散心。

朵朵今年八岁，长得乖巧可爱，跟着徐奋进漫步在游乐园中，不仅是很多小孩眼里的焦点，很多大人也会多看几眼。

这是个周末，游乐园人很多，徐奋进领着一家人在过山车前排了半个小时，总算坐了上去。惊险与刺激能让人分泌肾上腺素，调节心情，本来是没错的，可是当过山车缓缓升到顶端时，徐奋进又看见了东边那一片废墟，又想起了那个无法拯救的年轻人。

下来之后，岳蓉去买奶茶，让徐奋进看着朵朵。

徐奋进点点头，愣愣地站在原地。他感觉头昏脑涨，呼吸困难。

人至中年，谨小慎微，兢兢业业，从未对不起别人，如今像是一片雪白的纸上突然出现了一个墨黑的污点，擦不掉，又忘不了。

难受，心焦。

突然，胃里一阵翻腾，他跑到垃圾桶边狂吐起来。

把胆汁都吐出来后，整个人才稍微好点儿。徐奋进抬起头，见很多人开始朝着园门聚拢，像是有什么热闹可看，便随波逐流，也摇晃着身子跟了过去。来到人群外围，见到一个女人坐在地上哇哇哭喊。

只听围观人群议论道："真可怜，好像是女儿被人拐走了，她看见了却没追上，人贩子开了个小车，一溜烟就没影了！"

徐奋进露出一个难看的笑容："真可怜啊！"声音颤抖。

哭喊的女人回过头来，是岳蓉那张悲伤到变形的脸……

那天下午，徐奋进与岳蓉把卧佛镇翻了个遍，也没再见着朵朵的身影。

傍晚时分，徐奋进与岳蓉像是两个迟暮的老人，走在寒风吹拂的江边，颤颤巍巍。徐奋进握住岳蓉的手，用力朝着自己的脸抽来。岳蓉甩开他，一言不发地继续往前走。

徐奋进肩膀塌陷，整个人垮在了那里。他的意识变得模糊，隐隐看见一个白衣女人在视野里飘过，接着突然清醒，前方的岳蓉回过头来，笑容满面地给自己做手势："我去买奶茶，你看好朵朵！"

他偏头一看，朵朵正站立在自己身边，用手比画道："妈妈，我要菠萝味的！"

徐奋进内心涌动着巨大的狂喜，他意识到自己还在游乐园里，一切都还未发生，一切都还来得及！

4

"朵朵！"

"欸？"

"把手给爸爸！"

"好的！"

"不论如何，都不能松开！"

"可我想去坐旋转木马呀！"

不论如何，我都不会松开！徐奋进挺立在人群中，紧紧牵着自己的宝贝女儿，像一个对抗命运的战士。

异常出现了，身后响起了尖叫，说杀人了！紧接着拥挤的人群开始了骚动。有人推了一下徐奋进的肩膀，又有人撞了一下他的手臂，人们开始疯狂朝前逃亡……

徐奋进抱起朵朵，也跟着人群跑。但不知为何，总是有人在推他，在挤他，像是全世界都在针对他！徐奋进跑得磕磕绊绊，但抱着女儿的手却格外紧实有力。

突然，一把刀从后面飞了过来，逃亡人群猛地一闪，无数人压向了徐奋进。

徐奋进的腰被人狠狠踢了一脚，疼得他往下跌去，落地时为了不使女儿被自己压伤，只得松手……

命运之所以被称为命运，便是因为它的冷酷与不可颠覆。

徐奋进醒来的时候游乐园已经空空荡荡，他身上布满了被踩踏的伤，以至于爬起来颇为吃力。四顾一望，只见不停嘶喊却又喊不出话语的岳蓉，像疯婆子一样在园中四处翻找——女儿朵朵还是不见了。

徐奋进走至那把刀前，仔细看了一会儿，为什么会觉得眼熟，蹲下去摸了摸，失声发笑。

这是一把逼真的道具刀。

居然只是剧组演戏用的道具刀！

到底是谁在跟他开玩笑？

到底是谁在玩弄他？

是谁啊……徐奋进跪在地上，头垂到泥里。

他终于明白，自己预见的坏未来，无法更改。

5

朵朵丢了，警察说尽量帮忙找，但半个月过去，一点音讯都没有。

谁都知道，这种事拖得越久，越没希望。

徐奋进跟岳蓉才三十多岁，但塌陷在沙发里的两人却如垂暮老者，不吃不喝不开灯，一坐就是一整天。

行将就木。

终于，徐奋进起身把桌上的相册合上，走到阳台前拉开了厚重的窗帘，回头比划道："我去市场买鱼，给你做最爱吃的酸菜鱼片！"

岳蓉默默地点了点头。

在菜市场逛了半天，买了鱼的徐奋进又见着黄澄澄的大螃蟹，掏出手机想给岳蓉发短信，问她今天胃怎么样，毕竟螃蟹性寒。可当他打开短信箱的时候，映入眼帘的却是"徐师傅，麻烦去镇北罗魄湖边接一下我朋友，送他去凤凰街小区13号楼"——作为老司机，徐奋进的手机有一分钟电话自动转短信功能，用作打车信息备忘。

这一句话可谓是徐奋进的命运转折点，一切悲剧的起始点。如今再见，心绪泉涌，徐奋进死死按住它，准备将其删除，但当他看清那个号码时，手却突然停住了。

似曾相识。

但又忘了是谁的号码。

不过有一点可以肯定，一定是很熟悉的人，因为默念起来太顺口。

徐奋进想不起来，但他觉得这可能是一个线索，翻翻家里的电话本可能会有发现。

可是当他打开家门的时候，却看见岳蓉，面容乌青，身体僵直。

初秋瞬间变成寒冬。

徐奋进跌跌撞撞地冲了过去，把她抱了下来，用自己的热脸去蹭那张冰冷的脸颊，眼泪流湿了沙发。

"傻丫头……你怎么那么傻呢……要死也该是我死……是我把孩子弄丢的啊！"

"你总是这样……每次出事都是责怪自己……是我害死了你……是我啊！"

十年夫妻两茫茫，你若先死，我必后亡。

徐奋进放下妻子的尸体，慢慢向阳台走去。

一个熟悉的白色身影从窗外一闪而过，刺目的阳光让徐奋进闭上了眼。当他再度睁眼时，窗帘已经挡住了光。他停住脚步，意识到了什么，转身一看，岳蓉正呆呆地坐在沙发上，盯着那本合上的相册看。

又一次预知了未来，还是说，又一次重置了时间？

管它呢！

6

徐奋进眼眶泛红，走过去，轻轻抱住岳蓉："孩子没了，你还有我，而我……只有你了。"

说着，两人痛哭起来。

"咚咚咚"，敲门声响。徐奋进本想去开门，却被岳蓉止住，只见她擦了擦眼泪，挤出微笑，起身向门口走去。徐奋进知道，这是妻子在表示，自己可以熬过去，重新开始生活。正百感交集，却见岳蓉打开门后，一双手伸进来，掐住她的脖子，把她整个人狠狠拖了出去。

徐奋进本能地抓起桌上的水果刀，飞快地跑到门口，歹人已经拖着岳蓉上了楼。他一口气追到了楼顶。

天台上，一个中年男人正背对着他，用一个绳套拴住岳蓉的脖子拼命地勒紧。

"啊……"徐奋进红了眼，发疯般地冲过去，这个平常连鸡都不敢杀的老实人，用手里的水果刀，狠狠捅进了歹人的后背。

正中要害，歹人抽搐了几下，倒在地上死了。

可岳蓉也已经脸色发青，浑身僵直，死了。

都死了。

他还是改变不了。

既然改变不了，为何又要让他预见，让他承受双重的苦痛与折磨？

徐奋进用脚把歹人的尸体翻过来，看看到底是什么人害得自己家破人亡，可见到歹人的脸时，他浑身的血液都凝固了。

他想了起来，自己在当司机前，曾经在剧组管过道具……

他想了起来，那个熟悉的手机号码，是自己曾经短暂使用过，后来给了家里的备用机用的……

杀死岳蓉的凶手，有着一张跟自己一模一样的脸！

徐奋进看着地上的尸体，陷入了一种不可名状的巨大恐慌之中。

好在随着尸体的血越淌越多，这种恐慌感在逐渐减少，不仅是恐慌感，就连悲痛感与愧疚感也在逐渐淡漠。

整个世界开始褪色，楼宇尸体都纷纷蒸发，直至天地变成一片雪白，只剩徐奋进一个人站在原地不知所措。

空间里出现了另一个人，一个白色衣裙的女人，她长得很美，艳绝众生。

女人走过来，伸出食指刮了刮徐奋进的脸。

"更改不了的坏未来，是你早已历经的悲惨过去啊！

"我叫白茶……好吧，这个名字可能太招风了，从今往后，我还是叫白静吧，不过这些对你不重要，反正你不会记得。

"我只是最后来告诉你，我不是神，无法修补你充满遗憾的人生，唯一能做的，只有让你消除掉自己的愧疚与回忆。

"让你忘掉痛苦，是我最大的力量。你这趟车，开得值了。"

7

徐奋进醒来，发现自己居然趴在方向盘上睡着了，车里残留着一股惑人的浓香，是刚才搭乘了女乘客吗？

徐奋进开窗透气，刚好看见一个白裙女人扭着细长的腰肢，走进了对面的"开山茶馆"。

真是人间极品，让人大饱眼福，今天不亏。

徐奋进乐呵呵地发动了汽车，他觉得刚才做了一个很长的梦，但又忘了梦里的内容。不过他也没有多想，毕竟梦就是这样，迟早会忘的，你不仅会忘记梦的内容，过一会儿，连做了梦的这件事，也会给忘了。

忘记，本身不是什么坏事。

下班的时候徐奋进到公司交车，同事看着笑嘻嘻的他像看着一个怪物。

路上他买了啤酒鸭脖，回到家，一个人坐在空荡荡的客厅里，边看足球联赛边吃喝，痛快至极。

睡觉前他发现手机里有一条二婶的短信："奋进，婶子给你物色了一个离异的姑娘，身材相貌都很好，就是脾气差点，不过配你刚好！"

"呸！"徐奋进把手机往床头柜一丢，"离异的姑娘为什么要给我介绍？"

半夜上厕所的时候发现一间落锁的房间，徐奋进回忆了半天，不记得这是用来放什么的，本想进去看看，但脑子里隐隐有一个别进去的念头，于是便作罢了。

就这样，徐奋进每天都生活得自在开心，身边的人都觉得他变了一个人，他却莫名其妙，我不是一直这样吗？

如果没有那个快递，他的生活会一直这样平静快乐地持续下去——

那天晚上，他发现家里有一个包裹，拆开，是一张其乐融融的全家福，他坐在沙发上，皱着眉头端详了很久。

凌晨时分，徐奋进站上了阳台，在凛冽的寒风中，他看到妻子岳蓉在向自己招手……

8

"十年夫妻两茫茫，你若先死，我必后亡……虐心，真是太虐心了！"我发出感叹，却发现无人附和。

"你说呢，习尧？"没办法，有的人爱装高冷，需要点名。

"没见过世面！"习尧修着指甲，头都没抬。

我冷笑道："呵呵，冷血猫科动物。"

此时送徐奋进上楼的白鹤已经返回了大厅，我正打算回房间，却见到地上有一张照片，拾起来一看，是徐奋进的全家福。

我晃了晃照片："刚才的故事你们都理清楚了吗？"

没人回答我。

"我不信！"我假装有人回答，接着把照片扔进了火炉。

一个老实司机的人生开始在火炉上方播放，基本与诉说的故事无差——

因为一个打车电话误接了客人到凤凰小区，恰逢小区发生了一起灾难，客人惨死。司机内心愧疚难安，终日魂不守舍，也因此，在游乐园弄丢了自己的女儿。

半个月后，妻子死了，成了孤家寡人的司机终日活在悲痛之中，把妻子与女儿的遗物单独放了一个房间，妥善保管，小心缅怀。

直到某天接了一个漂亮女乘客进镇，到达目的地之后，女乘客说自己没钱，可以帮司机实现一个愿望以付账，司机喃喃自语，他只想不那么痛苦，女乘客点了点头……

习尧一脸嫌弃地问我："你有没有闻到一股狐骚味？"

我摇头，继而又说道："其实整件事我还有两点想不通。第一点，谁给徐奋进寄的照片？第二点，如果说悲剧的源头是徐奋进接错了客人，那么最初的打车电话到底是谁打的呢？"

白鹤笑笑不作答。习尧打了个哈欠，埋头继续修剪指甲，我怀疑她压根儿没听懂我的疑问。

在回忆世界里，徐奋进以为是另一个自己打的电话，这放到现实世界自然不可能，但号码如果是徐奋进放在家里备用机上用的的话，最有可能的就是……

这时，火炉上方的影片播放完毕，最后的画面定格在那张照片上。依稀可见的是徐奋进那张忠厚老实的脸与岳蓉温柔凄美的脸，还有他们的女儿好看又灿烂的笑脸。

如果放在往常，这张笑脸肯定特别惹人爱，如今一抹鲜血正好溅射在她的脸上，使得这张完美的笑脸显出莫名的虚假与诡异。

我突然不寒而栗。

"徐朵朵，是早就住进来的205房客！"白鹤突然幽幽说道，"她已经等你们很久了！"

204问题：最初给徐奋进打电话约车的人是谁？

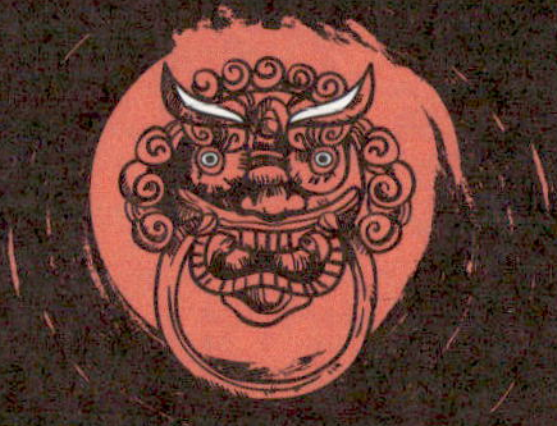

红潮镇

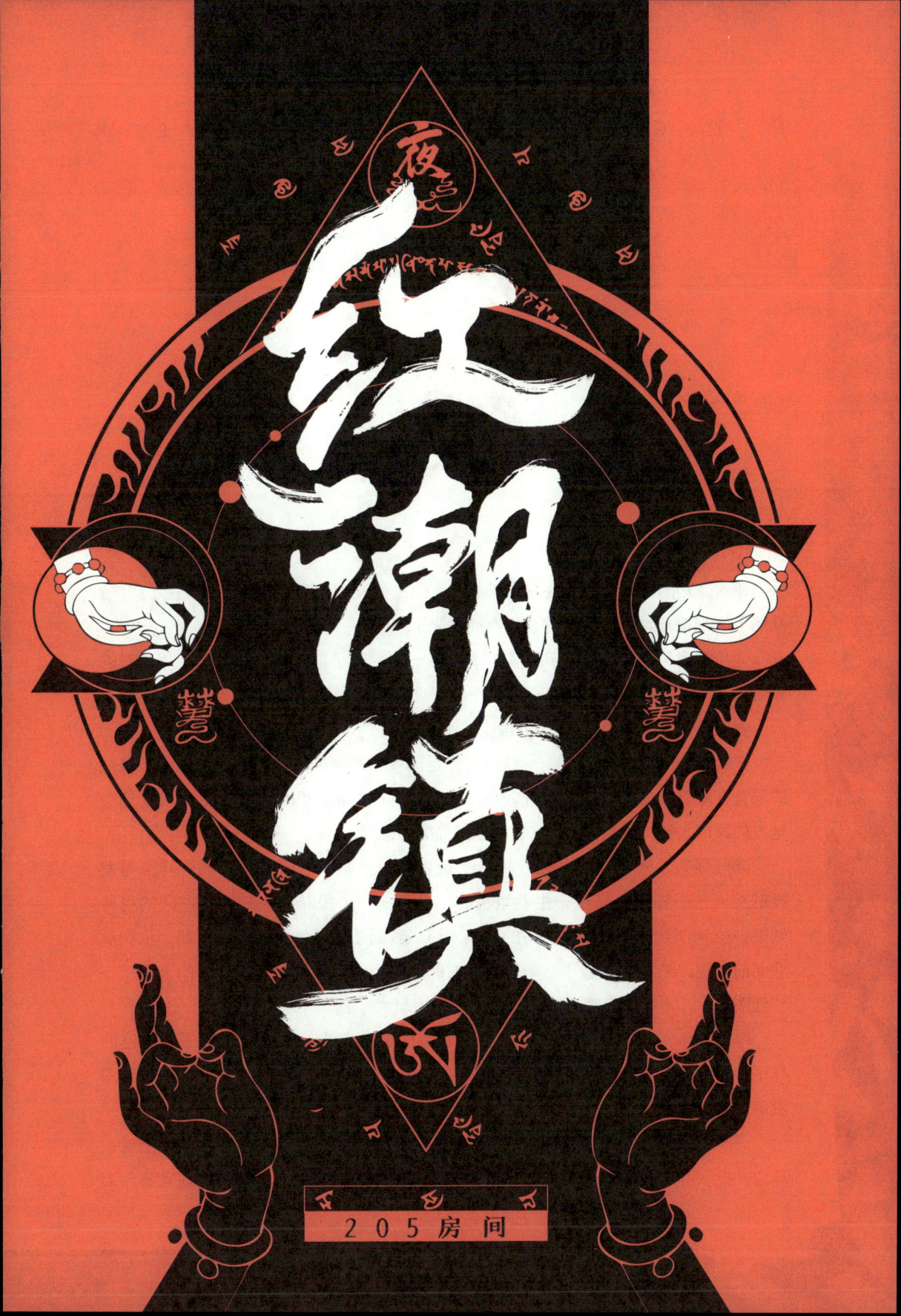

夜

205房间

NIGHT PORTER

红潮镇

❶

镶着金边的古铜色木船在这条蜿蜒的大河上漂流半小时后，终于停靠在了码头。从船上醒来就开始头晕恶心的我总算活过来了。

"小番番！"脚刚接触到坚实的大地，一个白帽子蓝脸的矮小怪人就用尖锐的嗓音叫我，"认识你实在太高兴了，下次见面再聊啦！"

我堆笑，挥手与这个自来熟作别。

在我有限的半小时记忆里，这个自称是蓝精灵布鲁斯的朋友用一种攻击力极强的嗓音在本就晕船的我耳边疯狂输出，好在也托他的福，我因此了解到了一些这个地方的风俗人情，不至于因为一船的怪人而吃惊。

哪些怪人？提着花篮独自在桅杆下玩耍的小姑娘……皮肤像石油一样黑得发亮的女人……异常爱惜帽子化着浓妆的小丑……一个极其漂亮却瞎了左眼的可怜姑娘……一个五官简单四肢发达的木偶人……我面不改色地看着他们下船，依次从我面前走过，然后抬头看了一眼码头上方的三个用彩灯与绿叶勾勒出来的大字——"红潮镇"，不禁苦笑道："这次，好像有点玩大了！"

时近傍晚，借着天边如血的残阳，我在岸边探出头，在河水里照了照自己的样子：短手短脚的金发小孩，据说是矮人国的王子，大名叫小番大帝，可惜矮人国没落了，如今所有人都叫我小番。

"嘻嘻，再怎么照，小矮人也不会长大的！"一个清脆悦耳的童声突然出现在耳边，把我吓了一跳，转头一看，是那个挎着五彩花篮的小姑娘。虽说她有着大大的眼睛与可爱的脸蛋，但刻薄的性格实在让人难以喜欢。

我叫江夜，是子夜旅馆的醒梦人，来到这个世界，是要跟一个叫徐朵朵的女孩玩捉迷藏。徐朵朵在我周围扮演了某个角色，我需要把她找出来。目前出现在我面前的人不算多，我这次有十二天的时间，可以用排除法慢慢来。

既然是女孩，就很可能直接扮演了一个跟自己接近的角色，所以那个刚才嘲讽我，现在在前方蹦蹦跳跳的"小花篮"无疑是第一嫌疑人。

天色渐暗，我悄悄尾行了上去。

2

一路穿过繁华的镇子，"小花篮"领着我来到了一片茂密的森林之中。夜幕降临，月上林梢，这个姑娘却并不害怕，反而借着月光悠闲地逛着，欢喜地采捡蘑菇。

在这荒郊野外的大森林里，会不会有野兽出没啊？她会不会遇到危险？于是我不再躲藏，走上前去，拍了拍她的肩膀。

"啊……吓死我了，原来是你啊，小矮人！"

"小番大帝，谢谢。"

"我知道呀，小矮人！你来森林做什么呀？森林里可没有镜子呀！"

小姑娘嘴巴着实很欠，我撒了个谎："我迷路了，肚子又饿，你要去哪儿呢？"

"肚子饿啦？那刚好，我要去看望奶奶，她就住在这附近，会做很多好吃的！"

我心里咯噔一下："……你奶奶，住在这种地方吗？"

"小花篮"笑道："奶奶年纪大了，不喜欢热闹，所以隐居在这里，你不用担心啦！"

面对着荒凉的夜，浓稠的雾，我心里浮现出一种不好的预感，没来由地想起了一个小时候听过的故事：狼吃掉独居在森林中的老人，然后伪装成老人的模样继续诱骗小女孩。

"小花篮"眨了眨水汪汪的大眼睛："别犹豫啦，我告诉你哦，奶奶家可是有很高很大的镜子，可以把你矮胖胖的样子照得清清楚楚哟，你一定会喜欢那儿的！"

我真是……喜欢死这个姑娘了！

夜更深一点的时候，我陪同"小花篮"来到了一座木屋前，尽管我不愿意，但我的意志根本影响不了她的决定。

"小花篮"敲敲门，随即一个嘶哑干瘪的声音响了起来："谁呀？"

像极了野兽压低嗓音学人说话。

"我呀，奶奶，我是'小花篮'！"

"哦呵呵，原来是'小花篮'啊，奶奶这就来给你开门！"

我总觉得这笑声也莫名诡异。

门吱呀呀地被拉开了，木屋里点着光线暗淡的油灯，一个佝偻的黑影出现在我们面前。"小花篮"与这个黑影亲热拥抱，但我却在冷眼旁观——这个家伙，穿着一件漆黑破旧的大袍子，把整个身体都藏在了布料之下。脸也隐在帽兜的阴影里，完全看不到样貌……

但是在它跟"小花篮"拥抱时，我依稀看见了袖子里伸出来的手，干枯如爪，哪有半点人手的模样！

3

"这是谁啊？"奶奶指了指我，问"小花篮"。

"他是小番番，我的朋友，在森林里迷了路，肚子又饿，所以带他来奶奶这儿吃好吃的！"

"肚子饿了呀？"奶奶森森一笑，指了指屋内的桌上，"刚好预备了一大桌菜，可以给他吃个够，呵呵呵呵！"

我下意识探头一看，嗬，好家伙，这些不都还是生肉吗……我捂住嘴，突然有点反胃。

奶奶忙说道："瞧我这记性，有朋友在这儿呢，都忘记了菜还没加工！'小花篮'，来，把肉端到外面去，我去生火烧菜！"

说着又转头看我："小朋友，你先在屋里坐会儿，没事也可以照照镜子！"

……我不就是长不大，身材矮小敦实吗，怎么什么人都要来嘲讽我啊？不过这毒舌属性跟"小花篮"确实像一家子，我不禁开始怀疑自己的怀疑了。

在屋内端坐了漫长的一刻钟，两人从屋外进来了，奶奶手里端了一盘洒满孜然与葱花的熟肉放在我面前，我刚想说自己不饿，可诱人的香味扑鼻，肚子不争气，咕噜噜响了起来。

我确实饿了，也确实想吃，但……这肉真的没问题吗？万一，我是说万一……

两人都在注视着我。我反应过来，说："你们俩怎么光站在一边呢，你们不吃吗？"

奶奶摇头："我在等'小花篮'之前，就吃过了！"

"小花篮"也摇头："我不饿，小番番你不是饿坏了吗，赶紧吃吧！"

在这种骑虎难下的局面里，我只有吃了。

吃完后我借口去森林里上厕所，实则是把吃下的肉抠吐了出来。吐完一身轻松，刚一转身，却见身后的薄雾里站立着一个佝偻的黑影。

奶奶嘶哑着嗓子慢悠悠地问我："你在干什么？"

我一时语塞，想了几秒，急中生智道："那个……我最近减肥，所以……你懂的！"

"难怪长不大！"

"……奶奶你出来干吗？"

奶奶幽幽笑道："我怕你迷路，出来寻你。"

一起回去的路上，她突然小声问我："年轻人……你接近'小花篮'，是不是别有用心？"

我一愣，反问道："该问这话的人，是我吧？"

她没有再回话。

4

当晚，我和"小花篮"睡在她奶奶的大床上，而奶奶则说自己夜里精神着，出去走走。这太奇怪了，夜里森林里有什么好走的呢？不过这也正合我意，我趁着"小花篮"没注意，悄悄把门在里面反锁住了。这样，即使外面的奶奶想趁我们熟睡之际做些什么，也进不来。

可我还是没法安然入睡，一方面是警惕，另一方面是奶奶的话提醒了我，我此番来这个世界是有任务的，我必须要找到藏起来的徐朵朵。

我问"小花篮"："你……多大了？"

"给你一个呵呵，不知道问女生年龄是一件很不礼貌的事情吗？"

"好吧，我只是想问问你，对哲学有所涉猎吗？"

"你问一个小女孩会不会哲学？你怎么不问我会不会上天呢？"

"……我发现你吐槽力暴涨啊？！"

"换你想睡时一个人老在你耳边说些有的没的试试？"小姑娘已经明显不耐烦了。

我决定抓紧时间："花篮女王，最后一个问题，To be or not to be，你怎么看？"

等了许久，没有等到答案，只等来了小女孩不满又略显调皮的轻微鼾声。

我无奈一笑，也睡了过去。

尽管我以为万无一失，但还是出事了。早上，我在一片血泊之中醒来，身边的"小花篮"已经不见，只留下一件带血的外套。我从震惊到愤怒，最后转为悲哀，这种感觉就是你明明预知了某件事，却依然改变不了结局，怕什么，来什么！

可我明明反锁了门，野兽奶奶是怎样进来把"小花篮"吃掉的呢？

四下一望，看见了床边的那扇没关严实的窗户，百密一疏？

愧疚，痛悔……心绪不平的我慢慢走出了木屋。清晨的森林比夜晚更冷，雾气也更浓，我跄跄跟跟走了许久，突然看见前方的雾气中出现了一双猩红的眼睛。再一看，一个熟悉又陌生的身影从雾中走了出来。

说熟悉，是因为那件破烂黑袍从昨晚就一直在我眼前晃荡，说陌生是因为黑袍的帽兜已经摘下，一张长满黑毛的狼脸显露在光天化日之下。

我其实有点震惊，虽然一切都如猜测与预想的一样，但当有人把真相赤裸裸地摆在你面前之时，冲击力还是很大的。

狼奶奶见到我眼露凶光，作势扑来，我虽然想给"小花篮"报仇，但小番番的身子如八岁孩童，根本没有一搏之力，只得向后逃跑。

可正常人又怎么跑得过狼呢，不一会儿我就跑得精疲力竭，被一截老树根绊倒在地。狼张着血盆大口飞扑上来，我闭眼等死。结果耳边"砰"的一声枪响，近在咫尺的狼人被击飞，随即又是两声枪响，倒在地上原本还在挣扎的狼人彻底不动了。

两个猎人走过来，其中一个把我拉起来："小朋友吓坏了吧？前段时间镇上一直传言森林里有狼人出没，你还敢一个人进来，没丢了小命也算是命大了呀！"

说完他把我扛在了肩上，也没管地上的狼人尸体，与另一个猎人继续往森林深处走去。

我问他们："尸体不拿吗？"

扛着我的猎人笑道："嘻，狼人早不值钱了，今天早上还有渔夫看见一个狼人跳河呢！"

一路上旁听这两人的交谈，我知道了他们是被国王雇佣来寻找黑竹公主露易丝的，据说昨晚露易丝偷偷跑出了城堡。

我想到露易丝也在昨天的船上，所以她也有可能是徐朵朵。试想一下，一个小女孩在自己构建的幻境中扮演公主，简直再合情理不过了！所以我并没有离开，而是一直跟着那两个猎人。他们带着我找了整整一天，也没找到露易丝，不过好在也没找到她的尸体，终究不算太坏。

猎人把我放在镇子的街边，说可不敢带着小孩回家，会被老婆打死的。他们告诉我，今晚镇子中央的音乐喷泉广场上有白帽子马戏团表演，如果我闲着无聊，可以去看看。

我想起了船上那个十分爱惜帽子的小丑，看他的妆容，很可能就是这个马戏团的演员，也许徐朵朵口味偏重，喜欢扮演成这样一个边缘角色，也未可知呢？

晚上八点，马戏开始的时候，我终于找到了音乐喷泉广场，凭借着身材短小的优势，顺利挤进了观众群中。

6

马戏看到一半我就后悔了，因为在看完前面让人昏昏欲睡的小狗钻火圈、海狮顶皮球项目之后，舞台上突然爬上了一只硕大无比的黑蜘蛛，而我是一个有蜘蛛恐惧症的人。

正想开溜，一个尖锐的声音突然响了起来："嘿，这么巧啊，小番番！"

循声一看，之前在船上像知了一样聒噪的蓝精灵布鲁斯正笑嘻嘻地挤过人群向我靠来。

我笑道："呵呵，镇子真小啊！"

"我见你好像要走啊，好戏刚要开场，怎么能走呢？"

布鲁斯丝毫没有注意到我的笑并不友善，伸出中指挠了挠鼻子，继续说道："你可能对红潮镇不是很了解。在这个地方有一个可怕的预言，说是当有一天红潮镇清澈的河水变红的时候，镇子就会被巨大的蜘蛛、毒蛇、狼人等怪物占据，所有人都会被吃掉。而前些日子，有人说在森林里看见了狼人，今天甚至有两个猎人说他们打死了狼人。总之最近镇里人心惶惶，大家都在害怕预言成真，就连马戏都开始上演博人眼球的末日桥段！"

布鲁斯说着，我见台上又蹿上了一个人，他戴着漂亮的白边帽，握着长剑，像一个英勇的骑士杀向台上的大蜘蛛，结果蜘蛛嘴里吐出大团白丝，一下就把他缠在了树上，蜘蛛爬过去，用两只细长的黑腿撕开了骑士的黑袍和面罩，黑袍里面是花花绿绿的滑稽衣裳，面罩下方是夸张的小丑妆容。

这时惊悚恐怖的音乐突变，开始轻松欢快起来，小丑开始跟蜘蛛求饶，主动献上自己为数不多的金币，甚至从怀里拿出一束玫瑰示爱，但蜘蛛不为所动，还用爪子扇了小丑俩耳光，逗得观众哈哈大笑。

就在蜘蛛准备吃掉小丑的最后时刻，国王的士兵及时赶到，他们砍下了蜘蛛的腿，将它绑回了王宫制裁。

我对布鲁斯说："很好，结局十分正面。"

舞台灯光大亮，小丑与蜘蛛都上台谢幕，蜘蛛肚子一翻，里面冒出四个满头大汗的工作人员。

我竖起大拇指："道具做得……真逼真！"

布鲁斯又挠了挠鼻梁："呵呵，白帽子这个人是出了名的细节控，据说蜘蛛身上的每一根黑毛都是他亲手粘上去的！"

我吐槽道："这个人真变态！"

马戏结束后，人群渐渐散了，布鲁斯也离开了。只剩下无家可归的我坐在广场的石凳上，好在这里灯光柔和，偶有情侣幽会、老人闲逛，我也不至于显得太突兀。

无事可做的我正盯着不远处的马戏团帐篷发呆，突然见到白帽子披着件漆黑的袍子，从帐篷后门溜出来，鬼鬼祟祟地往一条小巷里走去。

7

我悄悄跟上，拐了好几条巷子，越走越深，终于来到一间破旧建筑前，月光照在年久失修的牌匾上，是"红潮镇纺纱厂"六个大字。在白帽子进去拉下卷帘门之后，厂房高处的窗户就透出了昏黄的灯光。我把耳朵附在门上，隐约能听到一男一女在对话，可是又听不清楚内容。

卷帘门声音大，不能公然拉门进去，想要看里面，只有爬到高处的窗户上，可窗户离地足有两三米，外面又没有攀爬物……正思索着，一个木讷又生怯的声音响了起来："你……你在干什么？"

原来不知何时，一个大个子从对面走了过来。我细一看，这不是木偶人大壮壮嘛，在广场闲坐时听了一些关于他的传言，据说他力气巨大能扛鼎能拔树。我心里顿时有了主意，凑过去小声说道："你能把我举起来吗？"

大壮壮下意识后退："为什么提这么奇怪的要求？"

我拍了拍他的肩膀："我听大家说你心地善良，很愿意帮路人的忙？"

见他不说话，我又指了指厂房："里面正在发生犯罪行为，我是名侦探小番大帝，需要你配合我做一下侦查工作。"

大壮壮疑惑地看着我。

我把他拉到墙角，作势就要往他身上爬。无奈之下，他只好把我高高托举起来。我成功攀到了厂房的窗沿，内心本是充满了得意，但是当我看到厂房里面的场景后，就再也乐不起来了。

　　黑竹公主露易丝被两副黑色的镣铐锁在地上——这其实是我预料到的，因为早先在船上时，我就见到白帽子时常在阴暗处盯着光彩夺目的黑竹公主发愣，眼神复杂。所以当我听说公主失踪，又凑巧看到白帽子夜半溜出帐篷后，便下意识觉得这两件事有所关联。可真正让我内心发寒的是，厂房里除了白帽子与被锁住的黑竹公主，四周还有好几个大铁笼子，里面全是巨大的黑毛蜘蛛。

　　这个白帽子简直是个十足的变态！我回想起了他刚才表演过的对蜘蛛表白的马戏，原来他并不是为了戏剧效果，而是打心眼里喜欢这些可怕的多足怪物。

　　距离太远，还是听不清白帽子与露易丝的对话，只见两人像是在争吵，白帽子手舞足蹈，却被露易丝啐了一脸唾沫，白帽子恼怒地转身就走。我一动不动，盯着他打开了卷帘门，所幸他并没有心情东张西望，直接走进了黑夜，不然准会看见门边不远处的墙根下有一个小矮人正跟一个木偶壮汉玩叠叠乐。

　　我等了几分钟，见巷子再无动静，料想白帽子短时间内应该没有回来的打算才爬下来，拉开卷帘门，对大壮壮说："来，跟我进去营救人质！"

　　大壮壮慢慢凑过来，疑惑地朝里面张望了一眼，目光落在了蜘蛛铁笼上两秒后才回答我："好啊！"

　　结果我往里踏出两步再回头看时，这厮已经溜得没影了。

　　呸，人大胆子小！我心里骂了一句，关上卷帘门之后，顶着巨大的心理恐惧往里走。

8

　　幸好笼子放置得不集中，所以我没有近距离接触那些怪物便顺利来到了露易丝身前。

　　"你是谁？"她警惕地询问我。

　　"来救你的人！"说着我蹲下身，看了一会儿镣铐，挠了挠头，"但是……我来得匆忙，没带榔头与开锁工具！"

　　"算了，也不指望你这个小矮人。我们斗不过这个变态的！"

　　"为什么？"我不知道露易丝为何如此悲观。

　　"因为他会魔法……罢了，我还是从头跟你说一下我和他的故事吧！"

　　看来黑竹公主是一个很爱倾诉的人，她双眸失神，两秒就陷入了回忆："在我十八岁的那天，父亲允许我离开城堡，外出游玩，多么难得啊！我像一只脱笼的小鸟，闯进了自由自在的蓝天，可我正大口大口地呼吸着新鲜的空气……"

"抱歉，能不能去掉那些没有必要的形容词与修辞？"我抗议道。

露易丝十分不满："你不是一个好的听众，我现在已经后悔给你讲故事了，但我毕竟允诺于你，公主不能失言，你且耐心听吧！

"那天我在森林里游玩，突然昏了过去，醒来的时候已经是在白帽子的家里，他告诉我，我昏迷之后护卫队受到了匪徒的袭击全军覆没，而我也落入了匪徒之手，恰好被他撞见，所以才得救。

"你看看，这是一个多么险恶的人，用一个漏洞百出的谎言，把自己包装成了解救公主的骑士！可我那时才十八岁啊，我哪里知道外面的人都这样坏呢？所以我相信了这个谎言，并且还陶醉于这个谎言。

"好吧我承认，我那时爱上了他。虽然他的身份卑微，只是一个在舞台上取悦大众的戏子，但他毕竟有一顶好看的帽子。一个男人，但凡有一个认真的爱好，总是迷人的。我和他相约，我会时常偷跑出城堡来跟他幽会，但后来我偷跑出来的事情被父亲发现，他很愤怒，开始对我实行最严格的禁足令，我就很难再出来了。

"那一次，白帽子有足足半年没有与我相见，而我因为到了适婚的年纪，开始频繁与其他王子相亲。有了对比就有了伤害，我发现自己喜欢的还是英俊高贵又礼貌的王子们，我开始庆幸自己被关在了城堡里，不必再去白帽子那阴暗潮湿的出租房呼吸满是霉味的空气。可他毕竟是一个险恶的人，他居然趁我睡着的时候，用魔法把我弄到了他家。多么可怕啊，你能想象吗？上一秒我才刚跟王子共进完烛光晚餐回房躺下，眨眼的工夫就醒在了阴暗潮湿的出租房里，还有一个化着滑稽妆容且内心阴暗的人跪在你面前哭着说想你，今生今世都要保护你，真是……恶心啊，我当时差点把吃下去的彩虹糕点也吐了出来。

"但我不能激怒他，所以我曲意逢迎，跟他度过了一天才得以回到城堡，可不久之后，他又用同样的方式把我弄了出去。后来我才知道，他的魔法，就是他养的这些小宝贝。你别用这种异样的眼神看我，是的，我跟你一样厌恶与恐惧这些多足怪物，但是他喜欢，他总是当着我的面叫它们小宝贝，仿佛自己的孩子一样……你知道我是怎么发现的吗？每次我莫名消失再回城堡后，打扫房间的用人就会对我抱怨房间里有很多难以清理的蛛网与黏液。后来我在他家无意中闯入一个隐蔽的房间，看到里面养着好几只巨型蜘蛛时，才把这一切想通了。

"我越来越受不了他，但是我也知道，是我先抛弃他的，如果还要叫父亲派人处置他，多少有些残忍，所以我也一直在忍耐。但他毕竟是个敏感的人，没多久就发现了我的心早已经不在他身上，他痛苦绝望，终于成了一个彻头彻尾的疯子，把我弄来之后就开始限制我的人身自由。

"而且更恐怖的是，他的小宝贝们也越来越多，越来越大，我甚至无意间听到卫兵们说起红潮镇开始出现妖怪吃人的传闻，我觉得总有一天，自己也会被他养的这些怪物吃掉。我在心里给了他最后一次机会，但是他这次把我绑来之后，却没有再给我机会，他刚才说不让我回去了，还说要带我离开红潮镇，远走高飞，连同他的这些小宝贝。

"我让他跟这些宝贝过，还吐了他一脸口水，结果把他气走了，接着你就进来了！"

原来还有这么多隐情，我说："既然如此，那我赶紧去叫卫兵来营救你！"

"好，但是我总有一种悲观的错觉，不管我逃到哪儿，最后都还是逃不出他与这些小宝贝的掌心。"

刚准备返身离开，我突然想到，这个黑竹公主露易丝戏份这么多，会不会是我要寻找的徐朵朵呢？

我止步问她："你看过《哈姆雷特》吗？"

她摇头。

我直接开门见山："To be or not to be？"

她紧皱起了眉头，像是在痛苦地思索。

突然，身后"刺啦"一声，有人在开卷帘门。

糟糕，我早该想到的，白帽子离开时没有关灯，所以他其实是要回来的！紧急时刻，露易丝对我说："有后门，快走！"我这才注意到她身后有一道生锈的铁门，赶紧快步冲了过去……

9

红潮镇有一条宽阔的中轴大道，一端连接着码头，另一端连接着王宫的城堡大门。我从厂房的后门逃出来之后，一刻不停地跑到城堡大门前，叫醒了两个打着瞌睡的卫兵，将公主目前的处境简单说了一遍。毕竟是公主，不一会儿，一个身着钢铁铠甲的卫兵队长就集结了二十多人，跟我冲向了厂房。

可我们还是来晚了，打开厂房大门的时候，之前锁着露易丝的地方只剩下一大片衣物碎片。四周的铁笼都已经打开，蜘蛛们也已经不见，只在地上留下了雪白的蛛丝与刺鼻的黏液。

没想到……露易丝一语成谶……只是谁能料到，会来得这样快，这样的……惨烈呢！

卫兵开始发狂地满镇搜查变态杀手白帽子，所幸有民众提供线索，说看见一大群巨型蜘蛛爬向了河边。卫兵根据蜘蛛爬行的痕迹一路追击，最后在一座桥上找到了白帽子。他已经彻底疯了，不停说着什么"红潮要来，末日已到，大家都会死，早晚都得死"的胡话，在卫兵逮捕他之前跳下了河。

因为红潮镇自古以来就有一个关于河水的可怕传说，大家非常敬畏它，从不敢下水，这便导致了没人会游泳，所以白帽子此举，等于自杀。

公主死了，确实是一件大事，但好歹凶手已经伏法，也算是一个了结。卫兵队长说我终究有功，奖励了我一些金币，而有了它们，我便可以不再露宿街头。

我找了间旅店走进去，看见一个熟人，刚想调头离开，不料他已经发现了我："嗨，这么巧，又见面了小番番！"

我只好笑着打招呼："是啊，真高兴能在凌晨两点半的旅店与你偶遇，布鲁斯！你们蓝精灵都不用睡觉的吗？"

"你还不知道吗，黑竹公主被怪物吃了，发生了这么大的事情，谁还能睡得着觉呢？"

正聊着，我突然在角落里见到另一个熟悉的身影，是木偶人大壮壮，他正蹲在墙角拿着把榔头修补一把破椅子。

我问布鲁斯："他在干什么？"

布鲁斯看了一眼："噢，他是旅店老板的儿子，力大无穷，所以经常帮店里做一些活计。"

"我过去跟他打个招呼！"

布鲁斯拦住我："你最好别过去，他父亲看见了会责罚他的？"

"为什么？继父吗？"

"不知道，反正他父亲不喜欢他跟别人打交道。"

"罢了，早些休息！"我打了个哈欠摆摆手，去前台开了一间房后便睡了。

10

夜半，我被楼上一阵咚咚咚咚的异响吵醒，耐着性子听了一会儿，敢情是有人穿着高跟鞋在跳舞呢！本想冲上去敲敲门，可被窝实在舒服，忍耐了一会儿，也就重新入睡了。

一觉睡到第二天中午，去大堂吃饭的时候听房客说旅店出事了，一个女房客一睡不醒了。

我说："可能是昨晚太晚睡，今儿人家想多休息一会儿呢！"

布鲁斯凑过来说："嘿，打都打不醒，谁睡觉能睡成那个样子！偏偏找医生来看，又说没什么毛病，只是在睡觉！"

我来了兴致，要布鲁斯带我去看看。出事的房间在二楼，我上去才发现，就在我房间的正上方，大壮壮正守在门前，见我来了，伸手拦住："止……止步！"

我说："我不进去，就在外面悄悄看一眼！"

大壮壮这才给我推开了一个门缝，我瞄了一眼，床上躺着的是一个衣着朴素的女人，有点眼熟，回想了一下，应该在船上见过。我又看了一眼房号"205"，心中思忖：徐朵朵在子夜旅馆的房间号也是205，难道这个女人就是徐朵朵吗？

我问大壮壮："里面的姑娘是谁，是徐朵朵吗？"

大壮壮摇头道："不……不是！"

我要进去，但大壮壮阻拦得很坚决，我说："她有问题，昨晚我还听见她在房间里跳舞呢，怎么一到白天就一睡不醒了呢！"

大壮壮目光灼灼地看着我，没有说话，也没有退让。

"算了吧！也没什么好看的。"布鲁斯把我拉下了楼。

徐朵朵是我此行的唯一目的，不找到她，我就会一直被困在红潮镇中。

当天晚上，我本想趁大家睡着之后悄悄摸进205房间，不料太过疲乏，居然一觉睡到了大天亮。

好尴尬，不过在度过了一个碌碌无为的白天后，我决定充分吸取教训，这次不脱衣也不上床，坐在桌前等待午夜来临……直到第二天白天我从桌上慵懒爬起，我简直不敢相信自己这副身体，居然如此渴睡。

直觉告诉我这件事有点诡异，于是我仔细查看了自己的房间，最终在一个隐蔽的墙角找到了一个小香炉，上面插着两根燃尽的香棍。我拿着这个东西找到店老板，问他是什么。店老板看了半天，问我从哪儿拿的。这时布鲁斯凑过来："这个是迷香啊！你打算拿它做什么坏事？"

我看向店老板："我是被人做了坏事！"

老板把店里伙计一齐叫过来，问他们有没有在我房间里点过这个香，众人都摇头。

老板对我赔笑道："如果不是其他客人弄的，估计就是上一位顾客点过的，我们忘记清理了，是疏忽，下次一定注意！"

我苦笑道："最好是吧！"

当天我出去闲逛到半夜才回旅店，进店之后没有回自己房间，而是直接上了二楼，竟发现大壮壮还守在205的房门前。

我有点讶异："你不用睡觉吗？"

他没有回答，而是反问道："为什么一定要来骚扰她？"

"你跟她是什么关系？"

见我一脸执着，大壮壮叹了口气："我给你说个故事吧！"

"有一个姑娘，原本出落得美丽大方——一头乌黑茂密的长发飘逸灵动，一双柔嫩的小脚从不穿鞋，却洁白无瑕。可在她十岁的时候，亲生母亲因病去世了，父亲娶回来一个凶悍的继母，继母还带来了一个同样凶悍的姐姐，两个外来者对这个姑娘百般刁难，不仅不给她好吃好穿，还让她干家里面所有的脏活累活。可怜的姑娘在学习烧火煮饭的过程中，不幸被炉火星子溅到，瞎了左眼，后来人们就叫她一只眼姑娘。"

我忍不住感叹道："一个很残忍的开头……"

"一只眼姑娘一直在继母与姐姐的压迫下翻不了身，直到王子举办了一个招亲的舞会，拿出了据说是举世无双的水晶鞋，只要哪个姑娘能够完美地穿上它，就能够成为王妃，过上锦衣玉食的生活。

"这个消息让所有的姑娘都蠢蠢欲动，继母带着精心打扮的亲女儿去了王宫，留下一只眼姑娘看家。然而一只眼姑娘也是想去的，事实上她比任何人都更想去，她迫切地想要摆脱这个家庭，摆脱这女佣一样的生活。

"一只眼姑娘换上了一套补丁最少的衣服，偷偷溜出了门，也去参加舞会了。可是在舞会现场，卫兵拦住了她，直到她把积攒了很久的私房钱全给了两个卫兵，才得以进去。

"舞会上全是来自各地的美丽女子，她们穿着各式各样华贵的服饰翩翩起舞，企图吸引王子的目光。但是她们都没想到，王子的目光被一个衣着朴素的女人牢牢夺去。王子从王座上起身，朝着舞台中央走去，人群哗地一下让出了一条道，一只眼姑娘暴露在大伙的视线之中。

"嘈声四起，不少人还捏起了鼻子。王子在一只眼姑娘面前站定，眯着眼睛从上到下打量了几眼，忽然呵斥道：'大胆，是谁把这种毫无品味，还散发着酸臭味的瞎眼女人放进我高贵的舞会的？'哄笑声一下就起来了，看热闹的人群围紧，卫兵想挤进来都费劲。一只眼姑娘瞬间红了眼眶，她没有想到，费尽心机，等待自己的竟然会是被羞辱的结局，这不是小时候母亲给自己讲的睡前故事的套路啊，那里面王子都喜欢平民姑娘，而且是越朴素就越喜欢的呀！

"一只眼姑娘不堪其辱，冲上前，抢过王子手里的水晶鞋，拼命往脚上套，可奇怪的是，明明看着尺码合适，却怎么都套不进去。这时卫兵终于冲了进来，夺过鞋子，把她架走了。王子下令要将这个大闹舞会的民女关进大牢，但押送她的是那两个接受过她贿赂的卫兵，于是趁着所有人不注意，悄悄将她放了。

"一只眼姑娘狼狈逃回家，迎接她的是继母与姐姐的嘲笑与讥讽，她们在现场目睹了一只眼姑娘出丑的全过程。一只眼姑娘回到了自己的小房间，卧在冰冷的被窝里，流着泪睡去了。

"那天晚上，她做了一个甜美的梦，她梦见有一个仙子治好了自己的眼睛，还变出了美丽的衣裳与金贵的马车，载着自己再一次去了王宫，王子亲自把自己迎下来，所有人望向自己的目光里都是火辣辣的羡慕与嫉妒，而那双水晶鞋，更是为自己量身定做的，穿上去刚刚好，严丝合缝，舒服至极。她穿着它跳了一晚上的舞，王子都看醉了，天色将明的时候，她才坐马车离开。

"第二天，一只眼姑娘从睡梦中醒来，继母让她赶紧滚，免得牵连这个家，原来王子昨晚听说她跑了之后很愤怒，正全城通缉她。一只眼姑娘既委屈又慌张，赶紧离开家，躲进了一个堆满垃圾的桥洞里。在那里她又睡着了，她梦见王子让卫兵满城寻找自己，寻找那个唯一能穿上水晶鞋的仙女……

"一只眼姑娘在桥洞里躲了两天，外面的卫兵才停歇，而这两天她已经梦见自己跟王子恋爱了。她沉迷于梦境，以至于忘记了残酷与冰冷的现实。直到继母捂着鼻子把她找到，说算你走运，王子突然得了怪病，一时间顾不上找你的麻烦了，赶紧回家吧！

"一只眼姑娘回到家，重新开始了日复一日平凡又苦痛的生活，但是她已经不在意了，因为她在梦里拥有了另一个人生，那是一个光鲜亮丽幸福美满的人生，那是一个与现实截然不同，让她无限迷醉的人生。

"不知从什么时候开始，一只眼姑娘开始服用安眠药物，只为让自己能在另一个世界待得更久一点，而现在的她，甚至一刻都不愿意待在现实世界，所以找到了我，求我让她永远睡过去。"

我指了指房门："你的意思是，里面那个一睡不醒的女孩就是一只眼姑娘？"

大壮壮点头。

我又问："为什么要找你，你有什么手段让她睡过去……等等，是把我迷晕的那种香吗？"

"对，它的全名叫——睡得香！"

"……好名字！"

我想了想，问他："你又是怎么知道这一切的？"

大壮壮低下头，想了半天，才沉声说道："其实，我就是故事里的王子！"

"舞会过后我就得了一场重病，昏迷期间，我的意识漂浮在一片水域之中，一团模糊的光晕对我说，我因在舞会上傲慢恶毒的言行，招来了诅咒，自此灵魂被锁在木偶里，说的所有真话都会被人当成假话，没有朋友，终生服侍别人！然后当我醒来，诅咒成真，自己就是这副样子了。

"一开始我非常痛苦，闹着要离开，要进王宫，所以抚养我的义父，也就是旅店老板便不让我跟陌生人接触，把我单独关在房间里。他说：'我不管你说的是真是假，但是做人要认清现实，你现在进宫去，只会被当成一个神经病，被人羞辱或者杀掉。'

"后来我觉得他说得对，也就慢慢接受了这个身份。但是我受不了这种生活，所以就调制出了睡得香，尽量在夜里给自己造一些美梦。没想到最后一只眼姑娘会找到我。可能这也算一种缘吧，因果之缘。"

我听后久久不能言语。

大壮壮见我不再说话，就问道："我其实一直搞不懂，你在这儿干什么，为什么一定要进去找她？"

"因为我要找一个叫徐朵朵的女孩，她藏在某个人的身体里，之前我问你房内的姑娘是不是，你说不是，我还以为你说谎……"

"藏在某个人的身体里，像我这样吗？你怎么找她，有什么凭据或者技巧吗？"

"只有一句暗号：To be or not to be！"

大壮壮听了皱起眉头，想来红潮镇里的人也不会读莎士比亚，不懂这句话也不稀奇。可此时，房间内突然响起了咚咚咚的响声，没错，正是第一晚吵醒我的那个声音。如果说里面的一只眼姑娘已被大壮壮用睡得香催眠，那么这个声音又是谁弄出来的？

我下意识就想推门进去看看，但大壮壮又一次张开双臂挡住了我。

我问："为什么？"

大壮壮没有正面回答："总之……你不能进去。"

我说："你要是不说清楚我就一定得进去看看，我找人，而且时间有限！"

大壮壮有点着急了："你相信我，她肯定不是你要找的那个人。"

我很纳闷："那你为什么要整夜守着她，你到底在害怕什么？"

木偶不会出汗，但涨红了脸，因为里面的动静越来越大了，仿佛是舞蹈跳到了高潮一般急促。

"你快走，快下楼！"

大壮壮话音刚落，他和我都没来得及下一步动作，就听得"砰"的一声，两只穿着红色高跟鞋的脚戳烂了木窗，挂在了门前的大壮壮肩上。

可是这脚怎么会以这样奇异的角度踢出来呢？而且黑不溜秋的，还能弯曲成很夸张的弧度。细一看，嚄，这哪里是脚，分明是两条头卡在了鞋里的黑蛇啊！

在这危急关头，大壮壮大挥长臂，猛地把我推下楼。

我不争气地跌晕过去。

13

醒来已是白天，我躺在自己的床上，布鲁斯坐在床头，一脸关切道："你醒了？你昨晚晕倒在大堂，是梦游了吗？"

我摆摆手，问他："旅店里有没有发生什么事？"

"没啊，怎么了？"

我起身出去，上到二楼，走至一只眼姑娘门前，问随行的蓝精灵布鲁斯："你看，这门上有几个洞！"

他不明所以："So？"

我伸出手，本想推开门，又心有余悸，问道："今天有人进来过吗？"

"我哪知道，一上午我都在照顾你！"

"大壮壮呢，你看见他了吗？"

"我哪知道，一上午我都在照顾你！"

我扶额，轻轻推开了门。正对着门的地上躺着一具枯骨，房间的后窗破了一个大洞，冷风呼呼往我们脸上吹。

我低头观察枯骨，骨架很大，但构造简单，乍一看就像一个木偶……

这件事经过卫兵的调查后，宣告的结果是一只眼姑娘和大壮壮都被蛇妖给吃掉了。我问卫兵为什么木偶人死了会变成一副人类的枯骨，卫兵答不上来，反而把我骂了一顿。

红潮将临，妖魔现形，红潮镇的民众开始恐慌。

而我因为再一次给卫兵提供了强有力的线索与证词，队长表示出了想把我吸纳进卫兵队的意愿，我委婉拒绝了，但是没想到蓝精灵布鲁斯却对此很感兴趣，毛遂自荐，进了卫兵队。

这件事告一段落之后，我开始愁苦，因为如果一只眼姑娘和大壮壮也不是我要找的徐朵朵，那我的备选对象就不多了。

仔细回想了一下，我来到这个世界的第一场景，便是那艘船的甲板。根据世界主必须出现在她意识世界的第一场景的原则，我可以把徐朵朵锁定在当时甲板上活动的几人：独自看河的一只眼姑娘、品着红酒的黑竹公主、在一旁偷偷注视着黑竹公主的白帽子、蹲在桅杆下用石子画画的"小花篮"、像在看河又像在看一只眼姑娘的大壮壮以及……不停跟正往河水里呕吐的我攀谈的蓝精灵布鲁斯。

所以，现在似乎只剩下布鲁斯了。

我来到了王宫门前，向卫兵打听布鲁斯，结果卫兵说我来得正好，把我带到了队长的房间，队长把一封信交到了我的手上："两天前，布鲁斯一来报到就申请看守城堡后门，结果值班当夜人突然就消失了，只在他的房间里发现了一封标注是给你小番大帝的信件，我没打开过。事后我想明白了，这个布鲁斯应该是把卫兵队当跳板了，目的可能是为了顺利通过城堡吧！"

我边拆信件边问："城堡后面有什么特别的吗？"

"城堡后面是一座山，倒是没什么特别的，唯一特别的就是，这座山只有通过城堡才能到达，没有其他上山的路。"

我点点头，开始看信——

"江夜，我知道你很快会找过来，但很遗憾地告诉你，我并不是你要找的世界主徐朵朵。我来这儿有一个人畜无害的目的，办成之后就会离开。关于你深陷的局，其实破解起来也很简单。不过你既然找到了这儿并且看到了这封信，说明你还是没有找到关键点，没有我的提点你真是越来越笨了。罢了，再给你一个提示吧，去打听一下流传在民间的红潮镇歌谣，再想想那些人的下场。"

落款是：曾经跟你并肩过的人。

看到这封信，我突然想明白了一点，为什么布鲁斯之前老是用中指挠鼻梁，其实他本意不是挠鼻梁，而是习惯性想推眼镜，但这个身体并没有眼镜，所以才转为挠鼻梁的动作吧。我大概猜到这个写信的人是谁了。可是如果布鲁斯真的是他，那徐朵朵究竟是谁呢？已经没有备选人了吧，总不可能是我自己吧！

歌谣？下场？

14

红潮镇，红潮镇，红潮一来全变笨；
采蘑菇的小花篮，奶奶是头大灰狼；
黑竹公主心气高，招来蜘蛛当保镖；
木偶仆人力气大，前世富贵已享怕；
安眠少女最可爱，晚上高跟都踩坏；
红潮镇，红潮镇，红潮一来全变笨；
矮人国的小骑士，手握解禁的旗帜；
寻找国王的位置，引来红潮的伤逝；
总有一条五彩的河流过红潮镇，
总有一首动人的歌唱过红潮镇，
总有一个伤心的人藏在红潮镇，
总有一段因果轮回就是红潮镇……

我站在码头，扶着岸边的围栏，轻轻将这两天已经哼过无数回的《红潮镇》又唱了一遍，心里终于确定了答案。

我刚来到这个世界的时候，正在晕船，睁开眼就是翻滚的河水与自己的呕吐物，脑子里响起了一个似女人又似男人的奇怪声音："我是徐朵朵，我们来玩捉迷藏的游戏吧，我现在就在你面前，但又不是你所见的模样，快来找我吧！见面暗号是——To be or net to be！"

这个声音结束后，我艰难抬起头，看见的是蓝精灵布鲁斯、黑竹公主等人，便下意识以为是从这些人里去找。其实我一开始就进入了一个误区，答案早就告诉我了，只是我太笨了。

我甚至想起了一开始"小花篮"和她的狼奶奶不停提醒我照镜子的话，那其实不是嘲讽，而是破局的提示！他们不是真的让我照镜子，而是提醒我在船上最开始的这个动作……

我在红潮镇经历了三个相对独立的故事，但徐朵朵身为红潮镇的缔造者，显然不甘心只扮演某个独立故事的主角——她扮演的，自然是能够串联所有故事的角色，一个令人足够敬畏的，又接纳一切的角色……

我低下头，对着翻腾的河水苦笑道："To be or not to be！"

一开始世界并无动静，但是慢慢的，码头上的工人们开始慌乱起来，纷纷叫喊着末日来啦，发疯似的朝岸上跑去。

因为河水变红了，像是有无数殷红的血从河底渗了出来。原本平静的河面开始涌现波涛，越来越大的波涛向岸边打来，人们惊叫着仓皇逃亡，只有我没动。因为那个自称是徐朵朵的不男不女声又在脑子里响了——

"我替被困了千年的妖鬼们对你表示由衷的感谢，也替被埋葬了千年的我的主人，对你说声谢谢！"

听到这话，我下意识觉得坏了，自己中计了！虽然还不清楚是什么计……还没来得及细想，一个滔天巨浪袭来，将我与整个码头一并吞没。

在水里，我见到了很多的气泡。

第一个气泡，里面是一个小狼人，它的眼神充满了惊慌与无助，仿佛整个世界都是陌生的……

第二个气泡，里面是一对大蜘蛛，一黑一白，硕大无朋，极其恐怖，我没敢多看……

第三个气泡，里面是一个有着茂密秀发的美丽女人，只不过凑近了才发现，这个并不是人，而是上半身是人下半身是蛇的怪物……如黑蛇般的秀发，缠绕着一具木偶一样的骷髅，想撕咬，偏偏又没有血肉……

第四个气泡，里面是一个向着悬崖攀登的男人，男人的脸我再熟悉不过，正是曾经跟我一起在旅馆大堂守过无数夜晚的莫名。他曾经是旅馆一楼的房客，其真实身份是法家李通古的继承人，潜入旅馆另有所图。作为高智商人士，一度帮助我解决过很多难题，后来用一种极其惨烈的方式将我送出旅馆后就神秘消失了。原来他还没有离开。

莫名此刻的目标是悬崖上方的一棵巨大树木，可惜就在他的手攀到树根时，整个悬崖突然崩塌了……

还有更多的气泡，或者说是越来越多的气泡不停涌现出来，里面的多是些怪物，有的可怕，有的可怜。

我与这些气泡不停下沉，直至沉底。

15

河底躺着一个人，一个闭眼的红衣女人，从她身上不停流泻出一股红色液体，不停向四周扩散。

我停了下来，悬在她的面前。

这是个白皙美丽的女人，绾着古代的发式，身着红衣。她虽然闭着眼，但鼻子处一直有气泡，说明还活着。而且我注意到，随着时间的流逝，河水越来越红，但从她身上流出来的红色液体却在渐渐变少。就像是泡在红色染缸里太久，在清洗了许久之后，终于快干净了一样。

正当我与她面对面之际，一双星辰般的眼睛突然睁开，杀意、爱意、恨意、疑惑、感动……无数种复杂又沉重的情绪，通过对视，一瞬间冲进了我的脑海中。

所幸身后猛地一震，咚的一声巨响把我拉回了现实，回头一看，水中划出一道长长的气泡串，串的根部是一朵泥沙云。

不多时，一个满身油腻的中年胖男人从泥沙中走了出来，他用一种说不清是高兴还是难过的眼神望向这边，叹气道："唉，终究来晚了一步……也好！"

205问题：红潮镇中被爱情欺骗的是谁？

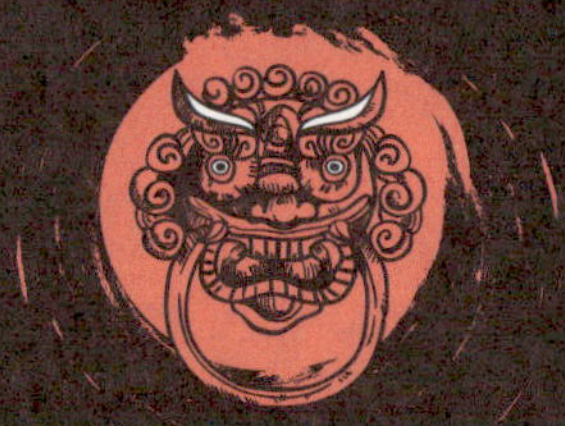

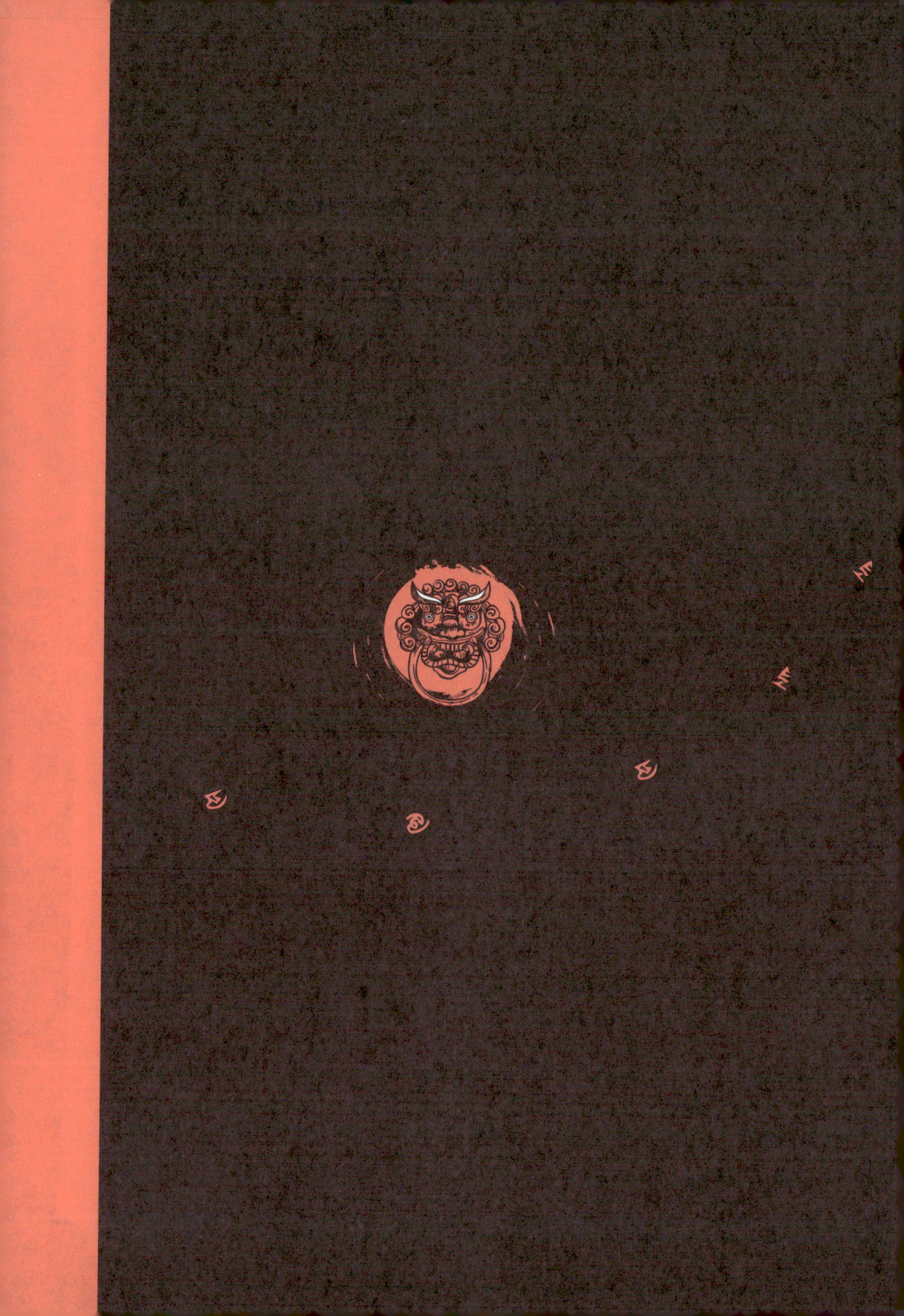

灭佛计划

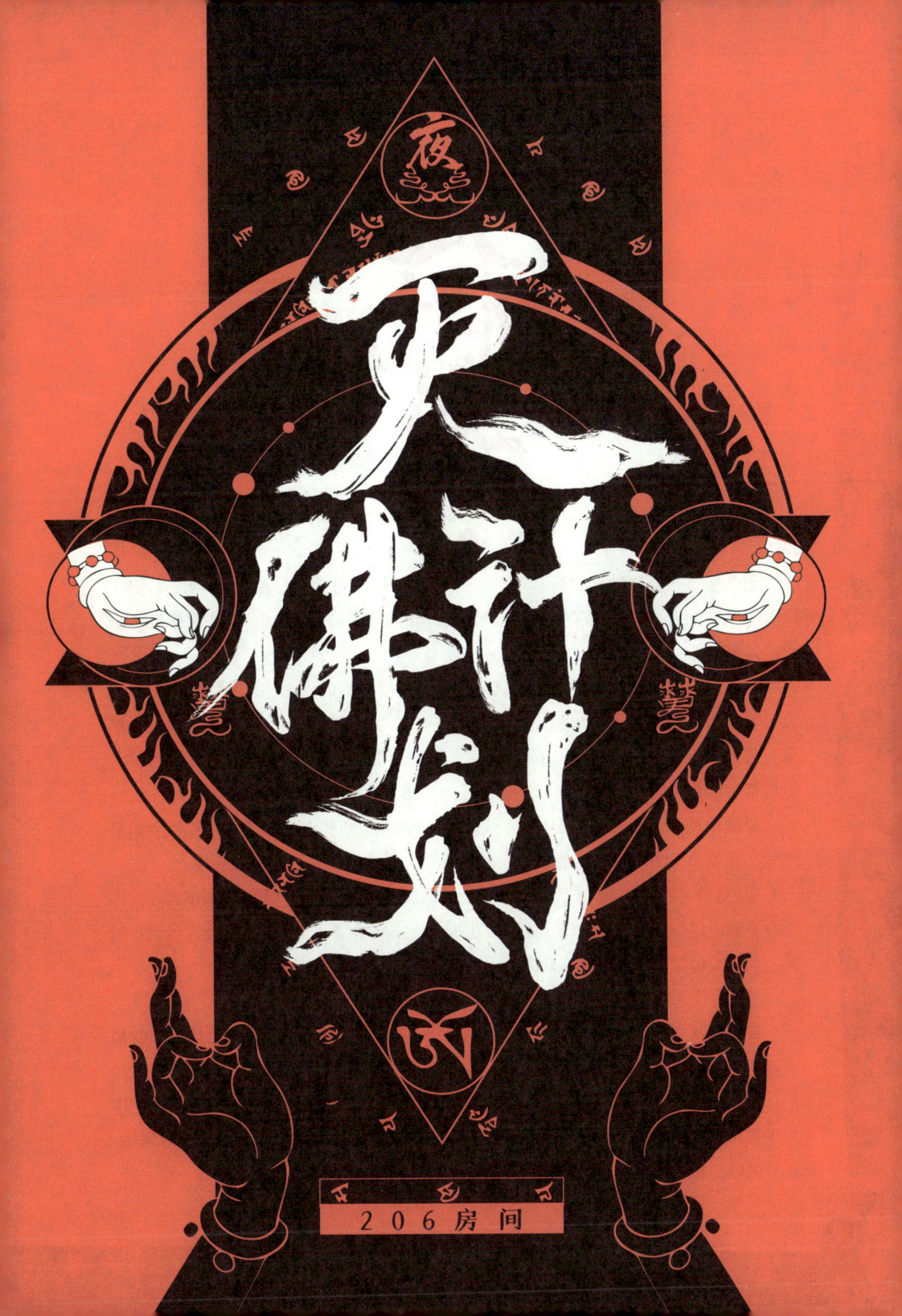

206房间

灭佛计划

1

赵新接过张全递过来的瓢，眯着眼睛，喝了一口刚舀上来的井水："啧，真凉！"

张全拿回瓢，递回给了招财进宝地产公司的销售经理，笑道："不是水凉，是你心凉吧！"

赵新无法反驳，因为这些天他确实处在一个巨大的麻烦之中——谈了五年的女友，眼看着该结婚了，结果那边的地域风俗重彩礼，要他拿出五十万。赵新从小单亲，母亲辛苦把他拉扯大已是不易，哪还有什么家底。至于他自己，京漂了五六年，勉强攒下的十来万，根本不够填下这个巨大的彩礼窟窿。

时值中秋，恰逢发小张全结婚，赵新便提前请假回到老家，帮忙张罗各类繁杂事宜，比如今天来这个郊区的院子，就是帮张全看看是否适合做快递仓库。

见赵新一脸愁容，张全忍不住安慰道："小新啊，其实每个人结婚都不容易，你看哥哥我，这么帅的人，想结个婚，不也被丈母娘要求买这买那吗。这仓库我也不想买，但是丈母娘说，我没有事业，所以没办法啊，只得找我爹多拿了四十万……"

"滚！"

院子当天就买了下来，紧接着就到了中秋，婚礼很顺利，用赵新的话说，就是张全穿得人模狗样，迎娶了他们一中的校花，所有男生的梦中情人——秦香，就冲这，张全就该千刀万剐，永世不得看其他女人一眼。不少男同学在妻子或女友的注视下都纷纷摇头，表示这只是赵新一个人的想法。赵新也懒得多说，只一个劲地喝酒，直到喝吐，被人抬回家。

醒来已是第二天下午，头脑昏沉的赵新走进浴室准备洗澡，可一脱衣服，却发现身上长满了红疹。不看不觉得，一看便来了痒意，他挠了挠，却越挠越痒……

2

镇医院内，王倩睡了个午觉，刚进诊室披上白大褂，就见一个二十七八的小伙子推门而入。她看了看他身上的红疹，问了问情况，下了酒精过敏的判断，开了点药便将其打发走了。

王倩没有心情上班，她的头都快炸了——儿子钱小风打了人，对方家长需要一个说法；丈夫钱多多外遇被自己抓住，恼羞成怒要离婚。

她揉着太阳穴，吃下两片止疼药。

熬到下班，王倩没有直接回家，而是去了招财进宝地产公司。大门前，保安拦住她。

"我找你们钱总！"她心里憋着一股火。

保安虽不明情况，但极具职业素养，冷静回道："钱总不在公司！"

"那你转告他，他儿子犯法了，再不回家处理，就要去坐牢！"王倩丢下这句话就走了。

她在路边打了个车，司机问去哪儿，她从牙缝中挤出四个字："开山茶馆！"

司机握着方向盘的手一抖："哪儿？"

"开山茶馆！"

"不……不去！"

"加钱！"

"……那我停在朱记肉铺旁边，你自己走过去。"

"可以！"

开山茶馆，司机怕这个词，不止司机怕，王倩也怕，卧佛镇所有的居民，都害怕。因为它是开山派的老巢。

卧佛镇是一个数十万人口的大镇，坐落在群山环绕的山谷之中，镇尾有座著名的山，名为醉佛山，山上有寺，香火鼎盛，因为当地人相信有真佛护佑此地。醉佛山后有一大湖，名为罗魄湖，湖呈月牙形，隔着群山，从镇尾延至镇头。

有山有水有信仰，卧佛镇的居民便能自给自足、生活无忧：农业、水利、畜牧、冶矿，这几年甚至地产公司都有了。不过因为地处偏僻，外来人不多，所以从某种角度而言，这里像是一个桃源之乡。

闭塞之地，地头蛇的力量总是格外大，而开山派正是卧佛镇的头号组织。其总部开山茶馆位于醉佛山脚，对面便是朱记肉铺。但凡来茶馆的生意，出租车司机一般只敢把车停在肉铺门口，这倒是乐坏了肉铺老板朱霸霸，人流量大了，生意自然不会差。于是，周围人便见他三天两头提着猪肉去对面的茶馆表示感谢。

王倩下车，看了看对面那栋被油烟熏得泛黄的森冷建筑，突然心生退意，但一想到钱多多跟那个女人在床上厮磨的恶心样，还是迈开了步子。

镇上没人知道开山派的老大是谁，但都知道开山派的三个大弟子：大师兄姜寒，主管着开山派大小事务，精明能干，却沉默寡言；大师姐唐风华，也是茶馆的老板，只负责茶馆的娱乐活动——打麻将，嗓门极大，牌品不堪入目。之前一直是这两人代表开山派，但几个月前突然冒出了一个叫白静的小师妹，容貌艳丽，体态柔媚，据说她的出现导致加入开山派的年轻人又多了好几茬。

王倩买了块猪肉，提到茶馆门口，丢在地上，梗着脖子骂道："不就是块烂肉嘛，有什么了不起的，狐狸精！"

3

茶馆里，二楼全是哗啦啦的麻将声，一楼倒算安静，只有两个人。柜台后，一个额发遮住了眼睛的黑衣男人正埋头看地图，听见门口传来骂声，抬起头看了看，却发现人已经跑了。

"狐狸精？"他重复了一遍，然后冲着正在大厅边角泡茶的女人道，"白静，有人找！"

白静没抬头，甚至连表情都没变，只是朝门口挥了挥手，那块猪肉便自个儿飞进了旁边的垃圾桶。

"姜寒，你把我从画里救出来，就是让我用分身陪那些老男人吗？"白静端起茶壶走过来，给黑衣男人沏了杯茶。

姜寒端起茶杯，嗅了一口茶香："能力越大，责任越大，我倒是想让唐风华去勾引他们，但是不现实啊，她只会把那些人吓得瘫痪！"

楼上突然有人打了个喷嚏，接着传来一句骂声："谁在背后说老娘坏话？"

白静凑过来看了看姜寒手里的地图："还差几个点？"

"你目前攻克的就是最后一个点！"

姜寒指了指地图："但是这两天有消息传来，钱多多手里的这块地似乎已经卖出去了！"

"卖给谁了？"

"一个叫张全的男人。"

"要不要我帮你弄回来？"略带玩味的语气。

姜寒摆摆手："最后一个点了，不必那么急，别搞得我们像电影里的反派一样不择手段。大不了砸钱把它买下来！"

白静假装惊慌："啊，我们不是反派吗？我一直以为是来着！不是只有反派女主才需要出卖色相吗？"

姜寒无奈，盯着面前这张魅惑众生的脸，缓缓说道："这个人你恐怕无能为力！"

"为什么？"

"他刚结婚，妻子也是校花级别的，输不了你多少！"

"呵，除非他对女人没兴趣，不然准受不了我的魅惑之术！"

4

"什么！你竟然……"赵新猛地起身，声音传遍了整条烧烤街。

本想倾诉痛苦的张全把已经到了嗓子眼的话又生生咽了下去，他脑补了一下画面后决定，有些秘密，打死不能说。

坐在他对面的赵新想问又不好问，只能随口安慰道："哥们儿，刚结婚，想来身份的转变确实突然，但习惯习惯就好，没必要发愁！"

张全满脸苦涩地点点头："没啥，来，喝酒！"

赵新把酒杯往后拿："全儿，不是我不陪你喝酒，这几天我酒精过敏，真的不能喝了！"

"滚蛋，跟我这个从小一起穿开裆裤的哥们儿说你赵李白酒精过敏？"

"你别不信！"赵新捞起袖子让他看手臂上的红疹。

张全瞥了一眼："不影响喝酒！"说着强行把赵新的杯子倒满。

"倒了我也不喝！"赵新态度坚决。

张全指了指他："嘿，小子，今晚你要是不喝酒，我就把你上学那会儿偷看秦香洗澡的事告诉她！"

"……小弟我先干为敬！"

青春期里，少男少女，情愫交织，说不清道不明，但是赵新喜欢秦香，张全是知道的。

秦香是校花，追求者自然众多，赵新偏内向，喜欢秦香又不敢表达，这让死党张全看在眼里,急在心里,于是他便常在周末邀秦香出来玩,拉上赵新想给他创造机会,但不知是赵新太不争气,还是自己太优秀,反正一不小心,秦香跟自己好上了。

张全家境殷实,常自诩风流,但也就是嘴上风流,其实骨子里极为保守,可能跟母亲是国学老师有关,所以哪怕他跟秦香谈了十年恋爱,两人却也只是止于拥抱亲吻。

这让前几天的结婚夜,才成了两人真正的洞房花烛夜。可谁会想到,事情并没有那么顺利……见美丽的妻子有些落寞,张全的心像被火烧一样疼。

两人一直喝到烧烤收摊,赵新把张全推进了出租车,自个儿在街上跌跌撞撞地走,五十万的彩礼缺口摆在面前,他已不敢打车。

"呵……呕!"刚走出几步,赵新就跪在树下吐了起来。

5

——你何必自寻苦恼?

——你是谁?

——不重要,我只是觉得可笑!对方要钱,你给不起那就不要好了,何必要折磨自己呢?

——你懂什么,这是爱情,不是买卖,买卖不成可以换一家交易,但爱情不行。

——爱情是什么?

——……爱情就是爱情!

——爱情无非是人类看见合适的繁殖对象后,体内分泌出来的多巴胺,这种东西能让人觉得快乐。但是多巴胺的分泌有一个特点,如果一直是同一个刺激源,分泌会逐渐减少,直至再也分泌不出来。所以,每一段爱情,都很短暂,时间一久便会习惯乃至于厌烦。从这个角度来说,每一个人类都是喜新厌旧的。

——你是生物老师吗?

——不,我只是在教你面对现实。

——不用你教,我已经二十八岁了。

——才二十八岁,哪懂人生。

——……你到底是谁?

——从某种角度而言,我是你的黑暗面。

——胡扯,你明明是女人的声音!

——呵,女人才更容易看透爱情,不是吗?

赵新满头大汗地从床上醒来，看了看时间已是后半夜，他感觉身体从未有过地痒，只好拼命去挠。真不该喝那么多的，他懊悔，但同时又觉得能陪好友浇愁，也算值得。

手机里有多条未查看的信息，是秦香，最开始是问张全有没有跟他在一起，然后又让他劝着张全少喝一点。赵新边挠着身子，边盯着秦香的微信头像发呆，那是一张美丽大方的艺术照，秦香站在阳光下，笑靥如花。

越看，越觉得秦香像自己的女朋友易遥。

赵新跟易遥相识于一场招聘会，当时他负责公司的部门招聘，而易遥则是应聘者。他对易遥一见钟情，各项分都往高了打，死命给公司推荐，最后得偿所愿，易遥顺利进了公司，还进入了自己的部门。

其后赵新便开始追求易遥，领导对下属的情感攻势，属于降维打击，特别是对于易遥这种刚来大城市打拼的女孩而言，一个在专业上与生活上都能给予自己帮助的领导是极具魅力的，所以顺理成章地，两人在一起了。

一起生活之后，赵新发现易遥看似柔弱，实则成熟、有主见，他在她面前，越来越像个大男孩。特别是在两人离开了这家没有前景的公司，他不再是她的领导之后，赵新愈发觉得，自己在易遥心目中的形象逐渐起了变化。

在一起的第三年，易遥的薪水已经超过了赵新。

在一起的第四年，赵新辞职，自己创业。

在一起的第五年，赵新创业失败，重新上班，进了一家影视公司从零开始，而此时的易遥已经是年薪二十万的女白领，他愈发跟不上易遥的节奏了……

想起易遥，想起自己京漂的这些年，浑浑噩噩，无甚建树，想起那五十万，赵新就觉得心脏刺痛。

他想起了睡梦中那个女人的话，其实也并非没有道理。爱情不是买卖，但婚姻却像是买卖。这家的姑娘你就是娶不起，着急又有什么用呢？你说跟她恋爱了五年，但就像橱窗里的一件衣服，你看了它五年，付不起钱，那跟你没一丁点关系啊！

赵新知道自己陷入了一种毫无逻辑的消极情绪中，但他没有办法，就像这浑身的刺痒，他除了挠也毫无办法。

他爬下床去上厕所。打开卫生间的灯，却被自己的样子吓到了，浑身的红点不说，左上臂处皮已经破了，袒露出一片黑红色的东西，这东西不像肉，更像是一种……鳞片！

王倩头愈发地疼，因为丈夫对于儿子闯祸的事情不闻不问，看来不仅准备离婚，连孩子也不想要了。

她刚服下止痛片，门却被一股蛮力撞开。

"还有没有点家教，再急的病也要先敲门不知道吗！"她很生气，抬眼一看，是一个小伙子，面熟，前几天应该来看过诊。

"我要被你害死了！我被你误诊了！"小伙子嘟囔着拉下衣领，露出一大块黑红。

"急什么，先说姓名，我查查病历！"听到误诊，原本火气十足的王倩顿时紧张起来。

"赵新！前几天浑身红疹，找你看，你说是酒精过敏！现在看来根本就是重疾吧！"

王倩想起来了，前倾身子仔细观察着赵新上臂的伤口，看了半晌才坐下，推了推眼镜："小伙子，我说你挠这么狠干吗？"

"痒能不挠吗！问题在于，现在看来根本就不是酒精过敏！"

"这几天你有再喝酒吗？"

"有是有，但这根本就不是……"

"既然有喝，就是不遵守医嘱，怎么能说我误诊呢？至于你上臂的这块东西，跟酒精过敏无关，具体是什么我也不知道，建议你去省城的大医院看看吧！"

赵新又说了几句，却被经验丰富的王倩轻而易举地搪塞了回去，最后吃瘪的他只好摔门而去，丢下一句"你这么没有医德，迟早会遭报应的！"

"呵，年轻人！"王倩刚轻蔑地笑了一声，手机就响了。

"喂，找谁？"

"你儿子在我手里，准备二十万，不然你就再也见不到他了！"一个粗犷的男人声音。

"你……你是谁，你想干什么？"王倩紧张了起来，匆忙按下了电话录音。

"你不用管我是谁，我只要钱！"

"……我筹到钱怎么联系你？"

"就打这个号码。对了，你可得抓紧时间，我可没吃的供着他，顶多给他喝口井水，如果你动作太慢，把他饿死了，我可不负责！"说完这句就挂了。

王倩放下手机，回了回神，先给学校老师打了个电话，老师说放学后钱小风的家长一直没来接，后来他就自己离开了。"

"钱多多！"王倩骂了一句，赶紧打钱多多的手机，依旧没人接。

王倩虽然慌张但还算理智，她没有去筹钱，而是先报了警。警察赶到，了解了情况又听了电话录音后，表示绑匪应该没有经验，不用公共电话联系，而是采用手机，这样定位他是很容易的。接着便用技术手段成功锁定了绑匪的位置，是郊区的一处废旧院子。

当晚，救援队便摸黑包围了院子，可里面十分安静，没有灯，也没有声音，一点不像是绑架现场。当救援队悄悄进场清查之后，并没有发现被绑架的钱小风，只在地上发现了那个被定位的手机，还有在手机旁边的一具中年大汉的尸体。

尸体死状可怖，像是被某种动物咬死的，伤口还残留着墨绿色的不明汁液。

7

刚买下不久准备用来做快递仓库的院子居然发生了命案，对于张全来说，真是件晦气的事。他接到警察的电话后，便匆匆赶了过去，例行做好笔录，然后看着他们把现场给清理了。警察临走前建议他，如果院子暂时不使用，最好用东西围一下。

于是张全便去买了百来米的铁丝网，跟五金店的两个小工一起，花了整整一天的时间，才把院子给围上。送走小工后已是半夜，又累又渴的他打上来一桶冰凉的井水，狠狠往肚子里灌，直到灌不下去了，才躺倒在湿漉漉的泥地上，望着初升的新月，流下两行清泪。

他满肚子的不甘与怨愤，他不愿意见到妻子那张充满了关切与愁容的脸，他甚至不愿意接受妻子的建议——去医院看看，这一切都是源于一个男人的那点可怜的自尊心。他张全，从小就是被街坊邻居羡慕的人，家境、成绩、涵养各方面都没有问题，就连娶妻，也娶了当年的校花，镇南最标致的姑娘。可他居然……多么可笑啊！

一颗流星划破天空。张全看着夜空中的痕迹，梦呓般呢喃道："流星啊流星，实现我的愿望吧，我愿意拿一切来换……"

与此同时，张全的哥们儿赵新刚跟公司领导通完话，他本来编造了好多个需要延长假期的理由，但领导告诉他，公司老板徐小北要来卧佛镇，让他不用赶来京都，原地待命就行。

这无疑是个好消息，因为他现在的状态已经不适合去京都工作了——不仅身上的红疹开始变大，而且开始频繁出现幻听，一个女人的声音总是在他耳边响起，劝他放弃易遥。

他不知道这是不是自己的心声，但他觉得，也许这是一种让自己不那么痛苦的办法，是一种解脱。

——那个女人一开始喜欢你，只不过是对上司的崇拜！
——不是这样的！
——她那时候刚踏入社会，以为你是偶像剧里那种霸道总裁！
——不……不是这样的！
——她要五十万彩礼，只是想让你知难而退，你应该也知道，现在的你已经配不上她！
——不是的……别说了……别说了！

门铃响了。
半夜谁会造访？赵新打开门，是满脸倦意的秦香。
"小新，张全失踪一整天了，电话没人接，你帮我找找吧！"
秦香的要求，赵新从来不会拒绝，他先把秦香送回了家，然后自个儿骑着摩托车在街上乱逛。凌晨一点，所有的夜店都关门了，张全会去哪儿呢？赵新在黑暗的马路上眺望着远处稀疏的灯火，灵光一现，突然想到那个偏僻的院子，去了之后，果然在地上发现了已经睡着的张全。
张全像是喝醉了酒一样难以叫醒，赵新只好用车把他驮回了张家。秦香对赵新表示感谢，问他要不要进去喝杯热茶，赵新摇摇头，骑着车就跑了。
第二天中午，赵新还在睡梦之中，却被电话声吵醒，一看来电人是秦香，他也没好意思发起床气，老实接了。
秦香话语吞吐，似是紧张，又似是害羞："……小新，昨天你驮回来的……真的是……我老公吗？"

8

秦香犹豫很久，才给赵新打了这个电话，她主要是想问问，昨晚赵新是在哪里找到张全的，张全经历了什么，可惜赵新也没说出什么重要信息。秦香挂断电话，脸上泛出红晕——昨晚张全像是变了一个人。
周末，大家都不用上班。张全坐在客厅的沙发上看报纸，秦香走到他身边，试探性问道："昨天，你去干什么了？那么晚才回来！"

张全没抬头："噢，咱买的那个院子发生了一起命案，我去配合调查，顺便用铁丝网把院子围了起来！"

"什么命案啊？"

"说来挺惨的！"张全放下报纸，把秦香搂进怀里，"一个富人的儿子把一个穷人的儿子打折了手，穷人要讨个说法，可没人理他，儿子的手臂又需要钱做手术，气不过的他便绑架了这个富人的儿子，打电话给富人的妻子，索要二十万。富人的妻子直接就报警了，通过定位找到了这个穷人，可是离奇的是，警察赶到的时候，穷人已经死了，而被绑架的富人儿子则不知所终！"

秦香若有所思地叹气道："人穷，命就穷！"

张全的嘴贴着她的耳垂轻声道："好在你嫁给我了，一辈子都不会受穷！"

"哎呀……你怎么又……"秦香本能地推了一把，但在张全的臂弯里，她无力得像一只没有羽翼的小鸟……

接下来的日子里，秦香似乎过上了圆满的夫妻生活，但她总觉得有些事情正在悄然改变，以前缺失的补回来了，但好像曾经得到的又逐渐失去了。

一天上午，秦香进浴室洗头的时候，在地上发现了一撮黑毛，分辨不出是猫的还是狗的，但不论猫狗，都不可能出现在张家，因为秦香极其讨厌宠物。

黑毛的存在让秦香坐立不安，她把房子仔细检查了一遍，发现家里的杂物间换了新锁，自己却没有钥匙。她想找丈夫问问情况，可他又不在家——最近张全跟自己相处的时间越来越少，经常一早就不见了，吃饭的时候也不回来，偶尔回来也吃得很少，问他便说是工作太忙，食欲不振。

秦香觉得，只有晚上的时候丈夫表现优秀，还会贴心地给自己泡一杯红糖水。自己最近睡眠特别好，一觉睡到大天亮，说不定就是这糖水的功劳……

这晚，张全又端来了一杯糖水，秦香觉得烫，让他先放在桌上凉一会儿，张全放下就去洗澡了。结果秦香拿手机的时候不小心碰倒水杯，糖水全洒了，因为怕张全生气，所以她悄悄用纸巾擦干桌子，假装喝完了。

张全洗澡回来，见到杯子已空，亲了秦香一口便关灯睡觉。秦香心里还惦记着黑毛的事情，想问，但又怀疑自己小题大做，思来想去竟失眠了，撑到天光微亮之际，她突然听到身后的张全呼吸声变重了。

"做噩梦了？"秦香想翻过身去为他擦汗，但还没来得及行动，却感觉弹簧床一轻，张全下床了。接着卧室门被打开，张全走了出去。

一直等了半个钟头张全都没回来，秦香有些疑惑，起身走出卧室，发现偌大的家只有杂物间亮着灯。她小心翼翼走过去，贴着门缝只往里望了一眼就赶紧捂住了嘴，她差点没忍住尖叫——房间里并没有猜想中的动物，只有一个浑身长满黑毛的男人！

9

在儿子彻底失踪之后，王倩总算在家里看到了钱多多，她本以为自己会有满腔的怨愤发泄，但看到他半白的头发之后，却什么都说不出了。她坐在沙发上，注视了他半天，最后平静地问道："什么时候离婚？"

"找到小风再说吧！"钱多多嗓音嘶哑得不像是四十岁的男人。

"……你们什么时候开始的？"

"我现在不想说这个！"

"这些天你去哪儿了？"

"……去哪儿了？我还能去哪儿？当然是去为小风打人的事情打点关系了，不然你以为咱家怎么会风平浪静！"

"呵呵，你厉害，就数你钱多多最厉害！结婚这么多年，你待在家里的时间不超过一个月，小风他今天能把人的手打折，你有最直接的责任！"

"责任？我不在外面赚钱养家，你们能有大房子住吗，你们能有衣食无忧的生活吗？你是他妈，你才最应该负管教不严的责任！"

原本疲惫哀伤的两人，因被彼此的话刺痛而逐渐恼怒起来。

争吵声越来越大，震得天花板直掉灰。

——好吵，真的好吵！

——你看，他们表面上为了你的失踪而着急，实则还是只在乎自己，他们是怕你出了事需要自己担责任，多么自私啊！

——……你不要再说了！

——你饿了吧，要吃点东西吗？

——唔……不好吃，我也不敢再吃！

——没事的，吃习惯，就好吃了……

王倩和钱多多吵得精疲力竭之后，便各自回屋休息了。第二天，两人都没去上班，开着车乱窜，明知道这样的方法找到孩子的可能性微乎其微，可总想做点什么，

不然心就空落落的，无处安放。

　　忙活了几天，不出意料的毫无所获。钱多多把所有的希望都给了警察，自己又去了公司，王倩没有心情上班，请了个长假，坐在家里发呆。后来她觉得发呆不是办法，便开始收拾屋子，在收拾的过程中，她发现了一些问题——儿子的东西变少了。一开始她还以为是自己记错了，可每一天，儿子的东西都在变少，今天刚帮他擦干净放筐里的篮球，明天就消失不见了。

　　家里有贼！

　　王倩感到害怕，赶紧把钱多多叫了回来，两人一间房一间房地搜查过去，并没有发现小偷藏匿的痕迹。

　　"对了，阁楼还没看呢？"王倩突然想了起来。

　　钱多多有点不耐烦，但还是吃力地登上梯子，把肥胖的身躯塞进了阁楼。他上去之后，倒吸了一口凉气："这！"

　　"怎么了？"王倩紧跟着爬了上去，映入眼帘的，是阁楼角落里的一堆杂物，细一看，不正是儿子小风这些天失踪的物品吗？不过诡异的是，这些物品上都缠着蛛丝网，仿佛堆在这里十来年了。

　　——爸，妈，你们终于舍得来看我了？我好饿啊！我真的太饿了！

　　王倩向前走去，她想看看那些东西是不是前几天自己亲手擦过的，可在途经一面破了一半的镜子时，她突然寒毛直竖，因为肮脏的镜面上倒映出了一个恐怖的东西，它正倒趴在钱多多身后的天花板上，双目血红！

10

　　"小心！"王倩一把推开钱多多，然后那个怪物便擦着两人的身子跃了下来，落在不远处的地板上。这时，王倩才真正看清了它。

　　"不……不可能的……怎么会……这个样子！"王倩发着抖，语无伦次。

　　钱多多也陷入了巨大的震惊之中："小……风？"

　　是的，那个像蜘蛛一样的怪物，长着一张他俩无比熟悉的脸——儿子的脸。

　　只不过现在的钱小风面容扭曲可怖，早已没有了昔日的可爱模样。他龇牙咧嘴地盯着这对夫妻看了一会儿，便弓起背，四肢下沉，猛扑了过来！

　　此时"砰"的一声，阁楼的窗玻璃被一件硬物撞碎，紧接着在这并不宽敞的空间里出现了无数张发着金光的古怪符咒，这些符咒像一张大网，把正跃在半空的钱小风紧紧包裹了起来，然后从窗户飞了出去。

这突生的变故让这对本就被惊吓住的夫妻更蒙了，等他们回过神来赶下楼的时候，只见一个梳着双马尾的爽利姑娘站在大门口伸出手："五千块钱除妖费，谢谢！"

"小风呢，你把小风怎么了？"王倩没理会姑娘的诉求，扑了上去。

姑娘一个闪身，把身后的一个布袋子提到前面，对看上去还残存着神志的钱多多说道："你儿子被妖邪影响，因为精神力不够强大导致神识被妖邪所吞，身体被妖化了百分之七十。我废了他的行动力，封了他的妖识，袋子里有药，你们每天给他喂一颗，他便会吐出一口黑血，这样喂上两年，兴许妖气能褪尽，孩子还能清醒过来。"

钱多多把袋子褪下，发现钱小风蜷缩在里面，双眼紧闭，嘴角还在往下流着绿色的汁液。他抬头问道："您说'兴许'，意思是，还不一定能醒过来？"

"对，这个得看机缘，这几年你们最好时刻不离他身边，经常给他泡澡按摩身体，这样能有助于他的恢复。"

"哈哈哈，讽刺啊！"钱多多站起身，把位置让给了从地上爬起来的王倩，他一拳捶在了一旁的车前盖上，引得警报声巨响，"这到底是对小风的惩罚……还是对我们的惩罚？难道，这就是所谓的……报应吗？"

姑娘见不得这样的苦情戏，面无表情地再次伸出手："那个，五千块已经是打过折的！"

钱多多抹了一把泪，点点头："当然，钱肯定是要付的，你等一下！"说完他掏出钥匙按了一下，车就不响了，接着他拉开车门，弯腰进去摸索片刻，拿出一沓钱，恭谨地递过来，"一万块，多的算是给小风祈福的吧！"

姑娘点完数，收了钱却没走，而是问道："我还得搞清楚一件事，这孩子是在哪里被妖邪盯上的？"

钱多多想了想，把最近发生在儿子身上的事情简单讲了一遍，姑娘思索片刻，索要了绑架案发生的地址便要离开。钱多多叫住她："大师留步，该怎么称呼，以后关于这个孩子的事情，如果要请教大师，该如何找？"

"北落，京都最著名的驱魔师！"姑娘没回头，双马尾像两只骄傲的兔子耳朵，一蹦一跳，跃进了如墨的夜色中。

北落撒了个谎，她不是京都最著名的驱魔师，而是京都最穷的驱魔师。

她的上一单是在微信上接的，进入一张古画之中救人，结果差点把自己栽进去，九死一生，最后只收了五千块钱；她的上上一单，是帮助已故好友韩子安降服一株藤妖，当时不仅受了很重的伤，而且还没来得及要报酬，雇主韩子安就突然死了。

对于北落而言，这两笔不只是亏本买卖，而且还暗藏玄机：比如藤妖是一个曾经来到卧佛镇折了生命之树枝叶的人变成的；比如韩子安就是死在卧佛镇；再比如她从古画中救出来的是三个人，但法家的祁明却告诉她，只失踪了两个人，那是不是意味着，她多带了一个人出画？其后她托人查了雇佣她入画的微信好友"姜汁加冰"的网络 IP 地址，居然也是在卧佛镇！

所以她非来一次卧佛镇不可，虽然对于学宫门徒而言，这个地方是极其危险的禁地。她是搭乘祁明的顺风车来的，这厮为了陪女朋友来拍戏，居然视学宫的警告为无物。但既然连不会任何术法的法家门徒都来了，自己一个精通十八般武艺的阴阳家门徒，又有什么好怕的呢？

到达目的地之后，北落就跟祁明分道扬镳了，不仅是因为她不喜欢当电灯泡，更重要的是，她一下车就嗅到了一股浓郁的妖气。有活！她兴奋了起来！是的，她热爱工作，越穷的人，越热爱工作。

在处理了这个小孩之后，北落总感觉镇上还有妖气，但又比较微弱，一时间难以定位，所以只能从小孩出事的相关地点去找线索。

她脚踩疾行符，不一会儿便来到了出事的院子，跃过外面那圈铁丝网，在院中走了一圈，最后停在那口深井边，趴在井口嗅了嗅，似有妖风往上吹？正欲细察，院子外面突然响起了纷杂的车声。

北落跳上了一旁的大树，往自个儿后背贴了一张隐匿符，暗暗心疼："成本价三千，这一次不赚钱了，一点都不赚钱了！"

摩托车、小汽车瞬间停满了院前的荒路，一群打头阵的小弟率先把铁丝网给折弯踩在了脚下，给后面的人开出一条路。从一群小弟中走出来的只有两个人，一男一女。男的一身黑衣，额发遮眼；女的前凸后翘，光彩艳丽。正是开山派的姜寒与白静。

北落看着女人，咬牙切齿道："静静？画中仙？老娘果然被你们摆了一道！"

姜白二人径直来到井前，白静像北落先前那般趴在井口往下望了望，然后抬起头对姜寒说："没错，这里确实有妖气渗出！"

姜寒沉思了几秒，懊悔道："是我预估错误，没想到欢喜佛才消失半个月，通道就打开了！所幸只有三个人被感染，现在处理还来得及！先把这口井封上，再派人轮班看守这里，不准任何人接近，哪怕是户主！"

白静开口："刚才有消息传来，其中一个感染者已经被京都来的不知名驱魔师洗涤了！"

"不知名？"树枝震颤。

姜寒问："驱魔师的去向呢？"

"不知道啊！"白静轻笑着，眼光瞟向了北落藏匿的这棵树。

开山派一行人离去，只留下两个小弟在院子外围守着。

北落刚想离开，突然又见一个中年胖男人出现在井口，他是什么时候出现的？是跟刚才那群人一起来的吗？北落突然感觉到危险，因为这个人似乎比贴了隐匿符的自己更无声无息。

中年男人系着一条肮脏油腻、胸前写有"朱记肉铺"的围裙，看起来像是个杀猪的，可他手里提着的割肉刀造型实在夸张——刀长一米，刃身缠满布条，刃口布满锯齿，仿佛不是用来杀猪，而是用来猎杀大型野兽与魔物的。

他围着井边走了一圈，这里嗅嗅，那里摸摸，然后像是指南针一样，笔直地站立，将刀指向了某个方位。等到北落看清他指向何处时，对方已经消失不见了。北落一咬牙，又往脚底各贴了两张疾行符："哪怕亏本，老娘今晚也一定要看看你们在搞些什么名堂！"嘀咕完后，她也从树枝上消失了。

12

赵新拨通了易遥的电话，说了分手，那边仿佛没人接听，死一般的沉寂。许久，才有声音出来："你说什么？"

"我说分手！"从未有过的坚定语气。

"好！"那边回了一个不带任何感情的字，便挂断了电话。

手机砸在地上，屏幕碎裂。赵新慢慢蹲下身子，眼泪滚滚而出。

一定是一开始就有了裂痕，才会一摔就碎。

——这就解脱了吗，可为什么没有觉得轻松，反而感到心空了一块。

——你这惨兮兮的余生就由我来帮你度过吧！

赵新意识有些模糊，事实上从前几天开始，他就一直是意识模糊状态了。他哭了很久，然后扶着浴室的墙慢慢起身，盯着镜子里那个长发披肩、鳞片慢慢从脖子往脸上蔓延的怪物，痴痴一笑："这是谁家的丑八怪啊！"

紧接着，他的视线也模糊了，镜子里的影像出现了变化，丑八怪消失了，取而代之的是一片蔚蓝的大海，大海翻涌的每一朵浪花，都在朝他讲述一个让人绝望的故事。

大海深处有一个人鱼王国，王国里住着一个丑陋的人鱼公主。一天，人鱼公主在海上救了一位溺水的王子，这位王子英俊不凡，据说住在大陆深处的金殿堂里。人鱼公主怕自己的容貌吓坏王子，把他推上岸后就躲了起来。

不一会儿，一个美丽的公主经过，让仆人救醒了王子。王子问是谁救了自己，公主一脸羞涩地说是自己。人鱼公主看在眼里，急在心里。好在王子并不傻，他说自己明明是在大海中央遇难的，为何会在岸上被救呢？王子一直站在岸边呼唤着自己真正的救命恩人，人鱼公主很想答应，但她自卑，她觉得与美丽的人类公主相比，自己就像是恐怖片里的反派。

王子没有喊来真正的救命恩人，只好与假恩人公主回到了金殿堂。自此后，人鱼公主每天都在大海上向着陆地深处眺望，她依稀能望到殿堂的一个金顶，她总是想象王子站在金顶上，向大海眺望的样子。

终于，受不了相思之苦的人鱼公主决定上岸找王子说出实情。但是当她花了很大的代价找女巫换来双腿，走到王子的城堡门前时，却听闻了王子与公主的婚礼就在当晚举行。她感觉心都碎了，但她觉得还有机会。

人鱼公主混进了给王子伴舞的人群中，当悠扬的音乐声响起时，她忍着剧痛，给心爱的人跳起了最优美的舞蹈。王子注意到了她，亲自过来给她献花。她在接过花时告诉了王子，自己才是那个在海里救他的人。王子既惊喜又诧异，他说如果真的是这样，那今晚的新娘该是你才对，但是你要如何证明自己所说的属实呢？

人鱼公主非常意外，王子居然对自己的长相毫不在意，她非常开心地告诉王子，自己其实是人鱼，要证明这个事情非常简单，只要王子跟着自己回到人鱼王国就好了。王子点头说好，但是希望能允许自己带几队士兵随行，毕竟上次出海遇难之后，父母已经不放心自己独自出门。

心上人的要求人鱼公主又怎会拒绝，于是她便带着王子与士兵进入了人鱼王国，结果人鱼族因为她的这一举动遭到了残酷的屠杀。这时候的她才知道，原来对于人类而言，人鱼之心是比钻石还珍贵的东西，为了得到它们，人类会不择手段。

117

但是她明白得太晚了，此时的她已经被吊在了王子与公主的婚宴上，看着人类贵族脖子上戴着的都是族人的心脏，她流下了悔恨的泪水。而王子见她哭了，急忙跑过来。难道他还存着一丝良知吗？不，怎么会呢！他只是来用酒杯盛泪水，人鱼之泪也是好东西，据说喝了能长命百岁。

王子与公主用这人鱼之泪喝了交杯酒，王子暧昧地对公主说："怎么样，我就说这一招肯定可以吧！"

公主撒娇："人家在沙滩上的那段戏怎么样？"

"嗯……略显浮夸！"

原来都是假的，从一开始就是个局！人类怎能如此邪恶呢？人鱼公主感觉心裂开了，她淌下了血泪，但也因此，她收获了怨恨的力量。她挣脱了束缚，向人类复仇。最后，她带着王子的头颅消失在了大海深处。据说谁有爱情烦恼，她就会出现在谁面前，帮忙解决……

——真是好绝望的故事啊！

——我这里还有他的头，你要看吗？

——不看了，不看了，不过说起头，我倒是想起了易遥第一次给我做的狮子头，真的超级难吃！

——……你为什么突然说这个？你们已经分手了，你已经自由了，不用再吃那些难吃的食物了！

——不不不，难吃也是一种幸福，当然，你并没有爱过与被爱过，可能不懂这个道理。

——你说什么！

——你之前总说爱情都是假的，看了故事我才明白，那是因为你从来没有过爱情，你只是遇人不淑，被骗得挺惨，这事值得同情，但是……

——你别说了！

——我要说，你听我说……但是，你的这个事，跟爱情真的一点关系都没有！

——啊啊啊啊！

——脱下爱情专家的虚假外衣吧，你只是一条被欺负的可怜鱼！

赵新重新睁开了眼睛，黑鳞停在了下巴处，头发齐肩之后也停止了生长。这时地上那个屏幕碎裂的手机响了，他弯腰拾起，好在还能接听。

"喂？"

"……小新，快……快来救我！后……后山！"是秦香急促惊慌的声音。

13

——为什么，为什么我已经有了如此强大的能力，秦香却并没有为此而高兴，反而开始畏惧我？

——你知道的，你知道为什么！

——我不知道，你告诉我，告诉我好吗？

——哈，我就是你，我知道你知道，你其实一直不相信秦香。

——不，我没有这样觉得，我们有十年的感情，你别乱说！

——十年的感情？那你之前为什么要偷偷去看秦香的手机，告诉我，你发现了什么？

——我……我发现秦香把她跟赵新的聊天记录删除了！

——一个人只有在什么情况下才会删除跟异性的聊天记录？

——……心里有鬼的时候吧！

——哈，我就说吧，你知道的，你什么都知道。因为你还在她的手机里安装了一个定位器呀！告诉我，你查定位轨迹的时候，发现有一天半夜，她离开家，去敲开了谁的房门？

——没，没这回事！

——不愿意面对吗？那就由我来告诉你吧！她敲开了你好兄弟赵新的房门呀，想想，三更半夜，月黑风高，一个一直得不到满足的寂寞女人，敲开了一个曾深深暗恋过她的男人的房门，他们是准备干点什么事情呢？

——别说了，你别说了！我不信，我不会信的，你说什么我都不会信！

——你要是不信，为什么会如此痛苦呢？你要是不信，为什么现在会掐住她的脖子，报复式地猛烈撞击呢？

秦香被张全掐得喘不过气来，身体愈发疼痛。她想挣扎，但根本使不上力，整个人牢牢地被张全钳制住。今晚她本来不想过夫妻生活的，准确来说，自从前天她发现丈夫的秘密之后，就对枕边的男人恐惧了起来。她不知道发生了什么，也不知道自己该求助谁，所以只好悄悄在枕头下面藏了把剪刀。

墙上的时钟敲了一下，已经凌晨一点，往常这个时候，张全早就给自己灌下迷魂糖水睡了，可今天不知怎么，他还在继续，而且越来越强硬残暴。

"放……放开……！"面对着愈发疯狂的张全，她已经喊不出一句完整的话，只有滚滚而下的泪水在浇灌着她的决心。

在模糊的视线中，秦香看到张全双眼变红，浑身长出了黑色的长毛。不，这不是自己的丈夫，这是一个彻头彻尾的怪物！

秦香悄悄摸到了枕头下的剪刀，趁着怪物不注意，突然发难，用尽全力将剪刀扎进了它的胸口，怪物一声嘶吼，从床上翻了下去。秦香抓起手机就往外跑，边跑边拨通了赵新的电话，向他求救。

后山是张全家后面的一片树林，衣衫不整的秦香躲在一棵大树后的荒草丛里，惊慌无措。她不知道该怎么办，甚至忘了报警。

秋夜甚凉，等待的时间更是漫长。

前方出现了一个人影，人影东看西看，走至秦香前方的空地时叫唤了一声，原来是赶来的赵新。秦香心里终于有了底，刚想起身答应，突然看见一个黑影从对面的草丛蹿出来，一下就把赵新扑倒在地。

晦云渐散，孤月的冷辉撒进林子，秦香得以看清，此时坐在赵新身上的黑影，确实是丈夫张全……不，它已经不是自己的丈夫，现在的它浑身长毛，嘴巴也夸张地凸了出来，锋利的獠牙上沾满了饥渴的口水——它已经是一只狼人！

可更让她惊讶的是，被压在下面的赵新也不是昔日模样，他头发披肩，被撕破的衣服下面，露出了油黑发亮的鳞片。

秦香一时间陷入了怀疑人生的错愕之中，难道这是自己的一场噩梦吗，怎么全世界都变了模样？

此时，一只冰凉的大手悄悄搭上了她的肩膀。

14

秦香肩头一抖，刚想尖叫，却被一只散发着猪油与血腥味的粗糙大手捂住了嘴巴："嘘，我不是什么好人，但也不会害你。别担心，你老公还有救！"

秦香这才发现，一个满脸油腻的中年胖子不知何时蹲在了自己旁边。

"你……有办法救他吗？"待胖子放下手后，秦香紧张又小声地询问道。

胖子轻笑道："我有办法，但有个人更有办法，这是她的生意，我不能抢，咱们且看着就好！"

话音刚落，一个铃铛突然从天而降，悬在正互相扭打的二人头顶之上，接着从四面八方射来的符咒纷纷贴在铃铛上，铃铛慢慢转动了起来。随着速度的加快，铃铛的体积也逐渐变大，这时秦香才发现，这铃铛原来是一个造型古朴的钟鼎。

钟鼎旋转得飞快，就在尘土飞扬迷人眼的时候，它猛然下沉，将赵新与张全罩在了里面。罩下来之后它没有停，反而旋转得更快，上面的符咒发出金光，鼎壁上还蹿出了电光！

钟鼎就这样转了两分钟，突然所有的符咒都烧了起来，接着一声轰隆巨响，爆炸的气浪把秦香一掀，所幸身后有一双粗糙油腻的大手顶住，不然整个人得被吹飞出去。

秦香稳住身形之后，赶紧跑过去，钟鼎已经消失不见，只在地上留下了一个冒着黑烟的大坑，坑里躺着两个昏迷的男人，是的，不是怪兽，而是衣衫破烂但眉眼与皮肤都已正常的男人。

"废了一口食妖鼎，两个人体内的妖气完全除尽，两万块不能再少了！"北落从黑烟中走出来，向秦香伸出手。还没等秦香有所动作，她突然眉头一皱，喊了一句："等一下！"然后身形消失在原地，再出现时，已经在五米开外，她张开手臂，拦住了正欲离开的中年胖男人。

胖男人有些诧异："小姑娘，你做你的生意，拦我的路干什么？"

"我要知道这一切是怎么回事！"北落卸下背后的长匣，蹲下身，从里面拿出一把缠满了符咒的大剑。

"好奇能当饭吃吗？叔叔我今天赶时间，改天再聊吧！"胖男人说完迈步就走，北落挥剑斩去，胖男人见来真格的，只好提刀挡住，两人一来二去，竟在林中拼斗了起来。

不过并没有拼斗太久，北落就从战局中飞出，撞在了一棵树上。

胖男人收刀："你不是我的对手，该干吗干吗去吧！"

"呸！"北落吐出一口带血的唾沫，又冲了上去。胖男人见状，摇摇头，身体下沉，双手用力握住割肉刀的长柄，刀身像是通了电一样立马变红："真是执拗，看来不发个大招，你是不会老实了！"

语音一落，胖男人提刀一旋，一道红色的刀光疾射向正跃在半空的北落。

"不好！"北落也察觉到了这道刀光蕴含的巨大威力，在空中紧急变向，直直摔落在地。可不承想，这刀光像是长了眼睛，也跟着往下冲去。

北落以为已经闪过，没有做好格挡的心理准备，此时只来得及骂上一句，便见红光将自个儿笼罩了！

"哐当！"一声仿佛刀砍在锅盖上的巨响，让胖男人有些疑惑："咦，难不成看着柔柔弱弱的小姑娘还练过铁头功？"

　　待尘土落下，他才看清，是小姑娘来了救兵——一个西装笔挺的年轻人在前面撑开黑伞，拦住了刚才的刀光。

　　北落有点意外，戳了戳祁明的背："你怎么来了？哟呵，不错哟，法家门徒都配上神兵了！"

　　"晚上散步刚好散到这儿来了！"祁明撒谎撒得十分平静，以至于让听的人忍不住想相信。

　　祁明没给北落质疑的机会，抢先发难："你怎么非要来招惹这种厉害家伙！"

　　"因为我感觉韩子安的死跟卧佛镇的这些异变有直接关联，而眼前的这个家伙肯定知道很多内情！"

　　胖男人笑道："法家门徒，却佩带着兵家的金刚伞，有意思！看来这些年外界的传闻都是真的，兵家已经被法家收编，李通古的野心还真是大啊！"

　　"噢？"祁明听了这话，收了伞，给胖男人行了个礼，"前辈居然识得这把伞，难道也是学宫中人吗？"

　　"江湖中人，江湖中人！"胖男人敷衍了两句，然后又看向北落，"原来你是韩子安的朋友，说起来是我开山派欠了这个兄弟一条命，今天就权当还了这个债吧，你想知道什么，尽管问吧！"

　　"明明是发现敌不过我们，偏偏要把话说得那么好听！"人生艰难，北落却喜欢拆穿。

　　胖男人轻咳一声："……那个，我并非打不过，只是不愿动气动力去纠缠，待会儿还有一个更重要的局！"

　　祁明再次行礼："既然前辈发话，那么晚辈想跟您请教一下，'灭佛计划'到底是什么？"

　　北落也跟着问道："还有韩子安到底是怎么死的？"

　　胖男人一直带着浅浅笑意的脸终于严肃起来，他叹了口气："法家的情报系统果然名不虚传！罢了，反正已经到了这份上，说出来也没什么大碍了！"

　　"你们觉得，佛是什么？"

　　祁明答："向善之心？"

"你说得很对！"胖男人指了指祁明，"佛就是一个念头，好的念头。我们常说，一念成佛，一念成魔，就是这么个事情。"说着又指了指一旁已经苏醒过来的赵新与张全，"你看这俩人，被妖邪附体，佛念就会逐渐被妖气吞噬，当他们心中只剩下魔念时，就会被彻底妖化，而这种现象便被称为灭佛。"

"……难道所谓的灭佛计划，便是让全镇的人都妖魔化吗？"祁明握紧了伞柄。

"不不不，年轻人不要激动，更不要冲动，听我慢慢说！"胖男人把刀插在地上，一屁股坐了下来，"灭佛计划，是我开山派存在的根基，但它跟妖魔化镇民是两码事。唉，这件事说来话长了……

"很久以前，因为一次偶然，神州大地上出现了很多的妖邪，几个年轻人背负着沉重的使命踏上了除妖驱邪的漫长旅程。十年之后，他们成功了，开始荣归故里，但是在回来的过程中，出现了始料未及的变故，这导致本该拥有最大功劳的几人纷纷背上了罪名。他们当中，机警一点的先逃了，憨实的被捉了，剩下两个没怎么受到牵连的则选择了隐姓埋名。

"最惨的是这个团队的老大，他责任最大，所以被重罚。现在回想起来，还是觉得恐怖啊，那是名副其实的重罚。他们把捉回来的三千妖邪封进了老大的体内，然后将他埋在了一座大山之下。老大毕竟不是常人，他在自己被妖魔化之前，先将那些妖鬼全锁进了自己的神识世界，让它们忘记自己是妖怪的事实，日复一日地玩着角色扮演游戏！"

祁明忍不住插话道："那座山，是不是就是卧佛镇的醉佛山！"

"它以前叫罪佛山，只是时间过去太久，大家叫着叫着，就成了醉佛山。"

祁明又问："那个神识世界……就是红潮镇吗？"

"……我已经不想再夸奖你们法家的情报机构了，先听我说完吧！

"老大用意识世界锁住了妖魔，又在现实世界投入了一个分身性质的存在，你们可能已经听过它的名字，它就是卧佛镇人人皆知，传言护佑着地方平安的欢喜佛。欢喜佛是老大被困之后，具象化的神识载体，在分裂出它之后，老大就陷入了无尽的长眠。传言，它既能唤醒老大，又能打开那个关着无数妖邪的神识世界。

"所以欢喜佛是一个危险的存在，开山派成立之初所设定的灭佛计划，便是消灭欢喜佛。因为它要是将那个世界的妖邪解放，不知会给这个和平人间带来多大的震颤。"

"你们捉了它这么多年，一直没有捉到吗？"驱魔师北落表示出了赤裸裸的鄙夷。

"给你们这些小年轻普及一个学宫里难以学到的知识点吧！所有从人意识中具象出来的东西，不论是佛还是魔，都是以寄生的形态存在的。"

"您的意思是，没有寻找的依据吗？"祁明问。

"有，唯一的依据就是被寄生之后，寄主的后背会长出莲花纹路。因为隐蔽，所以寻找起来很是费力。而且当欢喜佛预感到自己将被找到时，还会在其他人身上种下慧根。等到这边的身体一死，欢喜佛便会在拥有慧根的身体里重生。这些年，开山派与欢喜佛斗智斗勇，有几次差点就成功捉住了它。"

胖男人看向北落："你朋友韩子安的死，便是源于一次灭佛行动。"

"是你们杀了他？"北落手握剑柄，语气凌厉。

"不是，那一次我们查到，欢喜佛寄生在一个长年京漂的文身师身上，于是趁他回卧佛镇探亲之际，展开了抓捕行动，结果没想到的，当我们的人靠近文身师位于凤凰小区的家时，地面突然塌陷了，我们的人全部遇难。事后我们才发现，是有顶级黑客攻陷了我们的网络，将这次的围剿消息卖给了欢喜佛，于是它便在地下矿洞里埋下大量的炸弹，将计就计。后来我们动用了很大的资源去调查，却始终不知道这个顶级黑客是谁，像是根本就没有这个人一样。

"当天我们把文身师的尸体从废墟之中挖出来时，只见他背后的欢喜佛图腾一点一点地消失。这就意味着，欢喜佛已经找到了新的宿主，它只是在逗我们玩，这是一次有预谋的报复。关键在于，它报复我们是可以理解的，但这种恐怖行动殃及了那么多的平民，说明它的精神出现了问题，身为一个佛，善恶观已经彻底扭曲了。"

北落追问："韩子安也在被殃及的人之中对吗？"

"对！"

北落再追问："但是你之前说对不起他，现在听来，对不起他的不是欢喜佛吗？"

"行动前没有做到完全清场，让他无辜卷入被害，自然是我派的责任。特别他还是学宫的人，影响就更大了！"

"所以今天你跟我们说这么多，是想通过我们，向学宫传达好意吗？你们开山派盘踞一方，但是从未想过跟学宫分庭抗礼？"祁明问。

北落摇头："不是，我看他就是打不过我们，被逼无奈才说的！"

胖男人又咳了咳："年轻人心机这么深，目的性这么强，不是什么好事，我就不能单纯跟晚辈聊聊天吗？虽然我确实赶时间！对，我赶时间呢，得赶紧把下面的说完！

"当我们发现很难捉住欢喜佛之后，便开始采取其他的方法来预防劫难。比如我们这些年通过不懈努力，成功掌握了这里的自来水公司、冶矿公司，就是为了方便封堵地下水源。"

"你们怎么知道是地下水源出问题？"北落好奇心永远很强。

"因为老大的身体就压在一处地下水脉里。"胖男人又指了指一旁的赵新等人，"如今的事实也证明了，我们的猜测并没有错！我们不知道欢喜佛真的会打开那个世界，而且会这么快，所以最后一个地下水源出口没有封堵及时，好在只感染了三个人，影响不算太大。"

16

赵新和张全老早就醒了，他们本来想离开这儿，但是当听到中年胖男人讲那些如同神话一般的故事时，就迈不动脚了。毕竟从某种意义而言，他们都是故事的亲历者，是事故的受害者。

赵新靠在树下，越听越觉得羞愧，要是心中无半分恶念，又怎么让妖邪有可乘之机呢！这时，电话响了，他掏出来一看，碎裂的玻璃上显示着四个字——"老婆来电"。

"喂？"声音有些颤抖。

"你老家的湖还蛮好看的嘛，湖面上还有红色的萤火虫在飞舞！"易遥的声音波澜不惊。

"是啊，罗魄湖确实挺美……等等！"赵新这才反应了过来，"你……你来卧佛镇了？"

"工作久了难免会累，来山区散散心也不错，怎么样，要来跟我一起欣赏这美丽的萤火虫吗？"

祁明耳尖，听到了赵新的话，他面色突然一变，问胖男人："罗魄湖，跟地下水脉有关联吗？"

胖男人也是一怔，脸上露出了少有的慌张："红色萤火虫？卧佛镇从来就没有什么红色的萤火虫！如果真的出现在罗魄湖上，就只有一种可能——魔王要现世！"

赵新刚挂掉电话，听到这话手一抖，连忙再拨了过去，却一直无人接听，他匆忙起身往林子外面跑去。张全和秦香也从另一棵大树下起身，叫住他："等一下，我开车送你，比摩托快！"

北落闪身至张全身前："我也要去！"

祁明也走了过来："应该还能挤下一个人！"

……

　　这是个疲惫不堪的夜晚，一辆车在公路上高速行驶着，北落把车窗摇开，吹着冷风，看着路边荒芜的稻田与安静的房舍发呆。张全本想安慰赵新一切都会没事，但话实在说不出口，只好打开音乐电台，里面有个男人正拨弄着吉他，缓慢地唱着《一生所爱》，副驾驶的秦香望着张全侧脸，不知在想些什么。

　　从前……现在……过去了……再不来……
　　红红……落叶……长埋……尘土内……
　　开始终结总是……变改……
　　天边的你飘泊……白云外……
　　苦海……翻起爱恨……
　　在世间……难逃避命运……

《一生所爱》是唐书琛作词、卢冠廷作曲并演唱的歌曲。

　　车里的人听着伤感的歌，沉默不语，各怀心事。直到祁明突然想到了什么，偏头问北落："你有没有觉得奇怪，他们为什么要叫自己为开山派？开山，要开哪一座山？醉佛山吗？"
　　北落没有回话，她一直望着窗外。
　　夜空中有一轮血红的月亮。

17

　　中年胖男人见众人都走后，才提着刀往林子外走去，自言自语："如今的年轻人是越来越难对付了！"
　　他来到公路边上，伸出大拇指，做出一个打顺风车的姿势。不一会儿，一辆黑色小车停在了他面前，司机摇下车窗，是一个满脸络腮胡子的中年男人。
　　胡子男笑道："你有点晚啊？"
　　胖男人打开车门钻进车内："被两个学宫门徒拖了点时间，还来得及吗？"
　　"不好说了！"胡子男发动了车子，"你跟俩孩子说那么多干吗？"

"没事，反正重要的都略过去没说，而且在某些关键点上我还撒了点小谎！"

"……骗小孩有意思吗？"

"也不是骗，而是有些东西太深，一时半会儿也说不清楚。我总不可能告诉他们，开山派成立之初就要救出老大，结果后来发现救出老大的代价是会释放出三千妖邪，我们只好紧急停止了灭佛计划，转而对欢喜佛持控制态度吧。

"但整件事最可笑的点在于，开山派停止了灭佛计划，欢喜佛却活腻了，它找不到生存的意义，常常像个疯子一样问自己To be or not to be，它想自灭。一个妖邪世界看门人承载了太多的负能量，它心态崩了，受不了了，不想干了，于是它启动了灭佛计划，一个消灭自己的计划，多尴尬啊！它的举动让我们开山派的调性由最初的冷酷杀手，转而成了保姆性质的看护者与保镖。要是这些让孩子们知道，我派还有何颜面存世！"

"所以，哲学害死人哪！"胡子男说完，突然一踩油门，前方的道路模糊了起来，"给你抄近路，坐稳啊！"

胖男人点点头，紧紧抓住了座椅上方的扶手。

一阵剧烈的颠簸之后，车重归平稳。沉默了许久的胖子突然开口："老师，其实我不是很理解，您为什么要把欢喜佛接到子夜旅馆去？"

"你知道是我？"

"那天在游乐园，刚查出徐朵朵就是欢喜佛新寄生者的我本来也准备动手，却被您截和了，我是眼睁睁看着您把她迎进车里带走的！"

"它想来，我便来接它，这有什么不对吗？"

"可您一点都不担心它把妖邪都放出来吗？"

"我相信你们，当年那么糟糕的局面都能摆平，如今也没问题的！"

"老师……这就有点不地道了！"

"小朱同学，要懂得尊师重道！"

"我还是比较喜欢别人叫我的小名，霸霸！"

"……你是想中途下车吗？"

"这么多年过去了，您气量怎么愈发小了！"

"你见过哪个司机脾气好的？告诉你吧，我这已经算保持得不错了！他们叫我隔壁老王我都没计较！"

"哈哈哈，话说回来，您为什么要纵容欢喜佛自灭？"

"因为要杀一个人很容易，但要让一个想自灭的人不死，却十分艰难。我这人知难而退！"

"就只有这一个理由吗？"

"当然也因为欢喜佛有强大的能量，旅馆需要它，就像旅馆需要阿修罗一样。你永远都要记得，旅馆不会管你们个人的爱恨情仇、生存与死亡，它永远都该是中立的，是从更高维度去做价值判断的，因为它肩负着的责任与使命太过沉重！你曾经亲历过它的秘密，应该能明白我说的话！"

"……我明白了！"朱霸霸沉吟道，"那您觉得这次的危机能顺利解决吗？"

"怕什么，你们还有个老头子没出手，不会有事的！"

"他毕竟老了，不像您离开学宫之后，还有旅馆做靠山。他做了我们这群人的靠山太多年，我觉得他已经过于疲累了……"

"隔壁老王"很久没说话，直到到达目的地，停下车之后，才回头说道："这不是你该操心的事情，赶紧进去吧，祝你好运！"

朱霸霸点点头，提刀下车，抬头一望，这栋亮着红灯笼的古朴建筑还是一如往昔的破旧与威严，他情不自禁地感慨了一句："想不到千年后，还会回来这里！"

206问题：开山派的真正目的是要救出谁？

夜

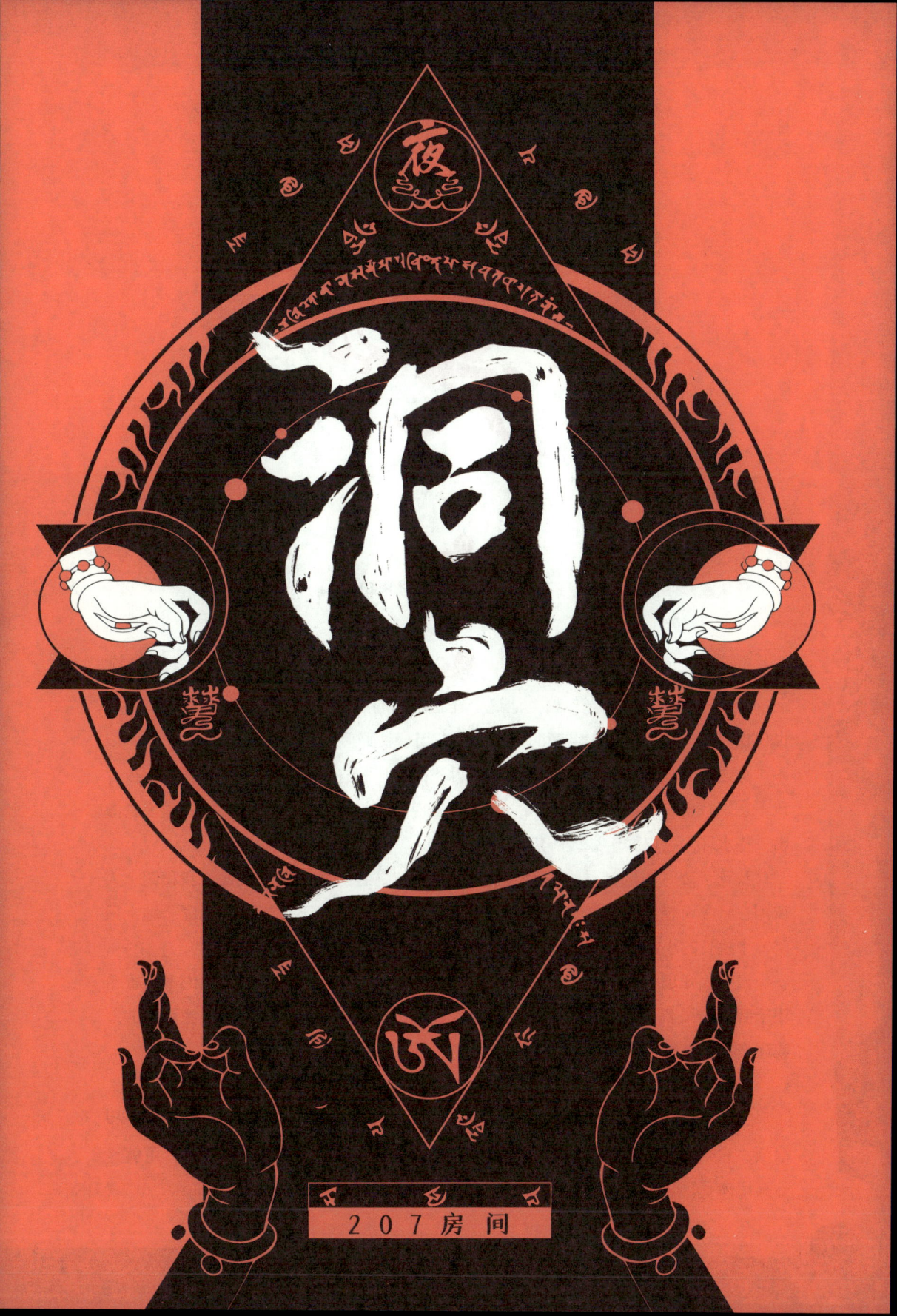

洞穴

207房间

NIGHT PORTER

洞穴

0

我从噩梦中醒来，却发现眼前的一切比噩梦更可怕……

1

燃烧的火堆释放出光与热，让这个怪石嶙峋的黑暗洞穴有了一丝人间模样。但也仅仅只是一丝，因为火堆旁的几人，都在用一种野兽般的目光盯着我。

身边一个还算面善的憨厚男人刚告诉我，我已经在这个洞穴里睡了两天两夜。我下意识找他要水喝，他摇摇头，哑着嗓子说："没水也没食物。不过岩壁上会渗出一些水珠，可以舔一舔缓解焦渴。"

我花了点时间让自己的头脑恢复些许清明，并且努力搞清现状——我和四个人被困在一个奇怪的洞穴之中，洞内空间不大，头顶有一个不见光的黑窟窿，地上只有一个狭长的小洞口通往外界，但外面全是燃烧的烈焰与涌动的岩浆。

没有人知道自己是怎么来到这儿的，其他四个人比我早醒两天，他们本来寄希望于我，结果我也很遗憾地摇摇头，事实上我不仅不知道自己是怎么来到这儿的，我连自己是谁都不知道。

我的头非常疼，记忆一片空白。

憨厚男人扶我坐在火堆边，对面一个长相凶恶的刀疤男目光灼灼，他的嗓子也很哑，看来大家都缺水得厉害："小白脸，你运气还真是好，再晚醒一天，可就是一具尸体了！"

他不是戏谑的语气，反而带着遗憾。我见他左边的一个美女点了点头，右边的白发老者不发一言，只一个劲往火堆里加柴。我虽然不知道他们在说什么，但很显然，他们似乎达成了某种默契，一股巨大的恐惧袭来。

"会不会是恶搞综艺？或者是整蛊密室？实验性质的电影？人性测验之类的？"我提出几种猜想，抬头寻找摄像头。

憨厚男拍拍我的肩："别白费力气了，该找的都找过了，洞里除了几堆枯柴与干草，什么都没有！"

"你们想吃东西吗？"刀疤男突然问道，虽然是问大家，但他的目光却死死钉在我身上。

众人皆有气无力地点头。

"那就执行投票结果吧，把刚醒来的这位送出去！"

灼人的目光纷纷袭来。而我通过憨厚男人的暗示，终于找到了墙上的一幅壁画，上面画着一个洞穴，洞穴里有五个小人，一个标着1的箭头指向小洞口，2号箭头则从洞穴上方的黑窟窿指下来，底部是一个馒头图形。

我稍加思索便明白了："所以你们推理得出，这个意思是需要献祭一个人，才会有食物从天而降？"

刀疤男冷笑道："不管真假，总要一试！"

"……这跟杀人有什么区别？"

老者点点头："是啊，这跟杀人没什么区别，但谁让咱们陷入到了绝境之中呢。已经三天无食无饮，大家都扛不了多久了。虽然不知为何被与世隔绝，但既然已经隔绝，所有的法律与道德自然就得重新建立。我们五个人就是整个社会，我们可以重构法则。"

我问一边的憨厚男："所以你们已经投过票了？"

憨厚男点点头："他们三个人投了你，我投了反对票。"

我摊手："看来我的票已经没有意义了，你们三个人已经构成了大多数，对吗？！"

老者摇摇头，继续慢悠悠地说道："年轻人，别着急，先听我说。我刚才讲的，是冰冷的理性，但人之所以是人，是因为人有人性，有感性，所以我接下来要说的才是重点。你们读过柏拉图的《理想国》吗？"

大家沉默以对。

老者点头，似乎表示都在意料之中："《理想国》里讲了一个洞穴之喻，说的是什么呢？他假设了一群囚徒，一生都被绑在一个很深的洞穴里，背对着洞口，不能转头，只能看着面前的洞壁。在囚徒的后方，有一堵矮墙，墙后有一条横贯洞穴的小道，道旁一堆火，另一群人扛着各种器物从小道经过，影子便会投射到洞壁上，因为囚徒从未接触过外界，便会以为洞壁上的影子是唯一真实的事物。

"如果他们中的一个人某天挣脱了束缚，转过头来看到了火光与物体，他的眼睛会被火光刺痛，他会感到困惑，会认为影子比他们的原物更真实。但是他只要度过一段适应期，并且勇敢走出洞穴，到阳光下的世界，他也许会惊恐绝望，但他总会建立起真正的认知，最后能直视太阳。那时他就不再是囚徒，而是得到了真正的解放。"

美女不停眨眼："老爷爷你到底在说什么啊？"

"我想说的是，也许我们正是那群被束缚在洞穴深处的囚徒。"

刀疤男嘲讽道："所以呢？你是打算做那个勇于挣脱束缚的囚徒吗？"

老者站起身，缓缓往洞口走去："我老了，活了大半辈子，吃了很多的苦，犯了很多错，却还是做不出置人于死地的事情，这一次，与其说是当个勇敢的探路者，不如说是当个逃兵吧，希望天无绝人之路！"

我们都跟着起身，走到洞口。老者慢慢蹲下，指了指洞外的火红，回头对我们说道："看，那像不像是虚幻的皮影？"

他见没人回话，只好叹息一声，朝外走去。一开始还能弯着腰走，最后就只能爬了，一步一步，老者挪动得极为艰难。这个洞穴就像一个横置的巨大漏斗，没有人知道，爬过那条狭长的小道之后，等待他的会是什么。

我们纷纷伏在地上，看着老者爬到洞口，他已经不能转身，所以没法与我们告别，只是顿了顿，然后猛地往前一钻……没钻出去，我们依稀还能看见他的脚卡在洞口，可能是太饿乏力了？我们静静等待着他的第二次蓄力，但奇怪的是，他一直没有再动作。

刀疤男率先反应了过来，他猛地朝前一扑，飞快地爬进去，不一会儿，又退了出来，还带回来老人烧焦的残躯。

"这就是自由的代价！"刀疤男冷笑道。

而与此同时，一个焦黑的泥团从天而降，落地后泥土碎裂，一个香味扑鼻的烧鸡显露在众人眼前。

深不见底的湖，里面全是巨大的气泡，每个气泡里面都关着一个可怕的妖怪……

我面前的红衣女人竟然化作粉末消失了……

"唐姐，等等我老朱！"一股水流疾驶而去……

不知所措之际，一个气泡突然爆裂，一只巨大的多足怪物迅猛扑来，我的世界瞬间黑了……

我又一次从同样的噩梦中惊醒，疲惫地睁开眼，依旧是那个逼仄压抑的洞穴。

其余三人并没有睡，还是如先前那般静默地围坐火堆边。

我问憨厚男："我睡多久了？"

憨厚男想了想："两个小时左右吧！"

"你怎么也不休息一下？"

"我……我不困！"

"休息可以最大限度地保存能量！"

憨厚男点点头。

这时刀疤男望了过来，他对我笑，露出森白的牙："是啊，休息不仅可以保存能量，还能被人丢出去，要不是有人拦着……"

我一愣，明白过来，拍了拍憨厚男的肩膀："兄弟，谢了！"

他摆摆手，憨憨一笑。

距离老者献身已过了一天，那个烧鸡被刀疤男与美女独占，两分钟便抢食而光，根本不够的样子，现在想必是又饿了。

我抬头对刀疤男说："目前我们是四个人，两票对两票，送人献祭的法则已经通不过了！"

刀疤男恶狠狠地说道："我们绝不能被活活饿死！"

美女可能烤火太久，脸上红扑扑的，她捂着肚子，不停点头："牺牲一个人，总好过四个人都饿死吧！"

我很无奈，但在这一点上必须抗争："生命是无价的，不论多寡，都该是等式。"

"伪善！"刀疤男用细柴戳了戳火堆，"如果真是如此，就没有少数服从多数的社会法则了，就没有剥夺生命的刑法了！"

"我说的是生物角度，你说的是社会角度！"

刀疤男语气凌厉："你是生活在理论中，还是社会中？"

我想了想，老实回答："我生活在荒谬之中！"

这时，一向沉默的憨厚男突然开口："你们……你们觉得什么样的人该死？"

他问得很认真，仿佛思考了很久，这让我有很强的危机感。队友倒戈了？

美女率先回答："我觉得男人该死！"

刀疤男一脸不解："婆娘你是什么意思？"

美女赶紧摇头，谄媚笑道："不是那个意思，大哥你先听我说啊！

"我本来自身条件很好，但嫁人的时候却瞎了眼，也怪他太会伪装，竟然把我骗进了家门。他对外是一个好好先生，衣装得体，谈吐儒雅，风度翩翩，但是在家里，对我却如同仇人，遇到一点不顺心的事就大发雷霆。更悲惨的是不仅没有人同情我，反而纷纷指责我。

"我实在受不了了，便跟他离了婚。后来他一个朋友找过来，告诉了我他为什么会这样——他年轻的时候做了一件天大的错事，却逃过了惩罚，于是一直被愧疚与自责所折磨，他因为无法面对犯错的自己，便滋生了另一个人格。这个人格与他本人的性格截然相反，充满了仇恨与暴戾，仿佛是被当年那件错事的受害者附身了一般。

"他朋友劝我谅解他，但我只是觉得好笑，做错事的人是他，但是受罚的却是我，天底下还有比这更不公平的事吗？所以我刚才才说那些。"

3

我说："你只是在哭诉自己的婚姻不幸，证明自己很可怜，不该被献祭，而不能证明男人该死。"

女人用求助般的目光望向刀疤男，刀疤男挑了挑眉："那每人都讲一个故事吧，看看谁说得最好，谁最不该被献祭！接下来我说。

"我在书上读到过这么一个故事，从前有一个隐世族群，他们不是人，但也不是妖，只是一种与人相似的灵长类生物。这个族群的男性普遍很丑，青面獠牙，三头六臂，但女性却跟人类长得一样，而且很美。

"虽说隐世，但毕竟要生活，总会被人知道。这个族群生活在一片蛮夷之地，知道他们存在的是一群蛮族人。这群蛮族人惦记着隐世族群女性的美貌，但因为打不过族群男性，所以一直也是相安无事。

"但有一天，世间突然出现了很多妖魔，一波又一波的驱魔人行走四方捉妖驱魔。有一个实力强大的四人组，凑巧来到了这块蛮夷之地，而其中一个姓沙的驱魔人，因为听信了蛮族人对这个族群男性的抹黑，说他们都是妖怪，最喜欢霸占人间的美女，又见他们确实长得丑恶一副怪相，身边也确实美女如云，就把他们全部杀了。

"那可是几千条命啊！更可怕的是，在这个姓沙的离开之后，那些族群的女性全部被蛮族人侵占。多么可悲啊！这个族群本来是有能力杀掉蛮族人的，但他们天真啊，他们善良啊，他们以为井水可以不犯河水，甚至还主动送礼示好，以为能得到回报。然而他们不知道，这世间除了善，还有恶，还有贪婪、欲望与侵略！

"弱肉强食才是世间的不二法则！"

听完刀疤男的故事，美女一脸悲伤："好可怜，女人真的好可怜。"

我沉默了很久，才说道："你这个故事确实让人难受，但得出的结论却不能让我苟同，照常理，你应该得出恶人该死的结论！"

"因为恶人虽然被痛恨，但无用的善人更让人痛恨。你知道故事里那个姓沙的驱魔人最后怎么了吗？他最后得了道，要被封佛时才知道自己杀错了，于是假装慈悲，让天下苍生都以为他有多了不起。你说可不可笑，可不可悲，可不可恨？"

4

"该你了！"刀疤男把话头抛给我。

"我不会说什么故事！"

我脑子空空，连自己是谁都不知道，又怎么会有故事。

美女拉了拉刀疤男的手臂："就是他了！他既是个男人，又是个伪善的人，献祭他最合适了！"

我看着这个女人，觉得事情发展到这儿，已经很有意思了，任何一个稳固的团体都会存在五种角色：掌控者、逐利者、反叛者、从属者，以及先驱。先驱又叫失败者，它比较特别，为什么呢，因为它是由最初的掌控者转变而成的。在先驱还没形成时，团体里的其他角色往往还比较模糊，一旦先驱形成，其他角色就开始清晰起来了。

比如在我们这个团体里，一开始老者仗着年纪与学识的优势，成了掌控者，但是他在尝试出去的时候失败了，成了失败者，也就是先驱，于是团体减员。刀疤男仗着身形与性格的强势，成了新的掌控者，而我因为反对他的意见，所以成了反叛者，他旁边的美女无疑是逐利者，逐利者一般都是依附于掌控者的，因为能共享最大的利益。

我身边的这个憨厚男，是一个从属者，也就是沉默随大流的那类人，他已经从之前的否决献祭，到刚才问什么样的人该献祭了，他的想法在潜移默化地改变。

柴薪发出一声噼啪的爆响，火一下小了很多，这使得刀疤男的脸显得格外阴沉，他缓缓说道："你要是不说，就把你推出去！"

我沉默以对，好在憨厚男开口解围："我先说吧，也许我说完，你们就知道该献祭谁了！"

"我叫胡大泉，是一个手工匠人，但自从去年孩子他妈离开我之后，我便恐慌起来，总有一种莫名的错觉，觉得自己也会不久于人世，于是我开始想办法赚快钱，好给孩子铺路。我的很多朋友都劝说，让我收了心。但前不久我遇到了一个人，他说自己叫白渡，意思是帮人圆梦，免费度人。

"他说手头正好有一个赚快钱的活儿，而且十分简单，只需要我帮他仿制一尊木雕就行了。这是我的特长，我答应了。没过几天，他便拿来了一尊造型精美材质古朴的佛像木雕，说是稀世珍宝，叫作'修罗的涅槃'，让我好好仿制出一个难辨真假的赝品出来。

"在仿制的过程中我才明白这钱不好赚，真品所用木头材质特殊，我从未见过。我尝试仿了两个先后交上去，都被白渡以与真品有微小的差异而拒收，说必须难辨真假。为了做成这件事，我用了大半年的时间，还因此病倒了，医院检查不出所以然，只让我好好休息。可回到家之后，我发现自己的免疫力越来越差，最后去一个熟人医生那儿检查，怕什么来什么，我居然得了跟孩子他妈一样的病，身体器官衰竭，生命力迅速流失，没多少时日可活了。

"可我还没赚够能让孩子平安长大的钱，该怎么办呢？情急之下，我动了邪念。既然雇主要的是难辨真假的仿品，那是否意味着，只要我把真品调包，给他两个假的就行了呢？而且两个假仿品可以用一样的木质，也避免了让他找出差异。我真的这样做了，而且真的通过了。这是我一辈子干过最坏的事情，我知道自己背上了洗不干净的罪孽，但为了孩子，我情愿承受。

"那天傍晚，我准备抱着真品去黑市卖了，可打了个莫名其妙的计程车，没把我送到黑市，却送到了一个叫子夜旅馆的地方，旅馆大堂里的老人跟我聊了聊，就把我送到了207房间，我说我不住店，他却说房间里有雕像的买家。可我进去之后就失去了知觉，醒来之后已经在这个洞穴里，雕像也不在身边了，想来是被黑店打劫了！

"我用了毕生的勇气去做了一件坏事，只想要孩子能够平安健康地成长，最后还是落得一个鸡飞蛋打的结局！"

"所以……"刀疤男试探性问道。

"所以你们可以把我献祭，我本就是将死之人，现在又已经失去了活下去的信念，但是作为交换条件，我希望你们谁若是有幸活着出去，能够找到我的儿子胡小童，替我好好照顾他。"

说完，胡大泉便迈步朝着洞口走去。我一把拉住他："你别乱来！"

刀疤男从一侧搬起了一块石头，慢慢走过来，眼神凶狠地看着我说："人家要死，你凭什么拦着？"

对于我而言，胡大泉一定不能死，因为团队里的反叛者想要占据优势，就一定要争取从属者的信从，倘若从属者死亡，反叛者就再也翻不了盘了。简单而言，胡大泉一死，下一个死的肯定是我。

美女也跟着起身，脸上红晕更甚，双眼充满希望地看着刀疤男。

但是下一秒，她没有料到，我也没有料到，刀疤男一个转身，用力把石头往她头上砸去。

5

"嘿嘿，怎么样，惊不惊喜，意不意外？"刀疤男笑得面容扭曲，让人不寒而栗。

"你这个疯子！"我拉起错愕的胡大泉，往回缩。

刀疤男把美女的尸体从洞口推出去后，又一包食物从天而降，正落在他的手中。

靠着洞壁坐下来之后，胡大泉小声问我："他为什么要这样做？这个女人不是很听他的话吗？"

"可能是他对你求死的事情没有把握，他觉得比起对付两个男人，杀掉一个手无缚鸡之力的女人更简单。"

刀疤男很聪明，他知道掌控者一旦与绑定了从属者的反叛者对上，风险就大了，一旦自己在对决中露出颓势，身边的逐利者就会见风使舵，投奔到另一方，而自己势必孤掌难鸣。所以杀掉逐利者，再慢慢争取从属者，无疑是目前最为明智的决策。

"他是一个恶魔！"胡大泉盯着远处正埋头大吃的男人，声音止不住颤抖了起来。我对他说："别看了，闭上眼休息一会儿吧！"

又一天过去了，我跟胡大泉已经饿得头晕眼花。

刀疤男留了一个鸡腿，他往胡大泉面前递："你跟我一起把这个人弄出去，鸡腿就给你吃，如何？"

胡大泉虚弱地摇头。

"你真蠢，你跟着他迟早会饿死！"刀疤男笑道。

胡大泉闭着眼，轻声说道："我本来也不怕死！"

"那你呢？"刀疤男又把鸡腿在我眼前晃了晃。

我摆了摆手。

"你吃了吧！"胡大泉一脸担忧，"哪怕你跟他一起把我献祭，我也没什么怨言……"

我摇头："用人命换来的肉，不能吃。"

我宽慰他："我知道你内心沉重，但我总有一种感觉，一个老实人如果做了坏事，多半是被引诱的！你想想看，换作是你，敢把一件价值连城的宝贝给一个陌生人把玩半年之久吗？难辨真假四个字，就是那个叫白渡的男人抛给你的诱饵啊！所以我觉得你不用内疚自责，你只是着了别人的道！"

说完这番话，本以为胡大泉会豁然开朗，没想到回应我的，只有沉重的呼吸声……喂喂喂，说好的没心情睡觉呢？

我倚靠洞壁，半眯着眼睛发呆：这个憨憨傻傻的男人，为什么会被人设计？他最后去的那个叫子夜旅馆的地方，听起来有点耳熟啊，还有那个修罗的涅槃，为什么也觉得耳熟？我自己到底是一个什么样的人！

不知不觉间，我竟也睡了过去，再醒过来时，我发现原本睡在我身边的胡大泉，不知何时，已经走到了对面刀疤男的身前，他手里举着块大石头，正准备往下砸。

6

"住手！"

胡大泉因为我的突然发声而停止了动作，他举着石头的手抖得厉害，心里应该十分挣扎。可也是我的这一声，惊醒了本已睡着的刀疤男，他猛地一滚，接着一绊，然后一扑，便把胡大泉按在了地上。

我赶紧跑过去，想把刀疤男扒开，但因为没有气力，所以根本没法做到，最终的结果是三个人扭打在一块儿。

几分钟之后，刀疤男一手按一人，把我和胡大泉都制服了。他面容愈发扭曲，张狂地笑道："满口仁义道德的人，怎么也会举起砸人的石块？"

胡大泉被掐得脸红脖子粗："因为你是个恶魔，不能算人！"

"比起真恶，我更讨厌伪善！"刀疤男的手加重了力度。

"杀了我们，对你没好处！"我尝试从另一个角度去瓦解刀疤男的攻势。

"哈哈，你是想说，只剩下我一个人之后，会感觉孤独寂寞冷吗？"

"不是，我已经知道了逃脱的办法！"

果不其然，听了这话，刀疤男手里的劲一下就卸除了五分，我趁机伸出剪刀手，戳中了他的眼睛。刀疤男松开了我们，捂着眼睛哀号，脚步乱晃，一不小心，竟被绊了一跤，身子一翻，一头栽进了火堆里……

短暂的骚乱过后，洞穴又回归了安静，空气中弥漫着焦味。

胡大泉问我："你不让我杀他，结果自己却杀了他？"

"不是我杀了他，是意外！"

"你真的知道逃脱的办法吗？"

"当然是骗他的！"

"……那我们接下来该怎么办？"

"等死吧！"

时间缓慢流逝，我们渐渐忘记了饥渴，甚至忘记了自己还活着，意识漫无边际地飘荡，无归无途，也许这就是死亡？

真是可笑啊，反叛者推翻了掌控者，带着从属者赢得了艰难的胜利，接下来本该是建立新的生活，结果却在腐朽与衰亡。到底是哪里出了问题呢？也许是这一套社会理论并不适合这个封闭的洞穴，我们几个人组成不了社会，我们只是囚徒，先后走向灭亡的囚徒。

那么是谁误导我的，谁先提出这个理论的？是那个老者，那个探路失败的老者。他说了一个洞穴之喻，然后就去死了……等等，洞穴之喻？

我突然睁开眼，起身张望。

"你怎么了？"胡大泉已经气若游丝。

"那个老人被烧焦的残躯呢，你看见了吗？"

"……没有，你找找吧。"

我找了一圈，不仅老人的躯体不见了，连女人的鲜血与刀疤男被烧焦的尸体也不见了。

我觉得自己找到了答案。

7

我重新坐下，问胡大泉："你还记得老人说的洞穴之喻吗？"

"大概记得，怎么了？"

"洞穴之喻里说，一群囚徒以为墙上的影子是真实的事物，直到其中一个挣脱束缚，回头看见了光，看见了真实。"

"所以老人以为外面的也是虚幻的皮影戏，他爬了出去，结果被烧死了。"

"对，这就是问题所在。我们因为他的死，认定了外面的东西是真实的，眼前的东西是真实的，可你有没有想过，连同老人在内，火、食物，甚至是美女与刀疤男，他们都只是洞穴里墙上的影子，是虚假的皮影戏。有人想用这些困住我们，甚至不停引诱我们，企图使我们堕落……"

"证据就是他们都消失了？"

"不止！"我拉着胡大泉来到洞口，指着洞外若隐若现的火焰与岩浆说，"如果那些都是真的，为什么洞里不会热？我们早该被烤熟了！"

"而且，洞穴之喻里说了，挣脱束缚的囚徒回头看见火的时候，会觉得刺眼，他害怕它，走出洞外，看见阳光之后，甚至以为自己会瞎掉，但那些都是真实。越是真实的东西，越难以接受！"

"……谁先爬？"胡大泉问我。

"你！"

"因为反正我不想活了，所以拿我试水吗？"

"不，我是怕自己爬出去之后，你会待在这个洞里。我不想帮你养孩子，所以必须一起活下去！"

那是一片火，也是一束光。

胡大泉沿着窄小的通道爬进了光里，我也是。

8

我是江夜，子夜旅馆的醒梦人，在红潮镇的河底被一个叫作阿修罗的多首多足怪吞进了肚子……

眼前的胡大泉，根据他之前的讲述，应该是207房客……

就在爬出洞穴的一霎间，无数的信息在我脑子里炸开，我恢复了记忆，但还来不及梳理，就被眼前的景象给震慑住了：一片燃烧的废墟，骸骨成山，黑水乱流，恍如地狱。

胡大泉转过身，本想说什么，但突然眼睛圆睁，嘴巴大张。我惊觉，猛地转头，只见一个顶天立地的庞然大物正在空中盯着我们。

这是一尊三头六臂的巨大石像，我们这块陆地像是悬浮在它的胸口处，以至于我们需要用力抬起头，才能够看清它的三张脸。乍看之下，其中一张像刀疤脸，一张像美女，一张像探路的老者。但我仔细看了一会儿后，又觉得越来越不像。

这个石像的六只手分别拿着不同的器物，其中离地最近的一只手上，拿着一个大葫芦，而我们正对着葫芦口。

"……这……这不是我仿制的那个雕像吗？"胡大泉讶异不已。

"修罗的涅槃？"

"对呀……这到底是什么地方啊？"

"一个十分危险的地方，我们赶紧走！"

我和胡大泉都已经没有行走的力气，但是待在一个巨大的怪异石像之下，总觉得心里发毛。我们努力向前移动，踩过一个个滚烫的小土丘，蹚过大大小小的污河，但前方还是一样的景象，这片地狱似乎没有尽头。

"你看那是什么？"

我顺着胡大泉的手看过去，不远处有一个高台，台上还立着一个十字形的架子，像极了古时候执行火刑的场地。

我们开始往高台移动，越逼近，看得越清晰。高台与十字架都由森白的骨块堆垒而成，十字架上绑着一个昏迷的女人。走到台下，胡大泉突然一声惨呼，作势就要往台上爬，可台子太高，他根本爬不上去，只能在那儿不停挠墙，导致手臂被割得鲜血淋漓。

我也认出了架子上的女人，她叫楚乔，曾经是子夜旅馆的实习守夜人，在阿修罗来旅馆住店的那晚，被困在了阿修罗编织的幻境之中。

我问胡大泉："她是你什么人？"

胡大泉情绪非常激动，眼泪鼻涕一大把："她是我老婆乔乔，我以为这辈子再也没法见到她了！"

我点点头，表示明白，弯下了腰。胡大泉没客气，借着我的背就登上了高台，却把我踩趴在地。

待我艰难地爬起来，胡大泉已经在为架子上的楚乔解绑。这个傻大个连撕带咬解开了绳子，小心翼翼地将楚乔抱进怀里，摩挲着她的脸，一遍一遍地叫着名字，呼唤爱人醒来。叫了好久，我正担心楚乔已经遭遇不测，楚乔却咳出一口黑血，醒了过来。

　　就在我略带感慨地看着这出团圆戏，犹豫着要不要跟久别的同事打声招呼时，突然，从地底伸出一双手，抓住了我的脚，把我拽倒在地，拖行了数十米，接着一个丑陋的怪物从地底钻了出来。

　　它像是玩弄布娃娃一样，用一只还散发着恶臭的手挑起我的脸。说话的声音不男不女："你知道为什么旅馆会规定每个房间的清理时限吗？"

　　我老实摇头，落在敌人手里，得学会服软，这样才能——死得不痛苦。

　　"因为一入夜，旅馆的力量就会变弱，牵引醒梦人的那根线就会断掉。像那只猫妖还好，自己有能力寻回去，但像你这种无能的人，便只会飘荡在幻境中自生自灭了！"

　　"你的意思是，我清理红潮镇用了太久的时间，以至于已经回不去了？"

　　"本来你没有超时，但我让你昏迷了几天，又受困了几天，所以现在的你已经跟旅馆彻底失去了联系，这就意味着……没有人能再来救你了！你现在，完完全全属于我了！"

　　"……你长得这么丑，我是不会要的……啊！"两根锋利的骨刃像是贫嘴的奖赏，瞬间钉进了我的手臂。

　　"你根本不知道自己有多么重要，对于子夜旅馆，对于这个世间。但是没关系，你也不需要知道，因为你马上就要死了，你只要死在这里，所有的力量都会融进我的体内，到时候我就可以出去报仇了！"

　　"你说你用洞穴困住我，其实困住的是你。"

　　"这次没人能救你，拖延时间是没有用的，孩子！"

　　"这片修罗地狱，是你对于千年前，阿修罗族群被屠杀时的回忆吧！"

　　"是又如何？"

　　"其实你的仇已经报了。我没猜错的话，那驱魔人在知道自己杀错了之后，一直无比地内疚与自责，以至于滋生了心魔，这个心魔不知为何，竟跑到了他妻子的身上，让他妻子成了一个怪物，导致他不得不将心爱的妻子锁在地下室……最后被送来了旅馆。"

　　"对，他得到了惩罚，但是还远远不够，他犯下了那么深的罪孽，却在人间享着至高的美誉，这符合天理轮回吗？"

　　我看着眼前的这个怪物，突然明白了过来："你并不是真正的阿修罗，你只是那人的心魔化身，你跟着他的妻子来到旅馆后，彻底解放了自己的力量，于是才构建了这个幻境。所以你在撒谎,你并不是想报仇,而是想彻底与他的妻子融合在一起,拥有真正的、完全的生命!"

"你很聪明,但是认知太浅,我已经不需要寄生在罗秀的身体里了,胡大泉给我送来了更好的东西。"

"修罗的涅槃?"

"那个雕像是由我族阿修罗王的尸骨镌刻而成的,只要吸收了你的力量,我就可以与它融合一体,让阿修罗在人间真正涅槃重生!"

"原来如此,我明白了。"

"还有遗言吗?"

"有!"

"说!"

"……能不能瞄准心脏,给个痛快?"

在一阵尖厉刺耳的笑声中,两截利刃慢慢移过来,悬停在我的胸前,接着猛然下落。

207问题:阿修罗叫什么名字?

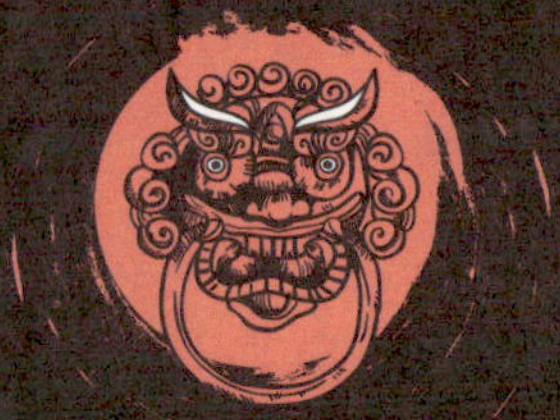

夜

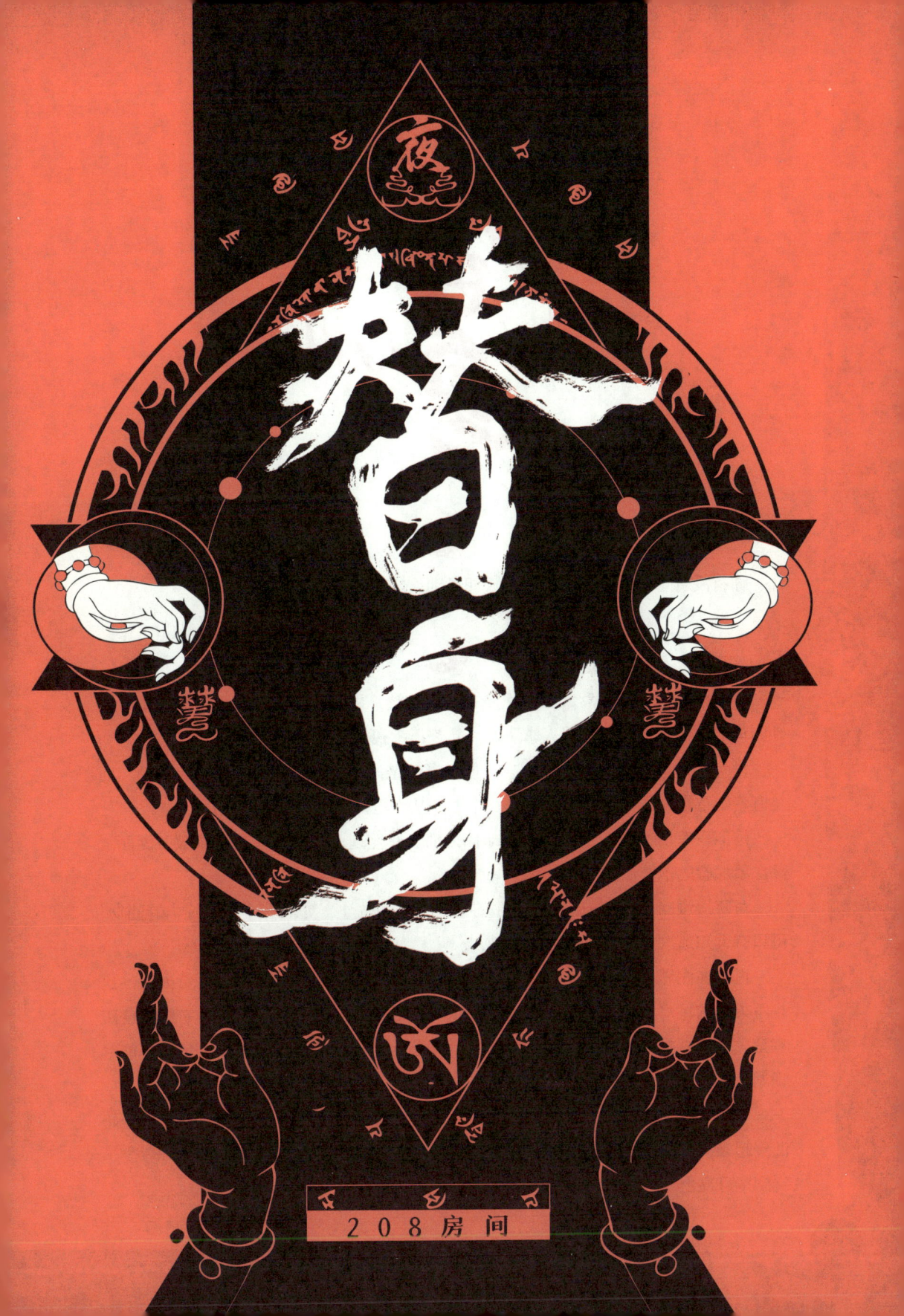

替身

208房间

NIGHT PORTER

替身

0

你有没有想成为的人，有没有觊觎过别人的人生。

1

夜深，月明，一个女人独自漫步在罗魄湖边，湖水映出她的影子，婀娜曼妙。她叫肖晓，今晚被心爱的男人求了婚，此刻正幸福得无以复加。

肖晓走到一棵树下，转身脱衣，但奇怪的是，湖水里的影子却并没有转身，而是盯着她逐渐裸露的后背笑了起来。接着，从水里伸出一只苍白的枯爪。

她似乎有所察觉，回头一看，却什么都没有发现，只是好像夜风吹皱了湖面，荡漾着层叠的水波。

肖晓慢慢向湖里走去，她的皮肤白皙如玉，月光下，如同一个流落凡尘的仙女。可只有天知道，一年前，她还是小敏，一个喜欢在湖里洗澡的乡下姑娘。

肖晓在湖里自在地游了一会儿，发现不知何时，湖面竟飞来了一群萤火虫，这些萤火虫的尾灯呈红色，一明一暗间，把罗魄湖衬得如同仙境。她觉得有趣，便跟着萤火虫往湖中心游去。可游着游着，她发现水越来越深，自己的双脚早已不能触到湖底。

似乎察觉到了危险，肖晓开始以仰泳的姿势往回游。而这时，那群萤火虫开始汇聚起来，往天上飞去。在她的视野里，那些萤火虫越飞越高，越飞越红，竟像是飞到了月亮上，把整个月亮都染成了血红色。

肖晓感到强烈不安，加快了回游的速度，但突然有东西扯住了她的脚，把她使劲往湖底拉。肖晓不停挣扎，却还是沉了下去。在水中，她看到了那个被人嫌弃的乡下姑娘，那个小眼睛塌鼻梁厚嘴唇、满脸粉刺的女人，现在却对自己厉声说道："还我身体，还我人生！"

肖晓十分惊慌，脚又蹬又踢，但没用，女人抓她的手像是铁钳，牢牢拖着她往湖底沉去。

肖晓张嘴想说话，但开口却只是一个又一个的气泡……

弥留之际，曾经的一切如电影片段般在她脑海中闪现：一个孤身去到城市闯荡的乡下姑娘喜欢上了自己的上司，一个高大英俊的男人，可鼓起勇气告白后，收获的只有满满的嫌弃与厌恶；她打听到，男人喜欢公司老总的女儿，一个身材曼妙的超级大美女；一天，她走进了一家贴着"人生互换、童叟无欺"招牌广告的神棍店铺；不久后的某天清晨，环卫工人在护城河里发现了一具女尸，据说是个进城打工的乡下姑娘，一觉醒来神经错乱，砸碎了屋里所有的镜子，跳河了……

2

"卡！杀青！"随着导演喊出这句话，湖边的林子里走出了很多人，三三两两聚在一起，互相击掌庆祝。

顾曼曼上岸，接过闺蜜月月递过来的毛巾，刚擦了几下身子，就见徐小北从林中走出来。她立马提醒月月，月月嘟了嘟嘴，跑到了徐小北的身边。

徐小北走过来，亲热地握住顾曼曼的手："曼曼辛苦了，水凉不凉啊？"

顾曼曼态度冷淡："还好，这是我们替身演员应该做的。"

顾曼曼与徐小北都是一等一的大美女，区别在于徐小北是家喻户晓的当红明星，而顾曼曼只是她的替身。

顾曼曼的闺蜜月月是徐小北的助理，私底下她常常为顾曼曼打抱不平："凭什么一个骄纵任性的公主可以成为人上人，曼曼你这么努力，身材样貌都不输她，却只能籍籍无名默默受苦？"

每次听到月月抱怨，顾曼曼都不会回应，但心里难免也会有些共鸣："是啊，自己何尝不辛苦，经纪公司也一直在努力推自己，为什么就是走不出来呢？为什么网上关于自己的舆论，永远集中在身材上呢？"

接拍《替身》这部戏时，读过剧本的月月还会跟顾曼曼开玩笑："剧中小敏的思路就很好，曼曼，你跟徐小北长得这么像，干脆想个办法取而代之得了。从此我就可以做你的助理，也不用再忍受她的坏脾气了！"

成为徐小北那样的明星确实是顾曼曼的梦想，但她从来没想过要取而代之。

顾曼曼有着自己的骄傲：从小，她就比同龄人漂亮；上学那会儿，就被很多男生追求；走上社会后，也没经历过艰苦的京漂生活，一次偶然的逛街就被星探看中，成了签约艺人。所以她一直是幸运的，直到遇上那个恶心的男人。

在艺人培训期间，顾曼曼爱上了一个既不帅也没钱的男人。他是公司安排给顾曼曼的表演老师，上表演课，需要矫正仪态动作，难免有肢体接触，可能是从未被男人碰过，顾曼曼居然对这个捏自己的手搂自己腰的人产生了奇异的感觉。恰逢男人开始追求她，于是她便跟他偷偷摸摸在一起了。

可是生活了一段时间后，顾曼曼发现这个男人就是个只是四处留情的情场浪子，而自己对他的感觉好像也并不是爱，于是提出分手。男人说分手可以，但必须赔偿十万分手费。顾曼曼自然不肯，谁料几天后，网上突然开始疯传她的私密照……

还没出道就负面消息缠身，这样的艺人是没有价值的，影视公司以顾曼曼违反合同为由强行解约。其后，讽刺的是，该公司觉得不能放过这一波负面热点，便将另一个储备艺人以跟照片女主很像的点推了出来，这个艺人就是后来大红大紫的徐小北。而名誉受损的顾曼曼则被一家小公司签下，沦落成为徐小北的替身演员。

所以顾曼曼心里一直有一股气，如果没有当年那些遭遇，哪轮得着徐小北出头呢？既然是徐小北替代了自己的位置，如今她要做的，自然不是成为徐小北，而是要比徐小北更红更火，更光彩照人！

这也是她这些年甘愿吃苦、努力拍戏的动力。可惜的是，影视圈永远都是靠资历说话。

大家聚在一起，导演简单评论了最后这场戏，百分之八十的话是在夸徐小北在湖边走的那几步好，传神，演技到位，百分之二十在夸工作人员给力，特别是道具组，红色的萤火虫整得出乎意料，十分惊喜。道具组的几人支支吾吾地表示感谢。

徐小北搂着顾曼曼的肩说道："大导，咱家曼曼也演得挺好的，为了这场戏可是苦练了三个月的游泳呢！"

导演沉吟道："曼曼嘛，也是有苦功的，就是最后挣扎的时候不够到位，一下就沉下去了，没有在水面多划拉几下。别看这样的小动作，体现的可是演员的专业素养！"

顾曼曼嘴角抽动了一下，却什么都没说。不是她不想演到位，而是水里的人拉得太急了，她根本没有时间。

散场的时候，顾曼曼找到那个演乡下姑娘的演员，本想跟她说，下次别这么急，给其他演员一点表演空间，可话还没出口，却听她说："曼曼姐，我觉得导演说得不对，你演戏是真好，我都没怎么抓你的脚，你就自己挣扎着往下沉，简直绝了，就像真有个人拽你一样，演技爆炸啊！"

夜更深，月更明，剧组的人都走得差不多了，顾曼曼还站在湖边发愣，她一直望着自己的脚踝，那里有一个黑色的手印。

3

醉佛山脚有一条不知名的老街，颇具历史韵味，有唐宋遗风，里面布满了城市里已经不多见的老店，店主多是一些看不出年纪的人。

在这个暖暖的秋日午后，顾曼曼和月月在老街上闲逛，过几天就要离开卧佛镇了，准备买点当地的特产做纪念。

她们走进一家叫老九钟表的店，店铺陈旧，墙上只象征性地挂了几个表。老板是个清瘦老人，咳嗽着从里屋走出来，并不招呼她们买东西，而是直勾勾地盯着顾曼曼，满是沟壑的脸上露出了诡异的笑容。

"姑娘，你沾上不该沾的东西了！"老人走近几步，突然说道。

"神经病！"月月连忙拉着错愕的顾曼曼离开了。

两人逛街累了，便走进一家咖啡馆歇息。顾曼曼去上了个洗手间，回来时咖啡已经上桌，她端起自己那杯喝了一口，皱起眉头："啧，这家店的咖啡怎么这么难喝？"

月月笑道："还好啦，小地方，自然比不上京都。"

两人正闲聊着，一个留着白色短发的年轻男人走了过来，弯腰递上两张名片："两位女士，下午好！我叫白渡，做的是帮人排忧解难的生意，下到心理困惑，上到捉妖驱邪，如果有需要，都可以联系我！"

他说捉妖驱邪时，特意看了眼顾曼曼。

男人走后，月月做花痴状："哇，刚才那人好帅啊！"

顾曼曼看着桌上的名片，敷衍一笑："今天是怎么了，所有人都觉得我有事？"

离开的时候，月月将桌上的名片塞进顾曼曼的包里："大帅哥耶，留着认识下也好啊！"

回到酒店，顾曼曼感到疲惫。明明昨晚睡眠很好，为什么又累了？她想不通，决定泡个澡。可当她拉上窗帘，钻进浴缸后，又心神不宁。可能是昨晚拍戏时湖底那股诡异的拉扯力让她心有余悸，所以对水有了种莫名的恐惧感。

顾曼曼闭上眼睛，在热水中舒展肢体，努力让自己放松下来，可就在她脑子放空的时候，突然听见了水滴声，像是水龙头没关紧。她本来没在意，可过了许久，发现水滴声不仅没变小，反而越来越大，于是睁眼一看，不看还好，一看吓了一跳，原来不知何时起，自己竟泡在了一缸红色的水中，而且还有红水从头上不断地滴下来。

她下意识抬头看，只见浴室的天花板上，仿佛有什么模糊的影子……

顾曼曼一个冷战，从缸里跳了出来，可当她回头再看，一切都好端端的。

难道是刚才在浴缸里睡着了做了噩梦？她擦干身子，裹着浴巾走出来，还心有余悸。

这晚顾曼曼拉来月月陪自己。第二天，月月作为助理，要陪徐小北逛街，一大早就离开了。顾曼曼爬起来，从包里摸出了那张名片。

4

顾曼曼笑话过月月，同样是神棍，对钟表店老板就避之不及，对白发帅哥就趋之若鹜，简直堪称看脸界的典范。但如今她遇到问题，第一时间想要求助时，想到的却也是白发帅哥。

顾曼曼拿着名片在街上奔走，问了很多人，都说没听过白石街，更别提五十六号的白公馆了。就在她准备放弃的时候，一个黄包车师傅过来揽生意："要搭车吗，姑娘？"

顾曼曼下意识摆手，等黄包车准备离去时又突然叫住了师傅："你知道白石街五十六号吗？"师傅回过头来，露出憨厚的笑容："知道啊！"

坐在这辆黄包车上，感觉特别舒服，而人一舒服，就容易犯困，顾曼曼不知不觉间竟打起了盹，以至于当车停下来，师傅告诉她到了的时候，她完全不知道自己是怎么来到这条僻静街道的。

白公馆是一栋复古建筑。顾曼曼走进由铁栅栏围成的前院，看见白渡坐在一棵高大的梧桐树下饮茶，他穿着黑色复古装，衬得那头白色短发格外显眼。

有一种男人你看不出年纪，面容虽年轻，但做事方正持重，分寸感拿捏得恰到好处，让人找不到半点差错。他们一般早年便历经世事，城府颇深，与之打交道，会格外危险。顾曼曼有预感，白渡就是这种男人。

"等你很久了，请坐！"白渡起身迎客。

顾曼曼坐下后，发现他所言非虚，因为桌上放着两个茶杯，自己的茶早已沏好。

"说说，遇到了什么麻烦？"

"你既然猜到我要来，难道还不知道我遇到了什么麻烦吗？"

白渡爽朗一笑："哈哈，我们做这种偏门生意的，也跟医生一样，讲究望闻问切，问是其中一环，算是例行公事。"

"……我昨天看见了一些奇怪的东西！"

"不是你看见了奇怪的东西，而是你身上的能量让你看见了奇怪的东西！"白渡饮下一口茶，目若星辰地看向顾曼曼。

"身上的能量？"

"对。"

"……我不是很懂，什么时候，为什么？"

白渡起身，伸手接住一片旋转飘落的梧桐叶，丢进一旁的小池里："前天晚上，血月之时，罗魄湖有妖魔出没，刚好你在水里，所以选择了你。"

"说起那轮血月，我还觉得奇怪呢，我问过很多人，大家都没有看见月亮变红。"

"世间只有极少数的人能看见月亮变红，比如会阴阳术法的驱魔师。"白渡顿了顿，看着顾曼曼笑道，"还比如被邪祟缠身的人。"

"呵，这真是……你说如果我不是徐小北的替身演员，那晚是她徐小北下水，是不是就该轮到她遭殃啊？"顾曼曼开始激动起来。

"人生没有如果，所有躲不开的厄运，都叫作命。"

"是啊，这就是我顾曼曼的命，永远都是最倒霉的那一个。谈恋爱不顺利，拍戏还遇上这种离奇事！"

"其实也不必过于悲观，你这个麻烦还有解决办法。"

"怎么解决？"

"你给身上的邪祟找一个替身，自己就解脱了。"

顾曼曼睁圆了眼睛："你是说，只要我找到一个倒霉蛋接盘，自己就没事了？"

白渡微微笑道："对！"

顾曼曼的脸上阴一阵晴一阵，像是在进行激烈的思想斗争，最后叹息道："算了吧，自己命不好，何苦又要牵扯别人。"

5

对于大多数人来说，善良不是一种选择，而是一种惯性。

然而在大多数人眼里，顾曼曼绝不是一个善良的人，她高傲、冷艳，有时候还会给人一种不近人情、得理不饶人的感觉。但只有个别人知道，顾曼曼其实只是刀子嘴豆腐心，比如祁明。

顾曼曼坐着黄包车出了白石街后，便接到了祁明的电话。

"前天晚上，你是不是在罗魄湖拍戏？"

"是啊，怎么了？"

"有没有遇见什么奇怪的事情，你，或者剧组其他人？"

顾曼曼迟疑了两秒，回答："没有啊，怎么了？"

"那没事了，这几天我有事要忙，就不陪你回京都了。"

"我知道了。"顾曼曼放下电话，有些落寞。祁明一直在追求自己，持续一年了。经过观察，这是一个还算靠谱的男人，虽然离过婚，但也不是什么大问题，唯一让自己迟迟没有答应与他相处的原因是，她总觉得祁明心里藏着事。

比如顾曼曼只知道他在万物生长科技公司任职，却不知道他具体的工作内容，比如他总是有很多事情要忙，陪伴自己的时间少之又少。跟他在一起虽然舒服，却总是缺少一种安心感，可能这也是顾曼曼无法把这几天身上发生的怪异事件告诉他的原因。

我们总是容易对陌生人敞开心扉，却对身边人守口如瓶。

正失神，电话又响了，这次是月月。

"怎么了？"

"曼曼，我发现了一个对你来说了不得的东西，你快去我的办公室等我，我拿给你看！"

"你们公司的办公室，我去不太合适吧？"

"这有啥，一块儿拍戏两个月，谁还不认识谁啊！"

"好吧！"顾曼曼放下电话，直接打了个车回酒店。

说是办公室，其实就是酒店的一个没上锁的套房，顾曼曼走到里面的一间房等了一会儿，突然听到有人走进了办公室，正想出里间迎去，听到的却不是月月的声音，而是徐小北与经纪人的交谈，顾曼曼下意识便止住了脚步。

"找我有什么事？"徐小北问道。

先是关门声，接着一个中年男人的声音响起："小北，我必须严肃认真地跟你谈一次顾曼曼的问题了！你知道吗，你们俩不仅长得像，定位也十分相像，公司很担心她会逐渐取代你的位置，所以让我来问问你，为什么每次拍戏，你都要那么积极地把她带上？而且老在剧组和媒体上说她的好话？"

"呵呵，真是见识浅短！"徐小北发出了银铃般悦耳的笑声，"我越是夸她，越能让她衬出我的好，我越是让她演我的替身，她就越接不到其他的戏！"

"可她的公司已经在帮她争取一个女主戏了！"

"放心吧老刘，关于顾曼曼，我有很多的安排，她是注定红不起来的！"

就在此时，顾曼曼的手机突然响了，铃声响彻办公室，正说着坏话的两人一下住了嘴。顾曼曼低头一看，该死的月月，早不来晚不来，偏偏这个时候打进来。不过事到如今，也没什么好怕的，她干脆按下接听，大摇大摆走了出去。

电话那头，月月紧张地说："我刚知道徐小北去了办公室，咱们不能在那儿碰头了！"

顾曼曼瞥了满脸惊诧的徐小北一眼："这个我已经知道了，改在哪儿？"

"楼下的酒吧！"

"好！"顾曼曼高傲地扭着腰肢，在徐小北与经纪人的注视下，拉开房门，潇洒离开。

6

每个人都有属于自己的逆鳞，他人触之即死。

酒吧包厢，当月月拿出这几年徐小北偷偷雇佣网络水军黑顾曼曼的证据时，顾曼曼并没有感到惊讶："徐小北是一个极其虚伪的人，这我很早就知道，她对我的抹黑，是意料之中的事。"

月月神秘兮兮地看着顾曼曼，从包里拿出一张照片："那这个……也在你意料之中吗？"

那是一张男女合照，徐小北与一个男人的合照。顾曼曼凑近一看，脸色瞬间变了，跟徐小北搂肩而立的，正是那个当年把自己毁掉的男人。

"你……这是什么意思？"

月月凑近，耳语道："当年正是徐小北抢了你的男朋友，后来的事也是她指使男人弄的！"

"……证据？"顾曼曼声音有些抖。

月月拿出录音笔，按下播放键："滋滋滋……对，当年这事我其实挺后悔，曼曼是个好女孩，我不该听徐小北的话，把那些照片放出去，说是她……滋……我甚至不该被徐小北勾引……滋滋……不过现在说这些也没意义了，来来来，喝酒……滋滋……"

153

声音虽然嘈杂，但顾曼曼一听就听出来了，确实是他！

月月还想再说什么，但手机突然响了，她看了看，有点慌："徐小北找我，希望她没有发现什么，曼曼我先走了，这些事你可千万别说是我告诉你的啊！"

顾曼曼喝了一下午的酒，走出酒吧时，眼睛因为充血而变得通红。她走过一条又一条残阳照耀下的街道，像是漫无目的，又像是在找寻。

永远有这么个人，她一边对你微笑，一边用刀去剐你的皮肉，你的所有悲惨遭遇都源于她。你想跟她堂堂正正地战斗一场，可是你却忘了，自己早已被她蚕食得只剩下一副残骨，拿什么跟她抗衡？人是不可能跟恶魔抗衡的……那么，就让她成为真正的恶魔吧！

一个黄包车师傅停在顾曼曼面前："姑娘，要去白石街吗？"

顾曼曼并不笨，她看着眼前这个奇怪的师傅，想着那条神秘的僻静长街，与那个城府颇深的白发男人，已经明白，这其实是一个陷阱，但此刻的她只想让徐小北受到惩罚，哪怕付出沉重的代价。

"去！"

这一次她没有打盹，看着黄包车穿过一阵迷雾，来到白公馆外。下车进院，白渡并没有在树下等自己，顾曼曼来到大门前，见门上挂有一牌写着"有客勿扰，稍待片刻"。

她也真的只在树下坐了片刻，门就开了，白渡抬步走出，眼角含笑："怎么，改主意了？"

"如果我要给身上的能量找替身，需要怎么做？"

"你只需要把人带到我这来，其他的交给我处理就好！"

"不收费吗？"

"不收费！"

"那你的目的是什么？"

"到时候你就知道了！"白渡笑得愈发灿烂，像一个单纯阳光的大男孩。

顾曼曼身子前倾，嗅了嗅，皱起细眉："虽然我不反对男人用香水，但我却很讨厌你用香水！"

白渡一诧，继而笑得更欢："为何？"

"因为你用的这个牌子，是一个我讨厌的人最喜欢用的。"

"……牌子是无辜的！"

"但品位能说明很多问题，再见！"

7

次日清晨，两个身材高挑的大美女在街角碰头了，她们相隔五米站立，互相打量了很久，最后还是顾曼曼先开口："这个小地方没人认识你，戴什么墨镜装什么明星！"

"总比你想装却没法装好吧！"徐小北终于在顾曼曼面前显露了本相，"约我出来干什么？"

"听说昨天下午你把月月开除了？"

"是她自己辞职的。"

顾曼曼笑道："每个开人的老板都是这么说的。"

"原来你今天约我是替好朋友打抱不平吗？有意思，顾曼曼哪，你真是可怜！"徐小北摘下墨镜，笑道，"我都有点同情你了！"

顾曼曼没有跟她逗口舌之快，开门见山道："我今天找你另有事情要谈，这里不方便说话，咱们换个地方。"

"正好，我也要找你谈事。"

两个宿敌并肩而行，她们穿过早市的人群，走过还没热闹起来的商业街，看着早起上班的人挤在公交车门口，听着公园里老太太们的广场舞曲，自始至终都不发一言。没有谁停下来指着某地说，就在这儿说事吧，也没有人戴上虚伪的面具寒暄几句，有如暴风雨来临前那般，宁静得可怕。

终于，她俩在一条无人的小巷停了下来，因为前面有一辆黄包车，黄包车师傅正朝着她俩招手。顾曼曼看着那辆车，突然有点后怕：魔鬼的契约，到底要付出怎样的代价？自己被徐小北所害已经过去那么多年，人生早就成了定局，今天即使成功将她报复，自己的现状又能改变吗？失去的就能拿回来了吗？并不能啊！顾曼曼你要清醒一点！

"……我觉得刚才路过的那家茶馆就挺适合谈事，咱们往回走吧！"顾曼曼终究放弃了。

"好。"徐小北跟着顾曼曼转了身，但没走多久，就开口唤顾曼曼。顾曼曼一转头，只见一个石头砸了过来，她躲闪不及，直接被砸倒在地。

"徐小北你这是干什么？"顾曼曼捂着头质问道。

徐小北并没有扔掉手里的大石块，反而欺身上前，高高举起："谁让你偷听我说话的……谁让你非要调查当年的旧事，还不依不饶的……我也是通过努力才爬到今天这个位置的，谁也别想把我拉下来！"

话音与石块一同落下，顾曼曼眼前一黑，失去了知觉。

8

待顾曼曼醒来，已经是在医院。奇怪的是，陪在她身边的人居然是徐小北的经纪人；更奇怪的是，经纪人问她："小北，你感觉好点了吗？"

9

徐小北从一场噩梦中醒来，她满头大汗、气喘吁吁，居然梦见自己死了。还好是梦。口渴，下床找水，却发现这里不是酒店，也不是自己的家。走了几步，在墙上发现一张装裱精美的相片，细一看，居然是月月跟当年那个男人的亲密照。只是照片有些奇怪，它像是被人撕过后又细细粘贴起来的。

月月当了自己五年的助理，自己却不知道她跟他也有过一段。

说起来，自己到底对月月了解多少呢？昨天当她向自己提出辞职，说因为被顾曼曼胁迫调查出了当年照片事件的真正女主时，自己只是震惊与着急，却未曾想过，她一个小姑娘，怎么可能轻易查到当年的真相。

徐小北叫了几声月月，无人回应，便趁机查看房间，看看月月到底隐瞒了自己多少东西。

她环顾四周，发现另一面墙上挂着个奇怪的飞镖盘，走近一看，盘上贴满了自己和顾曼曼的照片，都已被飞镖戳得千疮百孔。下方有一个小桌，桌上散落着各色飞镖和一个黑色药瓶。徐小北拿起药瓶一看，没有药名，只标注为精神类药品，有强烈的致幻效果。

小桌下方有个抽屉，徐小北小心拉开，找到一个日记本，粗略一翻，其中一篇写着："他终究离开了我，他说不是我不够好，而是他忘不了顾曼曼和徐小北……可笑啊，那我又算什么呢……"

徐小北冷笑道："这个男人嘴里就没一句实话，居然有人当真了！"她本想合上本子，却突然发现，最后一页还写了一篇，一看，日期居然是一周前："我遇上了一个能满足人任何愿望的男人，我向他许愿，让那两个女人都生不如死，他答应了我，只要求我把那两个人送到他的住所。可他的住所不是一般的地方，我得想想办法……"

徐小北突然怔住了，一股巨大的不安袭来，她丢下日记准备离开这个地方，但路过镜子时，脚却再也迈不动了——她在镜子里看见了月月。

准确来说，她发现自己成了月月。

10

那天，徐小北与月月逛街，一个白发男人递过来一张名片……

月月辞职时对徐小北说，顾曼曼知道真相后，已经开始联系媒体……

徐小北来到了白公馆，问白渡能不能帮她把所有知道真相的人都灭口，白渡说不可以，但是能改变一些事情，比如让你不再是当年照片事件的女主。徐小北问自己需要怎么做，白渡告诉她，想让谁成为照片女主，就带谁过来……

11

白公馆内，"顾曼曼"躺在一张木床上熟睡。床边站立着一个白衣胜雪的绝色美女，正是开山派的小师妹白静。白静看着像大男孩一样坐在窗台上的白渡："要不是老头子说起，我都不知道你来了卧佛镇！"

白渡没有说话，只是展现自己招牌式的阳光笑容。

"这么多年没见，就不说点什么？"

"你主动来找我，想必是有话要说，我何必抢了你的话头。"

"……这个女人是怎么回事？"白静指着"顾曼曼"问道。

"她现在可不是一般的女人，她是你唐姐啊！"

白静脸色一变，低头看着"顾曼曼"："你居然……那这副躯壳原本的神识去了哪儿？"

"去了一个曾拿走过她所有辉煌与希望的身体里。"

"那个身体的灵识呢？"

白渡跳下来，拍了拍屁股上的灰尘："这你就别管了，每个人都有自己的因果善恶。"

"可是凭什么你就可以随意对她们审判？"白静的语气凌厉了起来。

"哟，火气这么大？哥哥我怎么得罪你了？"

"我刚来卧佛镇时，见一个失去了妻儿的出租车司机可怜，便封印了他的伤痛记忆，让他快乐活着，可有人偏要把他妻儿的照片寄给他，导致他想起了所有……这个人，是你吧！"

"哼，连直面人生的勇气都没有，像白痴一样苟活着，有什么意思？"

白静咬了咬牙，但没发作，继续说道："我从画中脱逃之时，有人在外面写了两句谜题给驱魔人，企图阻止我出画。事后我查看了画上的笔迹，是你的！"

"在画里待着有什么不好？"

"一千年，你怎么不进去试试？"

白渡收了笑容："孤独？寂寞？冷？我何尝不知，但你跟那个猴子有一样的秉性，难道你也想落得跟他一样的下场吗？"

"哼，像老鼠一样苟活着，又有什么意思，连直面天理轮回的勇气都没有，挫骨扬灰就挫骨扬灰吧！"白静用这话回敬了他。

"你！"白渡指着她的鼻子，顿了顿，吐出两个字，"你走！"

白渡靠在门边，看着白静的身影消失在迷雾中，神情有些颓丧。

"怎么，做哥哥的被妹妹气着了？"一个低沉的女声在他耳边响起。白渡转头一看，是拿着两个大药瓶的李清水。

"这次做了几颗？"

"八颗。"

"这么少？学宫那九个老不死的都不够分！"

李清水把药瓶往白渡手里一塞："悦南镇的那株藤妖跟驱魔人斗了一场，导致妖丹营养不良，能做出八颗已经是老娘技艺高超了！"

白渡点头，收下药瓶，又拿出一个布囊："这是一个坏女人的神识，抓紧时间再造一颗丹，八颗实在不够分。要知道学宫那边已经对我有所行动了，上次在京都市的地铁一号线里，我的位置不小心被他们定位到，结果出的那件事你应该也知道了。他们为了找出我，还真是不择手段！"

李清水没有接布囊："可唐画一醒，不管是红潮镇里的长生树，还是现实世界中的不老泉，都会消失了吧？"

白渡朝着熟睡的顾曼曼努了努嘴："所以我才费尽心力，不让唐画在自己的身体里苏醒！长生树虽然没有了，但醉佛山下的不老泉算是暂时保住了。"

"我听说李通古已经悄悄派自己的义子潜入了子夜旅馆，想要挖掘长生的秘密。你就不担心被他们找出什么？"

"放心吧，李通古虽然是个厉害角色，但他对于旅馆的认知还太浅。秘密之所以是秘密，正是因为不能轻易被人知晓。"

正说着，外面突然开来一辆黑色小车，停在了院子门口。

李清水接过布囊，摆摆手，退到了阴影中："说旅馆旅馆到，我就不奉陪了。"

白渡看着门口那辆黑车，轻声问道："你其实早已经醒了，对吗？"

"顾曼曼"突然睁开眼:"对。"

"那你走吧!"

"如今我算是刑满释放了吗?"她坐起来,看着白渡,声音清冷如水。

白渡没有回头,也没有回答。

"顾曼曼"走出白公馆,来到黑车前,敲敲车窗,司机摇下玻璃,露出一张布满络腮胡的大脸。她往后座看去,那儿坐着一个酷酷的小女孩,手里握着根玄铁长棍。她的目光在棍子上停留了一会儿后,开口问道:"怎么样,用得还顺手吗?"

女孩下意识把棍子往下一藏:"要你管!"

她微微一笑,转而对司机说:"我会去,但毕竟睡了这么久,好不容易醒来,想找几个老朋友叙叙旧,做点事!"

司机点头,摇上玻璃,发动了汽车。

女孩用铁棍敲了敲司机的椅背:"你确定她会去旅馆吗?"

"不确定,但我们现在得去收拾那只爬虫了,织了这么久的网,也该收了!"

12

傍晚时分,"顾曼曼"走进了一家蜡像馆,找到了沙静天。

"你出来了!"沙静天语气平静。

"我听说你被心魔所困,活得很痛苦!""顾曼曼"也不废话。

沙静天低下头,额发下垂,遮住了眼睛。

"顾曼曼"走近沙静天:"你还参不破吗,所有关于愧疚的执念,到头来,都是一场空!"

"……你来就是为了说这些?"

"所有的难关,归根结底,都在于你自己!老沙,一念成佛,一念成魔,你若放不下,没人能帮你!"

"知道我为什么把名字中的'净'字,改成了'静'吗?"

"顾曼曼"没有回答。

"以前我爱憎分明,愿除尽世间妖邪,还天地一片澄净。而现在……我只喜欢安静一点!"

"这是要送客?"

"难道还要我留你吃晚饭吗?"

"我来找你,是有一事。"

"说。"

"当年你大师兄受天罚……"

"呵！"沙静天轻笑一声，"你看，你我都是执着之人，谁又比谁强呢？"

"老沙，何必用这些胡话来掩饰，你心里很清楚，你我的执着并不相同。我所做之事皆为未来，你所受之苦皆源于过去……"

沙静天突然起身，丢给"顾曼曼"一本册子："我知道你要找什么，可能存在的地方我都做了标记，不过你也别抱太大希望。"

"尽人事，听天……不，我不喜欢听天命！""顾曼曼"握紧了册子，起身离开。

沙静天颓唐地坐下，喃喃自语："我何尝不知这是作茧自缚，然而医者不能自医，度者又如何自度？"

说完一拂袖，墙上的一面大圆镜里显现出一处血色的炼狱之地，一个多首多足怪正在跟一个满脸络腮胡子的中年男人缠斗，但显然不是中年男人的对手，不一会儿，便被中年男人封印了起来。但战胜了怪物的中年男人并没有因此而高兴，反而皱着眉头四处张望。

在他脚下，躺着一个昏迷的年轻女孩，还有一具长相憨厚的男人尸体。

208问题：自渡最后给李清水的坏女人神识是谁的？

夜迷雾

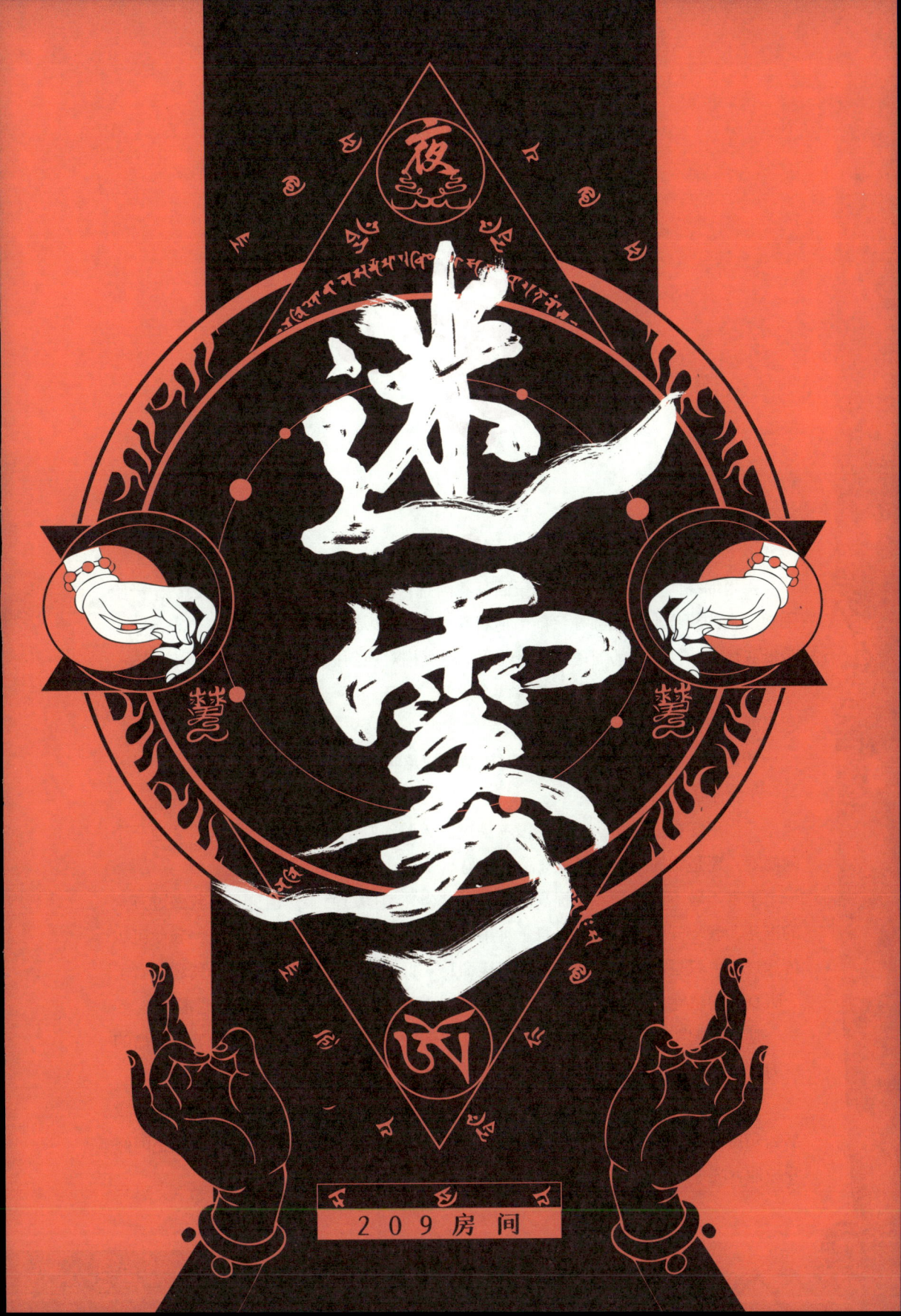

209房间

迷雾

NIGHTPORTER

阴雨绵绵，子夜旅馆的大堂里回荡着雨打青瓦的脆响。白鹤杵在柜台后，一脸围观群众的模样，习尧靠在台前，抱着铁棍做看戏状——火炉边坐着三个人，一个是低头烤火，神色沉郁的楚乔，另外两个是互相对视剑拔弩张的王言不破和刘先。

刘先的眼窝凹陷得厉害，就像两个黑洞，但王言不破的络腮胡也不遑多让，吹起来就像刺猬的尖刺。

刘先率先发难："你知道江夜对旅馆来说意味着什么吗？"

王言不破不言语。

"你用江夜做诱饵，就真的没考虑过后果吗？"刘先声音陡然变大，"他一个阿修罗，还是假的，价值能有守陵人大吗？"

王言不破不甘示弱，也提高了音量："当然考虑过后果，但这个局我做过万全的准备。我一开始就在胡大泉身上种下了一枚牵引符，一旦他遇到危险，我便可以传送过去。只是没想到大泉会被一击毙命！"说到这儿，王言不破小心翼翼地看了一眼身旁的楚乔，"那个，大泉他……不该是阿修罗的目标，为什么会遇害？"

楚乔抬起头，眼里全是跳跃的火焰："他为了去救江夜，替江夜挡下了致命的一刀。"

"唉……"王言不破叹了一口重气，"江夜其实不会死，他当守夜人时吃了我那么多特制饭菜，体内的能量早已胜过了这个阿修罗，真要吞噬，最后也该是阿修罗被他吞噬才对。"

楚乔睫毛一抖:"你的意思是……大泉白死了?"

王言不破低头不言。刘先发问:"那最后江夜怎么会消失?"

见王言不破摇头,刘先便看向楚乔:"后来发生了什么?"

楚乔痴痴地看着火,好半天才说道:"大泉见江夜有危险,赶过去救他,结果被阿修罗的骨刃贯穿了胸膛,看到这一幕,我的大脑一片空白,接着眼前亮起了一束光,把那个炼狱之地照得雪亮,但只是一瞬就消失了,我也随之昏迷了过去。等到我恢复意识,老王已经把阿修罗制服,江夜也已经消失不见。"

刘先黑黑的眼窝里迸射出了一丝星火:"那束光从哪里发出来的?是从你自己的身体里吗?"

"我……不确定,或许吧!"

王言不破重新抬起头,与刘先对视了一眼后,点点头。

刘先面色凝重地问楚乔:"有一个问题请你务必真实回答我——您,醒了吗?"

"什么意思?"楚乔不明所以。

两人又对视一眼,没有再往下说。

王言不破另开话题道:"有两件事。第一,学宫的人工智能AI,因为被墨家用神识喂养,所以觉醒了邪恶精神,因此被下令销毁。但在之前,它的一个分身好像附着在某个房客身上混入了旅馆。当时我有所察觉,但并不以为意,如今看学宫都要对付她,所以便提一提,需不需要把它找出来消灭?"

刘先捋了捋胡子,黑洞洞的眼窝里幽光闪烁:"罢了,只要你们安分一点,它闹不出风浪。多少是些能量,总能为旅馆所用。第二件呢?"

"前几日我摆渡209房客时,遇到了狐妖,它似乎在跟开山派的人做着什么了不得的事情,要阻止吗?"

刘先轻笑着摆手:"无碍,他们没有这个心,也危害不了旅馆。"

1

一艘小船在浓雾弥漫的大湖上缓慢行驶,它原本迷失了方向只能随波逐流,直到前方出现了火光,才坚定地朝着火光处驶去。

后排划船的郑明有些后悔,好好的旅游居然成了探险,湖大雾浓,万一找不到回度假村的路怎么办?他埋怨地看了一眼船头的李强,大块头就是大块头,做事冲动没脑子,可偏偏自己的女朋友俞晓红喜欢附和他。看,此刻两人在前方有说有笑,不知情的还以为他俩是一对呢!

郑明心里憋屈，但毫无办法。俞晓红长得漂亮，异性缘从来就很好，况且李强是她的高中同学，人家有深厚的同窗基础，自己能说什么呢？他还记得第一次把同事李强带到家里吃饭时，俞晓红高兴得像是跟失散多年的前男友久别重逢。当晚他跟晓红抗议，谁知晓红一句话就把他搪塞过去："得了吧，我要是跟阿强能来电，早就没你什么事儿了！"

郑明很忧愁，不住叹气。

"怎么，累了吗？"方芳在一旁怯怯地问道。

郑明赶紧摇头，加快了划桨的速度。

方芳是李强的女朋友，一个害羞腼腆的小姑娘，毕业三四年了还剪着学生头，一副长不大的样子。也不知是从什么时候起，四人聚会的时候，方芳便喜欢坐在郑明身边，默默看他。好几次李强都开玩笑说："哟，还是咱郑先生有吸引力！"

每次郑明都会地回骂一句滚蛋，可让他失落的是，一边的俞晓红却只是捂着嘴呵呵笑个不停。

相对于俞晓红的光鲜靓丽，郑明长相一般，体形又瘦弱，工资也不高，唯一的优势就是脑子好使一点。但这在俞晓红看来，却是一个缺点，因为她说："你这不是聪明，而是想得太多！"

想得太多，真是一句万能答复，特别是在一段不公平的感情里。所以当郑明在度假村看到李强的时候，不怒反笑道："哈哈，真是有够巧啊，不会是晓红约你一起出来度假的吧？"

李强点头："是啊，她没有告诉你吗？"

郑明扬着脸，一副满不在乎的样子："哈，说没说又有什么关系，我是不会想多的！"

甘愿跪在尘埃里的人，一定是自卑的。

郑明毫不否认这一点，但此刻，在这个大湖之上，他却充满自信。因为四个人中，只有他会游泳。他甚至会不负责任地幻想，如果此刻翻了船，他把惊慌失措的俞晓红救上岸后，晓红看自己的眼神会不会不一样。

船越往前走，雾气越浓，隐约间，前方出现了岸。这是到哪儿了？没有人知道。

"要不要过去看看？可能是一个很有趣的小岛，符合咱们这次的探险目的。"李强回头问道。

郑明摇头："这种未经开发的岛屿蛇虫鼠蚁很多，我觉得咱们还是别上岸了，就在这儿待着，打个电话给度假村的老板，让他开船来接吧！"

方芳点头附议。李强看向俞晓红，这次俞晓红也没有站在他这边："就按郑明说的做吧！"

郑明刚掏出手机，突然船边的方芳似是被什么力量牵制住，落了水。他急忙起身，见李强和俞晓红也起身冲了过来，郑明想制止，但是来不及了。三个人都站在了船的同一侧，失衡的船立马翻了过来。

掉入水中的郑明本想去救人，脚却似被什么缠住，不停被往下拉……

2

郑明是被腥味扑鼻的湖水拍醒的，他从沙地上爬起来，发现其余三人像死鱼一样搁浅在岸上。一个一个叫过去，所幸大家咳出几口湖水后，都无大碍。几人正暗自庆幸，郑明却皱起了眉头，他发现船不见了，所有人的手机也因为进水而损坏，这就意味着他们被困在了这个地方。

这是一个闷热的小岛，岛上雾气浓厚，能见度极低。好在前方有一棵大树，树下有一堆生好的火，火边还有几个铁罐子和铁碗，四人便以火堆为营地，在旁边捡了些蘑菇煮汤喝。

看天色已是下午，早上从度假村乘船出发后大家就一直没进过食，现在早饿坏了，几口蘑菇压根儿吃不饱。但谁都没有出声，只是安静地喝着寡淡的汤，心事重重。

"我有很多野外生存经验，所以大家不用怕，就当是探险了！"李强终究不甘寂寞。

郑明抬头嘲讽道："不是你提议乘船游玩，我们也不会被困在这里，你所谓的探险，非得把我们害死不可！"

"郑明你什么意思？"李强把碗一摔，"怪我？怪我你别厚着脸皮上船啊！"

郑明冷笑道："我厚着脸皮上船？我要是不跟来指不定你跟晓红能干出什么事呢！"

"郑明你说什么呢？"莫名中枪的俞晓红也生气了。

"哎呀，都……都少说两句吧！"方芳细声细语地劝架，但没有人当回事。

李强起身，指着郑明的鼻子："信不信我揍你？"

郑明梗着脖子仰起头："呵呵，恼羞成怒要打人，证明我说中了！"

李强扬起拳头，停了一瞬，打还是不打？心中本有短暂犹豫，但见郑明那副强装硬汉的欠扁样子，气就不打一处来，拳头挥了过去。

郑明被撂倒在地，头撞翻了铁锅，热汤浇在脸上，痛得打滚。

165

"啪"的一声，俞晓红扇了李强一耳光："我男朋友轮得到你打吗？"

这一耳光，使得李强内心涌现出的一丝愧疚荡然无存，他咬牙切齿地看着俞晓红："我压根儿没使劲儿，是他弱不禁风！"

说完一把拉住准备弯腰去照看郑明的方芳："这么点汤，能把他烫死？"

俞晓红扶起郑明，见他的半张脸已经红肿，心疼地抚摸道："疼吗？"见郑明脸露决绝，一副想冲上去跟李强拼命的架势，忙拉开他，"我们去找点草药敷敷，不跟这种莽汉一般见识！"

虽然俞晓红学了五年医，却是西医，哪认得什么草药，这样说，无非是不想两个男人闹得太僵。

越往岛屿深处走，雾气越浓，而随着时间的流逝，郑明也冷静了下来："刚才我是不是太冲动了？"

"对，跟平常的你一点都不像。"

"抱歉。"

"在这种处境下，四人抱团，比分开行动更好。可惜我们做了最糟糕的选择！"

"要不，我回去，当作什么事都没发生？"

俞晓红停下，语气凝重："郑明，你能不能有点儿男人样，是不是还要给他磕个头道个歉啊？"

郑明的脸抖动了一下，"我愿意放下尊严，不是为了让你更安全吗？"这话在心里过了一遍，却没敢说出口，这种情形下，两人最好避免争吵。

"再说了，早就回不去了！"

"为什么？"郑明问。

俞晓红用棍子拨开前方的藤蔓与荆棘，眉头紧皱道："因为我们迷路了！"

两人又走了一段，突然，郑明指着前方："看，地上那是什么？"

"好像是两个人！"俞晓红挽着郑明慢慢走近，看清楚了，那是两具尸体……居然是李强和方芳！

3

这是怎么回事？！岛上还有其他人？！为什么会对李强和方芳痛下杀手？！

郑明和俞晓红陷入了巨大的恐慌之中，如果是面临着缺吃少喝的自然困境，还能够通过捕鱼煮汤等方式解决，但如果岛上有危险的生物，光凭他们的力量就难以抗衡了。

俞晓红检查了尸体，两人都是被砍死的，伤口在背后，像是被斧头之类的利器造成的，所以排除了野兽作案。这算是不幸中的万幸，人总比野兽好对付。

"小明，我有点害怕。"俞晓红紧紧抱住了郑明的胳膊。

"别怕……"郑明摸摸她的头想给予抚慰，可自己的声音也在发抖。

接下来该怎么办？继续往前走，又害怕遇到杀害李强等人的凶手，可不走，万一凶手就在附近呢？

两人选择继续往前走，只是这次他们走得更小心，更安静。

天色渐渐暗下来，前方出现了火光。两人慢慢靠近，发现还有两顶帐篷。有帐篷就意味着有人，而且很有可能就是杀害李强等人的凶手。两人本想慢慢绕过去，却突然看见有人从帐篷里钻了出来，火光照在他的脸上，显得温暖而柔和，但这一幕在郑明和俞晓红看来，却极其荒谬，因为这张脸他们再熟悉不过，正是被杀死的李强。

"啊！"俞晓红忍不住惊呼了一声。前方的李强听到动静，像猎豹一样冲了过来，在看清二人的脸后，也是一脸惊慌："你们……你们不是死了吗？"

跟着他冲出来的还有身姿柔弱的方芳。

郑明和俞晓红对视一眼，说道："……你们才是死了吧！"

4

夜晚降临了，四人围坐在帐篷前的火堆旁煮肉汤。据李强所说，他和方芳在瞎逛的时候发现了这处存有干粮的无人营地，但重要的是，在他们来此的路上，很明确地看见了郑明和俞晓红的尸体。

"也就是说，两组人都发现了彼此的尸体，那么如果我们所说的都是真话，现在坐在这里的都该是死人了。"郑明总结道，"这么看来，这个岛很古怪，有可能，我们看到的尸体，只是一场幻觉！"

"幻觉？"方芳问，"你发现了什么吗？"

郑明摇头："没有，这只是一种大胆的推断，我怀疑下午我们吃的蘑菇可能有毒素，能致幻！"

方芳若有所思："是有可能啊，很多悬疑电影里都是这样的，主角一行人吃了毒蘑菇开始产生各种离奇的幻觉，最后导致自相残杀……"

俞晓红摇头："可那毕竟是电影，站在医学的角度来说，能够致幻的食物少之又少，一般都是些需要提炼加工的毒品。而且，你怎么能保证四个人同时出现相同的幻觉呢？还是说，你想告诉我们，这里只是某一个人的幻觉世界，其他人都是假的？"

郑明不说话了，他也只是假设，目前的迷局，没人知道答案。

"好烦！"李强起身，"我要去找找尸体，扛回来看看，是不是什么蘑菇变的！"

"大晚上的还是别去了吧！"方芳想拉住他，手却被甩开了。

李强走后不久，俞晓红开始闹肚子，郑明想陪她去，被拒绝了。郑明有些失落，住在一起分床睡就罢了，想不到在这种时刻，还对自己如此防范。

俞晓红脸色黯然地走进迷雾，找到一个隐蔽位置，解开裤带，稀薄的月光照耀在她盈盈一握的腰腹，那里有一条蜈蚣一样的丑陋疤痕。

这是郑明从不知道的秘密，也是郑明能跟她在一起的原因。

方便完，俞晓红刚准备往回走，眼前突然闪出一个人影，仔细一看，是李强。

"吓死我了，你怎么神出鬼没的！"俞晓红正拍着胸口，却见李强逼近自己，"你……要干什……唔……"

在这大雾弥漫的小岛上，在这生死未卜的迷境中，俞晓红被李强强吻了。

李强身体雄壮，力大无比，俞晓红此刻意乱情迷。

……但她终究是推开了这个男人。李强一脸错愕，像是完全没有想到。

俞晓红眼神复杂地看了他一眼，飞快跑走了。她回到营地，刚想找个地方坐下，却看见李强从帐篷里钻了出来。她看了看身后，又看了看李强，心下骇然："他怎么可能比自己先回营地？"

5

夜深了，火堆旁已经没人，两个帐篷都亮起了灯。

郑明头枕着双臂，看着帐篷顶若无其事地问道："晓红，你是喜欢李强的吧！"

俞晓红背对着郑明："胡说些什么呢？"

郑明笑道："这时候也没必要再自欺欺人吧！"

"别整天胡思乱想，我跟阿强清清白白，什么事都没有！"

"可是你今天去方便去了一个钟头！"

"……那又怎样？"

"你最后是跟李强一起回来的！"

"……我散了会儿步，路上遇到了而已！"

"可是……"郑明偏过头看向俞晓红的背，眼里有闪烁的光，"你难道没发现自己的衣服背面有两个大手印吗！"

俞晓红肩膀一抖，身子翻转半截后顿住，继而又恢复了之前的睡姿："岛上蚊虫多，他帮我拍了两下而已。你啊，就是容易想多！"

郑明看着那两个上下叠在一起的手印，眼泪掉了下来："对不起，我又想多了！"

刚睡了一会儿，俞晓红突然翻过身来："你刚才骂我？"

郑明摇摇头。

俞晓红蹙眉苦思："奇怪，刚才耳边明明听见有人骂我，而且就是你的声音！"

"睡吧！"郑明感觉特别累，连反驳的力气都没有了。

"不准骂我喔！"俞晓红刮了刮郑明的鼻子，重新睡下了。

天蒙蒙亮，郑明就悄悄从帐篷里爬了出去，他沿着营地慢慢转圈，慢慢找。终于，在一棵大树下，他找到了……

其实，爱人所有隐瞒我们的事情，都是刀子。你去找真相，就等同于拿刀子去扎自己的心脏。可惜我们总是乐此不疲。

郑明跪在地上，使劲捶打面前的树，嘴里发出呜哩哇啦的喊叫声。

"啧啧啧，这么痛苦的样子，我都不忍心杀你了，不过是个女人，何必呢！"有人走了过来，郑明赶紧擦了擦眼泪，循声望去，一时间竟呆住了。

来的这个人，正是他自己。

不过细一看却跟自己有一丝区别，自己的脸因为被汤烫过所以是红肿的，而这个郑明的脸却没有红肿，取而代之的是一道刀疤。

刀疤郑明眼神凶狠，一手握着把斧头，另一手拖着一个死人："这是给你的礼物，男人不要哭哭啼啼，该爱就爱，该恨就恨。"说完就消失在了迷雾之中。

6

郑明痴痴呆呆地回到营地，正跟方芳一起煮汤的俞晓红回头问道："你去了老半天，蘑菇呢？"

郑明死死地盯着俞晓红，缓缓蹲下，颤抖着双手，捧住她的脸，感受着她的温度，甚至是皮下血管的微弱跳动。

"你干什么呀？"俞晓红不耐烦地挣脱。

郑明跌坐在地，摇头傻笑道："我可能已经知道咱们目前的处境是什么了！"

"是什么？"方芳问道。

"平行空间坍缩到了一起！"

"说人话！"一旁的李强有些不满。

郑明看向有可能理解这一理念的方芳："看过电影《彗星来的那一夜》吗？"

方芳摇头。

"电影说了一个这样的故事：在彗星来临的夜晚，一群朋友在家里聚会，却突然停电了。这时，他们发现不远处有房子亮着灯光，其中几个人便想去拜访一下。谁知走过那条黑暗的过道之后，他们来到的居然是自己的房子前，而房子里坐着的正是他们自己。他们想要回到原来的房子，但是回去之后却发现，种种细节都表明，这已经不是自己最初待着的房子了。在那个停电的晚上，布满了无数个相同的房子与无数个他们自己……"

方芳脑子转得快："你的意思是，我们现在的遭遇跟电影里的人类似，在这个岛屿上，有无数个我们，所以我们才会看到自己的尸体？"

"对，虽然不清楚具体原因，但应该是这样没错。"

俞晓红问："平行世界是怎样形成的呢？有多少个平行世界，我们该怎么样摆脱这种诡异的局面？"

"一般来说，人的每一个选择，都会形成一个平行世界。比如你在想今晚是喝粥还是吃面，最终选择了吃面，但其实另一个你选择了喝粥，只不过世界分裂成了两个，彼此独立，互不干预而已。平行世界是裂变效应，数之不尽，还会越来越多！"

"脑仁疼，你就不能说得更通俗一点吗？"李强揉了揉太阳穴，十分不满。

郑明叹了口气："好吧，举一个本身的例子，比如说，我们昨天下午喝完汤之后不是吵了一架吗，如果当时我们彼此都克制一下，没有口出恶言，也许就不会分道扬镳，四个人喝完汤之后一起行动探索，这其实就是一个平行世界。可惜我们选择了争吵，甚至大打出手，最后分道扬镳，便进入了另一个平行世界。只不过在这个岛上，因为不可知的原因，所有的平行世界都不再隔离开，而是坍缩到了一起。所以，我们在岛上每做一个选择，就会多出一个没有做此选择的我们出来。"

郑明说完发现大家都不说话了："难道这样还不能理解吗？"

俞晓红面庞有些扭曲："理解是理解了，可是……"

李强接过她的话，狰狞道："可是我们四个人昨天下午本来就没有吵架！"

郑明心下一惊，这时候看见对面的方芳突然睁圆了眼睛，忙回头，只见另一个自己正站在自己身后，抱着一捧蘑菇发愣。这个自己脸上白白净净，没有红肿，也没有刀疤。

7

红肿脸的郑明被放逐了，没有被杀掉，已经算是万幸。他在迷雾中孤独地行走，想去寻找那支属于自己的团队，可惜他明白这几乎已经不可能。此刻他想要获得团队的最佳做法就是偷偷杀掉一个落单的郑明，然后混进他的队伍。

郑明躲在暗处，偷偷观望了很多团队，他发现每一个团队的人物关系都不一样：有的团队已经残缺不全；有的团队的郑明已经跟方芳好上了；而有的团队居然男男一个阵营，女女一个阵营；其中有一个团队是他最想混进去的，因为他们只剩下两个人——俞晓红跟郑明，而且这两个人很恩爱。可惜他知道不可能，因为这个团队的郑明脸上有一道红色刀疤，眼神里写满了杀戮。

郑明退下，还没走几步，就听见身后有脚步声，立马机警地躲闪。

"呵，我要杀你，就不会留你到现在了！"刀疤郑明扛着斧头走过来，拍了拍肿脸郑明的肩，"你羡慕我？想取而代之？"

肿脸郑明诚实地点头。

刀疤郑明把斧头递给他："我的晓红你是抢不走了，她跟我在这里生活可有半年了！你用它杀出一条自己想走的路吧！"

肿脸郑明接过斧头，问道："可你是怎么做到，跟她从不失散的呢？"

刀疤郑明抬起脚，他的脚踝上拴了一根红色粗绳："只要有心在一起，哪怕穿越成千上万个平行空间，你也找得到她！"

说完刀疤男便转身往回走，可刚迈出一步又回头说道："对了，还有个事情要告诉你，俞晓红其实不是你心目中高高在上的女神。"他凑到肿脸郑明的耳边，轻轻说道，"她七年前就结婚了，生了一个孩子，五年前离的婚，孩子判给了父亲。她之所以一直不肯跟你亲热，是怕你看到剖腹产的手术痕迹。"

肿脸郑明感觉耳朵里嗡嗡作响，脑袋一阵眩晕，待他清醒过来，刀疤郑明已经不见了。

他提着斧子在迷雾里兜圈，喃喃自语道："呵呵，假的，一切都是假的，自己从头到尾都是背锅侠，还是戴绿帽的那种！假的，一切都是假的……"

突然，他听见前方有人说话，下意识便蹲了下来，细一听，是自己跟俞晓红。

俞晓红说："幸好刚才你没跟李强犟嘴，他那么壮，咱们不能跟他硬碰硬！"

自己说："那你为什么还要假装生气，跟他拆伙，说咱俩单独走？四人一起探索不是更安全吗？"

俞晓红笑道："你整天说自己脑子好使，这时候却想不明白。他虽然有力量，但咱们不能依附于他，不能时刻提醒他，他在岛上是强者，这样对咱们没好处！我们必须让他不顺心，让他觉得自己掌控不了别人。"

不仅是个骗子，还很有心机。见两人从面前路过，肿脸郑明狞笑着举起了斧头，可在挥下的那一刻，身子却不自觉抖了一下，擦到树丛发出声音，俞晓红身边的郑明闪身挡在前面，致使斧头劈过了他的脸，划出一道刺目的血痕。

肿脸郑明充满仇恨的一击挥空后，也失去了杀人的勇气，忙退进了白雾。

人在发泄完情绪之后往往会清醒很多。郑明回想起刚才那两人的对话，总觉得像是昨天自己没被烫伤前所发生的。为了验证自己的猜想，他待到了晚上，果然，在树林里等来了上厕所的俞晓红，也等来了前来强吻她的李强。

可惜他等待的这一对并没有干柴遇烈火，俞晓红直接推开了李强。但是李强并没有退去，俞晓红哭喊着尖叫，却被李强两巴掌扇晕了过去。

郑明握着斧头悄悄靠近，他虽然情绪激动，但理智告诉他，自己哪怕有武器，跟李强的体格也差距过大，必须做到一击必杀。

那是饱含了一个弱小男人所有不甘与怨念的一斧，在稀薄的月光下划过一道优雅的弧线，直直落在李强身上……

郑明推开李强，却发现俞晓红已经没有脉搏和呼吸。刚才被李强扇耳光的时候，她的太阳穴磕到了尖利的石子。

郑明把头放在俞晓红逐渐冰凉的身体上，像小时候枕在妈妈的臂弯里，听妈妈讲那过去的故事。此时他耳朵里有更多的故事：隔壁的空间，有女人的低吟声，有女人的尖叫声；再远一点，好像有男人的哀号声，女人的咒骂声……这些故事听多了就会麻木，心里的愤怒与仇恨，甚至是悲伤，都渐渐淡去了。

人的每一个念头，每一次抉择都会产生一个平行世界，所以佛家有言，一念成佛，一念成魔。

我是谁？从哪来？往哪去？一个人如果无法准确定义自己的存在，就会陷入虚妄之中。

一花一世界，三千大世界。再多的世界，都不是你的世界；再多的你都不是你。那么，什么才是答案？

生存下去！是唯一的答案。

郑明一觉醒来，发现俞晓红和李强的尸体都已消失不见。他明白这也许是一种清理机制。他提起斧头，向海边走去，边行边避，直到来到当初的岸边。

其实目前的处境不只是《彗星来的那一夜》[①]那么简单，还叠加了一层《恐怖游轮》。这个岛屿永远都在循环2月14日，也就是四人从度假村划船出来游玩的那一天。所以每一天清晨，都会有一艘小船在迷雾中行驶而来。每一天下午，都会有四个人搁浅在岸边。每一天晚上，都有一个李强想要在树林里对俞晓红做些什么……

注释：①《彗星来的那一夜》是由詹姆斯·沃德·布科特自编自导的第一部长篇电影②《恐怖游轮》是2009年上映的一部心理悬疑片，由克里斯托弗·史密斯执导。

虽然不知道这座岛屿的时空为何发生了扭曲，但应该只要离开这座岛和迷雾，就能摆脱无休止的裂变与杀戮吧。事实上有不少自己正是这么做的，所以他甚至都不用动脑筋，只需要回忆来时的细节，然后照做就好了。

先在岸边生一堆火。

然后自个儿潜入水中。

待四人小船怀着期待与猎奇之心驶过来的时候，把边上的方芳先拉下水，再把小船弄翻，最后只需要拉住唯一会游泳的自己的脚，让其昏迷过去，便大功告成了。

8

郑明把船翻回来，找到船桨，刚爬上船，就见岛上的树林里陆续走出了三个人。他们身上都伤痕累累，手里或拿着锤子或拿着小刀，彼此隔得很远，像是互有提防，但却一致地望着郑明，或者更准确地说，是望着郑明抢来的船。

郑明想了想把船划到了岸边，李强率先上船，像来时那般坐到船头。俞晓红第二个上船，她坐到李强身后，侧过身来，一脸沧桑地望着郑明。方芳最后一个上船。她坐在郑明身边，但却一直偏着头不看他。

郑明明白，这几个人，既是获胜的战士，也是落单的野狗，每个人都有自己的沉重故事，不必问，也不必说。

一艘小船在浓雾弥漫的大湖上缓慢行驶，它迷失了方向，只能随波逐流，直到前方依稀出现了亮光。

船上的四人相顾无言，各怀心事，看着小船，缓缓驶进光亮里。

最后一刻，郑明突然像是被雷电击中，他的脑子里瞬间闪过了几个关键性的问题：为什么刀疤郑明宁可在岛上生活半年，也不选择抢船出去？他不可能没有这个智商；为什么岛上会有帐篷灶具与干粮？明明四人被冲上岸时身上什么东西都没有；

是谁把第一队人的船弄翻的？这一段轮回，究竟是什么时候开始的？

9

小船缓缓停靠在度假村的码头，码头上站着一个慈祥的老人，他一脸关切地看着从船上走下来的美丽姑娘，自言自语道："平安回来就好，平安回来就好！"

白静把手里的小橘灯递给老板："怎么，不就是游个湖吗，至于这么担心吗？"

老人摇头："姑娘你是不知道啊，这湖中心有一个岛，整天被雾气笼罩，邪门得很，去过那里的人很少有回来的。说起来也有十来年了，我曾经接待过四个年轻人，他们去游了一趟湖，回来的时候只有一艘空船……"

白静嫣然一笑："放心吧，以后那个地方都不会再出事了！"

10

白静与唐画逛商场，她盯着唐画的大长腿不住摇头："啧啧，唐姐，你这身材比之前可是劲爆多了啊！"

唐画拿着一件吊带比画，蹙眉道："并非好事，路上走着，好色之徒太多，目光非礼，想教训又不可，不教训又憋屈。"

白静双手叉腰，一脸坏笑："哎呀，被人喜欢是一件好事啊，现在可是开明社会，唐姐你也该与时俱进啦！"

唐画又换了一件连衣裙比画："还是抽时日换回之前的身体吧，这副身躯太妖艳，他看了未必喜欢！"

"他？"白静眼睛一亮，立马捕捉到了关键信息，"谁啊，姜叶吗？"

唐画不语，脸庞酡红。

白静走近，小声说道："你不说我还忘了，前几天你托我去东海找原石时，遇到了王言不破。"

唐画蹙眉："他去那儿干什么？是要阻止你吗？"

"这倒不是，只因这块原石力量太强，落在一座荒岛之上，产生了强大的时空扭曲磁场，导致困死了很多人。老王去那儿，想必是收集具有强大能量的执念物吧！"

唐画叹气："那群高高在上的人，自以为天罚可以灭万物，却不知每次受苦的都是世间众生！"

白静一拍脑袋："哎呀，我想跟你讲的不是这个事……老王告诉我，你的老情人消失不见了！"

"消失不见？"

"对，彻底蒸发，一点存在的气息都探测不到。"

唐画突然发起愣，好一会儿，才回过神来，轻笑道："我可能明白他去哪儿了！"

209问题：迷雾的根源是什么？

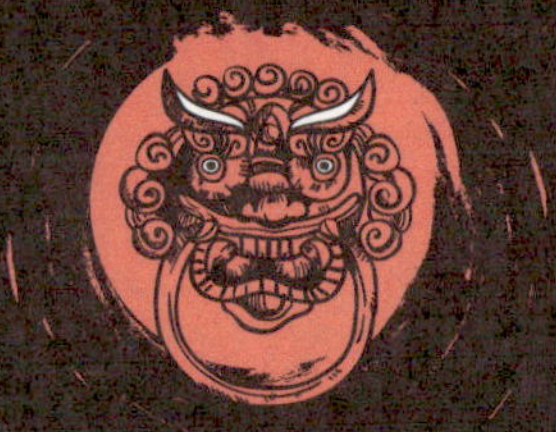

夜

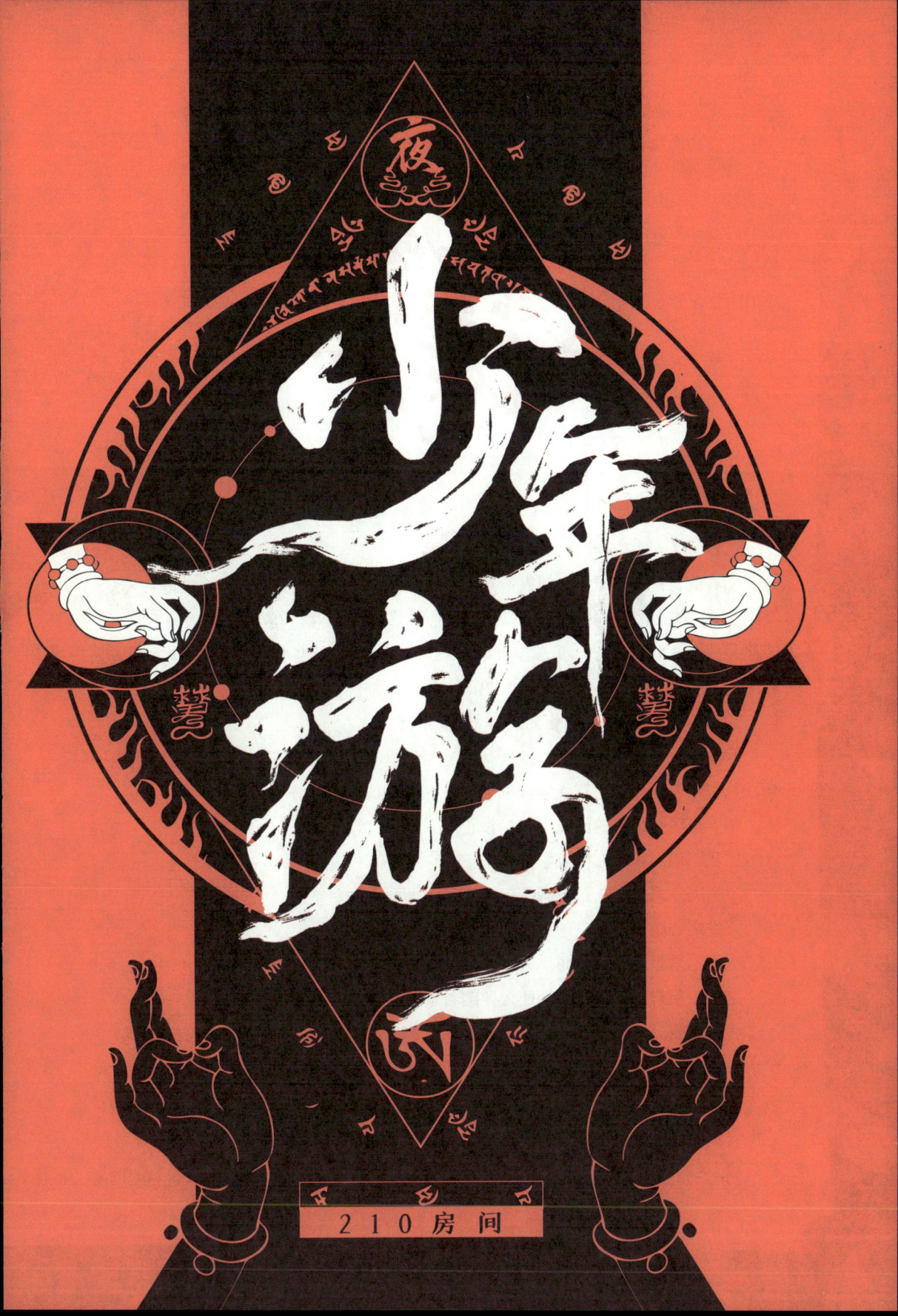

少年游

210房间

NIGHT PORTER

少年游

1

阳春三月，桃香十里，伊人策马，玉郎在旁……此情此景下，我不禁诗兴大发："阳光灿烂的日子，少年要珍惜，不要再犹豫，不要再迟疑，应该把成功握手里……哎哟！"①正吟得兴起，头却被剑敲了一下，我不高兴地回头，见一袭红衣的唐画瞪眼道："说的都是些什么乱七八糟的东西……前面停一停，我要吃东西了！"

① 引用歌曲《少年梦》，作词者大唐。

我拿出一块米色麻布铺在青草地上，唐画下马，抱着那只纯白狐狸过来跪坐一旁，从包袱里拿出几块糕点轻咬细嚼。我咽了咽口水："好吃吗？"

她一直望着远处的湖光山色，没正眼看我："还可以！"

"我不信，除非你给我尝一块！"

"呵呵，饿了啊？"唐画莞尔一笑，随即脸立马冷下来，"不给！"

"蛇蝎心肠！"

"可不是吗，蛇蝎心肠、恶毒小姐，可你为什么还要死皮赖脸地跟着呢？"

这话让我有点吃瘪，我为什么要跟着她？

我叫江夜，本来是子夜旅馆的醒梦人，做着清理房间的工作，结果不小心被一个厉害的半魔抓住了。眼见小命不保，一阵白光闪过，我眼前一黑，等再亮起来的时候，就已经身处于一个古代的酒肆之中，与这个红衣姑娘大眼瞪小眼。她当时说："你要是再跟着我，就别怪我不客气了！"我茫然四顾，发现这里的人全都身着长衫长服，心下一惊，难不成穿越了？穿越可不是好玩的事情，人生地不熟，没个向导怎么行，于是我就死缠上了这个看上去可能跟我有点交情的姑娘。

不能输！所以我直视她的柳眉星眼，淡定说道："为什么跟着你？因为你好看啊！"

"噗！"她被嘴里的糕点呛了一口，咳了一会儿后，脸颊泛起红晕，偏过头，"你说什么下流话呢！"

经过两天的相处，我已经从她的口中套出了很多信息，比如此刻是唐朝初年，她是唐家堡的大小姐，正外出踏青，却偏偏被我这个可疑的黑衣男跟踪了。我试图修正她对我的印象，经过努力，成功在可疑的后面又添了无聊。

古代姑娘的词汇量真是让人着急，你说个冷笑话，她说你无耻，你夸她好看，她说你无聊，反正就这么几个词来回倒腾。

我盯着这个姑娘看了半晌，皱眉苦思却又不得其果。其实我老觉得她眼熟，像是在哪儿见过。当然了，因为之前工作的关系，我接待过太多房客，她也许只是跟某一个房客长得像。

除此之外，我还有一个更深的疑问——自己到底是身体穿越还是神识穿越？因为我在湖面照过，跟我之前是一个样子，只是着装不同，说明是身穿；但是我的意识是两天前在酒肆觉醒的，而据唐画所说，我早已经跟踪尾随她很多天了。并且唐画现在要把我扭送去医馆，她说我发了癔症，之前还是个冷面男，在酒肆吃过一次饭后就完全变了一个人，疯疯癫癫，说的话也前后不着调。如果她说的属实，说明我应该是神识穿到了一个跟自己性格截然相反的人身上才对。

那么巧合吗，这个人跟自己长得一模一样？

还是说，这里又是哪个妖魔邪怪布下的局，是困住我的幻境？

这些事我百思不得其解，只好一直跟着唐画。说起来唐画也有点奇怪，如果是一个大家族的小姐，出行为何没有护卫，也没有丫鬟呢？

我问过她，她潇洒回答道："护卫？甩掉了，他们又没啥用……丫鬟？给了点钱遣散了，一路跟着我多累啊！"我又问："你就不怕遇到危险吗？"她捧着下巴想了半天，沮丧地点点头："在遇到你之后，我开始怕了！"

唐画吃饱之后，把包袱甩给我："帮我洗了！"

我打开，里面还留着几块糕点，遂边吃边问："话说，你此行的目的地是哪儿啊？"

她抱着狐狸，怅然地望向北方："扬州。"

"去那儿干什么？"

"呵，去那还能干吗，寻花问柳找公子哥啊！"

"你也开始不正经了！"

"跟你学的。"

收拾完毕之后，唐画再度上马，我牵着缰绳一直没走。

"发什么呆？"

我回头问道："之前的我，为什么要跟踪你？"

"这事你问我？问你自己啊！"

"我不是得了癔症失忆了吗？"

唐画蹙眉，好半天才低声说道："你之前说，跟着我是为了给我收尸！"

2

赶到陆县时已是夜里，我说先找客栈，唐画说先找医馆，我坚持自己没病，要是去医馆就分道扬镳，唐画高兴得差点从马上摔下来。可我刚走开几步，突然想起了什么，一摸口袋，果然身无分文，贫穷让我放弃尊严，跟着唐画来到了一家名为李记医馆的店铺前。

"去敲门！"唐画已然把我当成了她的随从。

我垂头丧气地拉了拉门环，回头说："这么晚了，人家早下班了，改天再来吧！"

"用力敲！"

我有点窝火，边用力拉门环边喊道："李老板，开门哪！你有本事开医馆，你有本事开门哪，别躲在里面不出声，我知道你在家！嘿！开门哪，开门开门开门哪……"

正敲喊得兴起，门突然被拉开，我重心不稳一头栽了进去，好在被一个中年妇女迎头抱住，而不至于摔得狗吃屎。

身后飘来一句话："果然下流！"

我刚想反驳，抱住我的妇女开口道："你们先进来吧，夜里别大喊大叫的，招来什么猫猫狗狗可不好！"

她的声音低沉有磁性，听着让人舒服，但同时也让我觉得耳熟。跟着她进到里屋的大厅，她让我们坐下："我就是李大夫，谁要看病？"

唐画还没开口，李大夫却突然看向我："听刚才的叫喊，想必就是你了吧，癔症磨人，怪可怜的小伙子！"

我想说话，却一时语塞。

李大夫又说："但是今晚我还有点儿私事，这个病不急在一时，两位要是不介意，可以于馆内休息一晚，明日我再来看诊。"

我忙点头道："甚好，甚好！"

当晚，我正睡得舒服，突然被唐画从被窝中拉起来，还没来得及发起床气，就听她急道："出事了，有人放火！"

我跑出屋子，见医馆前院已经烧着，冲天的火光映红了夜空。这时，火里蹿出一个狼狈的人影，仔细一看，正是背着包袱的李大夫，她跑过来说："我的仇人来了，后院有后门，你们赶紧跟我一起走。"

可一般立下这种 Flag，就再也走不掉了。

果不其然，一个膀大腰圆的大胡子男人从天而降，拦在了我们身前。这个男人单手持剑，眉粗目凶，有点像门神画里的张飞。

唐画拔剑迎去，两人瞬间缠斗起来。我在一旁看得咂舌，难怪唐画敢甩掉护卫。她的武功很高，每一次出剑都极其快速精准，剑刃还会发出阵阵白光。但"张飞"显然也不是善茬，他的剑身冒出浓郁的红光，不论唐画从哪个角度刺过去，都能瞬间挡下。而且他一直在抵挡，从未进攻过，像是远没有使出全力。

"你们跟这个妖妇是什么关系？"

见"张飞"问话，我老实回答道："医患关系！"

"她不是大夫，而是个害人性命的人魔！"

唐画停剑："你什么意思？"

"张飞"摇头叹气："你们什么都不知道，却在这儿助纣为虐。也罢，我带你们来看看吧！"

他踢开了后院一间上锁的房门，借着火光我们看见里面摆满了瓶瓶罐罐，进去一看，唐画脸一绿，差点吐出来——瓶子里全是内脏。

出来后，唐画问"张飞"："那你堂堂正正来驱魔除妖就好了，放什么火呢？"

"……谁说这火是我放的？"

唐画回头问我："李大夫人呢？"

我左右一望："估计逃走了！"

"张飞"无奈摇头，负手离开。

"那个……今晚的事就不要说出去了！"离开医馆的时候，唐画红着脸嘱咐我。

我会意点头。

因为半夜的一番折腾，导致我们重新找到客栈睡下后，再醒来已是中午。下楼吃饭，见大厅里端坐着昨晚的那个"张飞"，他此时正襟危坐额头冒汗，如临大敌。见我们下楼，他眼睛一亮，仿佛看见了救星，站起身，咧嘴堆笑，极不自然地说道："这么巧，你俩也来吃饭啊，来来来，不介意的话可以拼个桌！"

谁知唐画摆了摆手："介意！"

"张飞"脸上的笑立马僵住，我拉拉唐画的袖子："一看就是吃完饭发现没带钱，架在这儿了。"

"我知道，但我不想帮他解这个围！"唐画淡淡说道。

"给我个面子，我觉得卖他一个人情没坏处！"

"可你在我心中压根儿就没面子啊！"

我再次吃瘪，一气之下自己先坐了过去。

"先说好，五两银子以内。"唐画也面无表情地坐了过来。

"张飞"招呼小二过来算账，五两二钱。

"这……"也难为这个驱魔人憋红了脸，支支吾吾道，"能抹……抹个……零头吗？"

唐画扑哧一笑，砸上十两银子，挥手道："你走吧！"

"张飞"起身，双手抱拳施礼："大恩不言谢！"

我连忙拉住他："哎，先别着急走啊，大恩还是要言谢的。"

"……要怎样谢？"

"别紧张，先坐下，聊聊天，增进一下感情。对了，你叫什么啊？"

"在下姓钟，江湖人称老九。"

我点点头："老九啊，跟你商量个事儿，昨天那个大夫，就别死追着不放了吧！"

钟老九立马拉下脸来："其他事情可以依你，唯独此事不可。"

见唐画也疑惑地望过来，我只好挠挠头："给你们讲一个我朋友的故事吧，这个朋友恰好也姓李。她生了重病，原本无药可医准备等死，但是她的丈夫却想逆天改命，拿到了一张长生方，依上面所示，去到东海寻得蓬莱仙草做药引，制成长生药让她服下。后来她果然活了过来，不仅活了过来，而且得到了近乎永恒的生命……只不过，这一切的代价就是，她不再是一个纯粹的人。她开始以血为食，且永远要躲避一个叫作学宫的组织追杀，哪怕她从未滥杀无辜。"

唐画若有所思道："说起来昨晚见到的内脏都有点奇怪，太小了，不像是人的，更像是牲畜的！"

　　我接话道："对于大夫而言，人血的获得途径有很多，未必需要杀人才能饮血……老九你说对不对？"

　　钟老九瞪圆了眼睛，吹直了胡子："可这只是你们的一厢情愿！这个妖妇活了近千年，你敢说她喝的血一直干净吗？"

　　"不敢说，但你欠了我们五两银子。"我这个人比较耿直。

　　"是五两二钱！"唐画比我更耿直。

　　钟老九拍案而起："这个人情我会还，但那个妖妇的事绝对没有商量的余地！我也奉劝二位别跟妖妇走得太近，切莫引火自焚！"

4

　　酒足饭饱，我们再度启程。出了陆县，路边的桃花开得艳丽。

　　唐画问我："你真的认识那个李大夫？"

　　"真的！"

　　"她的故事也是真的吗？"

　　"……都是真的！"

　　"这世间居然会有人长生不老啊！"

　　见唐画似乎十分向往，我决定泼上一盆冷水："长生不是件好事，她活了很久，但并不开心。"

　　"可是死了，就开心了吗？"

　　面对唐画的这个问题，我陷入了沉默。长久以来，我一直在子夜旅馆工作，见惯了生死，可对于普通人而言，死亡确实是终极恐惧：还没能好好爱一个人，没能做出什么成就，就匆匆告别了人世，多么不甘，多么遗憾。

　　路愈行愈窄，景却愈来愈美，不觉间我们竟误入了一片桃林深处。放眼望去，桃花灼灼，风一吹，漫天飞舞。此情此景下，连唐画的马都放缓了步调，眼神迷醉。

　　我回头看唐画，发现她也在看我，眼波流转，似是有电。咦，气氛怎么突然暧昧了起来？难不成这丫头喜欢上了我？说起来，跟我这样优质的男青年同游好几天，现在才喜欢上我，已经是她定力高强了。

　　"江夜……"唐画咬了咬嘴唇，语气格外温柔，"前面有个湖，我想去洗个澡，你可千万别偷看哦！"

　　我双腿立正，给唐画敬了一个标准的少年队礼："放心吧，我江夜就算是去偷看母猪也不会去偷看你的！"

本以为皮一下的代价是被剑敲脑袋，可这次唐画居然转性了，不仅没生气，反而捂嘴笑道："呵呵，你真有趣！"

我嗅了嗅空气中的花香，心下暗想："难不成这香气还能让少女怀春？"

就这样，唐画去前面的湖里洗澡，我蹲在原地玩泥巴。玩了一会儿，突然听到唐画尖叫。我连忙跑过去，隔着薄雾问道："怎么了？"

这时雾中一个婀娜的影子朝我跑来："湖里有蛇！"

"蛇？"我一听，浑身寒毛倒竖，立马跑到了十米开外，没办法，不是我不怜香惜玉，而是我最怕这种滑溜溜的冷血动物了。

"啊，疼！"前方又传来少女的呼喊。

被咬了吗？这可不是闹着玩的，我经过了短暂却激烈的思想斗争后，硬着头皮跑了回去，见唐画躺在地上，衣不蔽体，忙在石头上找到衣服盖在她身上，这才急忙问她："咬哪儿了？"

她一脸痛苦，颤巍巍地伸出手，指了指自己的左胸。

我脸庞发热，嗓子发痒，咽了咽口水："不带这样玩的，我毕竟是个男人！"

"啊……我要死了……啊……"唐画轻启朱唇，不住地低吟。

我忍无可忍："够了，到此为止吧！"

唐画停下来，疑惑地望着我。

我问："你到底是谁？演这么一出是为了什么？"

她的神情由疑惑到失落，最后脸上浮现出一抹诡异的笑："想不到你还挺厉害！"

说完她的身体化作了一团模糊的白光，并且慢慢飘浮起来。白光慢慢变幻了形状，从人形变成了一个球形。待光芒散去，现出真身，我差点笑喷——浮在半空中的是一个巨大的桃子，这个桃子长着两条缝一样的眼睛，嘴巴被拉得很宽。乍一看，就像一个胖子还被打肿了脸。

"我就是这片桃林的主宰，最厉害的精灵——桃枝妖妖，桃风华！"

这个蠢萌的生物自我介绍的语气跟美少女战士似的，更让我笑得停不下来。

"你……能不能别笑了……尊重一下对手好不好！"桃风华有些不满。

我努力憋住笑："好的，桃子小姐。请问你到底想干吗？"

"母上说，凡是情侣入林，都得用幻术将其拆散，让天下有情人都不得眷属！"

我举手提问："可是你错了，我跟唐画并不是情侣，而且我觉得你不是要拆散，而是要撮合吧！"

"哼！"桃风华伸出两根桃枝叉在桃身上，"那是你没上钩，你刚才要是把持不住，我就会变成世上最丑的妖怪，把你吓得半死，让你从此以后一看到自己的妻子就做噩梦！"

好清奇的脑回路，我已经无法评价这一计划了，只得给它竖起大拇指。

"那现在呢，既然我没有被你蛊惑，你要怎么办？"

我的这个问题似乎难倒了桃风华，它皱眉想了半天，最后才叹气道："这次就放过你吧，下次别再落入我手里啦！"

说完眼前突然大风一卷，薄雾散去，桃风华不见了，湖也不见了，眼前只是一片茂密的桃林。

"做完美梦了吗，做完就走吧！"身后响起了唐画的声音，她还是坐在高高的白马上，一脸不屑于看我的样子，只是这一次，她脸上似乎还残留着一抹红霞未褪。

5

走出桃林之后，我问唐画："你怎么知道我做的是美梦？"

唐画不说话。

我又问："你在桃妖的幻境里看到了什么？"

唐画脸变红了。

我还想追问，却突然听到唐画说："江夜，原本我想到了扬州帮你看好病再分开的，但是经过这几天的观察，我觉得你可能并没有病，虽然前后的反差确实很大，但也许这就是你的个人性情吧！所以……"

"所以什么？"

"……所以到了前面的乔县，咱俩就分开吧！"

"到时候再说吧！"我搪塞道。

唐画停下来，刚想说什么，地面突然一震，道路前方尘土飞扬。钟老九从尘烟中走出来，手里还提了个伤痕累累的大桃子。他把大桃子丢给唐画："你帮我付了饭钱，我帮你捉了妖，咱们算是两清了！"

这个耿直的驱魔人说完也不等我们回应，咻的一下就飞走了。

我赶紧去看唐画手里的桃风华，它被揍得不轻，本来就肿胖的脸更肿了，手脚也被绳索捆了起来。它吓得浑身发抖，桃汁从眼里滚滚而出："不要杀我，小姐姐不要杀我，我还小，才两百岁。"

唐画淡淡笑道："我才二十岁，你一个两百岁的妖居然叫我姐姐？"

桃风华一听身体抖得更厉害了，话也不敢再说。

我想开口求情，却见唐画伸手制止了我，她对桃风华说："不杀你也可以，但切记以后不能再刁难过路的人了，特别是情侣，有情人为什么不能成为眷属呢？"

桃风华疯狂点头："我记住了，以后再也不恶作剧了！"

唐画这才卸下一脸的严肃，温柔地帮它解了绑。桃风华往身后的桃林飞去，飞到半路又回过头来，朝我们拜了三拜："祝哥哥姐姐终成眷属，百年好合！不，千年好合，呃，万年好合！"

这一次，我和唐画都没有纠正它，只是朝它挥手作别。

6

选择在乔县分开其实并不是一个明智之举，因为这里正在闹瘟疫，自从走进城区，耳里全是哀号与哭喊，鼻子里全是呕吐物与各种药材混合而成的古怪味道。

但是唐画铁了心，给了我二十两银子，说散就散。我不愿意，跟着她走了两条街，终于她忍无可忍，回头吼道："你到底要怎样才肯放过我？"

我有点不好意思，但还是伸出了手："二十两怕不够，再给十两吧！"

一个钱袋猛地砸了过来……

总之，我终究与唐画分开了，坐在客房，看着窗外死气沉沉的街道，内心略微憋闷。我毕竟是个对这个时代一无所知的穿越者，失去了唯一的朋友，接下来该干点什么？总不至于去找工作挣钱买房，然后娶妻生子吧！不过我这个年纪在这个时代估计也没人愿意嫁了！

从做守夜人的那一刻起，我的生活就变得既神奇又诡异，所以这么久以来，我已经忘却了正常人的生活该是什么样的，直到这次莫名其妙的穿越提醒了我，自己终究还是个人。

夜里我失眠了，可能择床吧！

清晨，乔县下起了蒙蒙细雨。我下楼吃饭，见很多官兵用板车拉着成堆的病人经过。打听得知，这是官府决定把一些重病患者运到城外集中处理。

我买了把伞，也跟着向城外走去，怀着对这些未死之人的怜悯，想去劝说一下管事的官员，这样做是不人道的。可还没走到城外，我就看见某辆板车上躺着一个熟悉的红衣少女，正是昨天才跟我分开的唐画。

我拦下那辆车，指着唐画对拉车的官兵说："这是我朋友，你们一定是搞错了！"

官兵一把将我推倒在地："这些都是全城搜出来高烧不退的瘟疫患者，她现在已经不是你的朋友,而是瘟疫传染源。"

我摇头:"不可能的,昨天我跟她进城的时候还好好的!"

官兵嗤笑道:"一天的时间足够她感染瘟疫了,你要是再在这儿待一会儿,估计晚上运送的人里就有你了!"

我打不过官兵,所以硬抢是行不通的,不过听他这样一说,我倒是灵机一动,想到了办法,忙说道:"大哥,你还真说对了,从昨晚起我就开始发烧,估计也是得了瘟疫,你就把我一起拉走吧!"

说完也不等官兵作答,先爬上板车装死。

官兵回头看了我一眼,眼神复杂,但并没有多说什么。

出了城,有一片用木头围起来的空地,里面躺满了病患,一个官员站在前面清点人数,几个官兵稀拉围站在四周。一路上听官兵交谈,我得知今天本来是准备把这些瘟疫患者烧死的,奈何天公不作美,下起了雨,所以改为明日再烧。

是夜,官兵喝了点酒,打起了瞌睡。毕竟守着一群准死人,谁还能逃走呢?所以这也算给我创造了良好的逃跑环境,只是昏迷的唐画太重了,压得我喘不过气,好几次差点惊醒了官兵。

从"火刑场"逃出来之后,我不敢放松警惕,依然背着她往前跑。雨下得很大,我没法打伞,只能跌跌撞撞地在雨里蹿。

这应该是我此生最狼狈的时刻,也是我最想不通的时刻——好端端的一个女侠,为什么就沦落到这地步呢?难不成真感染了瘟疫?那我是不是也即将因为友情而牺牲?

雨越下越大,甚至还打起了雷。我能感受到背上的唐画在瑟瑟发抖,但也没有更好的办法,前不着村后不着店,只能拼命往前赶。因为我过度透支了体力,有好几次都摔倒在地,所幸没摔死唐画。

最后一次摔倒的时候我已经没有力气爬起来,好在视野的尽头有一片大湖,湖边有一座亮着灯火的茅屋。

茅屋里住着一个渔夫,他不负所望地救了我们。在简单交谈过后,他告诉我,自己有一艘船,如果我肯花点钱,他可以用它载着我们,沿着湖往北走上两天,就离扬州只有二十里地了。我问他多少钱。他比出一个"V",我点点头,掏出二两,他却摇头:"二十两。"

我问:"你的是黄金船吗?"

渔夫笑道:"旅费没这么贵,但人命很贵。"

我说:"十五两!"

"十八两!"

"十七两加一锅鱼汤!"

"成交!"

7

当晚我给唐画喂了两碗热鱼汤,又拿毛巾给她敷了一夜,她总算是出掉一身虚汗,转醒了一回。我抓紧时间问她,身上还有多少钱,她摇摇头,然后又昏了过去。

这就意味着,扣掉要给渔夫的十七两,我身上还有不到十两的银子,将成为我们接下来所有的盘缠。

清晨,雨终于停了,上船的时候,我问渔夫:"那个……现在还能讨价还价吗?"

"你能把昨晚的鱼汤吐出来再说话吗?"

……

船缓缓行驶在一望无际的大湖之上,雨刚停,天白茫茫一片,我站在船头望了片刻,竟生出一股寂寥之感。看那接天的芦苇,看那团团簇拥的青荷,都在这晦暗的天色下失去了光彩。

回到船舱,唐画已经醒了,我给她喂下几口清水,又晃了晃干粮,她摇头。

我问她:"你怎么突然就病了?"

她还是摇头。

我又问:"你那只漂亮的宠物狐狸呢?"

她声音很虚弱:"小白?你不必为她担心……她能照顾好自己。"

唐画偏头看了看:"我们……这是去哪儿?"

"走水路,去扬州!"

"扬州……这么快就到终点了!"

我帮她拉了拉被子:"你是病人,得少说话,多休息!"

唐画一把握住了我的手:"我虽然是病人,但一路上的事都记得……"

我不禁心头一暖,做好事果然还是希望被人夸奖的,可手突然吃痛是怎么回事?

"你居然能把我摔出去三次……要不是我打小习武底子好……早被你摔死了……"

这女人不会抓重点,很不会抓!

但她很会抓手,我的左手掌上留下了两个很深的指甲印。

晚饭的时候，唐画已经能坐起来了，照例是喝鱼汤，我本想喂她，但被她拒绝，这就是典型的过河拆桥。

吃完饭她要去船头看湖景，我不同意："你身子虚不能吹风！"

可惜她不顾我的阻拦往外走："哪就有这般娇贵了？"

唐画自始至终都不是一个能被掌控的人，我到底是在哪里产生的错觉，能替她做主呢？

孤船夜航，油灯划开夜色，却很难在广袤的黑暗中找到另一盏油灯。

唐画站在夜风里，任没有打理的披肩长发随风飞舞，竟有一种莫名的凄楚之美……我赶紧摇头甩掉这个想法——一个男人要是觉得一个女人美，多半是要爱上她了。我只是这个世界的穿越者，很大概率是会回去的，作为一个过客，显然不具备爱与被爱的资格。

"江夜……"她回头看我，嫣然一笑，"有件事我一直想跟你说，只是没找到机会。"

突然的温柔，一定不是好事。

"其实我去扬州，是要见我的未婚夫！"

"啊……恭喜恭喜啊！"情急之下，我居然有点语无伦次。

好在唐画并没有纠结，而是继续说道："这段旅途我很开心，谢谢你！"

我立正，再次敬出一个标准的礼："为人民服务！"

8

接下来的旅途格外沉默，上岸后我用五两银子雇了辆马车，半天工夫就到了扬州城。下了马车，本想好好跟唐画告别，却突然看见一顶豪华大轿被抬了过来，随行的官兵把我挤开，接着，一个英俊贵公子下轿，把唐画邀上了轿。

这种目中无人的官二代，迟早是要出事的，真为唐画的未来担忧！

到了扬州，难免要怀着批判的精神，来烟花巷弄转一转，青楼红阁坐一坐……

"我本来是个正经人，只是凑巧在街上走的时候，看见了吸血人魔老李的背影，我一时好奇，便跟着她走街串巷，然后不知怎的，就来到了这家青楼……姑娘你不用害怕，我不是归人，只是个过客，所以……"

"大爷你喝醉了！"见我趴在桌上，陪酒的姑娘乐和得不行，这是自然的，客人一醉，工作就结束了。她悄悄退出房间，带上了门。我从桌上爬起来，推开窗，看见秦淮河里全是璀璨的灯船画舫，好不热闹。可为什么却开心不起来呢？

这是个傻问题，这些红火的产业又不是我的，我开心什么？

"你喜欢上唐画了！"

"我没有！"

"你有！"

"我有……才怪！"

我偏过头，见一只狐狸趴在床头跟我说话。它通体雪白，漂亮得不像话。我走过去，它下意识一缩，弓起身子想跑，却被我一把扑住。

"你要干什么……不要！"

我一遍又一遍地抚摸着这只狐狸的毛，真顺真滑，手感好到爆炸，真上瘾，难怪之前唐画老这样把她抱在怀里摸来摸去呢！

"放开我！"

"你这是乘人之危，等我熬过了渡劫期，有你好看的！"

"你的心上人在下面等你，你却还在沉迷顺毛，这合适吗？"

听到这我不禁停了下来："唐画在下面等我？她来干什么？"

"哼，你刚才不是不承认自己喜欢她吗？"

我继续顺毛。

"好了好了，我怕了你了……她来是想跟你告个别。"

"告什么别？"

见狐狸沉默，我又抬起了手。

"其实她这次来扬州是为了解除婚约！"

"啊？"怎么还跟拍偶像剧一样一波三折的。

9

我跑出青楼，在一条黑暗的巷子里找到了唐画，但此时的她没空理我，正跟钟老九战成一团。怎么哪儿都有这个中年油腻男呢？直到看到一旁受伤的老李，我才明白过来，应该是唐画又一次正义感爆棚拔刀相助了。

我决定帮一下唐画，遂跑过去开启了嘴炮模式："老九，人能存在，妖魔也有存在的权利，为何就你人要铲妖除魔，为何众生就不能平等？"

"非我族类，其心必异！"

"呵呵，是你族类，其心就同？"

见他不回话，我继续说："老九啊，你听说过一句话吗，凝视深渊过久的人，自己亦会成为深渊。你驱魔除妖已近癫狂，也算是执迷成妖，内心生魔了。"

眼前突然闪来一道黑影，钟老九一把捏住了我的脖子："你这臭小子胡说些什么！"

"你……看看……说中了……恼羞成怒……呃！"他加大了力度。

我被捏得说不出话，但好在也不用说了，钟老九的身后出现了一个红影——唐画没有辜负我，趁着这个时机持剑直刺他的后颈。钟老九没有放开我，也没有躲避这一剑的打算，他甚至都没有回头，只是反举长剑直刺后方。唐画若想伤他，自己也会受伤。

哎呀，唐画要是使长枪就好了，这时候，武器的长短直接决定了胜负。

可让人意外的是，面对这种局势，唐画竟然未退，而是直直撞了上去，让剑刺穿自己的左胸，只为了刺中钟老九。可就在钟老九肥硕的后颈跟唐画的剑相触之时，却迸射出了一道刺目的金光，接着"噔"的一声，剑居然被弹开了……原来这厮除了会剑术，还会符法！

这一波血亏！

钟老九放开我，回头看向重伤倒地的唐画："你这女娃，潜质上佳，何苦寻死？"

"够了！"一直缩在一边的狐狸终于发声了。这倒让钟老九的眼睛发亮："咦，这只狐狸居然也是妖，一点妖气都没有，难道……已经到了渡劫期吗？"

夜空中突然雷霆轰鸣电光耀闪，狐狸一下蹿到了屋顶，再一蹿消失了。"妖孽休跑！"兴奋的钟老九看上了新猎物，又舍不下旧猎物，于是一扬手，手里的剑立马飞出去，一下刺穿了老李的身子，接着一闪，人与剑都消失在了寒夜中。

我赶紧跑过去查看唐画的伤势。见她脸色惨白，胸口滋滋冒血，我连忙解下腰带，想为她包扎，但她却笑着摇头："没用了，不必白费力气！"

"怎么可能，这一剑未伤及心脏，像你这种高手只要好好疗养几天就行了吧！"

"没有这伤，我也活不了多久了！"

"……为什么？"

"还记得我跟你说过吗，你在性情大变之前，说跟着我是为我收尸的，其实不假。我本就身患不治之症，这一趟出游，是我的告别之旅。"

我的脑袋嗡嗡作响：所以她才会突然发烧昏迷？所以她才一直要跟我分道扬镳？所以她才会跟官二代取消婚约？所以她刚才才会义无反顾地救我？所以她才会羡慕有人能长生不老？

可，人怎么能放弃希望呢？

"别说傻话！我带你去看大夫！"我小心翼翼地抱起她，突然瞥见角落里的老李，对啊，她不就是大夫吗？

"李清水……李阿难，我知道你没那么容易死，先振作一下！"

"咳！"老李吐出一口血，擦了擦嘴角，抬眼问道，"你居然认识我？"

"现在不是叙旧的时候，快救救她吧！"

老李慢慢起身，艰难地挪过来，她的半个身子被血染红，可见受伤之重。

为唐画把了把脉，又翻看了一下眼球后，老李摇摇头："血症末期，救不了了，就连这血也止不住了。唐姑娘也心知肚明吧，所以才会如此平静。"

我急得手足无措，却见唐画对我招手，我附耳过去，只听她说："其实，我还是喜欢之前的你，沉稳、内敛、运筹帷幄……你现在慌张得像个孩子，一点都不可爱！"

我的心里涌现出一股酸楚，抬头看着老李："就真的没有办法了吗？你不是拿着鬼谷子的医书吗，连长生方都有，却偏偏奈何不了一个血症？"

"你知道的还真不少啊？"老李语气冷了下来，"那想必你也知道了，我与血有着不解之缘，确实有一个东西能救她，但因为从未有人得到过，所以说了也无用！"

"你先说！"

"传说在一个未知地，有一间子夜客栈，客栈的老板是一个神奇的存在，他的血，能治百病。"

我手一抖："他叫什么？"

"不知。"

子夜客栈，应该是子夜旅馆的前身，可是老板到底是谁呢？刘先吗？不对，我好像曾经在阿修罗制造的蜡像馆幻境中见过子夜客栈，里面有一个黑衣男子，看气质似乎是老板……回忆起来，老板的样子似乎有点像……我低头看了看自己的黑衣黑裤，心一横，死马当活马医吧！

我把唐画轻放于地，捡起她的剑，用力在手掌上划开了一道口子，把淌血的手挪过去的过程里，我的意识莫名模糊了起来，脑海中响起了另一个男人的声音："不，不行！"

我反驳道："不，这可以！"

"你这是在害她，更是在害我！"男人似乎很激动。

我说："她已经要死了，还能如何害，至于你，就是流了点血而已，别这么小气。"

手终究伸到了唐画面前，她已经昏迷，所以我掰开了她的嘴，才能把血滴进去。

可是一直滴了好久，她都没有任何反应，身体反而还在慢慢变凉。最后我也失血过多昏了过去。

10

醒来的时候是在旅馆的地下室，居然又穿回来了？我从木梯爬上去，走过那条熟悉的通道，刚准备跨入大堂，腰间突然掉了一块牌子。我弯腰去捡时，听到了风铃声响，抬头一看，大门被推开，两个身着古代衣装的男人从夜雾中走了进来。接着，我听到柜台处传来一个熟悉又悦耳的声音："欢迎来到子夜客栈，我是这里的守夜人，唐画！"

我捡起地上的牌子，见上面写着——"守陵人，姜叶"！

210问题：唐画复活是因为谁的能力？

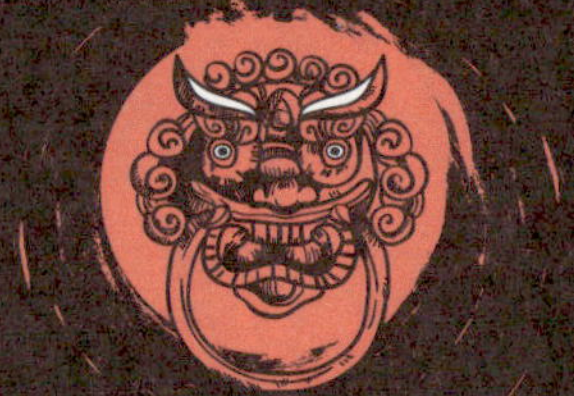

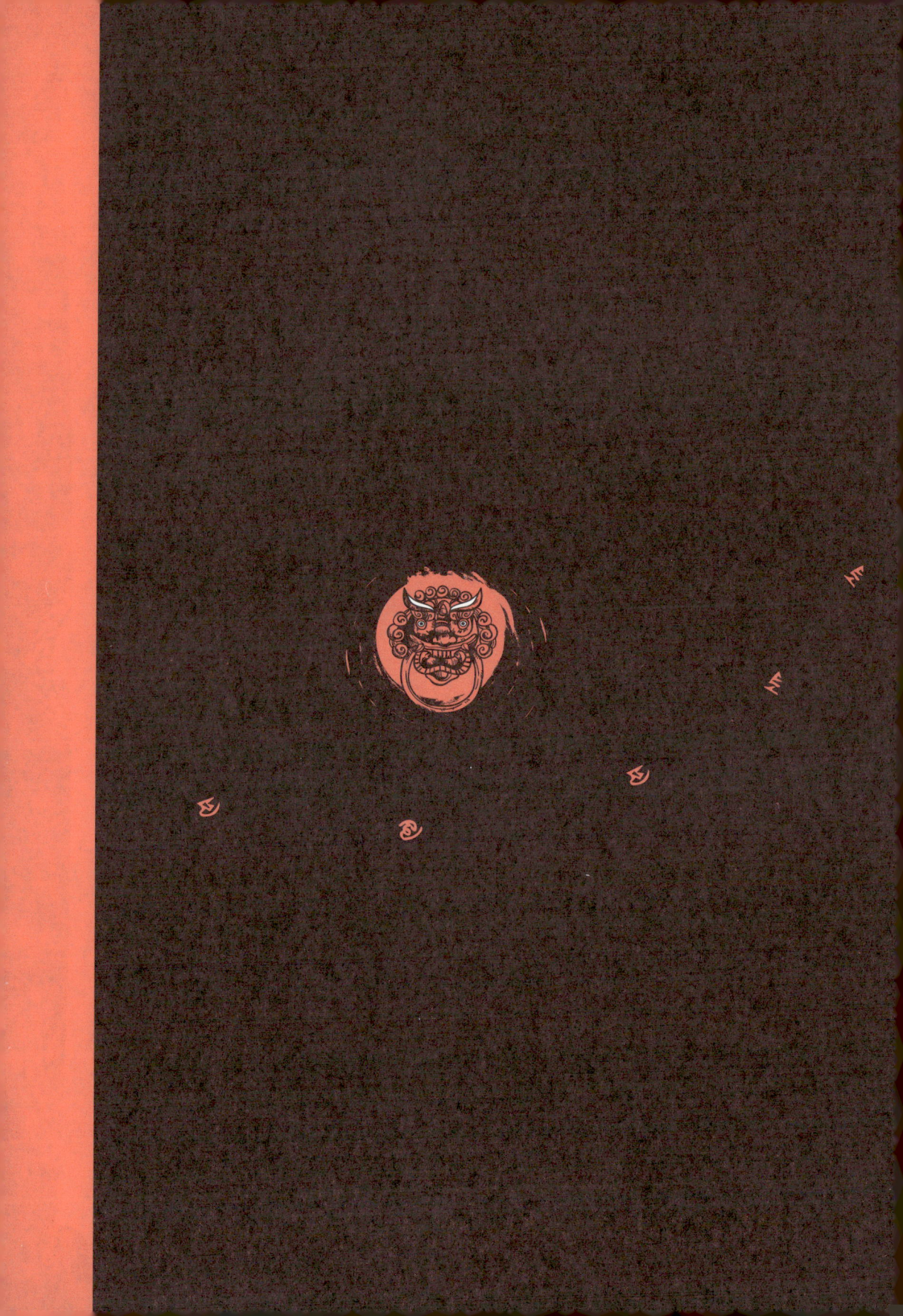

夜

两杯寡酒

211房间

NIGHT PORTER

两杯毒酒

0

对于一件已经发生的不堪之事，所有涉及者都会因为各自的利益而不自觉地去修饰它，甚至歪曲它，使得旁听之人得不到真话，真相深陷于谎言的泥沼之中。这一现象，便被称为——罗生门。

1

子夜客栈来了两个男人，一胖一瘦。

唐画上前招呼，两人拣了火炉前的一张长椅坐下，胖子率先发问："你们这是什么店？"

"黑店！"唐画率真得让人热泪盈眶。

胖子看了看唐画，又看了看正朝火炉走去的我，讥讽道："你们这……是鬼店吧！"

我走至跟前，在唐画对面坐下："怎么，我长得像鬼吗？"

"虽然确实像，但这不重要，重要的是我明明记得自己已经死了！"说着胖子厌恶地看了一眼身边的瘦子，"而且是被他毒死的！"

瘦子冷哼一声："恶人先告状，谁下的毒心里没点数吗？"

胖子硬气道："你先坐在那儿喝酒的！"

瘦子梗着脖子："可那是你安排的酒席！"

我大人有大量，没计较胖子刚才的失礼，忙打圆场："先别争，一个一个说吧，胖子，你先来！"

胖子可能没注意到我的 Diss，开口道："先自我介绍一下，我叫朱霸霸，你们可以叫我的小名，霸霸！"

我点点头："好的，老朱！"

唐画扑哧笑出声，见我看她，又立马冷下脸，瞪了我一眼。咦，我什么时候得罪她了？

此刻不容我多想，朱霸霸已经长叹一口气，开始讲故事："我是陈家二公子府上的大厨，因为专注于料理，以至于一直没婚配……"

我看了看朱霸霸的右手，食指上方有一层厚厚的老茧，手背上遍布伤疤，不禁嘲笑道："从您的伤可以感受到您的刀工，这水平还能专注于料理讨生活，简直是身残志坚的典范！"

朱霸霸轻咳一声："那个……那就是我自身太优秀了，所以一直没婚配，直到前些天府上买来了一个叫小桃红的丫鬟。小桃红长得贼俊，有事没事就往后厨跑，还时常帮我干活，从她看我的眼神里，我感受到了浓浓的情意。可因为府上人多耳杂，我俩总是找不到表白心意的机会。

"不久就到了端阳节，我难得休息，便上街游玩，竟命定般地与小桃红邂逅了。她当时娇羞得紧，说上街采办货品，但地生不识路，我便带着她走街串巷忙活了一整天，晚上的时候，河边有人放起了漂亮的花灯，小桃红不愿意回府，一直站在河边看。看了很久，就在我快要睡着的时候，她突然小声说了一句'霸霸，我喜欢你'，我的天，当时我有点紧张，以至于没有说'我也是'，而是脱口而出一句'此话当真'，小桃红捂着脸跑了，没说当真也没说不当真。"

"胡说八道！"一旁的瘦子似乎忍无可忍，出口打断了朱霸霸，"端阳节那天，小桃红明明一直跟我在一起，又怎会跟你逛了一天？"

我眼神一亮："少年，说出你的故事！"

2

"我叫孙尚，是陈家二公子府上的巡夜，我才是小桃红的心上人。我跟小桃红相识在一个月亮很大的夜晚，那天我巡逻至后院，见一个丫鬟站立在湖边的危石之上，像是要投湖，我连忙悄悄上前，一把将她抱住，拖了下来。

"小桃红不挣扎也不闹，只是一个劲地哭，问我为什么要把她拉回地狱。我问她怎么了，她告诉我，自己原本是一个大家闺秀，因为父亲犯了事，满门男丁被斩，女眷通通卖身为奴，自己接受不了从今往后伺候人的生活，所以宁可一死。

"放任一个姑娘去死是不人道的，特别还是一个如此标致的姑娘，所以我开始给她讲自己的凄楚身世，希望能给她一些活下去的力量，可谁知她听完之后更绝望了，说世间原来这般苦，活着还有何趣，不如一死！我很慌，情急之下告诉她，府上的丫鬟是可以赎身的，只要有足够的银子。

"她委屈巴巴地说自己没钱，我一拍胸脯，说自己已攒了不少钱，等攒够数额就把她赎出去。听到这话她的眼神里终于涌现出了希望，擦干眼泪要给我磕头，说大恩大德也不知如何报答，只能来世做牛做马。我赶紧把她扶起来，说用不着这么客气，来世就算了，这一世嫁给我就好了！她脸色绯红，捶了我一拳，捂脸跑走了。"

作为一个古代人，如此撩妹，实在强悍，我情不自禁地给孙尚竖起了大拇指。

"接下来小桃红开始对我百般照顾，常常给我送一些好饭好菜和好汤，我当时不知道她是从哪里弄来的这些东西，还以为是府上小姐吃剩下的呢，刚才听了这死猪的话才明白，原来她为了给我养身子，常往后厨跑，搞得某些人还自作多情了。"

"你！"朱霸霸急了，我忙拍了拍他的背："莫生气，莫生气，生气伤身体，别人生气我不气，气出病来无人替……咱们这儿言论自由，嘲讽也自由，你先忍忍哈！"

孙尚继续说："端阳节是我一早就跟她约好的游玩日子，我们玩了整整一天，最后还亲手往河里放了写有我俩名字的花灯，别提多尽兴了，所以我实在搞不懂这胖子是如何产生了跟小桃红逛街一天的幻觉？最后还被告白？就算你房间里没镜子，自己也从来不撒尿吗？"

"呵！"朱霸霸怒极反笑，"你好看，瘦得跟个猴儿似的！小桃红跟我在一起的时候，明确表示了对你的厌恶，说晚上老有一个巡夜的竹竿子在她房间门口走来走去，吓得她都不敢出门。有几次我去蹲过点，确实看到了你，只不过见你也没其他过分之举，才没捶你。"

"原来是你！小桃红跟我说有人晚上蹲在她房间外面心怀不轨，我在她门口连守了几晚都没发现异常，今天听你这样一说，我算是明白了，就是你这个淫贼啊！"

朱霸霸作势举拳要打，我忙起身拦架："别急着动手，你们不是要说自己怎么被毒死的吗，怎么老因一个女人过不去呢？"

我的话淹没在两人的争吵声中，丝毫不顶用。这时候多亏了一旁的唐画起身拔剑，两人才肯坐下。

唐画用剑指了指朱霸霸："你，继续说！"

朱霸霸赶紧点头："小桃红开始频繁跟我诉苦，自己如何被一个巡夜的骚扰，我说要不我去教训他？小桃红不依，悄悄对我说，听说这个巡夜的有背景，不要轻举妄动。我当时还笑话她，一个巡逻的能有啥背景。可是第二天我托人一查，还真不得了，这个姓孙的巡夜居然是从陈家大公子府上出来的用人。"

"这有什么不得了的？"我问。

"你们有所不知，陈家家大业大，老爷年迈，所以几个儿子为了争家产，已经明争暗斗了很久，其中三个儿子最有希望获得家产，分别是大公子、二公子和四公子，而二公子的实力尤其突出，以至于大公子联合了四公子一起对抗二公子。所以说，在二公子府上，发现了从大公子府里出来的人，是一个很危险的信号，极有可能，这个姓孙的便是大公子派来的奸细！"

我问孙尚："你是奸细吗？"

孙尚笑道："荒谬，二公子招贤纳士的口号向来是只看才能不问出身，怎么到你这儿，只要是从大公子府上出来的人就必定是奸细了？"

"我问过管家，他压根儿不知道你出自大公子府，你要不是奸细，为何要刻意隐瞒？"

"你问过了管家，你有问过二公子吗？我的来历，来府上的第二天，就亲口跟二公子一五一十交代清楚了！"

"空口无凭，你现在怎么说都可以！"

孙尚冷笑道："你才真正有问题吧，不仅整天蹲在姑娘家闺房外的草丛里，还老爱大半夜送什么深夜鸡汤，吓得姑娘饭量骤减，怕你给她下药。我说要去教训你，小桃红却说当厨子却敢公然骚扰女眷，肯定有靠山。我遂去调查了一下你的背景，好家伙，原本是四公子府上的大厨，以刀工差烧菜难吃而闻名。你敢说，你来到二公子府上不是四公子的意思吗？"

"凭什么就是四公子的意思，我一个大厨，今天在东家做饭，明天在西家做饭，哪里需要我就去哪里，不挺正常吗？"

"呵，就你的烧饭水平，可能只有阴曹地府需要你！"

"你休要侮辱我的技艺！"朱霸霸再次怒而起身，我赶紧给唐画使眼色，寒光一闪，长剑直指朱霸霸脑门，这才及时止住了一场争吵。

唐画蹙眉道："说重点，下毒的事！"

4

两人再次坐下后，一时间都没有开口，气氛瞬间沉郁了起来。许久，朱霸霸才说："小桃红死了，是被姓孙的杀掉的。"

"今天一大早，我去给小桃红送饭，打开门却发现她躺在了血泊之中，手里拽着一块刻有"孙"字的玉佩。"朱霸霸看向孙尚，"你敢说不是你的吗？"

"确实是我的，但那是我送给小桃红的定情信物！"

朱霸霸眼睛都红了："我看那是你不小心留在现场的行凶证物吧！我一开始也不知道是怎么回事，直到在小桃红的另一只手里发现一封皱巴巴的信，展开一看，居然是陈大公子写给你的，要你六月初三晚上依计划刺杀二公子。真相也就随之浮出了水面——小桃红无意间得知了你的秘密，于是被你杀人灭口，而她死前拽下了你的玉佩。"

孙尚摇头："不对，你说的通通不对，小桃红确实死了，但明明是被你杀的。你说今天早上小桃红死在房间，可那时候我明明跟她在后花园散步，她当时提着一笼糕点，说本来是后厨做给二公子吃的，但是二公子早起没胃口，就赏给她了。她拿出一块给我，我摇头，说最好吃的第一块让她吃。可是谁曾料到，她吃下后额头便开始冒汗，接着倒在地上口吐白沫，只一瞬的工夫就死去了。"

孙尚看着朱霸霸："糕点是你做的吧？"

朱霸霸点头："但是我没下毒。"

"呵呵呵……"孙尚阴冷地笑着，咬牙切齿道，"不，你有下，你受四公子的指使，想要毒死二公子，结果阴差阳错把小桃红毒死了！对不对？"

"我再说一遍，我没有下毒！"

见气氛再次剑拔弩张，我忙问道："然后呢……你们俩都发现小桃红死了，然后呢？"

朱霸霸说："然后我就去找了管家。"

孙尚说："我也去找了管家。"

我问："你们该不会在管家那儿碰面了吧？"

朱霸霸点头："对！"

孙尚沉吟道："我们彼此都向管家报告了小桃红被杀的事情，但是……"

"但是什么？"

朱霸霸接话道："但是，管家告诉我们，府里压根儿就没有一个叫小桃红的丫鬟！我说怎么可能，忙带着管家到小桃红的房间，结果原本在地上的尸体不见了，房间整洁如新，管家说，这里住的是两个叫翠花和喜鹊的丫鬟。"

孙尚也说："我接着带管家去到后花园，小桃红被毒死的地方，尸体同样消失不见了。"

朱霸霸说："回忆起来，小桃红跟我在一起的时候，好像都没什么熟悉的第三者在场，所以我竟然无法在府里找出一个证人，证明小桃红的存在。"

孙尚低下头："我也是。"

"所以，小桃红居然是个不存在的人，你俩是跟自己的幻觉恋爱了一场吗？"

无人回应我的调侃，子夜客栈的大堂陷入了一片死寂。

5

我看向唐画，发现她竟然在发呆，今天状态很不对。我轻咳了一声，她这才回过神来，把剑指向朱霸霸。

"今天傍晚时分，我意外接到了小桃红的信，信上邀请我去城东的一家酒肆，说有要事相商。小桃红明明已经死了，怎么可能给我写信？我感到十分讶异，去到那家酒肆一看，哪有小桃红，只有这个姓孙的坐在那儿喝酒。

"我坐过去，也喝了几杯，然后问他，是不是伪造了小桃红的笔迹给我写信，骗我过来是想干什么，结果他说这正是他要问我的事情，逼问我为什么要杀小桃红，我说我没有杀小桃红，他才是杀小桃红的凶手，接着我想了起来，我看过小桃红手里陈大公子写给孙的信，这次给我下的恐怕是鸿门宴。

"我拔腿就走，可不知为何，头特别昏沉，勉强走出大门，腹内突然一阵剧痛，嘴里竟喷出一口黑血。酒里有毒！我想明白这一点后，就失去了意识。"

朱霸霸说完之后，我看向孙尚。孙尚回看了我一眼："怎么，你相信他的鬼话？今天傍晚我也接到了小桃红的信，邀我去酒肆，但是笔迹有点奇怪，我是怀着好奇之心去的，结果到了之后小二把我领到一张酒桌前，说朱老板吩咐了，找小桃红的领到这儿就行了。

"我当时还不清楚是哪个朱老板，直到看见这个死胖子来，才想明白，是这厮给我下的一个套。他喝了两杯酒，便跟我装傻充愣，被我拆穿之后，就要离开客栈，我见他走出大门，想去追，结果一起身，腹内绞痛，嘴里喷出一口黑血，接着眼前一黑，就什么都不知道了！

"待我醒来，已经是在一条迷雾重重的路上，这个死胖子也在我的身边，我们走了不多时，就来到了这里。"

我问:"都说完了吗,这就是事件的全过程?"

两人皆点头。我看了看唐画,本想使唤她,但她今天目露凶光,看着很不好惹,只好自己走到柜台,摸出两副纸笔,分别给朱孙二人:"我想告诉你们两件事,但在此之前,你们先把小桃红的样子大致画出来,挑特点画就行。"

两人看了看唐画手里的剑,终究是接过了纸笔。

许久之后两人画毕,将画交给我,我看了看,然后将朱的画交给孙,孙的画交给朱:"你们俩看看,这是印象中的小桃红吗?"

两人一看纷纷摇头,朱霸霸不满道:"我的小桃红是圆脸小嘴,你怎么给画成蛇精了?"

孙尚也嗤笑道:"我的小桃红明明是丹凤眼高鼻梁,你怎么给画成母猪了?"

我拿过两张画:"所以,两位明白了吗?"

朱霸霸问:"明白什么?"

"你到底想说什么?"孙尚有点不耐烦。

我摇摇头,看向唐画:"你明白了吗?"

唐画没理我。我耸了耸肩:"好吧,为什么端阳节那天,小桃红能同时陪两个人逛街?为什么今天早晨,她死在房间的同时还能死在后花园?其实很简单,因为小桃红不是一个人,而是两个。"

我晃了晃手里的画:"小桃红只是一个名字,我可以叫小桃红,你也可以叫小桃红,想必你们从未看见自己的小桃红跟对方待在一起过吧!"

两人不发一言,默认了。

我继续说:"她俩应该都不叫小桃红,所以管家才会说没有这个人。之所以两人要假装都叫小桃红,是有人在给你们布局。"

朱霸霸问:"什么局?"

孙尚问:"什么人?"

我摇头:"这你们自己更清楚,我现在只是在根据你们讲述的故事进行分析。接下来我告诉你们第二件事情,你们起身走到大堂中间。"

两人这次听话了许多,看来我成功通过智商树立了权威。

见他们走过去之后,我说:"现在回头看看,身后有什么?"

两人回头,看了半天,孙尚问:"你是想说有影子吗?"

我点头:"所以你们俩并没有死。至于为什么,也不要问我,我不是《十万个为什么》。"

两人呆立在那儿，似乎有点蒙。

我对唐画说："送他们先去房间休息吧！"

唐画点头，收了剑，朝他们挥了挥手，带头朝里间走去。

7

片刻后，唐画回到大堂，径直走到我面前："他俩的事情，你应该还有所保留吧！"

我笑道："他们自己喜欢装傻充愣，我何苦要说得那么明白。"

唐画拔剑一指："可我想弄明白！"

我连忙后退几步，讪笑道："有话好好说，都是自己人，别动刀动剑的！"

唐画收了剑，坐下来，双手抱胸，冷哼一声："谁跟你自己人。"

我也随之坐下："刚才那两人，在这儿说了不少谎，比如在身份上就没说实话。"

"何以见得？"

"朱霸霸说他是大厨，但大厨的手有两个标志性的特点，第一是握菜刀的惯手，食指上方会有茧；第二是另一只手上或多或少会有一些被刀误伤的痕迹。朱霸霸手上确实有茧，也有伤痕，但是不知道你有没有注意，它们都集中在右手，这说明了什么？"

唐画看了看自己的右手："说明那不是握菜刀的手，而是使兵器的手，他不是个厨师，而是个习武之人。并且伤痕那么多，说明经常跟人拼杀。"

我点头，继续问唐画："能收容这样的人的府宅，能是一般的府宅吗？当今最大的陈姓家族，是哪一个？"

"自然是皇族了……你的意思是……"

"对，皇族目前的形势是太子联合四皇子对抗二皇子，跟刚才那两人描述的陈家纷争一模一样不是吗？"

"如果真是如此，那么朱孙二人所谓的府宅，其实是二皇子府，听说二皇子招贤纳士不拘一格，只要是能人异士，皆不问出身，收纳其中。"

我点头："这就给本是四皇子手下的朱霸霸和太子手下的孙尚进府创造了可能。"

"你的意思是这两人都是进去做奸细的吗？"

"不，奸细的可能性不大，你要想到，如今太子已经跟四皇子联手，若是这两人是太子和四皇子的奸细，那么在府内早已经联合起来，怎么会受到他人挑拨互生矛盾，以至于如今闹到水火不容的地步呢？"

"不是奸细又是什么，这两人除了身份说谎，还有多少事说谎，小桃红是真的吗？"

"我倾向于小桃红是真的存在，我觉得这两人除了身份，其他事情大体都是真的，也就是说，两人真的被人用'小桃红'挑拨离间了。至于是谁，你可以猜猜？"

唐画摇头："你直接说吧！"

我先问她："今年是什么年？"

"景正九年！"

我点了点头："那就对得上了。你还记得孙尚说过曾亲自跟二公子交代过自己是陈大公子的人吧，这是符合常理的，如果真的是二皇子府，可以不计较出身，但不可能不查明出身。也就是说，朱霸霸和孙尚之前所待的阵营，二皇子是知道的。"

"你想说，是二皇子想要对朱孙二人动手，可如果是这样，当初何必要招纳他们进府，而且动个手还要如此大费周章？"

"如果是以前，二皇子自然不必对二人动手，但偏偏今年是景正九年，今天是四月初一。"

"这个日子很特殊吗？"

"今天不特殊，但明天很特殊。四月初二，就是历史上著名的……"

我突然意识到唐画跟穿越的自己并不是一个时间线上的人，只好搪塞道："这就没有必要深究了吧！"

"唰"的一声，剑搭上了我的脖子："我偏要深究！"

这位大姐不按常理出牌，她此刻应该正为知晓了未来的重大事件而震惊才对，却偏偏把注意力放在了这种微不足道的小事上面。

我举手投降："看来只能告诉你真相了……其实，我是一个预言家！"

8

"预言家？"

"对，你看，毕竟这个客栈也非普通的客栈，而身为客栈老板的我具备一些匪夷所思的能力，也应该吧……"在剑的寒芒威慑下，我扯起谎来底气不足。

唐画有些黯然："你这个大骗子！"

她放下剑，颓然坐下："来到客栈的两个月里，你什么话都不肯说，性情也变化无常，大多时候都是冷冰冰的，偶尔像今天这样活脱一次，话多一点，却还是没一句真话。"

原来已经两个月了吗？两个月里我的意识并没有醒来，但却有一个冷冰冰的我在跟唐画相处？这说明我确实是神识穿到了这个叫姜叶的人身上，他现在似乎在跟我轮用一副身体，而且很明显，他用的时间比我久得多。

这个跟我长得一样的姜叶究竟是何方神圣，竟会是客栈的老板，为何在后来的旅馆中从未出现过？他把唐画带回客栈做守夜人又是图什么？当初我给唐画输血时，脑袋中的声音是不是他的，他为什么说这样做会害了他和唐画？

凄婉的女声把我从失神中拉回了现实："你把我带回来，只是让我像个白痴一样站在这儿，每天接待那些迷途的旅人，这个客栈和你，明明有着那么多的秘密，你却什么都不肯告诉我，有考虑过我的感受吗？"

看着唐画悲伤地朝我控诉，我的心脏突然刺痛。我捂住胸口，不可置信——这是心痛吗？是谁在心痛？我，还是姜叶？这是个很重要的问题，因为如果一个男人看着一个女人心痛，多半是爱上她了。

我只是个穿越者，只跟唐画接触过两回，不配有爱，所以一定是姜叶这厮在两个月里跟唐画日久生情，却偏偏喜欢装高冷，不爱表达，现在看人家难受了，就只会默默心痛，倒是让正用着这副身体的我吃苦了……要不，我帮他一回？

就帮他一回吧！我欺身上前，抓住唐画的肩膀。

"你干吗？"她本能地躲，我用力抓紧，看着她的眼睛，一字一顿地说道："我不说是为了保护你！"

"谁要你保护！你放手！"她挣扎，躲闪我的目光。

"我爱你！"

"……你说什么？"

我举起腰牌："我守陵人姜叶，愿意一生一世保护唐画，因为，我爱她！"

说完我紧紧抱住了她，武功高强的唐画像一只受寒的小鸡，在我的怀里瑟瑟发抖。有那么一瞬间，我闪过后悔的念头，刚才不举腰牌，是不是更好？

9

现代社会，表白过后的情侣一般会去吃烛光晚餐，古代就不一样了，表白过后，就会很尴尬。比如此时，我已经跟唐画坐在火炉前埋头烤火半小时了。

"你刚才……一定是发癔症了，对不对？"唐画没抬头。

我说："那个，都行！"

她抬头瞪了我一眼："什么叫都行？"

"就是，你可以把它当作癔症，也可以不当作。"

唐画咬了咬牙，本想发作，但最后又憋了回去，只是叹了口气："算了，继续之前的对话吧，说到哪儿了？"

"噢，明天会发动政变，所以二皇子今天务必要把府内的不安全人员剔除干净。但朱和孙毕竟是门客，如果公然杀掉，一定会引起恐慌，因此他便布下了一个局：让两个丫鬟假称小桃红，分别接近朱孙二人，挑拨关系，并装死彻底激发矛盾，最后将两人约去酒肆悄悄毒死，好让外人看来他们是因情仇而死，不会牵扯到二皇子。"

"可最后朱孙为何又没死？"

我摇头："我也不知道，刚才的也只是我的推理，未必百分之百准确。"

我拿起朱孙二人画的小桃红，掷于火炉之中，画燃烧成灰，灰飘至空中，便有了模糊的画面：一个丹凤眼高鼻梁尖下巴的姑娘正拿着一瓶白色粉末往一壶酒里倒，倒完之后便离开了。不久之后，一个杏眼樱桃嘴的圆脸姑娘又走了进来，用手中的一壶酒替换了刚才被倒下白色粉末的酒……

画面消散之后，我对唐画说："看来是其中一个假桃红不忍心毒死朱孙二人。"

唐画摇头："她只是不忍心毒死朱，她动了情。"

我叹道："情爱让人盲目啊！"

"你瞎吗？"唐画突然问我。

我一脸茫然："什么？"

"你瞎吗？"

"我好端端的瞎什么……"话还没说完，唐画的巴掌就扇了过来，学过武的女人果然不是好惹的，我被扇得眼睛发黑，脑袋嗡嗡作响。

唐画扇完抬头看了一眼明瓦，道了声天亮就回房了，把头昏目眩的我抛弃在大堂。

10

我摇摇晃晃站起来，感觉愈发昏沉，往前走了几步看了看柜台，突然想到唐画好像还没登记朱孙的信息吧，正想过去代劳，身子却突然失衡，倒了下去。

意识在黑暗中游走就会格外敏锐，我突然想到了一些刚才忽略掉的重要细节，这让我仿佛被雷电击中：朱孙二人如果是仇人，为什么进店之后会挨坐在同一张长椅上？朱孙二人没有死，也没有其他特殊之处，为何会来到子夜客栈？我因为不是当朝人，才敢直呼陈姓，他俩身为当朝之人，还是皇族的门客，在讲故事的时候为何也敢直呼其姓？

　　挨坐长椅，说明二人很有可能只是在演一对仇人；来到了子夜客栈，说明二人远不只是二皇子府的门客那么简单；敢直呼陈姓，说明两人根本没有把陈氏皇族当一回事！

　　这一切都说明，朱孙二人很有来头，来客栈的目的也不单纯，他们很危险！

　　我想努力清醒，去找唐画，叮嘱她小心，可惜意识已经逐渐失去清明，正陷入一片无边无际的混沌之中……

211问题：为朱、孙二人撑腰的是？

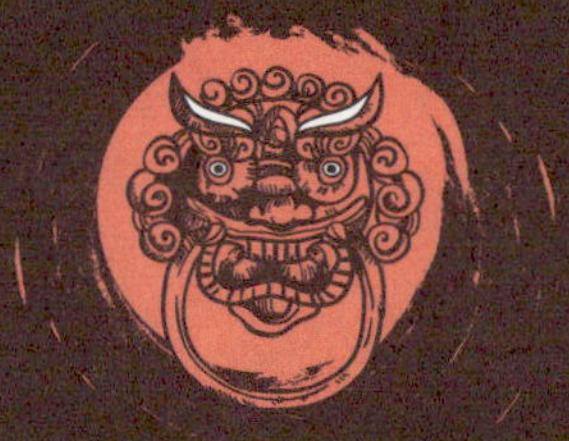

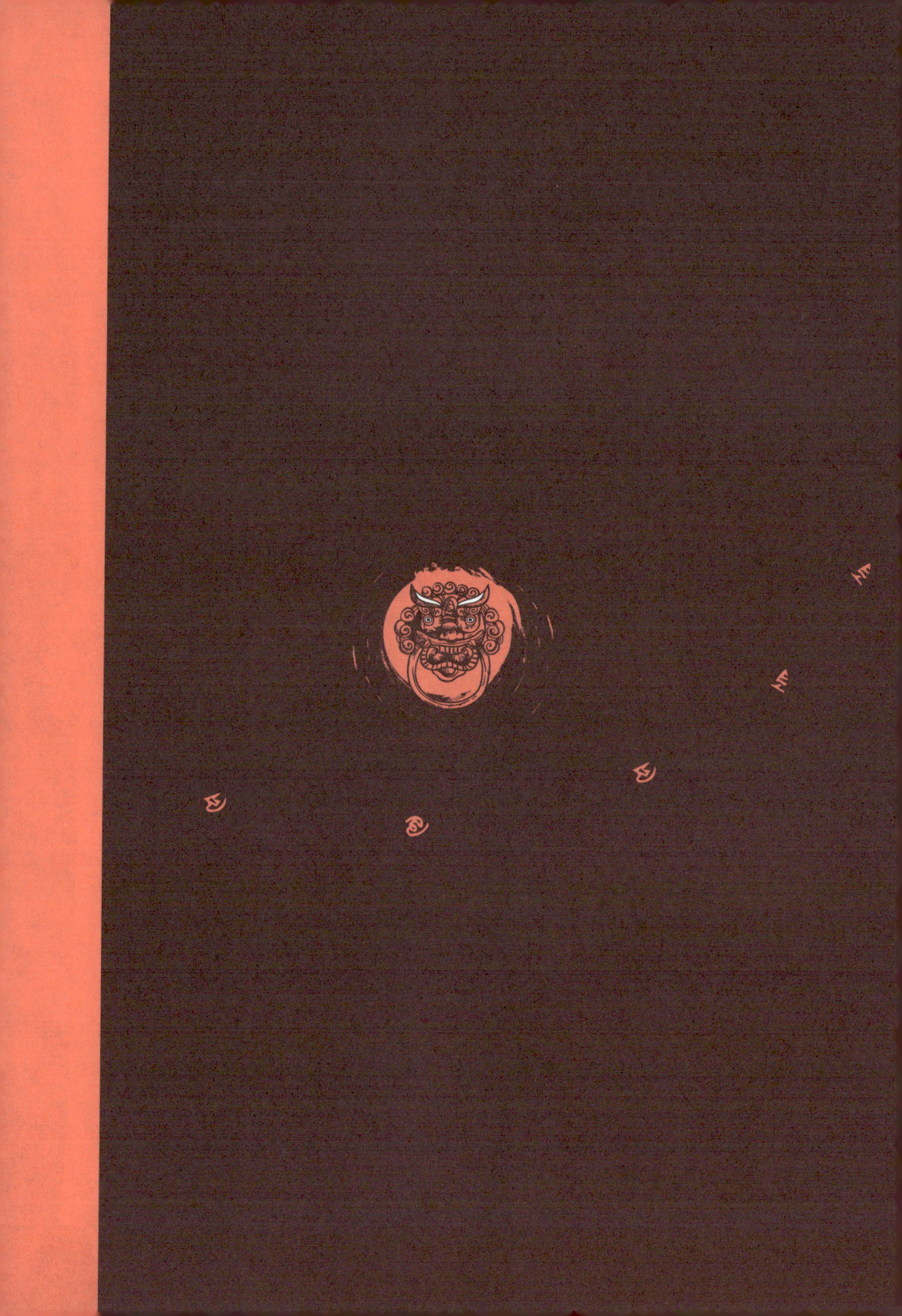

百鬼夜行

212房间

NIGHT PORTER

百鬼夜行

因为宵禁的关系，长安城一入夜，街上便空无百姓，只有夜风吹着沙尘，拍打在巡逻士兵的铁甲之上。

但今晚却有例外：一个老妇人，正顶着刺骨的寒风，借着路边房檐下的灯笼光，在冷清寂寥的长街上蹒跚行走。

大唐初年，天下动荡未平，敢公然违反宵禁者，一旦被抓会按谋逆罪论处，但这个老妇人似乎并不在意，她直直走进主街，迎面撞上了一队巡逻士兵！

"什么人！"两个士兵冲过来把刀架在她的脖子上。士兵领队策马而来，上下打量了她一番，叹道："老人家，夜黑风寒，家中床榻不暖吗，偏要上街做甚？"

老妇人沙哑着嗓子："我要见我儿子，我没几天活头了，就想再见见他！"

领队皱眉："你儿子身在何处？"

老妇摇头："我不知道！"

架刀士兵吼道："荒谬，自己的儿子都不知道在哪儿，简直可笑，我看你就是叛军的党羽！"

"放她走吧。"领队摆了摆手。

"可是……"

"没什么好可是的，一个路都走不稳的老妇，还能叛什么乱？"

被释放的老妇人对领队点头致谢后，便摇摇摆摆地走进了一条巷弄里。巷弄里风大，她抱紧身子，却还是止不住地咳嗽，不想惊扰到他人，便用手捂着嘴咳，松开后发现手心里全是血。她的时间不多了，可偌大的长安城，半个人影都没有，又能去哪里找儿子呢？

走了许久，她终究是倒在了地上，无望的双眼慢慢闭合，身子渐渐变冷。在这样一个适合全家人围炉夜话的日子里，长安城的某条深巷里死掉了一个老人。

在地上游走的除了风沙，还有一团若隐若现的黑气。这团黑气在老妇人的尸体旁停了片刻，不多时，老妇人噌的一下从地上站了起来，接着就消失在了夜色之中……

1

这是一个乌云密布的下午，钟老九觉察到雷雨之兆，便钻进了路边的一家酒肆歇息。他点完菜，把剑往桌上随意一拍，好几桌客人便偷偷看了过来，见自己回望过去，他们赶紧收回目光，开始交头接耳窃窃私语，可惜钟老九耳力了得，把这些对话听了个一清二楚：

"那人的剑上刻着五行八卦，是最近常出现在长安的驱魔人吗？"

"可是有这么胖的驱魔人吗？"

"嘘，小声点，得罪了驱魔人可没有好下场！"

"哼，我看他就是乘着最近长安城诸妖横生，装驱魔人骗官府钱财的神棍罢了！"

"你要会一会他吗？"

"……"

不多时，小二把菜端了上来，谄媚笑道："客官请慢用！"钟老九点点头，拿起筷子，夹了一块肉，刚放到嘴边，余光又见附近几桌的客人偷偷望了过来。他把肉放下，客人便收回目光，再移到嘴边，则又望过来。他放下筷子，招呼小二过来："我点的明明是猪头肉，你给我上的都是些什么！"

小二笑道："客官，这就是猪头肉啊！"

钟老九死死抓住他的手："这不是猪头肉！"

小二脸一白："客官，休得无理取闹！"

钟老九冷笑道："我且问你，这里距离长安有多远？"

"二十里之遥……你再不放手我要叫人了！"

"我再问你，长安城几日前突然变成一个妖魔之城，导致皇宫紧闭，百姓纷纷外出逃难，方圆百里人烟皆散，为何距离长安如此近的地方，会有一个热闹安乐的酒肆？"

小二脸色骤变。

钟老九将他推倒在地，接着从怀里掏出一张符咒，贴在碗盘之上，瞬息之间，原本美味可口的饭菜全变成了蛇蝎虫怪。

但是酒肆中没有人发出惊讶的声音，因为酒肆中除了钟老九，一个人都没有。那些之前假装闲谈的，假装上菜的，假装在柜台算账的，面貌都起了狰狞的变化——他们有的全身长出了黑毛，有的双手变成了蛇头，有的嘴巴开裂成了四瓣，纷纷朝钟老九扑来。

"哼，都是些小角色！"钟老九一抬手，桌上的剑便脱离了剑鞘，自动飞到了他的手里，剑身泛出鲜艳夺目的红光……

闪电破空，雷声滚滚，大雨倾盆而下。

一座酒肆倒塌了，废墟之中只走出一个胡子拉碴的中年男人，他提着剑，脚步有些踉跄。

蚂蚁也是小角色，但是数量一多，却能食大象。

这是一个专为驱魔人布的局，不死也得脱层皮。

钟老九用剑支撑着身体，眯着眼眺望远方，连天的雨幕遮挡住了他的目光。

不见长安。

2

卧佛镇地处西南山区，景色宜人，本该开发成热门风景区，偏偏交通不便，只传出一个盛产香囊的声名。好在前段时间发生了一件怪事，使得交通再不便，也让很多人蜂拥而去。

卧佛镇有一大湖，名曰罗魄湖，时节远未到寒冬，却突然冻住了。一个方圆十公里的大湖，一夜之间被冻得结结实实，实在让人叹为观止。

地方政府虽然也百思不得其解，但见数日过去，冰湖似乎未见融化迹象，便灵机一动，将其开发成了一个冰湖游乐园，以吸引全国各地的游客前来猎奇游玩。

此时北落就是冰湖游乐园中的一名游客——这个京都市最穷的驱魔人正蹲坐在冰湖上晒太阳。她低着头，目不转睛地盯着脚下的冰层，感受着里面一丝一缕的灵力波动。

一个月前，她为了调查一些事情来到这个镇子，结果意外发现镇子上竟然有妖出没，无意中，在一个姓朱的胖男人口中得知，镇子与一个妖魔世界连通，而现存的连通口便是这个罗魄湖，百千妖魔即将从此湖出来。

为了阻止这件事情，北落搭顺风车赶往罗魄湖，路上，她亲眼看见了一轮血红的月亮。在学宫的课本里，这种现象叫作妖气冲天，一般而言，是有大妖大魔现世的征兆。但是她赶到后，发现湖边极其热闹，一个剧组刚刚收工，大家三五成群有说有笑地往镇子里撤，像是什么事情都没发生的样子，而抬头再看天，月亮却恢复了正常。

北落当晚坐在湖边的大树上苦思，竟不知不觉睡了过去，第二天醒来一看，罗魄湖已经被冻住了——有人在湖上布下了一个封魔大阵，封住了本该破湖而出的百千妖魔。但是那个使月亮变红的大妖大魔呢？月亮变红又复原，显然表示它已经出来了，但为何一点动静都没有？而且如果真有高手看着这一切，为何会刻意等到大妖大魔出来之后再布阵呢？

北落追查了一个月，并无收获，此时再回到罗魄湖，主要是为了验证自己的一个猜想：通过刚才的感知，她发现冰层里面的灵力比之前弱了不少，这就意味着，阵法迟早会失效，那些被暂时封印住的妖通通会从此湖现身人间。

北落迫切希望找到布阵之人，跟他商量解决之法，哪怕他少给自己一点钱，或者……不给钱，这毕竟是驱魔人的天职。老师说，天职是超脱于物质的，呃，当然……能给一点最好了，毕竟京都市的房租那么贵！

正想着，冰层内突然出现了一股剧烈的灵力波动，有一个"东西"强行撕开防线，从阵法的最薄弱处成功突围了！

北落凭着感知望过去，在阴阳眼的视野里，冰湖之上出现了一条巨大的蜈蚣。这条蜈蚣是灵体，需要依附人身才能作恶。它摆动着巨大的头颅，盯上了一个离自己最近的小男孩。小男孩正在冰面上玩小推车，丝毫不知道巨大的危险正在临近！

北落想赶过去救人，但距离过远，已然来不及，她只跨出两步，就见蜈蚣蹿到了小男孩的身前。

就在北落暗暗心疼接下来又得使用多少昂贵的符咒法器驱魔时，意外发生了，蜈蚣停在了那儿并未再进一步。

发生了什么？北落停下来，定睛一看，原来是一个身着红裙的美丽女人护在了男孩身前。她就随意半蹲在那儿摸着男孩的脸，身后那只巨大又可怖的蜈蚣便不敢再前进分毫！

这是为什么？它不敢动这个女人？

女人把男孩推向不远处的父母，站起来一转身，蜈蚣竟不自觉后退了几步。细一看，它的身子居然还在瑟瑟发抖。它不仅不敢动她，还如此害怕她！

女人从包里掏出化妆镜，表面上是在补妆，但只有北落看清了，她是用这面镜子照那条蜈蚣，而这样随意一照蜈蚣便被吸进了镜子里。

女人合上镜子与北落遥遥对视了一眼，便转身离开。冰湖上的大风把她的鲜红长裙吹成了一面战旗，猎猎作响。

3

钟老九受了很重的内伤，这一波突然出现在长安的妖魔，比以往的更厉害，它们的攻击方式诡谲刁钻，所使的术法更是千奇百怪，因为从未见过，所以防不胜防。钟老九经过一场恶战之后，隐隐觉得它们像是从某个异邦集体穿越而来。

雨停的时候，天已经黑了，钟老九见离长安还有一段距离，便寻了一处破庙歇息，运功疗伤一晚。半夜时分，一个神情慌张的年轻人气喘吁吁地跑进庙里，用力关上门后，低头找插闩，发现没有，只好用瑟瑟发抖的身体强抵着门。

钟老九只看了他一眼，并未过多理会，反倒是这个年轻人在逐渐平息情绪后，发现了正在打坐的钟老九，上前打招呼。

"你是……驱魔人？"年轻人一副试探的语气。

钟老九点头不语。

年轻人激动地握住他的肩："太好了，大师，你一定要救救我啊！"

"何事？"钟老九推开他的手。

"我本是一走南闯北的商贾，前不久接到母亲病危的家书，便急忙赶了回来，谁知长安城竟已妖魔横行，而我的母亲也被妖邪侵体，要寻我索命！"

一番简短的话语，却让钟老九莫名动容。只因他也有一个孤独在家的老母亲，这番动荡不知道对她有无影响。

钟老九从怀里掏出一张符咒："你且拿它贴于门上，妖魔自然进不来！"

年轻人迟疑了片刻，接过符咒："大师，可咱们一直躲在庙里也不是长久之法！"

"你先贴，我有伤在身，现在不便驭法驱魔，等天亮了再想办法！"

年轻人贴了符咒之后，便一直躲在钟老九的身后。就这样过了半刻钟，钟老九笑道："你这后生如此胆小，我都说了有符咒，妖魔不得近身……"

话音未落，破庙的大门突然被推开了，符咒像是嘲讽一般在空中打着旋儿缓缓飘落。苍白的月光下，一个身形佝偻的老妇人走了进来，直直扑向年轻人。

"大师救我！"

钟老九放出驱魔人的感知，却近不得她身。钟老九捡起一颗石子朝她掷去，石子竟被弹开，随之，她的身周显出一个淡黄色的灵力护罩。

虽然心下骇然，但今天已经见过了不少特殊的妖魔，所以钟老九并没有过于讶异，而是冷静思考对策。在他的驱魔经验里，越是棘手的局面，就越要先发制人！所以虽然内伤未愈，但他此时不敢怠慢，一个闪身便侵到老妇人面前，手持长剑直刺护罩。老妇人被逼到墙边，但护罩安然无损。

果然厉害，钟老九心中暗叹一句，也不顾伤势加重，将所有的力量都灌注到了剑里。终于，护罩有了裂痕，就这样僵持了片刻，钟老九突然一口鲜血喷出，护罩也紧接着碎裂。钟老九及时止住剑，抽出符咒贴在了老妇人的额上，然后便跪坐在地咳嗽不止。

但他没有想到的是，老妇人居然还能行动，她摘下符咒，嘴里呢喃着："儿子，儿子……"还想往前迈步，可只迈出两步，就突然倒在了地上。钟老九看见之前一直躲在自己身后的年轻人竟不知何时举起了一块大石头，重重击打在老妇人的头上。

"你在干什么！"

一时脱力的钟老九根本来不及阻止，一张狰狞的脸转过来，笑道："干什么？她想杀我，我当然要反击了！"

钟老九吼道："可被妖魔侵体之人多半是可以救回来的，你何必……"

"哈哈，你懂什么，老而不死是为贼，是为贼啊！"年轻人丢下石头，站起身，癫狂地说了两句后，就跌跌撞撞地离开了破庙。

钟老九无法理解这个人，当务之急是运功疗伤。他强迫自己打坐了一个时辰后，终于恢复了些许体力。勉强站起身，看着墙边妇人的尸体、墙上的血迹，他突然感到一阵寒意。之前淋了一下午的冷雨都没有出现过的寒意由内而外发散开，让他的身体无法抑制地颤抖起来。

他想明白了为什么符咒无用。

钟老九经历过大大小小的驱魔除妖现场，但这一个现场跟以往的有点区别。

没有妖气！

4

卧佛镇最大的民间组织叫开山派，而开山派的根据地便是位于老街口的开山茶馆。此时的北落正蹲在茶馆对面的马路牙子上等人，一个喜欢穿红色长裙的女人。

经过这几天的调查，北落已经摸清楚了这个女人的基本信息，她叫顾曼曼，正是罗魄湖冰冻当夜在湖里拍戏的女演员之一，戏杀青之后她一直没回京都，并且频繁跟当地的开山派往来。

开山派不是普通的组织，他们似乎尊称妖魔世界的主人为老大，帮派成立之初的目标，便是将老大救出来，只是因为后来发现救老大的代价是百千妖魔齐出，这才一直按兵不动，蛰伏于此。

如今百千妖魔被阵法封印在湖里；而血月现世又消失，在湖里拍过戏的女演员顾曼曼突然跟开山派走近；最重要的是，顾曼曼身上并没有驱魔人的气息，却能轻而易举收服从冰湖破封而出的妖物……综上线索，最合理的推测便是，妖魔世界的老大已经出来了，就依附在顾曼曼身上，而开山派的某位高人此后便在湖上布下了阵法，让其他的妖魔不得出来。

目前让北落疑惑的是，她搞不清楚这个老大是个什么，说是人，但是妖却怕她，而且现身时出现了妖气冲天的血月景象；说是妖，她身上又没什么妖气，而且出来这么久了也未见镇上有任何惨烈的流血事件发生。

那天在冰湖她救了一个孩子，说明本性应该不坏。可就在昨天，北落挂在网上的驱魔店铺来了一笔订单，雇主发来一张照片，说这个女人是妖怪，要害自己，希望驱魔人能把她给铲除了。

北落看了看照片，正是红裙长腿妖艳多姿的顾曼曼。

果然还是原形毕露了吗？北落怀着奇特的心情接下了这一单，其实她不敢保证自己能赢过这个红裙女人，但是对于这个女人与开山派背后的事情，她很好奇。

时近中午，北落肚子咕噜响了起来，正想去吃碗面再蹲，目标人物却出现了。顾曼曼从茶馆走出来，拐进了旁边的老街。北落赶紧跟过去。

深秋时节，还穿这么薄的长裙，哪怕是套了个外套，也会冷吧！不就是为了彰显自己的身材好吗？北落跟踪得无聊了便开始瞎想，低头看了看自己，愤恨地竖起了中指！可她的中指比出去却落不下去了，因为她失去了鄙视对象。怎么回事，刚才还在前面扭着腰肢慢慢走着的女人，一眨眼的工夫就不见了？

"小妹妹，找我有事吗？"声音是从后方传来的。北落利落转身，见顾曼曼双手抱胸，随意地靠在古砖陈墙之上，漫不经心地打量自己。

"……这街是你家的啊，我来就是找你？"北落还算镇静。

"不好意思，这条街还真是我开山派的，你就这样背着驱魔长匣，大摇大摆走进来，想不惊动我们都难啊！"一个熟悉的男声，北落偏头一看，右手边冒出一个中年油腻大胖男，正是曾有过一面之缘的朱霸霸。

本来就没有胜算，现在两个人，动手的话就死定了。北落想了想，开口说道："没错，我就是来找你的，顾曼曼，有人说你是妖，花钱让我来除你！"

顾曼曼轻笑着摇头："那这个人还真不了解我啊，我不叫顾曼曼，我叫唐画！"

北落脑子转得快："所以……你真的是从湖里跑出来的那位？"

"没错。"

北落看向朱霸霸："你那晚说，会有一个魔头从湖里逃出来！指的就是她吗？"

朱霸霸脸一白："哎哎哎，小姑娘理解能力怎么就这么差呢，当日的情况……我不那样说，能把你们支开吗？"

唐画露出一个带着深意的笑容，让北落心里没底。

"我大概猜到你的雇主是谁了！"她慢慢走近北落，"是一个开美容院的女人吧？"

"她说你已经用妖法赶走了她很多客人！"

"呵，这女人倒也算警觉，我只去过一次，她就知道是我动的手脚！"

"所以你是承认了吗？"

唐画摇头："小姑娘，枉你也是驱魔人，难道不明白，'人间太平，百妖夜行'的道理吗？"

"……什么意思？"

朱霸霸接话道："意思是说，人间之所以看上去太平，是因为百妖都在夜里行走，能被阳光照耀到的都不是真相，阴影才是真相。"

5

钟老九在中午时分抵达了长安城，昔日辉煌雄伟的大都市竟已成了酆都鬼城——城门烂了半边，街上全是腐烂的果蔬与动物尸体，沿途的屋舍人烟尽去，偶有活动的生物，多半也是被妖邪干扰的人，以及正与这些妖邪缠斗不休的驱魔人。

钟老九沿着大道行了片刻，便遇上了一个同门，他上前询问战况，同门告诉他："百姓大多已离去，少数闭门躲在家中，现在大部分妖魔都在围攻皇宫，但学宫那边传来消息，皇上早已逃离长安，现在大门紧闭重兵把守的皇宫里只剩下宫女太监与武将，所以我们不用过于心急，慢慢除之便是。"

"国破家亡，百姓流离失所，如何能不急？这凭空出现的妖魔，可查到出处？"

同门摇头。

钟老九忧心忡忡："我看它们形态各异术法诡谲，像是异邦来客！如果不早日寻清来历，找到破绽，大唐就完了！"

同门神情黯然，他拍了拍钟老九的肩膀："我比你早来长安数天，亲历了这次灾难。在来之前，我也一直认为，妖魔是罪魁祸首，可来了之后，所目睹的事情，却颠覆了我的想象。

"这些天，长安城大大小小的龌龊事数不胜数，而我的力量又如此有限，我能打跑一个杀人犯，但能打跑所有的杀人犯吗；我能让饿肚子的人今天吃饱，可是明后天呢；我能给老母亲一个护身符保命，但哪怕全学宫的护身符都散出去，也救不完天下拥有同样遭遇的老母亲啊……"

"护身符？老母亲？老而不死……是为贼！"钟老九突然呆立，他瞬间明白了昨晚破庙的那番遭遇是怎么回事。他的脸不自然地抽动了一下，欲言又止，握着剑的手颤抖得厉害。

同门没有注意到他的反常，继续叹道："所以这番经历让我明白，人心之恶，甚于妖魔！"

"我……我回趟家……家！"钟老九失魂落魄地告别了同行，木然地往前走去。

五年前，他从学宫出来，行走天下，杀过大大小小无数的妖魔鬼怪，甚至杀过不少被妖魔干扰失去了神识的人，但从未杀过一个普通人。不杀人，不仅是学宫的守则，也是他个人的最低道德底线，而今却……

最主要的是，他明明可以避免这一悲剧发生，如果当时自己不轻信年轻人的言语，多观察局面，多去感知老妇人的气息……可惜人生没有如果。

长久以来，他一直坚信人是可信的，妖是不可信的，却未曾想到，人也是不可信，还是如此不可信。

心中的某些东西正在被撕裂，而撕裂，必然痛苦。

钟老九的家就在长安城西边，他走进院里，见一片死寂，便以为母亲也跟着逃难了，但没想到刚走两步，就听见母亲漆黑的卧房内传来了熟悉又亲切的呼唤声："九儿回来了？"

钟老九应了一声，摸进屋内。没点灯，是因为他一直记得母亲怕光——母亲多年前生了病，便一直蜗居在黑暗的屋子里。

钟老九之所以被叫作老九，是因为在他之前有八个兄弟，都因为跟着父亲上战场死掉了，到了他，父亲还没来得及给他取名，便战死沙场。

在钟老九的记忆中，与自己相依为命的母亲一直是天底下最好的人，她看待很多事情总是格外平和，仿佛拥有大智慧。

小时候，钟老九有再多的困惑，母亲都能给他解决。后来去到学宫修习，每年便只能回几趟家，印象最深刻的是某年，他听闻母亲患病，赶回来一看，母亲竟已不能视光，而那时候他才感知到母亲大智慧的另一面，其实是苍老。母亲已经相当老了，老到他在黑暗中握住母亲的手，总觉得像是握着一截皱巴巴的老树根。

此刻他就跪在母亲榻前，握着这截老树根流泪："娘，孩儿杀人了！"

许久，母亲才叹道："正逢乱世，想必我儿也是迫不得已吧！"

钟老九伏在榻前哭了好一会儿，才想起来问："娘，你为何不跟着逃离长安？若是怕光，蒙眼即可，眼下这座城太危险了！"

母亲缓缓抚摸着他的头："我是怕你回来找不见我！我一大把年纪了，活着已然不是最重要的事情，守在这里，让你回长安的时候有个家，才是最重要的。"

"娘……"

母亲爱种花草，屋里总有奇异又好闻的香味，兴许是哭乏了，兴许是伤势未愈，钟老九闻着这股香味竟沉沉睡了去。

直到一声破瓦之响，惊醒了钟老九。他睁眼一看，一柄玄铁长剑贯穿屋顶，迅疾而降，速度之快，以至于根本来不及挥剑抵挡。情急之下，他只有翻身护住母亲，不料母亲却突然使出惊人力量，一把将他推开。

"娘！"叫喊显然不能让从天而降的铁剑停下，它噔的一声，插进母亲的身体，死死钉在了床榻之上。

因为这突生的变故，黑暗了十来年的屋子终于进了一束光。这束光落在母亲的身上，让钟老九看清了她的样子——身上是如岩石一般坚硬的树皮；头上则长满了腐化枯黄的藤条柳叶。

6

唐画并没打算对北落卖关子："那是一家很有名的美容院，你如果去网上搜一下，会发现百分之百的好评，评价内容都是诸如'好神奇的整容体验，一刀都没动，却变漂亮了''真的不动刀，我在脸上找不到任何疤痕，也没任何疼痛感，但整个人却焕然一新''有了这种店铺，姐妹们还去什么外国啊！'之类的话，夸张吧，你相信这种店铺存在吗？"

北落不说话。

"其实这些留言都是真的，只是没有人关心这些整容客户后来怎样了。我这个人比较有好奇心，稍微调查了一下，发现凡是在那家美容院进行过整容的顾客，都活不过三年。怎么样，可怕吗？"

北落还是没说话。

"所以我把她的顾客赶走，不是要害她，而是要救这些人。当然，也顺便救救她！"

"究竟是怎么回事？"北落终究忍不住了。

唐画微微一笑："美容院的院长有一个东西，能够使得上门的客户不用开刀也能变美，而代价就是放弃近乎全部的寿命。与其说是变美，不如说是一种献祭。而她明明知道这个东西害人，却依然用它牟利，你说是她恶还是我恶？"

"你刚才说这个东西也能害她？"

"对……不好意思，我先接个电话！"唐画从外套的口袋里掏出手机，"喂，静静啊，怎么样了？好吧，那就当给旅馆送个房客吧，反正她作恶多端，死不足惜……原石碎片到手了吗？好的，辛苦你了，回来请你吃清蒸狐狸……咦，这就挂断了？真没礼貌！"

唐画放下手机，继续对北落解释道："这个东西在吸纳被施法者生命的同时，也在缓慢吸收施法者的生命，所以施法者越贪，施法次数越多，死得就越快！"

北落丧气道："所以说，这一单是没人会付账了？"

"反正你也完不成任务嘛！"

"你就认定了我不是你的对手？"

唐画回头望了望："整条街都是我的人啊！"

"……你赢了！"北落转身就走。

"你不想知道是谁在罗魄湖布下了封魔大阵吗？"唐画问道。

北落止步，回望这个捉摸不透的女人。

"我正好要去拜访一下布阵之人，你要是好奇，可以跟着一起去！"

朱霸霸小声问道："唐姐，这样好吗？"

"没事，我还挺喜欢这个小姑娘的！"

北落挺了挺胸："呵，我二十五岁了，可不是小姑娘！"

唐画玩味一笑："在我眼里，你就是小姑娘。"

老街深处有一家老九钟表店，很少有人光顾，以至于墙面上的钟表都落了灰。唐画领着朱霸霸与北落走进店内，发现一个满脸深沟的枯瘦老者已经在柜台等待多时。

"来了？"

唐画点头："来得有些晚了！"

"还好，你最近很忙，刚好我也忙。"

唐画仔细打量了老者一番，摇头道："你变得让我完全认不出来了，上次见你，你还长得跟张飞一样。"

"哈哈，我只是勉强吊着口气，哪像你青春永驻。"

唐画看了朱霸霸一眼，问老者："他们都在喝不老泉水，你为何不喝？"

"喝不惯哪！"

"老九，说真的，当我听说你才是开山派幕后老大的时候，真把我感动到了，想不到当年借给你五两二钱，你却用了一千年的时间来报答！"

"啧……你说冷笑话的风格像极了当初跟你一起的那小子！"

"不然呢，我实在想不通，一个嫉妖如仇的死脑筋驱魔人，竟会支持我这个因庇护妖类而被重罚的罪人。"

老人从柜台走出来："你们别都站着，先坐下喝杯茶，我这儿很少有人来的，今儿也算兴致好，就给你们讲个故事吧！"

7

一个倩影从屋顶的大洞降下，她看了钟老九一眼："小钟？是你先发现的这株树妖吗？"

钟老九红了眼："她是我娘！"

倩影默然片刻，走过来拍了拍他的肩："小钟，我明白了，很遗憾是这样一种局面，但驱魔除妖，是咱道家门徒的本分，希望你不要责怪师姐！"

"我说了！她不是妖魔，她是我娘！"钟老九眼眶近乎涨裂，泪水悬而不出。

"小钟，冷静点！"

"你走！"钟老九大吼道。

"……好，你保重！"倩影纵身一跃，又从屋顶的破洞飞走了，像是从未曾来过一般。但她的剑还插在床上，插在这个既是树妖又是钟老九母亲的人身上。

她还没死，虽然被钉住了，嘴角也在不停淌出墨绿色的汁液，但她还在努力微笑："九儿，你早就知道了吧！"

钟老九不住摇头，眼泪终于滚滚而下。

"你肯定知道，不然你怎么会每次进这间屋子，就收起驱魔人的感知呢？再怕光的人，也不可能十来年不出屋子吧！你知道，但是你害怕知道，所以选择了自我蒙蔽。不过我其实有趁着你不在家的时候偷出门的。当然，那是前些年了，我还能保持正常人模样的时候，经常去河边、田地里，或者闹市、学堂转悠，跟各种各样的人讲话聊天，别提多有意思了……"

"究竟……是什么时候？"

"十年前你母亲得了重病，那时候你刚去学宫修习两年，她不知道学宫在哪儿，只知道自己时日无多，便上街寻你，想见上最后一面，可惜最后倒在了一条深巷之中。而我本是一株修炼出神识的柳树，因贪恋人间繁华，常在夜里出来游荡，吸收些残留在街头巷尾的烟火气。结果那晚恰好目睹了你母亲的去世，因好奇，便幻化了她的身，读取了她的记忆之后，感念她的不易，便决定以她的身份在人间活下来。当时不曾想过能持续十年之久……"

"呵呵，你是一个妖，却当了我十年的娘，呵呵呵……真讽刺啊！"

"对不起！"

"你身为一个妖，怎么可以跟人道歉！"

"我只是觉得，被人依赖与牵挂，是一件很美好的事情，是我作为一棵树的时候，从未感受过的。我可能贪恋了这种美好，以至于瞒了你十年。"

"你身为一个妖，怎么可以如此温柔善良，你应该恶一点啊，去残害身边的异类啊！"

"为什么？九儿你为何会有这么多的错误想法？"

"为什么？呵呵！错误想法？哈哈哈！"这一个问句，直接把钟老九击垮了，他头疼欲裂，只好抱着头满地打滚。直到几根泛着绿光的藤条伸了过来，将他轻轻包裹住，头疼才慢慢缓解。

等到他重新恢复神志，藤条已经垂在地上，失去了温度。

哗啦一声，瓦片掉落。与之一同落下的还有之前离去的倩影，她的嘴角沾有血迹："小钟，不好了，城内突然出现了一个巨大的魔物，大家都在凛冬老师的带领下齐力抵抗，你也赶快去吧！"

"你先走，我要安葬她！"钟老九语气漠然。

钟老九在院子里刨了一个大坑，把这具似人又似妖的尸体轻放进去，慢慢盖上土，最后用木板立了一块无字碑，在碑前磕了三个响头后，才提剑来到了大街上。

路旁的不少房舍都着了火，黑烟滚上天，结成一团团诡异阴云。

越往主街走越炎热，路上的尸体也越多。钟老九心中油然生出一种荒谬感，既然这么多师兄弟都战死了，自己去了又能改变什么呢？

以前他驱魔除妖时秉持的那股锐气，消失不见了。

钟老九踏上主街，扭头一看，远处有一条火红色的大鱼正到处喷火，那难道是书里记载的远古魔物——巨鲲吗？正震惊着，只见鲲一甩头，接着一个人影便倒飞而来，他下意识去接，结果被连带着撞飞百米，最后砸在皇宫的城墙上。

钟老九跌落在地后，咳出一口血，低头去看怀中之人，竟是凛冬老师。凛冬老师道法高超，长得美丽，性子又孤傲，所以很受学生崇拜。这批学生中自然也包括了钟老九。

"老师！老师你醒醒！"

"别晃，我还没死！"老师睁开眼，冷冰冰地说了一句，接着又看了看向这个方向疾驶而来的巨鲲，"不过也快了！"

"要不您先撤吧，我来抵挡一阵！"钟老九一心顾全老师安危。

"你不是它的对手，我一走长安城就完了，学宫没有料到这种魔物会突然出现，想必此时在紧急抽调人手过来，但来不及，你看，它在不停吞噬其他的妖魔能量，以壮大自己的力量，想来这可能还只是它的幼年期，等到它更为壮大，就彻底对付不了了。"

"我们能怎么办？"

"需要做出一些牺牲！"

钟老九点头："老师，我可以随时牺牲！"

凛冬一愣："你牺牲有什么用，我是说我牺牲。不过也需要你的协助，你且记住这个阵法，待会儿用我的剑，沾上鲲的魔血布阵！"说着便开始在钟老九的手心比画，"记住了吗？"

"记住了……不过老师您的剑在哪儿？"

"……到时自然会有的！"

凛冬说完，一跃而起，朝着已在百米之内的魔鲲飞去。这鲲见状，张开血盆大口咬去，于是，钟老九便看见凛冬直直飞入了鲲的嘴里……

这难道就是——老师所谓的牺牲吗？鲲吞了凛冬之后，都没嚼几口，就开始朝着钟老九爬来。老九本想后退，却发现身后是皇宫的高墙。伤上加伤的他，根本没有力气再跃过去。

就在一条长满了肉芽的舌头即将舔到他的胡子时，鲲却突然开始后退，身子扭曲抽搐，仿佛十分痛苦，紧接着，一把散发着白色荧光的长剑从鲲的肚子里钻了出来，然后又钻了进去，又从背部钻了出来，又从头部钻了进去……在经过了一连番像是缝补衣物的穿插之后，这只魔鲲终于倒在地上，一动不动了。而那把剑则落在了钟老九的身前。

这就是老师刚才说的剑？可是老师人呢？她明明没有佩剑，剑是从哪来的，人又去哪儿了？难道说……

"我其实是一个剑灵！"凛冬的声音从剑身上发了出来。

"这次被魔鲲破了肉身，至少得再修炼千年了！"剑灵的声音充满了遗憾。

钟老九目瞪口呆："难道连学宫里被大家爱慕的凛冬老师，都不是人吗？"

剑灵，本质上也是妖的一种。

"发什么呆呢，赶紧布阵，趁我灵力还够！"

钟老九痴痴点头，从怀里掏出八张符咒，用沾满了鲲血的剑刃在上面写上字，然后往空中一撒，八张符咒迎风归位，落在地上形成了一个八卦轮廓。

钟老九走至阵中，将手里的白剑插进了八卦中心。一瞬间，八卦变亮，光芒冲天，妖云退散，大雪纷扬而落，不仅熄灭了长安街头的火，还把所有来不及逃走的妖魔都冻住了。

这场雪下了三天三夜，整个长安城变成了一座冰城，但同时也把所有的妖魔都赶出了城外。后来雪虽然停了，但妖魔也不敢再进来。

流离在外的百姓都纷纷返城，大家传言是一个民间英雄靠一个神奇的封魔大阵拯救了大唐；皇帝也回到了皇宫，下旨册封这个民间英雄为国师。不过那时没人再叫他的小名钟老九，都是叫他的大名——钟馗。

8

听完故事，一行人从老九钟表店出来后，唐画问北落："怎么样，有感触吗？"

"我关心的是，他还能让罗魄湖冰冻多久？"

"放心，这是我的烂摊子，我自然会收拾好。"

"哼，这样最好！"北落摇着双马尾离开了。

唐画转而对朱霸霸说："趁着今天下午我还有空，带我去看看我的身体吧！"

朱霸霸突然红了脸："那个……唐姐，自个儿有什么好看的？美好的下午干点什么不好！"

"走！"

朱霸霸像是被押送的犯人一样，被唐画推到了老街的尽头，前面是一个人工开凿出来的山洞，洞外站着一排小弟，他们不认识唐画，见朱霸霸挥了挥手，才整齐地让出一条大道。就这样通过了好几个重兵把守的关口，两人来到了一部电梯里。朱霸霸的手悬在负二十七的按钮前，迟迟不愿按下。

　　唐画见状，伸手按下了按钮，电梯缓缓下沉，五分钟后才停住。唐画率先走出，发现眼前竟是一个巨大的坑洞，俯身看去，洞内全是水。

　　"你别告诉我，这就是不老泉？"

　　朱霸霸哭笑不得地点头。

　　"那我在哪儿？"

　　朱霸霸指了指泉水。

　　"所以……你们这群人一千多年来，一直喝着我的……洗澡水续命吗？"

　　朱霸霸脸成了猪肝色："那个……为了救出唐姐，为了打赢这场持久战，这点牺牲又算得了什么呢！"

　　唐画突然凑近了朱霸霸，厉声问道："你老实交代，下面的我有没有穿衣服？"

　　朱霸霸苦着脸："我没见过，不过据见过的人所说，你的整个身躯都已经跟地脉紧紧相连，你的头发勾结着整座醉佛山的树脉，早已经看不出半点人形了！"

　　唐画敲了一下朱霸霸的头："把我说得跟盘古似的，是谁见过？"

　　"白渡！"

　　"他呀！"唐画看着泉水沉吟道，"他是不是一直在利用这汪泉水做事情？"

　　"对，一般是他与老九交涉，具体内容我并不清楚，但料想应该是交易吧，比如这次能把你顺利唤醒，他也是功不可没的。"

　　"交换条件就是我不能用自己的身体苏醒是吗？因为他不能让这汪不老泉干涸！"

　　"应该是。"

　　"想不到他的血竟会如此强大……"

　　"唐姐你说什么？"

　　"我说，以后再喝我的洗澡水时，记得煮一下！"

　　"……"

　　两人原路返回，走出山洞回到老街时，天色已暗，夜晚即临。

　　唐画对朱霸霸摆了摆手："你回去杀猪吧，我得去机场接静静了！"

　　朱霸霸欲言又止："唐姐……"

　　"嗯？"

　　"下午听了老九的故事，我其实有点难受！"

"你跟我都已经努力赎过罪了，没必要再自责！"

"我之前也一直这样认为，但今天听了故事，我突然明白，有些罪孽，一旦犯下便永远也洗涤不净。我们所谓的赎罪，其实只是让自己心里好过罢了……我刚刚一直在想，如果没有我和小孙当年的鲁莽无知，你、老九，甚至是老沙，会不会在此时正过着另一种生活？虽然未必快乐无忧，但至少比现在这般活不如亡要好得多吧！"

唐画拍了拍朱霸霸的肩膀，什么都没有说，她看向天边，那里刚刚沉落了一轮血色残阳。

<u>212问题：开山派的幕后老大是谁？</u>

罪与罚

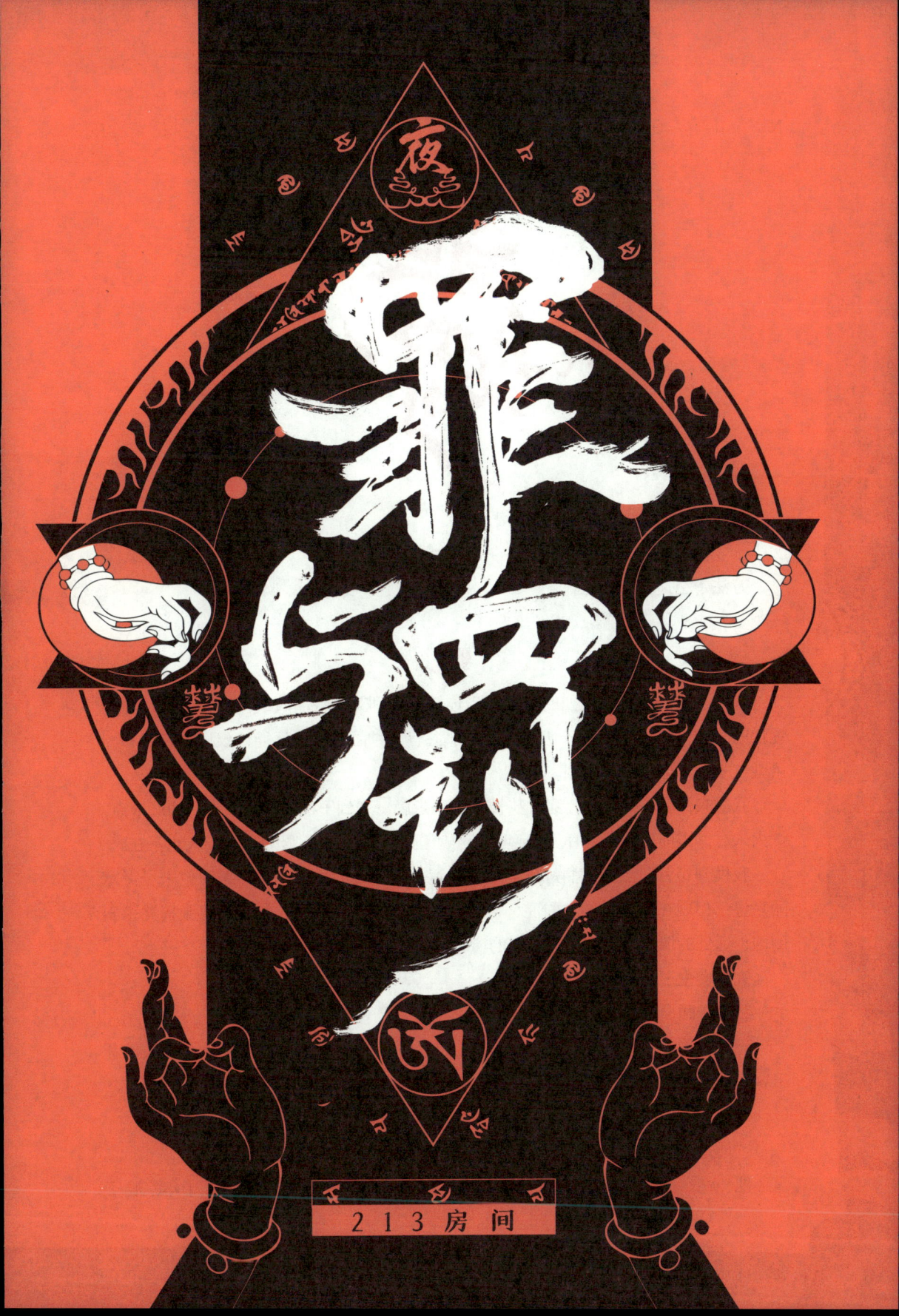

夜

213房间

NIGHT PORTER

罪与罚

0

万法皆空，因果不空。

1

醒来，是一件特别孤独的事情。当你被迫告别某个或温暖或惊奇的梦境，睁开惺忪的睡眼，哪怕眼前的一切再熟悉，都会有一种陌生感，可能仅仅只维持一秒，可就这一秒，你便分外孤独。

我醒来，爬出地下室，穿过狭长的里间走廊，来到子夜客栈的大堂，油灯未点，炉火未燃，眼前黑乎乎一片。我唤了一声唐画，无人应答，显然，守夜人也不在。

我摸到柜台，点上了油灯，发现眼前竟是一副破败之象。虽然之前也未见得富丽堂皇，但现在却让人心生酸涩：柜台上落满了厚厚的灰；火炉边的几张椅凳歪斜倒地；远处的墙角结了蛛网，墙上的窗纸破了大洞，冷风呼呼往里灌。

究竟发生了什么？

我这一睡一醒，又是过了多久？

无人释疑，我只好先简单打扫一番，生上炉火。刚坐下，风铃声响，有人推开了客栈大门。循声望去，是一个模样年轻的白发男人。

"终于醒了，让我好等！"

"你是谁？等我做什么？"我莫名其妙。

他一愣，仿佛我不该问出这一句，其后又轻笑了起来："呵，睡了十年，脑子是睡糊涂了吗？"

"十年？"我有些吃惊。

他踱步过来，立在我面前打量了一会儿，蹙眉道："眉宇间竟透出一股憨傻之气，你难道真失了神志？"

我想了想，点头道："对，我失去了记忆，你能告诉我，这里发生了什么吗？我又是为何沉睡十年？"

白发男人目光灼灼地盯着我瞧，我心虚地低下头来，假装往炉里添炭。

"你还记得多少？"

"我只记得自己接待了211的房客，后面的都忘记了。"

"有意思，选择性遗忘了最重要的事情……"白发男人在我对面坐下来，"想知道发生了什么？"

"想！"

他拂袖一挥，大堂内突然狂风大作，那些藏在角落的沙尘与碎屑，全被卷进了炉中，火苗一下就蹿了起来，颜色由之前的暖黄瞬间变成了淡绿，接着，火炉上方开始浮现出影像……

2

子夜客栈的大堂，唐画正在柜台前煎药，胖子朱霸霸站在一边看她。瘦子孙尚坐在火炉边发呆。

"唐姐，你说我们没有死，那我们怎样才能回到长安呢？"朱霸霸嬉皮笑脸地问道。

唐画低着头，专心致志地拿着把小蒲扇给药炉煽火："我不知道，等他醒了我帮你们问问。"

远处的孙尚冷哼道："还想着回去？回不去了，我看这里即便不是阴曹地府，也不是人该来的地方！"

朱霸霸愤恨地瞪了他一眼："我说你这小子，怎么这么不知好歹？"

"怎的！"孙尚站起身。

"别吵！别打架！"唐画怒喝了一声，见两人都不再说话，才小心翼翼地端起药罐，走了几步，又回头叮嘱道，"要是我回来的时候发现你们生事，就把你们关进房间不再放出来了！"

朱霸霸赶紧赔笑点头："唐姐小心点，地下室的楼梯太陡，要不要我帮你？"

"别给我添乱！"

唐画消失在走廊尽头之后，朱霸霸收起脸上的笑，他回头与孙尚对视了一眼，两人迅速来到柜台，从抽屉里摸出了一个陈旧的账本，一页一页地翻看。

"朱哥，这个地方果然不一般，你看这个房客下面的评语，'被仇恨侵蚀成魔，哪怕大仇得报，仍不得解脱。'"

朱霸霸点头，不停翻阅，直至211房客页面："咦，我们的信息没被登记啊？"

"我倒觉得不是什么坏事！"孙尚继续翻了两页，"这个厉害了……213房客，师匠，继欧冶子之后天下第一炼器之人，可惜执念太深，已近疯魔。"

"师匠！"朱霸霸手按在账本上，微微颤抖起来，"小孙，你难道没听说过这个名字吗？"

"……没有？朱哥认识？"

"他曾是兵家的老师，一个百年一遇的炼器奇才，只是为了炼造强大的兵器，不惜杀害了自己的女弟子，最后被学宫终身监禁。学宫里一直有很多关于他的传说，入学时间长一点的弟子或多或少都听说过。"

"这么厉害？"

"可他明明是被关在学宫的禁地之中，为何又住在这间客栈里？"

"要不，我们去看看？"孙尚建议。

朱霸霸有些犹豫："他会不会发狂，把我俩杀了？"

"我们悄悄看一眼，别惊动他就好！"

"也对，毕竟只是传言！"

两人把账本塞回抽屉，又从里面摸出钥匙，悄悄上到二楼，在213房门前站定。朱霸霸开锁，轻轻推门，门未动。"从里面锁住了吗？"他咬紧牙关，用出死力，门艰难开了一条缝，"小孙快帮忙！"

孙尚也赶紧上前用力，门缝越开越大，但随之而来的阻力也越来越大。

见里面黑乎乎一片，脸红脖子粗的孙尚有些支撑不住了："要不……算了吧，不像有人……的样子！"

"好！"朱霸霸跟孙尚一起放手后退。可奇怪的是，开了一半的门并没有被关上。

原来一只筋骨分明的手已经掰住了门框。一个低沉的男声响起："呵呵，既然开了，就别再关上了吧！"

接着，一个男人从黑暗中走了出来。他背着一个大匣子，衣服破旧如布条，披散的头发三五结束，散发出一股令人作呕的异味。但细看他的脸，却是剑眉星目，鹰鼻刀唇，十足俊朗的模样。

男人慢慢靠近朱霸霸和孙尚，身上的威压让朱孙二人不自觉后退，直到撞到墙。

"你们……"男人伸出食指，戳了戳朱霸霸和孙尚的额头，轻笑道，"做得很好！"

3

唐画回到大堂的时候，发现火炉前除了朱孙二人，还多了一个邋遢如乞丐的男人。

"是新来的房客？"唐画问朱霸霸。朱一脸猪肝色，欲言又止。

"你好，请问有什么离奇故事可以诉说的吗？"唐画坐了过去，问邋遢男人。

"呵，我师匠这一生何止离奇，简直传奇，你们要听哪一段？"

"最传奇的那一段！"孙尚掩饰不住地好奇与激动。

"最传奇？那就要说到学宫百年一次的炼器大赛了。锻炼神兵，没有哪个学派比兵家更厉害。但兵家弟子众多，要想从百千竞争者中拿到魁首，也非易事。当时我作为兵家的老师，同时也是最杰出的一代炼器者，自以为炼就的宝剑无敌于天下，可无意中看到师兄的参赛器物后，却被震惊了——那是一方其貌不扬的小镜，但却能让妖鬼现形，还可收万千妖鬼于其中而不显。

"我知道师兄炼就了一件神器，与之相比，我的剑哪怕削铁如泥轻如飞燕，也只是凡品一件。如何改造才能胜过师兄，成了困扰我的难题。某日下课后，一个女弟子找我探讨炼器之事，察觉到了我的心不在焉，便开口询问，我将心中忧闷尽数告知于她。

"几日后那名女弟子突然找到我，说想到了一个可以帮我炼就神器的办法。我告诉她这是不可能的，老师尚且无力，学生如何能办到。她说自古以来，剑之极品也就是御空飞剑，能随驭使者的心意而动，倘若能炼出不用人驭使，也能来去自如、上场杀敌的剑，岂不为神器吗？

"我笑她，以目前的锻造技术，这种'活剑'一百年也炼不出来！但她却很自信地告诉我，可以炼。我问如何炼，她说用人的神识炼。这一句话直接把我击中了，是啊，学宫的道家与农家都有很多固魂之术，倘若能将人的神识固于剑中，剑不就'活'了吗？

"我非常兴奋，跟她讨论了用人的神识锻造神剑的各种细节，直到一套行之有效的办法敲定之后，我才突然反应过来，自己没有可以用来铸剑的神识。但女弟子却对我说：'我有！'我沮丧地摇头，说我没有，她满脸微笑，握住我的手，坚定

地说道：'我的神识，给你铸剑！'

"她说这话的时候，眼里跳动着火焰，我知道那是执迷于炼器之道的火焰，她跟我是同类人。我尊重并且感谢她的选择……接下来，我推掉了教学，闭关在家，花了一个月的时间去炼这把神剑，最后如愿炼成了。我兴高采烈地拿它去参赛，祭酒大人问我这把剑叫什么名字，我想了想，便用了那位女弟子的名字——凛冬！"

听到这儿，孙尚和朱霸霸的表情皆变，两人对视了一眼，却并没有多说什么，而是继续听了下去。

"师兄的照妖镜再玄妙，终究要靠人驭使，而我的凛冬剑却能脱离人而独立存在，理念上就胜了半分。我成功拿到了炼器比赛的魁首，但在封魁仪式上，有人举报我杀人炼剑——他们挖出了凛冬的尸首。祭酒大人问我举报是否属实，我想，虽然凛冬是心甘情愿自杀献剑，但确实因我而死，便承认了。"

"为什么不辩解呢？"朱霸霸问道。

"呵，我虽然炼器成痴，但也懂得礼义廉耻，凛冬虽然是为了成就神器牺牲，但毕竟是因我而死，如今神器炼成，她与我的心愿都已了，这笔债，当然要还！"

唐画叹道："你错了，凛冬并不想成就神器，她只想成就你！"

4

师匠把头摇得跟拨浪鼓一样："不不不，你个小丫头片子懂什么，什么都不懂，又怎么会懂……"

唐画自嘲一笑："我随口一说，您继续！"

"继续？继续就不传奇了，我被罚终身监禁，本来是关在学宫的禁地，可某天我一觉醒来，却发现自己被转移到了这间客栈里，有一个年轻人跟我说，这里清幽，可以让我安心做自己喜欢的事情。我进房一看，里面居然应有尽有，想要什么就能有什么，我实在太开心了。

"以前在学宫渴望而不可得的天材地宝都能随心意出现在房间中，而且我发现这里有一层特殊的灵力结界，可能本意是为了束缚住我，但却阴差阳错地滋养了器炉，使得炼器之效事半功倍。这些年，我在房间里炼制了三件神器。"

说着师匠便弯下腰，打开地上的一个大匣子，从里面拿出一面外观朴实的折叠圆镜："当初学宫有人说我杀人炼器胜之不武，为了证明自己，我来这里炼就的第一个器物便是师兄的得意之作——照妖镜！可炼成之后才发现已没人见证，实在无趣。丫头，女人都爱美，它就送给你了！"

师匠把照妖镜随手扔给了唐画。

唐画拿在手里上下翻看了一会儿:"不好吧,这东西过于贵重,再说我估计也用不着!"

朱霸霸赶紧给唐画使眼色:"唐姐,留着防身,防身也好!"

孙尚也帮腔道:"再不济早上梳头也可以啊!"

"这……"

师匠没理会唐画的纠结,直接拿出一把古怪的大砍刀,刀柄很长,呈S形弯曲。刀身缠着灰色的布条,刀脊处有无数锋利的锯齿破布而出。他解释道:"这是我炼造的第二把神器,割肉刀!你们一定好奇它的刃口都被布封起来了要怎么割肉对不对,哈哈,其实是这样的!"说着他用力一甩,刀身居然折叠到了刀柄之下,原来刀脊处的锋利锯齿就成为刀刃,他顺势比画了两下,"你们看,就是这样割肉的!"说着看了看朱霸霸,"你的样子跟它很配,就送给你吧!"

朱霸霸接过刀,折叠了几次,有些疑惑:"可为什么要用布把展开形态下的刃口包起来呢?"

师匠白了他一眼:"因为那个形态力量太大,所以封印了起来。"

"怎样可以解封?"

"遇到强大妖魔的时候!"

朱霸霸原本有些失落的脸上又浮现出了兴奋的神采,欣喜地抚摸着刀身。

"这是最后一件兵器,就送给你吧!"师匠把一根玄铁长棍丢给孙尚。孙尚仔细查看了一番,小心问道:"它有什么玄奇之处吗?"

师匠露出一抹诡异的笑容:"今后慢慢发掘吧!我只能告诉你,锻造它的时间,是其他两件器物的十倍!"

孙尚一听,顿时喜笑颜开,正欲好好探究一番,又听闻师匠说道:"啧啧啧,瞧你们俩的德行,真是我见过最寒碜的兵家弟子,不不不,应该是最没礼貌的兵家弟子,这么久了,也没叫我一声师祖!"

朱孙二人脸色一变。

唐画诧异地看向他俩:"你们……是同门?"

5

唐画指着师匠问朱孙二人:"他刚才说自己在客栈的房间里炼器,所以他根本就不是今天刚来的房客,而是之前就在客栈的……是你们把他放出来的?"

朱霸霸抬头看天，孙尚低头看炉火，两人不敢回视，也不敢接话。

"多大点事儿，看在我送你礼物的分儿上，就不要计较了吧！"师匠打圆场。

唐画没理他。

"对了，你们要记住，得对这些神器好一点哟，养着它们，时间一久，它们就会认主，别人抢也抢不走了！"师匠继续打圆场。

唐画还是没理他。

"咳咳，那个，师祖哪，既然这些宝器这般厉害，为何要送给我们呢？"朱霸霸借机转移话题。

"哼，这几件虽然已是人间极品，但说出来不怕吓着你，我接下来要炼制的宝器定会比它们好上千百倍！"

"真……真的吗？"孙尚激动上前。

师匠瞟了唐画一眼，低下头，小声说道："不妨告诉你们，我发现客栈里藏着一个大宝库，里面蕴含着无数灵气充裕的炼器之材，它们比我所知的任何天材地宝都要好一万倍！只是可惜，这个宝库总是在我的感知里忽远忽近，像是因了什么规律，每隔一段时间就会出现，而我偏偏被关在房间里，无法出来寻找。"

师匠讲到这儿，眼里突然放出了贪婪的光芒："所以说，今天真是凑巧啊，它离我这么近的时候，你们刚好把我放了出来！"

朱霸霸问唐画："客栈里……还有宝库？"

唐画摇头："我不知道，客栈有很多秘密，但我奉劝你们不要窥探，不会有好结果。"

孙尚问师匠："师祖，那你出来之后，找到那个宝库了吗？"

"当然，就在那儿啊，一道溢着七彩光华的门，你们难道看不到吗？"师匠指向柜台后的那堵黑墙。墙面斑驳不堪，却并没有门，更没有光。

唐画摇头起身，对朱霸霸说："看来你们的师祖已经疯魔，趁他还未闯出祸事，我们三人赶紧将他送回房间！"

朱霸霸犹豫了片刻，终究是点了头，可待他和唐画准备动手时，发现身边的师匠早已不见。孙尚指了指柜台后，两人顺势一看，师匠正像毒瘾患者一样趴在墙上贪婪嗅着，他用力推墙，墙却没有丝毫反应。

他回头，对着刚赶过来的唐画说："你现在是客栈的负责人，你一定能打开这扇门，快，来推一下！"

"我可不陪你疯，赶紧跟我回房！"唐画拉住了他的手臂，却拖不动。

"你不愿意啊？"师匠思考了一会儿，"那我去找当初那个年轻人来推吧，他肯定有办法！"

唐画有些急："他生病了，你别去找他！"

"那我正好可以制住他！"师匠一甩手，把唐画掀翻在地，作势欲走。

"……我帮你推！"唐画从地上爬起来，愤恨地瞪了朱孙二人一眼，来到墙边，伸手贴墙，"真是有病，哪有什么门！"她刚说完，突然感到墙内出现了一股极强的引力，像是要把她的整个灵魂吸进去。

惊慌之下，唐画忙撤手后退，可身后的师匠突然卡住她的肩膀，不仅不让她后退，还把她的手死死按在了墙上。

全身的气力都沿着手掌流入了墙壁，唐画额上冒出细密的虚汗。朱霸霸见状，想上前阻止，却被孙尚拦了下来："先静观其变吧！"

朱霸霸犹豫了一会儿，便见唐画一口黑血喷出，瘫软在地。

与此同时，墙上出现了一道黑色的细小裂缝。

6

师匠见到裂缝，大喜，忙往里钻。可身子进了一半就卡住了。

坐在地上的唐画擦了擦嘴角的血迹，讥笑道："该！"

师匠赶紧呼唤朱孙二人："还愣着干吗，过来帮忙啊！"

朱霸霸问："是推还是拉？"

"当然是推啊！你这个猪脑子！"

两人使劲推，可师匠露在墙外的半边身子却纹丝不动。推了半天，又听到师匠喊道："快快快，别推了，往外拉，快往外拉！"

两人停下来，一脸蒙。

"里面有东西在咬我的脚，快拉我出去！"

可是既然推不进去，自然也拉不出来。朱孙二人又是一番白费力之后，只听师匠喊道："已经在咬我的屁股了，这样下去不是办法！对了，瘦子，快拿棍子过来！"

孙尚赶紧把棍子递过去。

师匠朝着棍子喊道："快变小，变小！"

棍子闻声而动，两米长棍突然缩成了一根绣花针，孙尚来不及惊奇，又被指挥将针放入裂缝之中，师匠再次喊道："变大，变大！"

绣花针突然涨开，但只涨到毛笔大小便动不了了——被裂缝卡住了。

"变大变大，继续变大！"师匠的语气愈发急促。

棍子仿佛在跟裂缝斗争，忽大忽小地颤动着。突然，一阵刺耳的爆裂之声响起，棍子恢复了两米长，而原本细小的裂缝也随之被撑成一个巨大的裂口，裂口下方的墙面还淌出了透明的液体。

师匠终于得以从墙体出来。孙尚把棍子拿下来，搀扶住摇摇欲坠的师祖，两人刚喘了口气，却见地上的唐画指着师匠的下半身问道："你的右腿呢？"

孙尚低头一看，只见师匠正靠左腿站立，原本右腿的地方空空如也，只剩下几片血淋淋的布条无力摇摆。

原来师匠刚才的呼喊全是真的！里面到底有什么？孙尚惊恐回头，只见那个裂口并没有随着棍子的移开而缩小，反而愈来愈大，细听之下，里面竟传出一阵阵嘈杂却阴邪的笑声。

孙尚想跑，但已经来不及了，一只巨大的血爪突然从裂口伸出来，将他和师匠抓了进去。

7

朱霸霸目瞪口呆，揉了揉眼睛，确信孙尚和师匠都已经不见了。他握紧割肉刀，朝着裂口冲去，刚一迈步，却见一条长满了尖利芽刺的巨大触手从黑暗的裂口中伸出，直刺地上的唐画。

朱霸霸身形一顿，斜跳至空中，挥刀挡下了这一击。但既然是触手，肯定不止一条。这一击刚被挡下，另一条触手已然从另一边伸了过来。朱霸霸扭身就是一斩，割肉刀的锯齿直接没入了皮肉。他发现触手开始猛烈抖动，刀身嵌入的创口处冒起了刺鼻的白烟——这刀果然对妖物有奇效！

朱霸霸借机用力一拉，直接把一个类似章鱼的怪物从裂口中拉了出来，他纵身一跃，挥刀砍在了章鱼怪的大脑袋上，一股腐臭的墨绿黏液激射而出，喷了他一身。

虽如此，章鱼怪却一时未死，八根粗大的触手从四面八方射来。朱霸霸避之不及，被重重击飞，撞到了火炉上。破了头的章鱼怪还想爬过来，不过速度越来越慢，还没来到他跟前，就彻底僵住了。

朱霸霸起身来到尸体前，低头查看，不料一只手突然从大脑袋里伸出，好在朱霸霸身形虽胖，却十分灵活，一个后仰空翻，避过了这阴险的一击。

细一看，那也不是手，而是拥有两个关节的金刚臂，末端是泛着乌光的钢刀。

金刚臂一甩，钢刀扎在地板上，一用力，便从章鱼怪的脑袋里拖出了一个长满黑毛的小身体。身体一阵抖动，从前端长出了另一只金刚臂。

出现在朱霸霸眼前的怪物，乍一看有点像螳螂，多看几眼，更像是大号的跳蚤。

"嘶……"跳蚤怪发出一阵怪声，突然跃至空中，两把钢刀直直扎向朱霸霸。朱霸霸抬刀抵挡，却被巨大的力道直接击跪。

"喔！"他骂了一句，侧身一滚，卸掉了攻势。跳蚤怪的钢刀因此没入了地板中。"好机会！"朱霸霸朝前一扑，挥刀砍向怪物的屁股。不料割肉刀的锯齿撞到黑毛后，竟分寸未进，还迸射出刺目的火光。

看来这厮不仅前臂是金刚的，连毛也是金刚的，整个刀枪不入。

在接下来的战斗里，朱霸霸就惨了，打不动只能躲，偏偏跳蚤怪的速度又快，好几次差点被钢刀直戳心脏。几个来回下来，虽然没受致命伤，但他的手脚胸背已经伤痕累累。

又是一次强攻，朱霸霸挥刀抵挡，人被击飞至墙角，一口老血吐在了刀上。

"这就要死了吗？"他的头摇摇晃晃，似乎已经不行了。但这时，他手中的割肉刀却在震颤，像是一颗沉眠已久的心脏突然跳动了起来。

朱霸霸眼睛一亮，想起了师匠赠武器时说的话，吃力一甩，展开了割肉刀。只见原本裹着刀身的布条突然被震散，现出猩红的刃口，那里正散发着渴血的光。

恰好这时跳蚤怪也飞了过来，两把钢刀向着朱霸霸的心脏直插而去。

朱霸霸下意识挥刀去挡，只听滋滋两声，这次跳蚤怪在接触到刀身之后居然被弹飞了。

见它翻倒在地，钢刀尖上还冒着青烟，朱霸霸便明白攻守方已互换，他没有放过这个机会，怒冲了过去，一刀就斩下了跳蚤怪的前臂，再一刀，斩下了它用来弹跳的后爪，然后对着跳蚤怪已然没有攻击力的身子猛砍，直到脱了力，只能用刀撑着身体。

他休息片刻后，摇摇晃晃地向唐画走去，不料一缕泛着寒毒的白丝疾射过来，速度之快，让他来不及躲闪，好在这白丝只是擦着他的脸掠过，直直射在窗纸上，瞬间烧出了一个大洞。

一个人面蜘蛛身的怪物从裂口慢慢爬了出来。她的嘴唇乌黑发亮，嘴角一直是上扬状态，不出声则是一副诡异笑容，一旦出声，嘴唇便会张开，露出沾满黑色黏液的锋利獠牙。

蜘蛛怪一时并未进攻，而是沿着墙面，爬上了天花板，吊在上面静静地注视着朱霸霸。朱霸霸一边提防着头顶，一边小心翼翼地移动到唐画面前，扶起她。唐画死死盯着裂口，苦笑道："我们闯下大祸了！"

浑身长满黑色硬毛，双爪血红的狼怪走了出来；浑身遍布钢鳞的鸟人也飞了出来……各种各样奇形怪状的妖物，都正从那个黑洞洞的裂口中出来！

朱霸霸油腻的大脸上布满了豆大的汗珠，他见这些怪物一时间并没有动作，便拉着唐画慢慢后退："我们……我们必须先撤！"

两人退出旅馆，发现天阴沉得可怕。

朱霸霸带唐画来到了一块大石前。

"我们先回长安，等联络学宫，得到援手之后，再回来救小孙和师祖！"朱霸霸掏出一根短小的黑笔，在石头上画出一道方门，门内竟现出了白光，光芒中似乎还能见到长安街头的热闹景象。

唐画甩掉朱霸霸的手，凄楚地笑道："呵呵，你知道怎么回去，却假装不知道，就像你和小孙原本就是关系亲密的同门，却假装不和，正是你俩从头到尾把我骗得团团转，才导致今天发生了这样的事情！"

朱霸霸跺脚："唐姐！现在不是说这些的时候，我们只是奉命前来调查而已，这一切都是无心之过，总之你先跟我离开，这里太危险了！"

唐画摇头："你走吧，我得留下！"

"为什么！"朱霸霸嘶吼道。

唐画看向子夜客栈："他还在！我怎么能走？"

朱霸霸冲过来，抓住唐画，想要强行带她走。

唐画推开他："别再管我，你赶紧走，不然再晚一点就走不掉了！"

"不用再晚一点，现在已经走不掉了！"空气中突然响起一个妖媚之声。

朱霸霸握紧长刀，环顾四周："谁？出来！"

没人出来，但是朱霸霸却被突然击中，倒飞了出去。他还没爬起来，身前的空气出现一阵细小的波动，紧接着头部便遭受了一记重击……

这居然是一只隐身妖！

8

看到这儿，白发男人问我："怎么样，记起来了吗？"

我摇头。

他凑到我面前："我现在都有点怀疑了，你真是那个被上面一直夸赞头脑聪慧、神智通明的姜叶吗？"

"当然！如假包……咳……换……"我居然被口水呛了一下。

白发男耸了耸肩："那继续吧！"

9

一片蛮荒之地，天空中飘荡着鬼脸一样的黑烟，大地似乎在灼烧，不停冒出热气。这里的岩石是红色的，植被是黑色的，空气中弥漫着浓浓的雾障。

热风吹开一片浓雾，现出倒在地上的孙尚，他此时昏迷不醒，嘴一张一合，像是在呻吟，血沫不停从嘴角流到干涸的大地，渗进炙热的土里。

有一个怪物走了过来，它浑身黑毛，但裸露在外的皮肤却呈现出岩石的质感。乍一看，有点像人间的猴子。它虽是怪物，但双眼纯澈，只见懵懂，不见半分邪气。

怪猴走到孙尚跟前，打量了好久，蹲下身，附耳倾听半响，歪头苦思，发出一个音节："j……节……借……姐？"

这时，孙尚突然咳出一大口鲜血，接着睁开了眼睛，只是眼神浑浊，似已到了濒死之境。他翻过身，看见了前方的黑色裂口，想要爬，却根本没有力气。

怪猴目睹着这一幕，竟流出了眼泪，它轻轻上前，抱住孙尚，然后身体竟渐渐融了进去……

许久之后，孙尚从地上爬起来，他双眼懵懂，四肢不调，捡起了身边的一根玄铁长棍，嘴里发出"姐……姐……"的音节，走进了黑色裂口。

裂口的另一端是客栈大堂，却已空无一人，孙尚慢慢走出门，见远处的路边躺着一男一女，便过去摇醒了他们。

朱霸霸睁眼见到孙尚，十分高兴："你居然没事，真是太好了！"

孙尚不回话，只是咧开嘴傻笑。

朱霸霸又转头问道："唐姐，你也没事吧？"

孙尚眼睛一亮，呢喃道："姐？姐……"

唐画面如死灰地看着身边的大石，指着石上颜色各异的黏液："我们没事，长安却有事了！"

10

看到这儿，画面渐渐变淡，直至消失。

我问白发男人："后来呢？"

"上面震怒，派人前来调查，恰好你也醒了，便差使唐朱孙三人去外界驱魔灭妖，还人间清净，因为怕三人中途逃走，你还让调查者加入其中，成为监管者。而为了封印那道门，你耗尽了全部的力量，可在陷入沉睡之前，还不忘将整个子夜客栈隐匿，导致上面找不到客栈，也找不到你，只能等，没想到一等就是十年。"

　　我梳理了一下思路："所以今天我醒了，你们重新发现了客栈，便第一时间来找我了？"

　　"对，只是没想到，曾经神智通天的你，居然成了一个憨傻之人。"

　　"找我何事？"

　　"唐画一行人已经除妖归来，本已将功补过，可谁知唐画竟违抗了指令，并未除掉一路所降的妖怪邪魔，而是将其通通收纳进了自己的照妖镜中，于是原本为其准备的赏功大会，变成了审判大会。唐画辩解说，她认为妖魔不该灭，而是该送回它们原本的世界。但她不知道的是，那道门没人再敢打开。送回去，说得轻松，要做到又谈何容易！要再酿造一场人间浩劫吗？

　　"唐画自述包庇妖魔一事皆自己一人所为，同行的三者并不知情。但上面查到，原来孙尚的灵识早就消失了，一直被一个妖猴冒充了十年，于是先后对妖猴与唐画进行了判决：妖猴获刑天罚，唐画获刑地罚。如今妖猴已经灰飞烟灭，而唐画毕竟是你的人，所以一直收押着，等待你苏醒后，由你亲自行刑。"

　　"何为……地罚？"

　　"用捆仙绳永缚地底，不得超生！"

　　"如果，我不愿意配合呢？"

　　白发男人仿佛听到了笑话，乐得身子后仰，好一会儿才平复下来，他一脸嘲讽地看着我："你以为……你有的选？"

　　他站起身来，居高临下地俯视道："别太把自己当回事，驾驶的马车再豪华，你也只是个车夫，除了安心驾驶车子，别的什么都不要想，也不能想！"

　　"如果，偏要想呢？"

　　"那你会死！立即死！然后她还是会被埋在地底，永世不得超生！"

　　白发男人围着我转了一圈，长叹一口气："原本我以为这次是来跟聪明人交谈，没想到竟碰上了一块榆木脑袋。你真不知道，这一切都是你的罪吗？你以为上面真是因为唐画包庇妖族才要对付她吗？不是的，而是因为你给了她血！这个世界上不可能存在两个守陵人，你犯了大忌！要不是你因失血经常陷入沉睡，师匠就不会出来捣乱，把原本要上供的神器赠予他人，现在拿都拿不回来！要不是唐画拥有了不该有的能力，也不可能打得开那扇门！门不开，百妖不会出来，世间不会乱，也就不会生灵涂炭。所以你才是一切的始作俑者，关于你的审判，也即将到来！"

我听后沉默了，消化了好一阵之后，才点头道："原来是我的锅，那么走吧！"

白发男人带我走出客栈，上了一辆马车。

车子行进中，我问男人："上面究竟是什么，是凌驾在子夜客栈之上的组织吗？类似股东董事会？"

"我不知道股东董事会是什么，但它确实算一个组织！"

"没有名字吗？"

"照岁！"

11

车没走多久就停住了，白发男人掀开帘子："到了，下车吧！"

这是一个空旷的洞穴，地上有一个大坑，坑底坐着红衣似血的唐画。

我走到她面前坐下。

"怎么不说话？"她轻笑道。

我想了想，说："你比十年前更美了！"

她低下头，满脸霞云："真是色性未改！"

我看着面前的这个女人，十年的驱魔生涯，似乎并未摧垮她的诚挚。但一想到她即将被锁在地底永世不得超生，就鼻酸起来，眼泪情不自禁涌出，悬在眼眶打转。

"对不起！"我朝她鞠躬。

她摸了摸我的头："说什么呢？这只是我的选择！"

我摇头："这不是你的选择，而是我的过错，你体内流了我的血，所以他们才不能让你活着！"

"原来是这样……"唐画声音柔了下去，"大概，这就是我的因果吧！没有你的血，我也早就死了，如今想来，还白挣了这些年！"

我想说点什么，但心却突然开始疼。

看来姜叶比我更难受。

我试探性地在意识里问道："我要怎么办？"

本没期待回应，却意外听到了姜叶的声音："听白渡的！"

白渡，指的是那个白发男人？

"没有解救她的办法了吗？"

"没有……我斗不过照岁，你也是！"

这时白渡走了下来："对于世人来说，看不清儿女情长都是空幻也就罢了，你也看不清？我真是很费解！别浪费时间了，动手吧！"

我起身："怎么动手？"

白渡指了指唐画身后，我一看，原来所谓的捆仙绳，是一条从地底延伸出来的粗大铁链。

真是毫无人性！

我拾起铁链，感觉沉重得走不动道。

我问姜叶："为什么今天不是你来动手？"

"你种的因，你来吞果！"

我瞬间明白了："你这个懦夫，所以你也一早就醒了，只是故意让我来面对这一切？！"

意识深处一片死寂，没有回应。

"逃兵，你起码得告诉我，具体该怎么做！"

"……将捆仙绳缠在她身上，然后按下封魔印。"

"我不会！"

"……我会。"

我亲手给唐画缠上了厚重冰冷的锁链，一圈又一圈。

唐画痴痴看着我，眼神里说不清是喜是悲，是爱是恨。

就是这个复杂的眼神，一下子激起了我的记忆——唐画我见过，当初在红潮镇的河底……

原来是这样的因果！

我将锁链缠好之后，把手掌按在上面，不一会儿，手背亮起了一个古怪符咒，接着锁链开始发光，洞穴里响起了噼里啪啦的声音。我低头一看，原来是一层冰晶正从唐画的脚底往上爬，漫过之处皆成坚冰。

我附到唐画耳边："匹夫无罪，怀璧其罪，你的生存还是灭亡，自由还是禁锢，本该由你自己掌控，可今天的你我都没有选择，但在未来的某一天，我一定会还你一个选择，你信我！"

"好……"她刚出一声，冰晶就漫过了脸。

213问题：罪的源头是谁？

重逢

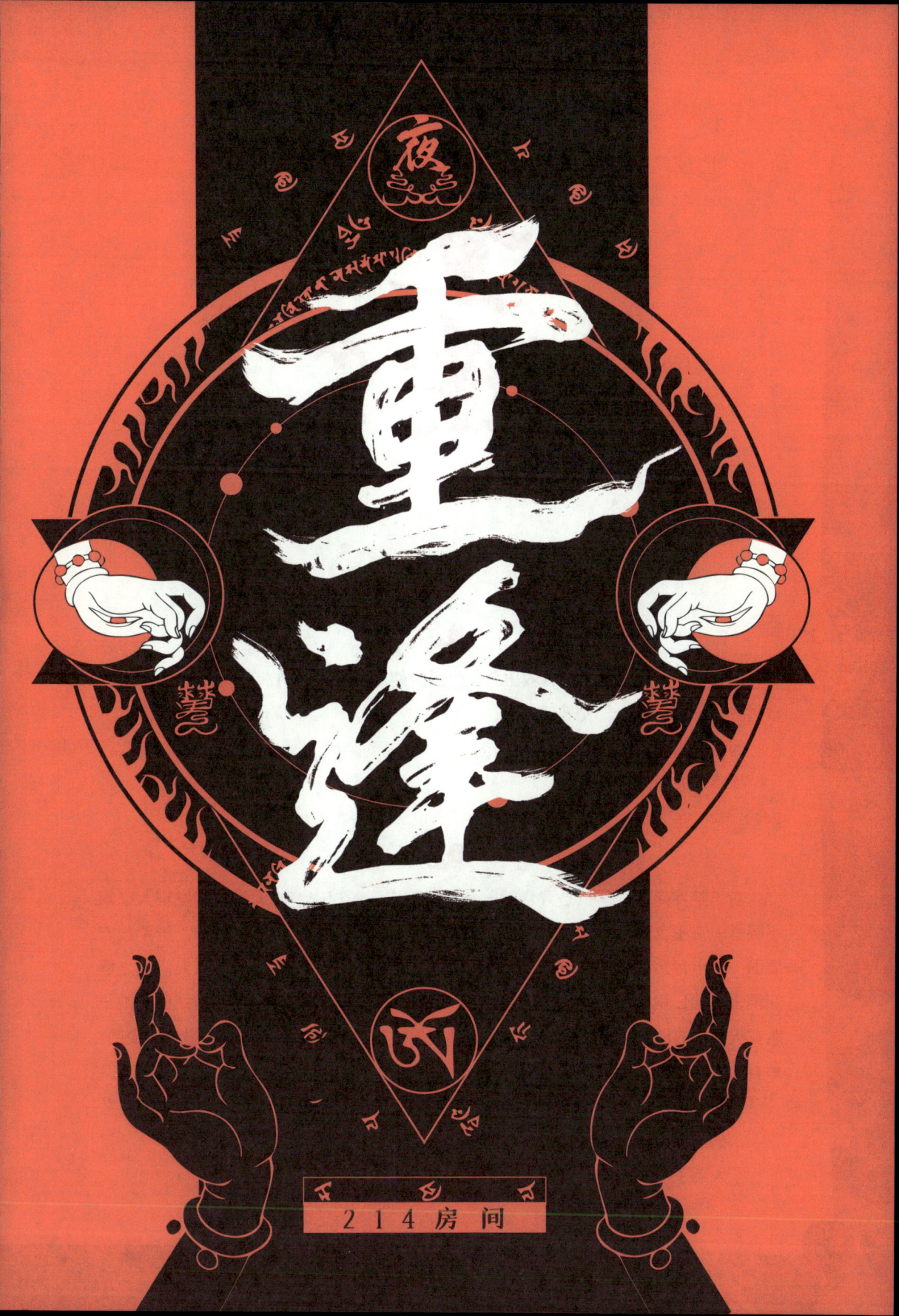

夜

214房间

NIGHT PORTER

重逢

0

故事里，打败魔王的勇者救出公主之后，便只一句"他们幸福地生活在了一起"带过。

因为幸福的爱情，总是雷同的。

而不幸的爱情……

1

对于楚乔而言，这只是寻常的一天，但她走到子夜旅馆的大堂，却发现大家都不寻常——王言不破在柜台后的墙根打坐，他像是如临大敌，一手撑地，一手按着墙面，额上冒出细密的汗珠；习尧破天荒地没有扎马尾，而是披着齐肩发，加之眉间褪去了往日里的那股凌厉，乍看之下，竟有几分邻家小妹的乖巧味道，此时她正趴在火炉边的地上，将一块块的细碎布条不停拼凑在一起；白鹤老道则是站在窗前，举着个插有树枝的小瓶发呆。

楚乔向同是守夜人的白鹤走过去："我真挺佩服你的，守完夜也不需要休息。"

白鹤抬头看她，咧嘴笑道："人老了就会这样！"

"人老了才更需要多休息吧！"

"其实是更懂得珍惜时间,更明白自己为了什么而活着。"

"是吗?"楚乔突然有些失神。她最近有些茫然——最初来旅馆做守夜人,是因为刘先答应自己,做到一定程度就可以让自己与家人重逢,可如今爱人胡大泉已经在自己眼前魂飞魄散,自己还要待在旅馆的理由是什么呢?是为了在人间流离失所的儿子胡小童?可她心里明白,小童早晚要来的,一个人的命三个人分,都活不了太久。

一想到这儿,楚乔就有些颓丧,叹息道:"靠一腔执念而活,其实挺没意义的。"

白鹤把树枝瓶递给她:"姑娘,你看,在这长年阴冷的旅馆里,尚且有阳光照射进来,尚且有树苗顽强生长,执念哪怕没有意义,但它也是我们对抗黑暗与冰冷,死亡与虚无的唯一力量!不要灭掉心底的希望,不要坠入无底之渊。"

楚乔接过树枝瓶:"给我这个干吗?"

"帮我拿一下,我去办点事,马上就回来!"

白鹤说完,转身往里间走去。火炉前的习尧突然起身:"你要去干吗?"

白鹤在旅馆没有分配房间,所以在没有客人的时候,他是不能够随意进出里间的。

"去拿寄存在江夜身上的东西!"

习尧呵斥道:"刘先出门前特意嘱咐过,任何人不能靠近那副身体!"

"让他去!"一边打坐的王言不破突然发话。

听到这话,习尧不满地努了努嘴,又坐下继续拼图了。

楚乔有些好奇,走过去观望了一小会儿,那是一幅破碎的山河图,图上似有很多珍奇怪兽,但习尧专注于拼的只有眼前的巨龙。她手里拿着张爪子,抬头问道:"你说这一块,是前爪还是后爪?"

楚乔仔细看了看布条的轮廓:"应该是前爪!"

"谢谢!"习尧继续埋头拼图,本来就小的个子,那样专注地缩成一团,竟透出几分难得的可爱。

2

白鹤慢慢爬进地下室,走到江夜身前。江夜还是如尸体一般僵卧在床,没有呼吸,没有脉搏,冰冷,死寂。

他从怀里掏出一个刻满了纹路的小瓶,用瓶口对着江夜的身体,慢慢转圈。一开始并没有任何异常，直到转了十来圈后，瓶壁上的纹路突然发亮，一些青绿色的细小光点缓缓从江夜的身体里冒了出来。

看着光点慢慢被瓶子吸收，白鹤的眼神温柔了下来。

他只有在面对封小荷的时候，才能够温柔下来，因为那时的他便不是白鹤，而是孟浩天。

孟浩天，取浩然正气，无愧天地之意，这个名字是老师给的，是一种祝愿，亦是一种期待。

一千年前的道家，如日中天，而孟浩天的老师更是道家最厉害的存在，能被他高看的弟子，理应前途似锦。

孟浩天初出学宫历练，正值天宝之乱，叛军林立，百姓恐慌，大唐王朝危在旦夕，老师命他协助大唐平乱。在长安守城战中，他意外结识了封小荷。那是一个谜一样的女子，外表温文尔雅，但挥剑杀敌又干脆利落毫不手软，她的眼神里永远是一汪清水，很少流露出情绪。

孟浩天与她并肩迎敌，默契非常，一些急智而出的暗语，从不用事先对练。

一个年轻男人再浩然正气，总归有情感需求，何况封小荷容颜秀丽，如一朵出污血战场而不染的清莲。他爱上了她，幸运的是，她也爱上了他。

在国破家亡、山河失色的前夕，在刀光剑影下，两人的爱情既悲壮又炽烈。但可惜的是，单靠爱情打不赢一场实力悬殊的战争，守城军大败，两人随着残军撤退。唐玄宗听信小人诬告，将守城大将封长清斩首，消息传来的那晚，一向沉稳有谋的封小荷崩溃了，她只身一人冲去了早已失守的洛阳，却被数十支粗大的钢箭射穿胸腹，钉了在城门前。

孟浩天赶过去的时候尸体已经凉了，仇恨灌心，孟浩天红了眼，冲进城内，杀了数百名士兵。待他精疲力竭出来时，学宫的审判已经到来。

学宫是一个出世的组织，在它眼里，安史叛军与大唐军人并没有太多区别，之所以让门徒协助大唐，只是为了维稳。而孟浩天身为一个入世修行的道家门徒，在洛阳已然失守的情况下，还要强行进去杀人，便是枉造杀孽的重罪。

老师将他逐出了学宫，但临别时又不忍，悄悄给了他一块子夜客栈的门牌，嘱咐他："浩天，你本性不坏，但因看不破执念，所以心魔一生再难灭，我怕你有一天会站在学宫的对立面，这个东西可助你避祸一时。"

老师一言既中，后来孟浩天意外发现，本该死去的封小荷，被怪医李阿难改造成了一个与余白共生的怪物，为了保护她，孟浩天彻底与学宫决裂，在逃亡途中，

还将老师送给自己的门牌给了她，让其前去子夜客栈避祸，而自己则被学宫降下天火所焚。

天火所焚，理当灰飞烟灭魂飞魄散，但不知是施法者技艺不精，还是故意留了一手，总之孟浩天的魂魄未损，焦骨残存。老师用这副焦骨磨成粉末，请人蘸水画魂，最终让他于一个路边老乞者的身上苏醒。从那日起，孟浩天消失了，白鹤老道出现了。

老师让他以另一个身份重新进入了学宫，并劝诫他："爱不是占有，而是成全与祝福。你待在学宫，暗中守护她，远比你把她从客栈拉出来，在尘世无根漂泊要好。况且目前道家虽然表面光鲜，内里已露颓势，你是个可造之材，为师也希望你能留下来帮忙！"

画魂之人能活很久，白鹤这一留，便在学宫教了一千年的书，并且尽力带出了不少优秀弟子，但可能是道家的命数，总之这一门还是不可抗地衰落了。

多年前，他的老师仙去，留下了一本《乾坤预知歌》，据说是商朝姜尚所著，里面记载的都是后世预言，一旦参悟，可得天机。

白鹤从书中参得子夜旅馆将有大难，于是暗中派徒弟进旅馆送剑，引封小荷出来，不料封小荷出来之后被墨家的人工智能阿雅蛊惑，一剑斩断了白鹤的右臂，随后他带封小荷逃脱了阿雅的控制，将旅馆大难的消息告知，封小荷却不顾劝阻，执意要回旅馆。无奈之下，他也只好跟着回去。

两人回到旅馆，发现大堂出现了一个黑洞，王言不破和习尧都在努力关闭它，但速度极慢，以至于让一些妖魔不停从洞里钻出来。

白鹤与封小荷立即展开了与妖魔的战斗，可惜这些妖魔见所未见，战斗手法奇特无比，实力十分强大，很快两人便因为车轮战败下阵，最终封小荷为了救白鹤，被妖魔击杀，彻底散成了漫天的绿色光点，留给白鹤的最后一句话是："不管你是不是孟浩天，我既然砍掉了你的右臂，就用这条命还你！"

最后，黑洞终于如愿以偿地关掉了，妖魔也被尽数灭杀，可封小荷却再也回不来了。白鹤呆立旅馆大堂，顿时失去了残生的方向。习尧不会安慰他，王言不破拍了拍他的肩膀，也没多说什么。只有一个不知何时出现的老人，用黑黝黝的眼洞对着他，嘶哑着嗓子笑道："人总需要一个活下去的理由。小荷除了元神驻留在佩剑上，其余的神识皆散在了旅馆。一楼满客，三楼未开，只有二楼刚收拾出来准备迎客，想必都在二楼的各个房间。你若留在旅馆做守夜人，便有机会将它们齐集，届时再唤醒她也未可知。"

白鹤从回忆中拔出，见绿光已经尽收瓶内，便小心收好，爬出了地下室。

3

　　白鹤把沉迷拼图的楚乔从地上唤起来，两人回到窗后。借着那缕光，白鹤将盛满了绿色光点的小瓶微微向楚乔手里的树枝瓶倾斜，只见绿光像水一样泄进瓶底，然后原本枯萎无光的树枝突然有了生命力，那是浩瀚磅礴的生命力，催使它以肉眼可见的速度蜕皮，生枝，发叶。

　　楚乔呆住了，让她更吃惊的是，白鹤突然从墙上拿下一把翠绿的佩剑，用剑刃缓缓划过了这根刚发出来的新枝。翠绿的汁液像血一样粘在剑刃上，慢慢渗进去。接着，剑像活了一样，发出心脏跳动的声音：咚！咚！咚！震得白鹤手臂发抖。

　　白鹤轻轻蹲下身，将剑慢慢放在地上，放在那束从窗缝泄进来的光里。

　　——生命之所以璀璨，是因为顽强。

　　——不要让自己堕入深渊，不要放弃心底的希望。

　　剑化作了人形，正是一袭绿衣的封小荷。

　　她起来，环顾了一圈，把目光定格在眼前的白鹤身上："你……救了我？"

　　白鹤只是笑。

　　"费了很大的工夫吧！"

　　白鹤还是一脸笑。

　　"谢谢你！"封小荷走近，"所以这也让我终于确定了，你就是浩天。"

　　"可是，为何我心中如此平静？"封小荷一脸疑惑。

　　楚乔也望着她皱眉，虽然她不清楚两人的关系，但看白鹤如此大费周章，那么两人关系必然不一般，可封小荷苏醒后，每一句话的语气都太冷了，不含丝毫情感。

　　白鹤依旧在笑，只是眼里有泪光闪烁："因为，你还少了一味神识！"

　　"哪一味？"

　　"爱……"

　　一时间没人说话，旅馆安静得可怕。楚乔觉得鼻尖莫名酸涩，连忙背过了身子。

　　"爱啊？难怪！"封小荷点点头，又问，"还能找回来吗？"

　　白鹤摇头："很难，可能是藏在了二楼某个房间的角落，也可能是被江夜的身体吸收了！"

　　"江夜？他居然……又回来了？"

　　"你的手段，又怎比得过旅馆众人。"

　　封小荷指了指墙根打坐的王言不破："这不是正在关门吗？说明江夜没在旅馆！"

白鹤耸了耸肩:"很不凑巧,门快开的时候,他又消失了,这次不是人为,而是彻底蒸发,刘先已经紧急去寻找其他能够匹配的灵魂了。"

"噢!"封小荷应了一声,再无话。

曾经生死相随的情人,如今相顾竟无言,真是天底下最冰冷刺骨的笑话。白鹤淡淡一笑:"我去帮老师关门。你的神识体刚重构完成,不能损耗,待着休息就行。"

封小荷点头。

白鹤走后,封小荷转头看向楚乔。楚乔挥手,不自然地打了个招呼:"还……还记得我吗?"

"你还在!"

楚乔挠了挠头:"那个……其实我也刚回来不久!"

"原来如此。"

之后再无话,气氛比说话之前更尴尬。所幸此时习尧发出了一声兴奋的怪叫,把两人的注意力都吸引了过去。

4

习尧拼好了图,严格来说,只是拼好了那只龙形怪兽。因为地图太大了,她的布条碎片根本不够,即便她已经从江夜和白鹤那儿偷了不少。好在她原本就没想拼出全图,这只怪兽出来了,她的心愿就可以达成了。

拼好的图无胶自粘,习尧将这只半人大小的怪兽图案高高举起,转了一圈后,突然将其丢进火炉。

火苗像饿鬼一样贪婪地舔舐着图卷,眨眼间就吃了个干干净净,然后,炉火突然变了颜色,从橙黄变作橘红,从橘红变作青灰,最后从青灰变成了纯黑。

大堂瞬间就暗了下来。

火苗是黑的,炉烟也是黑的,黑色的烟雾在半空结成了一个龙形怪兽的轮廓。这个怪兽虽由烟雾构成,但利爪屈伸,飞须摇摆,神态逼真,特别是在它翻腾跃动间,头顶还有电光闪现。

"何人?何物?"它一张口,便是龙之吐息,空气中结出无数冰晶落下。

习尧捏着一根黑毛晃给它看:"孙尚!石猴!"

飞龙凑近黑毛嗅了嗅,一回身便扎进了头顶的厚重云层里。炉烟中没了它的痕迹,只有一片像是3D投影出来的黑白闪电云层。

习尧目光灼灼地望着云层，就像望着记忆中那个脚踏七彩祥云的男人。

在很久以前，习尧还不叫习尧，而叫羽饶，是一只占山为王的猫妖。虽是妖，但不食人畜，只是偶尔吓唬一下上山伐树的村民。人在山下妖在山上，本来一直相安无事，但那年百千妖魔突现人间，在长安遭到重创后四散奔逃，于是天下冒出了很多以捉妖为生的驱魔人。山下的村民想借此机会除掉猫妖，便画了画像，标记了巢穴位置，向过路的驱魔人求助。

那段时间，习尧每天都要丢十多个驱魔人下山，直到那个扛着棍子的纤瘦男人到来，她被一棍子打到了隔壁山头。后来习尧不肯承认是自己技不如人，只说孙尚那厮扮猪吃老虎。因为他进洞的时候没有一点驱魔人的样子，看到要驱的妖是一副少女模样，顿时红了脸，埋头看了村民给的通缉榜半晌后，才羞涩问道："你就是……为祸一方的大魔王……习尧吗？"

习尧扶额："世道真是乱了！什么人都能当驱魔人了！那是念习尧吗？是念习尧吗！"

"抱歉，我刚学字不久！"

"废话少说，亮兵器吧！"

"好！"

猫最灵巧，所以习尧以速度见长，她移动起来一般人肉眼不可见。这不，她一闪身，已来到男人身前，刚想一掌把男人拍下山，却见乌光一闪，身子突然吃痛，再睁眼时，已经摔进了隔壁山头的崖壁之中。

这一击让习尧很受伤，不止肉体，还有心灵。她好不容易从崖壁中爬出来，却被一个黑乎乎的手掌抓住，急匆匆地往洞里跑。

风中满是牛粪的味道。

习尧的隔壁住着一位姓牛的魔王，他不仅是个杀人狂，还是个老色鬼，垂涎习尧已久，一直苦于没有机会，如今得天赐良机，自然不会放过。他把习尧抓进了牛穴最深处的地洞，五花大绑，然后还学人类那套，穿红衣点红烛，玩起了拜堂。

习尧脑子有点蒙，不明白自己为何突然落到了这步境地——瞬息之间，就身陷囹圄？牛魔王的地洞里堆满了人畜的尸体，味道之大，熏得她无法思考。

正憋着气，突闻一声巨响，接着地动山摇，巨石砸下，清风灌了进来。

习尧抬头一看，洞穴上方破了一个大洞，那个扛着玄铁长棍的男人，正脚踏七彩祥云，缓缓降下来。一瞬间，她心头竟涌现出这个男人有些帅气的错觉。

男人虽然是个文盲，好在并不糊涂，落地一看，尸山骸谷，明白了这个头上长角的大个子才是杀人如麻的大魔头，二话不说，举棍就打。牛魔王机警，翻身躲过了这迎面一棍，几个蛮牛打滚，滚到墙边拿到大刀后，才开始应战。

二人你来我往斗了几十回合，竟难分胜负。一旁观战的习尧暗暗后悔，自己果然是大意了，这长棍男明明实力平平。刚这样想，却见男人停了下来："我有点生气了！"

牛魔王一愣，哈哈大笑道："打不赢就生气？哈哈，你是要笑死我老牛，好继承我这满山的牛粪吗？"

男人将棍子往地上一杵，突然跪在了地上。

牛魔王顿时笑得更欢了，捂着肚子捶地："哈哈，我还以为你有什么绝招呢，原来就是给我下跪，指望我放你一马吗？"

因为他笑得欢，所以没有注意到，男人的身形突然胀大了一圈，皮肤被一层岩石一样的外骨骼紧紧包裹了起来，接着，岩石缝中长出了无数柔顺亮泽的黑毛。

习尧睁圆了眼睛——这个驱魔人，居然也是一只妖？还是一只造型古怪的石猴妖？

男人变身之后，速度比习尧还快，牛魔王还没来得及眨眼，就被掐住脖子举了起来。男人像是扔飞饼一样，一个转身，把牛魔王从头顶的大洞甩了出去。接着，他又抓住了玄铁长棍，这次棍子像是被注入了强大的能量，泛出了金黄的光芒。男人单眼一瞄，又一个转身，猛地把棍子也掷了出去。

男人抱起习尧，小声说道："能被欺负成这样，估计你也不是坏妖！"说完就往洞外飞去。

习尧躺在他的怀里，本想说点什么，但与他坚定纯澈的眼神一触之后，竟失了语。男人落在大路边上，将习尧放下，为其解绑。

"你叫什么名字？"习尧低头问他。

"孙尚……你呢，你刚说我念错了你的名字！"

习尧抬头笑道："没有错，我就叫习尧。"

羽饶，取的是羽翼丰饶之意，如今习尧见到毛发比自己还丰盛的孙尚，突然觉得这个名字已经不适合自己了。

见习尧盯着自己的黑毛看，孙尚突然反应过来，赶紧变回了人形，悄悄说道："我是妖的事情，不能随便对别人说的！"

习尧点点头，问他："你的棍子呢？"

孙尚摆了摆手："让它再飞一会儿吧！"

6

习尧就这样改名了，也这样跟孙尚结识了。孙尚说，她是他的第一个朋友。习尧很意外，问他为什么觉得自己可以信赖？孙尚挠挠头，说不知道，心告诉他的。

既然是朋友，当然无话不谈，习尧开始慢慢了解这个石猴，比如他是驱魔四人组的成员之一，还比如他神通广大，一个跟头可行千里，于是常趁着团队驱魔休息的间隙来找自己玩。

有时候他会说起自己的伙伴，那个姓唐的姐姐，因为经常跟大家啰唆"妖有好坏之分，驱魔除妖下手需有分寸"，被朱霸霸戏称是爱念经的师父。而他因为十分听唐姐的话，被戏称是师父身边的第一大狗腿子，大师兄。朱霸霸说自己也是唐姐的狗腿子，便自封二师兄。而对于一直冷脸相对，不怎么与大家沟通的沙净天，朱霸霸就叫他沙师弟，故意占他便宜。

"沙师弟是监管我们驱魔除妖的人，每次我往这边翻跟头时，他都会死死盯着我看，但是唐姐让我别怕，该玩玩！"孙尚从树上摘了颗桃子，边吃边对习尧说。

习尧问："你们为什么还会有监管者？像是服刑一样！"

"具体我也不太清楚，反正我们的任务就是得把为祸世间的妖魔铲除干净。"

"可你自己也是一个妖，他们还不知道吗？"

孙尚摇摇头，放下桃，眼神忧郁了起来："他们的朋友孙尚已经死了，我只是一个冒充的。我本不想欺骗他们，但是又不知从何说起，特别是一路上，唐姐对我极好，教我说话写字；老朱虽然爱开玩笑，但每当沙师弟想训斥我，他都会第一时间维护我。我其实害怕他们得知真相后会离开我。我没有家，也没有什么朋友，离了他们，我完全不知道该怎么生活。"

习尧默默地看着他，轻声说道："傻子，我就是你的朋友啊！"

"其实我知道，在出发之前，唐姐和老朱偷偷用照妖镜照过我，好在那东西对我不奏效。"孙尚说着又笑了起来，纯真得像个孩子。

习尧突然拉了拉他的手："我也要跟你一起上路！"

"干吗？除妖啊？很苦的！"

"没事，老待在深山老林，太腻了！"

"这倒是，这儿的桃子已经不好吃了！"

习尧捶了他一拳："有吃的就不错了，还嫌？"

"唔……我不是这个意思！"

"让我去吧，我很厉害的！"

"不行，你……毕竟是妖，沙师弟不会同意的。"

"可你之前说过，你们同行的还有一只妖狐！"

"妖狐白茶是唐姐之前的养宠，唐姐怕它被这场屠妖大战波及才带在身边的。而且当初为此，唐姐差点跟沙师弟打起来！"

"这个沙师弟，怎么这么讨人厌！"

7

后来每年习尧都会给孙尚提数次一同上路的请求，都被拒绝了，直到某年，孙尚不再拒绝她，因为四人一妖组的驱魔旅程即将结束。

但是孙尚的脸上没有一丝喜色。

习尧问他："怎么了。"

他说："要出事了，白茶得到秘密消息，有人等着治我们的罪！"

"为什么，你们有什么罪？"

"一路上，我和唐姐并未把妖魔赶尽杀绝，而是瞒着沙师弟，将它们都收进了照妖镜里，这违反了之前的任务指示。"

"那你们别回去了，赶紧跑吧！"

"白茶已经跑了，但唐姐执意要回。"

"你劝劝她。"

"白茶都劝不动她，我就更劝不动了。"

"那你别管她了，自己跑吧！"

"我不能走，我要与唐姐共进退！"

习尧突然一个手刀，打昏了孙尚，将他五花大绑在洞里。给他喂了十天的桃后，习尧问他："还要回去吗？"孙尚摇摇头。习尧笑嘻嘻地给他松绑，结果一解开，却发现孙尚变成了一根黑毛，在空中打着旋儿，缓缓飘落。

"分身术，中计了！"习尧一跺脚，忙冲了出去，可惜山野里早没了孙尚的气味，天下之大，该去哪儿找呢，况且已经过去了十天，他是否已经遇难？

习尧开始了漫长的寻人旅途，这只高傲的山大王猫，游走在人世间，逐渐变成了一只流浪猫。可是她不在乎，她只想找到孙尚。

终于，某天傍晚，她在某条阴冷的小巷遇到了一个黑衣男人，她抓住他，问他身上为什么会有孙尚的气味。男人错愕，说那不是孙尚的气味，而是另一个世界的气味。黑衣男人将她带到了一个叫子夜客栈的地方，告诉她客栈封印着另一个世界，那里是孙尚的故乡。

习尧问他孙尚在哪儿。男人说，孙尚因为协助唐画包庇群妖，所以被遣送回了故乡。习尧问怎么才能去到他的故乡。男人摇头说道，不能去，但是可以托神兽去找人。习尧问神兽在哪儿。男人说，神兽就在《山海经卷》之中，只有不停在客栈做事，才能挣得《山海经卷》的碎条，集齐一定的碎条，便可拼凑出神兽，召唤它为自己找人。

于是，习尧便在子夜客栈待了下来，一直做事到现在。她耗掉了一千年的时光，才成功召唤出了寻人神兽。

然而，在她充满希望地注视着那朵云约莫一刻钟之后，龙回来了，它空手而归，对习尧摇了摇头，发出一声低沉的龙吟后，便消散了。

是的，烟雾消散了，神兽不见了，火炉恢复了正常的模样。

习尧呆立了片刻，突然睁圆了眼睛，嘶吼道："孙尚呢？神龙！孙尚呢？"

"呵，居然还有人找孙尚？"一个身形修长，额发也长的男人突然推开子夜旅馆的大门，"你们难道不知道，它早在一千年前，就被天雷轰顶，形神俱灭了吗？"

8

习尧一看来人，是沙静天。

"是你……你为什么不早告诉我！"这个小姑娘脸上再无往日的骄傲与高冷，而是充满了苦痛与狼狈。

"我以为你知道的，我见姜叶把孙尚的棍子都给你了，便以为他早把一切告诉你了！"

"姜叶这个浑蛋！他为什么要骗我？"习尧瘫坐在地，"……怎么能骗我！"

"你们所有人都知道？对不对，只有我一个人被蒙在鼓里，像傻子一样去集布条，还去偷江夜的条，还在那儿笑呵呵地拼图……"习尧嘴瘪了起来，眼泪大颗大颗往下砸落。封小荷走过去，轻轻抱住了她。

每个人的心底就那么丁点希望，一下子就被掐灭了，哪里还有光？哪里还有暖？

楚乔也红了眼睛，但还记得自己的职责，抽着鼻子问沙静天："你好，你是？"

"您不知道我，但我知道您！"沙静天恭谨一笑，接着说道，"我是这儿的老顾客了，这次来是特意接妻子回家的，所以您不需要过问太多。"

楚乔一头雾水，但见其他人都没有反应，便也退到了一旁。

沙静天走进了旅馆。

他想起上一次像这样堂而皇之走进来，还是作为照岁的特派员，来监管姜叶对于百妖夜行一事的处理。

一晃就是一千多年，好像什么都没有变，但其实什么都变了。

他一度在想，如果当初没有答应姜叶的请求，自己的人生会不会不一样，至少不像现在这般凄惶吧。

驱魔归来之后，沙静天接管了地府，许下了地狱不空誓不罢休的宏愿。信徒因他心善而敬拜他，可谁能想到，这个总是对信徒微笑的活菩萨，内心早已空洞。

到底是什么时候开始变的呢？

是在驱魔途中错杀了整个阿修罗族的时候吗？还是归来后不听卦师的预言，执意要跟罗秀成婚的时候？

可罗秀是那样聪慧美丽，自己如何抵挡得住她汹涌炽烈的爱？再神通广大，终究不是神，只是人啊，是人，就会有七情六欲。

成婚之初，两人无比甜蜜，可某个雷雨之夜，罗秀突然从睡梦中惊醒，说她做了一个可怕的梦，梦见一群三头六臂的怪物爬上了自己的身体，用尖利的獠牙挑破皮肉，疯狂吞食着自己的骨血。

沙静天明白这是它们要找自己复仇了。可他并未发现家里有阿修罗怨念体存在的迹象，思来想去，只能得出一个结论。找上罗秀的，是自己的心魔。他和唐画等人都被佛光加持过，沐浴佛光者便是半佛，而人想要成佛，便要将心底的阴暗驱逐出去。唐画驱逐出来的东西被世人称为欢喜佛，想来他驱逐出来的东西，便是阿修罗了。

沙静天不止一次跟罗秀提出分开，但罗秀死活不同意，表示这只是一个无关紧要的噩梦，是他过于紧张了。可罗秀越是这样说，他就越紧张，越怕阿修罗真的找上心爱的妻子。

一个东西，你不想也就罢了，越想，心魔便会越重。终于，某一天，沙静天经营的蜡像馆失踪了一名工作人员。他循着气味找到后台，发现罗秀正趴在一具尸体上……

从那天起，沙静天的世界彻底暗了下去，他忍痛将已经被心魔侵体的罗秀关在地下室，但这样并不是办法。于是他开始谋划，给阿修罗设下了一个圈套：故意让李清水将罗秀救走，送到防守力量最薄弱时的子夜旅馆，然后想趁阿修罗从罗秀体内出来之际，将其彻底灭杀。可是计划执行到最后关头，习尧出现了。

旅馆想要得到阿修罗的力量，不愿意让沙静天将其灭杀，双方谈判的结果是旅馆负责将阿修罗与罗秀分离。

如今，就是旅馆兑现诺言的时候了。

9

沙静天刚走到里间走廊，便看见罗秀像一只轻盈的鸟儿朝自己飞奔而来。这标准的久别重逢架势却并未让他高兴，直觉告诉他，这一切不可能如此顺利。

果然，随后他便看到，罗秀身后跟着一个熟悉的怪兽——三头六臂的阿修罗。可这是不应该出现的一幕，因为前不久他明明从心目镜中看到阿修罗被王言不破收服了，今天为何又会跑出来？

不过此刻容不得他多想，阿修罗的魔爪已经快勾到罗秀的肩膀。

既然已经分离，就不可能再轻易让你回去！沙静天一声冷哼，闪身至阿修罗跟前，挥出了一记重掌，这一掌挟裹着他数十年的憋屈与心痛，悔恨与无助。力量之大，难以阻挡。

不过阿修罗居然没做任何抵挡，任由自己被击飞，撞到走廊尽头的墙上，然后吐出一口鲜血，瘫软了下去。

怎么会这样？

沙静天疑惑转头，却见身后的罗秀已然变了样子，成了一个由绿色0101代码构成的人形轮廓。而当他再回头看阿修罗时，直接傻掉了。

瘫软在地的并不是丑陋的阿修罗，而是美丽的罗秀。

怎么会这样！

他冲过去抱起罗秀："为什么？究竟是为什么！"

只见罗秀笑了笑，用最后的力气挤出一句话："这是……我对你最好的……报复！"

说完，她闭上了眼，白色的神识体脱体而出，看了沙静天一眼，便飞到了旅馆的大堂，一头钻进了王言不破努力按住的那堵墙里。

白色？沙静天突然癫狂大笑，笑得鼻涕眼泪横流。这玩意儿他再熟悉不过，当年站在阿修罗族的土地上大肆杀戮的时候，眼前飞舞着的全是白色神识。

原来还剩下一个阿修罗。

原来这一切都是她的复仇。

可……可……

罗秀是爱他的，他坚信，不然她不会跟自己生下一个孩子！

对，孩子是爱情的结晶，是爱过的证明！

沙静天突然冲到大堂，也想跟着钻进那堵墙，却被早已经拔剑而待的封小荷拦了下来。

"你不是他的对手！"白鹤起身，也加入了战局。二对一，但旅馆方却并未占得上风，毕竟沙静天此时是一个疯子，力量要比平时强上数倍。好在习尧也加入了战局，她此时急需要发泄，下意识便把沙静天当成了当年欺骗自己的姜叶来捶。

三人联手，终于将失控的沙静天打趴在地。

但这时，王言不破突然一声惊呼："不好！"

10

从王言不破身上飞出一张符咒，当空爆炸，一个三头六臂的怪物出现在众人眼前，然后以迅雷不及掩耳的速度，一头撞进了沙静天的身体里。

此时，在一旁观望了很久的代码人也钻进了这副身体。

"咯咯咯……这是你们逼我的！"沙静天发出不男不女的诡异笑声，他的头极其痛苦地不停往左偏，变化……

"糟了，他被心魔吞噬，成了真正的阿修罗！而且有了阿雅的邪恶力量加持，我们恐怕不是对手！"一向波澜不惊的白鹤第一次紧皱双眉。

阿修罗的身子不停胀大，直到顶到了旅馆的瓦顶。

一声巨大的嘶吼，震得旅馆天旋地转，众人眼前一阵发黑，待恢复过来时，发现自己已不在旅馆大堂，而是身处在一片炼狱之中——这是一块悬浮在黑暗之中的火红大陆，陆地上布满了尸骸与血河，陆地前方，阿修罗正用三个如高楼一般的巨头轮番看着众人发笑。

它挥舞着巨龙一样的手臂抓向众人，白鹤一把推开封小荷，自己却被捏住了。而另一边的习尧依靠自身的速度惊险闪避，但手无缚鸡之力的楚乔则逃无可逃。

阿修罗用绿色代码头看了看手中的白鹤，发出洪钟一样的巨大声响："怎么样，与我做交易，后悔了吗？"

白鹤无奈笑道："我确实没想到放你出来，会促成此等大祸！"但他远远望了一眼地上的封小荷，"但也不后悔吧！"

满脸痛苦的沙静天头转过来，癫狂一笑，大手用力一捏，白鹤直接成了飞灰。飞灰中现出了一点绿色的光芒，它幻化成了封小荷的样子，哭着想要去捞那些弥散的灰烬，但满脸血污的女人头突然转过来，从嘴里吐出了一簇急火，直接把它跟灰都烧得一干二净。

　　接下来，阿修罗的三个头都看向了另一只手里的楚乔："羲和大人，我来帮您觉醒吧！哈哈哈哈哈！"

　　伴随着猖狂的笑声，刺目的白光从楚乔的身体里迸发出来，将这个血腥炼狱照得晶莹透亮。

214问题：谁把阿雅放了出来？

夜

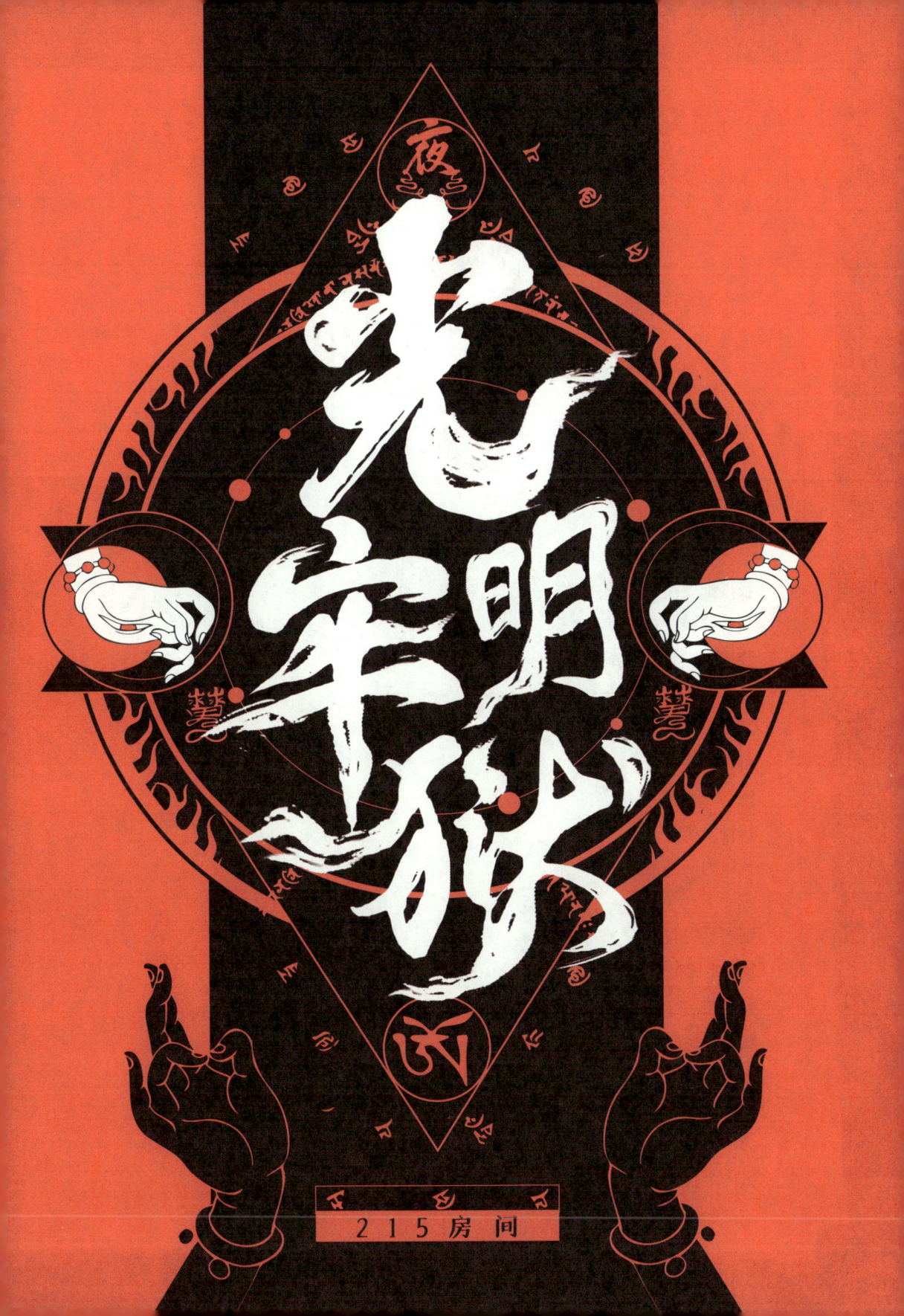

光明牢狱

215房间

NIGHT PORTER

光明牢狱

我们都要接受失去,
我们都被关在牢狱,
我们生来就是传奇,
活得却不如一条哈士奇。

可笑的仙佛,
躁动的神魔,
执拗千年,
竟只为一颗苦果!

别老艾特我,
谁爱吃谁吃,
我很忙,
晚上守夜白天值班,
太累的时候便会想,

会不会有另一个世界,
另一个我,

过着另一种生活！

尝着另一种寂寞！

1

那是一道晶莹透亮的白光，刺得眼睛发疼……

亲爱的读者：

夜迟风暖，瓜甜虾香，伴随着炎夏的到来，《守夜人》已经更新了一年半，在这一年半里，我有幸获得了很多的成长，更有幸结识了你们，可以说，没有你们的支持，《守夜人》走不到今天，当然，即便大家如此支持，《守夜人》还是走到了今天。

目前为止，《守夜人》一共是二十九个故事，作为一个系列文，已经足够多，虽然我曾经想写到六十个。这二十九个故事都是我的心血之作，我对这些故事的期许是，每一篇的形态与表现手法都不一样，但前提是一定要好看，要被一条大主线牢牢贯穿。在我之前，没见别人这样写过小说；在我之后，恐怕也没什么人敢这样写了，因为实在太累了。

这一年半，巨大的脑力消耗使我失去了智商，而长期闭门宅居写作，又使我失去了情商，这些改变的影响集中体现在昨天去菜市场买菜，我被猪肉贩多收了十二块五而不自知，回家细算之后心痛不已，昔日精明聪慧的少年，为何如此凄惶。

我不能再这样下去，我的身体已经被榨干，脑袋已经被掏空，因此，我不得不郑重而又遗憾地宣布一件事：《守夜人》到此就结束了。在二十九个故事之后，它彻底画上了句号。我知道大家可能会难受，心里会想，你写不满六十个故事，至少写满三十个啊，二十九，这样一个数字，是要逼死强迫症吗？

我并不想逼死任何人，事实上我自己也是个强迫症，可你们知道吗，从第十六个故事开始，我就已经技穷了，这后面的十三个故事都是我上厕所的时候硬憋出来的，而第三十个，在我枯坐两周之后，不仅一个字都没有憋出来，反而还把马桶堵了。再这样下去我只会把自己逼死，所以在经过认真思考过后，我觉得自己可能不适合走写作这条道路，打算重新找工作了。

如果大家还没看明白，那我不妨把话说得再直白一点，《守夜人》这个系列小说，我编不下去了，从今天起，正式"太监"了！

拒绝刀片，后会无期。

发布了这封致读者信后，我有那么一瞬间的恍惚，盯着劣质刺眼的屏幕，心里揪得慌，但这应该是最理性的选择——小说出版不顺，单靠每月的稿费，买不起房结不起婚，如今连稿子也写不出了，再不及时转弯，就要一头撞死在南墙上。

突如其来的开始，突如其来的结束，可能这就是人生。

起来伸了个懒腰，将窗帘拉开一半，发现阳台被晒得滚烫，昨天南原种在窗前小瓶里的葱，已经枯黄发臭。盯了葱半天，实在下不去手，索性今天就不做饭了，出去吃吧，顺便庆祝一下我的明智决定。不过，她真的会高兴吗？

在等待南原回家的时间里，我给好友路知远打了个电话，想让身为金融界精英人士的他给我推荐工作，但是他却说自己也在找工作，前段时间徒步了一趟318国道，本想去寻找真实的自我，却不料被晒得黝黑，导致如今找工作时企业老以国籍不对口而拒绝他，所以他只告诉我，心肠太黑的人只适合坐吃等死。

路知远是一个说话很严谨的人，所以挂了电话之后我想了很久，为什么他要在太黑前面加上心肠二字，后来在备忘录里找到了原因，去年借了他一千块忘了还。

正打算给他微信转账，夏川却打电话来了，接听之后，迎面扑来一股低气压："晚上有空？喝酒？"

"没空，再见！"这半年来，他一直找人陪同买醉，丧得像一头挨了捶的牛。我本以为他遭遇了什么巨大的人生变故，但上次陪他喝酒，听他唠叨了一晚上跟女友苏西那点破事之后，便决定再也不搭理他了。

是的，自己的感情纠葛再翻江倒海，说给别人听的时候，只会得到五个字评价：那点破事儿！

挂断电话之后我突然想起给南原熬的中药还没取，便赶紧出门下楼，来到李记药店，店长李清水正撑着头在柜台打瞌睡，我敲了敲玻璃柜，她睁开惺忪的睡眼，慵懒笑道："来了？在里面，自己拿吧！"

这是一个有味道的女人……呃，我是说，中药的味道。

取了药准备离开时，她叫住我，拿给我一个大信封："这个应该是给你的！"

见上面打印着我的名字，我便将其打开，一看之下，身子一晃，差点跌倒。

里面是一张照片，照片上是南原，她被捆绑在椅子上，嘴巴被黄色胶带封着，眼里写满了惊恐与无助。

南原是我的女朋友，一个普通都市白领，虽然性格孤僻，不爱说话，但心地善良，从来不做伤害他人的事情，所以不可能有仇家。而且我俩都是在京的外地人，工资不高，勉强苟活，老家的一亩三分也不够绑匪惦记。

我问李清水："谁给的？"

她打了个哈欠："没注意，下午我正卖药呢，一个人影进来一晃，在柜台留下信封就走了！"

我有些荒谬地想到，难不成是下午发的那封停更信，招致了读者的愤怒，所以以此报复我？

不应该，我又不是流量明星，现在的人追书不可能这么疯狂的。

我无意把照片翻了个面，发现上面有字：**"这些年来，你一直自私地写作，以笔为刀，伤害着身边的人，去向他们道歉，以换取南原所在地的线索。"**

谁？我伤害了谁？以笔为刀是什么意思？

说起来，我的《守夜人》确实写了很多身边人的故事，但那些都经过了抽象加工，难不成也造成伤害了吗？是我无意间触犯了某个朋友而不自知，导致他恼火到要以绑架我的女友来泄愤吗？

如果推论成立，那么到底是谁呢？二十九个故事里，有一大半都是以朋友为原型的，比如眼前这位风韵犹存的李老板，也在《守夜人》里扮演了一个极其重要又富有魅力的角色，我把她写成了一个永远得不到爱与解脱的怪物，难不成她因此怀恨？

"李老板，对不起！"我朝她深深鞠了一躬！

"怎么了？"她一脸意外。

"我把您写进了小说，形象塑造得有些争议。"

"……只要你买药没给假钱，其他事都不叫事儿！"李清水摆了摆手，又慵懒地闭上了眼，"你那小说我在朋友圈点开过几篇，虽然我不在意，但我看你把人家顾小海黑得挺严重的，你真想道歉，找他才是正理！"

顾小海？确实，他的那篇故事用力有些过猛了，加之他本来就不是阳光开朗的人，因此怀恨也可以理解。我赶紧打车去到了他就职的中学。

顾小海刚给学生上完课，正坐在办公室批改作业，见我敲门进来，十分意外："是你？你没事不会找我！正巧，我也有事找你！"

"你找我什么事？"我先问。

他笑了笑，递给我一个信封："不知道谁从窗户塞进来的，上面有你的名字，应该是给你的！"

打开一看，里面还是一张照片，区别在于南原的样子变了，她的表情愈发痛苦起来，衣服上出现了血迹。

这人开始动真格的？！

我激动地把照片摔在顾小海的桌上："是你吗？是你做的吗？"

顾小海盯着照片看了好一会儿："不是我，你先别激动，情绪解决不了任何问题，你与我初中同学三年，我能做出什么事你还不了解吗？"

"对不起，现在我的脑子有些乱！"

"不要急，如果可以的话，你跟我说说，我帮你分析一下情况！"

于是我将事情大致讲了一遍。

顾小海沉思片刻，给我指出了一条明路："如果只是绑架吓唬，很多人都可能做，但现在已经见血，如此凶悍的行事作风，我所能想到的只有王洛川了！"

我有些不敢置信："他一个自闭画家，能干出这种事吗？"

"那是你对他了解不够。十三年前，他不是因为画画放弃了上大学，而是因为伤人罪蹲了大牢，没法去上。"

我翻到照片背面，看到这样一行字：**"你真正爱过谁，又真正了解过谁？"**

3

王洛川跟我的关系很微妙，一方面因为大家都是自由职业者，所以比起其他同学更有默契，另一方面因为两人性格都内向，所以也不常联系。

我找到他家的时候天已经黑了下来，他正打算出门吃饭，见到我愣了愣，没料到我会来。

"……吃吗？一起？"他显然不常跟人吃饭，邀约显得生涩。

"我现在没心情吃饭，洛川，你……最近好吗？"一时间竟不知道该怎么问。

"挺好的……你今天是来？"

"洛川，其实我一直想跟你道个歉……"

"不用了！"他摆了摆手。

"你知道我要说什么？难道真的是你……"

"是我……"

我一把扭住了他的衣领："南原在哪儿？你把她怎么样了？"

"你发什么疯，南原在哪儿我怎么知道？"他挣脱，一脸恼怒。

"南原被绑架了，你说是你！"

"……绑架？我说的是旭阳那件事，去年你把人打了，是我给你顶的包，你还欠我一个道歉与道谢！"

旭阳？打人？我好像想起来了，确实有这么一回事，我当时也受了伤，不敢回家被南原发现，所以才找路知远借了一千块钱去看医生，在外面待到伤好才回家。

误会一场，我赶紧给王洛川赔礼道歉，并说明了目前我的艰难处境。他听后告诉我，没有收到写有我名字的信封。

正说着，一个美女踩着高跟鞋上楼，见到我们之后高兴地挥手，手里拿着一个信封："洛川，楼下有个人让我把这个交给你！"

这个美女叫郝雯丽，是王洛川的高中同学，也是他的暗恋对象，如今已婚，住在对门。

王洛川看了看信封，递给我："原来你说的是真的！"

我问郝雯丽："美女，有看清是什么样的人给你的吗？"

郝雯丽摇头："楼下太黑了，他又戴着帽子，没看清。"

我打开信封，抽出里面的照片，南原的脸色比之前更苍白了，她痛苦地闭着眼，嘴角沁出了血珠。

背面写着：**"爱得深了，就变成了恨。"**

我正琢磨着这话的意思，来电话了，是李一惩。

"马上来我公司一趟，有事跟你说！"一句就挂，还是那般简明扼要。

李一惩在我们这群同学中混得最好，年纪轻轻就成了公司CEO。我赶到他的办公室时，他正站在一面巨大的落地窗前，眺望着京都市的璀璨灯火。

"你看看这个！"他走过来，递给我信封。

里面的照片再度升级，南原的嘴唇已经失去了血色，脸上的血污却增多了，看上去快不行了。

"你知道是谁做的吗？"我倍感急切。

李一惩摇头："我不知道，但是我可以肯定地告诉你，不是旭阳！"

"你怎么知道不是他？你怎么知道我怀疑他！"

"南原毕竟是我公司的员工，去年你为了她跟旭阳起纠纷的事情我很早就知道了，你难道不好奇一向睚眦必报的旭阳为什么后来没找你麻烦吗？因为我把他引到了王洛川那儿，你俩身形样貌都相似，他没有怀疑。"

"为什么要这么做？"

"因为你的女友毕竟是在我公司出的事，总得做点补偿！"

"那你大可开除旭阳！"

"不行的，他有业务实力，而且最关键的一点是——他并没有错啊！"

我捏紧了拳头："骚扰女下属，还不叫错吗？"

李一惩叹了口气："还在自欺欺人？你应该早就知道了吧！"

我没有回话。

他继续说道："是南原先勾引旭阳的！"

我咬紧牙关，可内心的酸楚还是止不住地往外涌，眼睛发涩。

有些事情你不愿意记起，是因为太过痛苦。但哪怕跟夏川喝再多的酒，也解不了那点破事儿的愁！

"抱歉，我只是习惯教人面对现实，当务之急还是找出南原被绑架的地点。"

"你是不是已经知道在哪儿了？"我这样问，是因为李一惩的聪明无人能及。

"我研究了南原身后的那把椅子，独特的纹路与工艺，出自沙静天的店，而且你翻到照片背面看看。"

我翻过来，只见一句：**"我是被你伤得最深的人。"**

4

如果一定要说我的写作伤害了谁，那便是沙静天了。因为我在小说里把他写成了地府看门员，一个很邪的人，这间接导致了他店铺的生意直线下降。金钱的损失，才是真正的伤害。

打车来到沙静天的店铺前，大门关了，侧门留着。我进去，发现他正坐在大厅中央，手里拿着一个信封等我。

"你是来跟我道歉的吗？"他问。

"……南原真是被你绑架的？"

"可道歉是没用的！"沙静天没理会我的问题，直接把信封丢给了我。

我匆匆打开，抽出照片，上面只有一张带血的靠背椅，南原已经不见了。背面写着：**愧疚只是一种自我保护机制，道歉的本质是安慰自我，与受害者无关。**"

"你到底把南原怎么了？！"我血气上涌。

"你凭什么认定南原是被我绑架的？就因为那把椅子？"沙静天冷哼了一声，"真是可笑，从我这儿买过椅子的人何止百千！"

"可与我有关的人里，应该只有你有！"我据理力争。

"不对，除了我，你认识的人里面，还有一个也有这把椅子。"

"谁？"

他突然邪邪地笑了起来："你啊！"

我？我怎么会……我有这把椅子吗？

我开始后退，但沙静天却紧逼而来："我问你，为什么你的女友被绑架，你却从没有想过报警？"

报……报警？对啊，为什么不报警呢？

"我……忘了！"

"忘了？"沙静天凑了过来，"你不是忘了，你只是不敢报警，因为你心里很清楚，谁才是凶手！"

"我不知道，我真的不知道！"我下意识摔门而逃。

街上下起了毛毛细雨，夜风挟裹着雨珠拍打在滚烫的脸颊上，让我纷乱的思绪渐渐清晰了起来，一些陌生的片段开始在脑海中像电影一样闪回。

我确实在沙静天这儿买过一把椅子，那是南原喜欢的款式，我把它放在了阳台……

一周前，南原半夜回家，身上是另一个男人的味道……

我把她绑在了椅子上，抱着她哭，什么都说不出来。我家境一般，性格孤僻，收入还不稳定，她做出什么样的选择，我都能理解。可能理解，不代表能接受，我无法接受……

人在极端的时候，会分裂出另一个自己。所以严格意义上来说，南原不是我杀的，虽然本质上并无区别。

我回到家，打开灯，电压不稳，灯光明灭忽闪。我摸出了口袋里的药，这时候才看清，那根本不是中药，包装纸上写着：特制防腐剂。

李清水一直卖这个给我，应该早就猜到了吧！

我跪在床前，头抵着地板，身子止不住地抖动着，像只逃无可逃的缩头乌龟："对不起啊，对不起啊！"

许久，我抬起头，用袖子擦干眼泪鼻涕，掀开床罩，缓缓拉开了床柜。

可里面并没有南原的尸体，只有光。

那是一道晶莹透亮的白光，刺得眼睛发疼。

5

待视野渐渐恢复，我看见面前有两个人影晃动。一个是沙静天，一个是李清水，不过两人都穿着白大褂，一副医生打扮。

沙静天关切地问道："江夜，你醒了吗？这次治疗感觉如何？"

治疗？我撑坐起来，回头一看，原来自己一直躺在一张特制病床上，床头有一个巨大的电子头盔。

"怎么回事？这是哪儿？"我感觉浑身无力，边挣扎着起身，边问。

李清水按住我："江先生，请先不要动，刚做完 AY 治疗，体力还需要一定的时间恢复。您先在这儿休息，我去通知唐小姐来接您。"

AY 治疗？我对这个名词好像有点记忆。而由此记忆为引，更多的记忆被牵扯了出来。

我叫江夜，是一个编剧，同时也是一个病人。三年前，因为我与女友南原吵架，致使她离家出走，意外坠入地铁轨道死亡，自此之后我的精神便出现了问题，据唐画说是产生了第二人格，会对身边的人动手。于是在唐画正式与我交往之后，便带我来到了这家医院做治疗。

据说 AY 治疗是最先进的精神疗愈法，它将人工智能接入患者大脑，根据伤痛记忆进行场景模拟，并通过各种暗示与引导，慢慢让患者接受一些无法接受的事情，放下一些早该忘掉的事情。

唐画进来了，她今天梳着盘头，披着件红色的休闲西装，袖子捞至小臂，既利落干练，又风情尽显。

"怎么样？"她把我扶起来，蹲下身子帮我系鞋带。

"这次有点猛，不过心里舒服了不少，还不错！"

一同往外走的时候，我对唐画说："这次 AY 玩得很厉害，它把我的所有人格都抽离并且具现成了小说里的角色，如路知远、顾小海、王洛川、李一惩等人，然后用它们引导我接受南原因我而死的事实。"

"你当初写这些人的时候，就是以自己为蓝本创作的吧！"

"对，所以有个很有意思的点，它们对我进行引导的时候都有一句话，第一句是说我以笔为刀，伤害了身边的人，欠他们一个道歉。最后一条是说害南原的人就是被我伤得最深的人。因此 AY 可能想表达的是，我因为写作的原因，对自己剖析得过深了，伤害了自己。所以我欠自己一个道歉。"

"就像是过度采矿会引起矿难一样，你为了写作把自己挖掘太深，精神不出问题才怪。所以 AY 的引导是正确的，你近段时间把工作都推了，多休息放松一下吧。"

我点点头，随唐画走出大门，要上车时回头一望，白色典雅建筑的墙面上是九个大字——"阿秀萝伤痕修复中心"。

"阿秀萝？名字有点怪，听着感觉不吉利！"我钻进车里说道。

唐画白了我一眼："怎么每次都要对这个名字发表一番意见，这可是沙院长根据夫人罗秀的名字起的，多浪漫啊！"

于是接下来唐画给我说了一路沙静天与罗秀如何恩爱，如何成为市模范夫妻的种种细节。

我不傻，有效地从这些话语中提取出了三个关键词：勤买花、勤买包、听老婆话。

6

回到山边的小别墅，唐画去厨房做饭。我没事便光着脚，踩过大厅松软的地毯，亲亲角落的黑猫，又摸了摸经常被黑猫欺负的黑猴，见黑猫想跳过来挠我，忙把客厅墙上的那把翠绿长剑取下来吓唬它，它厌了，只好又跳到黑猴的头上去挠。

这样的生活既熟悉又陌生，恍如隔世，可我明明只是去治疗了半天而已。可能就像看了一场精彩刺激、代入感极强的电影吧，自己过于沉浸，以至于当电影落幕，突然抽离时，会一时间分不清哪个才是真实的生活。

庄周梦蝶，还是蝶梦庄周，其实并不重要，重要的是不论是庄周还是蝶，都在认真感受。

生命在于感受。

接下来的时间里，我推掉了所有的工作，安心度假，身心舒畅至极。

那天在夏威夷的海边，接到了我做编剧的电影点映邀请电话，挂掉之后，我搂着唐画感叹道："曾经，我穷得连茶叶蛋都吃不起，那时候的梦想就是有朝一日，能不用辛苦工作，便有不愁花的钱，左手搂着一个大美妞，右手揣着一个业务邀约不停的手机，躺在海边晒太阳！想不到如今还真都实现了！"

"主要对象找得好，旺夫！"唐画刮了刮我的鼻子，"梦想实现是不是很开心？"

"应该是吧！"我取下墨镜，眺望着美丽的海岸线。

"为什么要加应该？"

"总觉得还少了点什么？"

唐画掐了我一下："还不满足？还想再找一个？"

我摇摇头，没再说话。

我也不知道少了点什么。

电影点映会我邀请了沙静天去看，事实上这是唐画提议的，说与沙院长搞好关系总是没错的。可我并不愿意跟他打交道，直觉告诉我，我跟他聊不来。

果不其然，电影结束之后，他一脸沉郁地质问我："为什么要塑造一个既可恨又可悲的反面角色？"

我莫名其妙："啊？有问题吗？"

"我很不喜欢！看了心里憋得慌！"

我礼节性地笑道："憋得慌就对了，这就是戏剧张力啊，反映的是人生无常，人性更无常。"

"为什么电影里一定要有反面角色？"

"因为选择吧，无数的选择导致了每个人的路都不一样，有些人运气好，就走得顺，有些人运气差，就坎坷。当我们把视角放在那些幸运儿身上的时候，不幸的人就会被衬托成反面角色。"

"你不顺吗？"沙静天问我。

我一愣："很顺啊！"

"你女友唐画不顺吗？"

"她也很顺吧！"

"我也很顺！我们伤痕修复中心的所有人都很顺，老实说，我没见过坎坷的人，现实生活中没有反面角色。"

沙静天说完这话就走了，把我留在原地发呆。他的话触动了我。

我想明白是哪儿不对了！

沙静天说得对，我很顺，他很顺，所有人都很顺。生活顺遂，心想事成，快乐无忧，如同在天堂一般，但这种生活是不可能存在的。过于顺遂的世界，顺遂便成了最大的逆境，永远在得到的人，便失去了失去的权利；就像没有痛苦，快乐就失去了意义；没有黑暗，光明便成了牢狱。

是谁建造的这个光明牢狱？

我回到家，唐画正坐在花园里画画。我在她身边坐下，问道："你说，如果一个人总是笑，会怎么样？"

"会很开心啊！"

"不对，会肌肉坏死！"

唐画偏头看我："你为什么要突然说这个？"

"这个世界是假的,你知道吗?"

"什么意思啊?"唐画放下笔,用手背贴了贴我的额头,"又犯病了吗?"

我一把抓住她的手:"你知道,因为你不是唐画!"

她起身想挣脱,但被我抓得死死的:"江夜你放手,你果然又发病了,我得赶紧带你去阿秀萝!"

"别拿犯病来吓我!"我把她按回椅子,"你伪装唐画,却根本不了解唐画,她不是那种喜欢花和包的女人,更不是一个喜欢伺候男人、百依百顺的人。"

她神情一阵变换过后,慢慢镇定了下来:"呵,真真假假,又有什么分别?庄周梦蝶,蝶梦庄周,不都是美谈吗?"

"可你造的梦代入感也太弱了,稍微一想就出戏,不合格啊!"

"你以为这个牢狱是给你造的吗?"她笑了,颇为无奈,样子也随之变化,从人形缓缓变作了一团光。

那是一道晶莹透亮的白光,刺得眼睛发疼。

7

一恍神的工夫,别墅已经不见了,整个世界纯白一片。

"吾乃羲和的一缕神魂,本附着于凡人楚乔的元神之上,不料被业障强行唤醒,醒后感念有生皆苦,遂作美梦境缚住尔等苦众……也罢,人各有命,自求多福吧!"

这一通梵音轰鸣之后,无数的画面开始冲进我的脑海,这是羲和让我见她之所见?

……

原来我离开旅馆的这段时间,发生了这么多事,而且回来得太不是时候了,一个把白鹤捏死的大 BOSS 横在眼前,该如何攻略?

我明白了羲和的意思,牢狱不是用来关我的,而是用来关已经成魔的沙静天的。

就在白光即将消散之际,我忙抢问道:"羲和大大……能不能把我放出去,单独把沙静天关在里面?"

"做不到,也来不及了!"

"我打不过啊,你能传授我点绝招吗?"

"吾若能斗胜它,还造美梦境干甚?"梵音一顿,又说道,"汝自身便有绝招,吾教之,细听!"

"汝将身蜷于地,头缩至脖颈处,便能结出万年坚壳,防御攻袭!"

说完，白光消散了，眼前的一切也渐渐清晰了起来。

可我脑子里想的却是——它刚才是在骂我缩头乌龟吗？

8

终于又回到了这个炼狱之地，目及之处，是残躯成山，污血积潭，不同的是，之前伫立在天地间的那座雕像，成了一个活物。那是魔化后的沙静天，或者该称之为阿修罗，它的三个头都垂在胸前，像在沉睡。

在我前方不远处，躺着两个女孩，一个是习尧，一个是久别多日的封小荷。我过去唤醒了她们，习尧晃晃悠悠地爬起来，恶狠狠地瞪着我。

"你怎么了？难不成这时候了还要发起床气？"

她咬牙切齿道："你为什么要骗我！"

我一愣，明白了她的意思，摊手道："别赖我，所有的坏事都是姜叶做的！"

封小荷突然提醒："现在不是闲聊的时候，它醒了！"

我抬头一看，阿修罗的三个头都开始抬起，六只眼睛缓缓睁开。不妙的是，这厮放着两个大美女不看，偏偏直愣愣地盯着我，而且六眼饱含仇恨。

沙静天的头往前一探，发出洪钟巨响："如果不是你当年让我监管三人驱魔除妖，今天的一切都不会发生！"

我连忙摇手，朝他喊道："别赖我啊，所有的坏事都是姜叶做的！"

"可是……"他把头伸到了我的面前，巨嘴一张，腥臭扑鼻，"你就是姜叶啊！"

我连连后退："不不不，还是有区别的，比如……我比他幽默！"

"呵呵，我会让你死得更幽默！"话毕，巨掌从天而降。一旁的封小荷反应迅速，一把撞开了我，但自己却来不及逃脱，被拍在了地上。

巨掌掀开，人竟已不复存在，只在地上留下一把翠绿长剑。

这是……直接被拍成了灰烬吗？

沙静天也略显疑惑，低头观望。这时绿剑突然一跃而起，直直刺进了他的右眼。

"啊！"巨头痛苦呻吟，用大手把钻进了眼窝的剑生生抠出。这把剑在他手里就跟牙签一样，细小又脆弱。

他一咬牙，作势便要将其掰断。

"住手！"我大喊，但心里很悲哀，知道这话屁用不顶。可没想到他还真停了手，细一看，原来是一根巨大的玄铁长棍顶到了他的手腕，把他的关节顶错了位——长剑掉下。

习尧出手了，这个黑猫姑娘虽然有时任性凶悍，到底还是个善良的人。

"螳臂当车！"巨头一声低吟，抬手拍来。习尧身形灵敏，躲闪于无形。阿修罗一拍未中，另一只手悄然已至，朝着习尧的落点重重按下。好在习尧并未慌乱，中途变道，再次成功避开。

于是我的面前便出现了这样奇特的一幕：阿修罗的数只大手不停拍打着大地，把这块悬在黑暗之中的火红大陆震得摇摇欲坠，可每次习尧都能成功闪避，气得他三头冒烟，颇有菜鸟打地鼠的即视感。

我刚想给习尧鼓掌，却见阿修罗的女人头转到中间，张口一吐，滚滚红水翻涌而出。习尧本欲直接闪开，但她突然回头，给了我一个嫌弃的眼神，疾风一刮，她拾了剑，又挟我，跳到一处高地。可这时，我们突然发现高地的侧面早就埋伏了一只阴险的巨掌，它一翻一盖，天便黑了下来。

但也未全黑，巨掌盖到一半，便下不来了。一根铁棍撑住了它。阿修罗发出一声冷哼，接着便是一记轰然巨响，想来是他在手背上又盖了一只手。加剧的重压之下，习尧突然吐出一口血，铁棍随即缩短了一截。可这还没有结束，又是一记轰响，习尧的身子跌跪在地，棍子缩至一人高。

这下天真的要塌了。

9

"老沙，够了吧！"一个悦耳的女声突然响起，"杀了我男人，你会死的！"

……谁来了，这么嚣张？

阿修罗没回话，但外面应该发生了变故，以至它的手掌不再往下按，反而被棍子顶翻。重见天日之后，我看到天空中出现了一面巨大的镜子，镜子里透出万顷光华，照在阿修罗的身上，让它无法动弹。

一个样貌陌生的女人走了过来，我突然有一种说不清道不明的强烈直觉，虽然音容皆非，但她是唐画。

她来到我跟前，轻声问道："我来晚了吗？"

"……唐画？"

女人点头。

"你怎么变了样子？"

"借的身体，我的真身还在山下压着。"

"你为什么要来旅馆，你的镜子能治住它吗？"

"不行，只能控制一小段时间。"

"那你不是来送死吗？"

唐画看向一旁的习尧："不，我是来给这孩子送礼物的！"

习尧抹了抹嘴角的血迹，一脸警惕。

唐画拿出一个口袋，从里面摸出了零零碎碎的小石块。她用小石块在地上拼成了一个简单的人形堆，然后对习尧说："你把孙尚的残魂放上来。"

习尧下意识捂住胸口，但见唐画目光坚定，思考了半刻后，才慢慢松开手，从衣服内兜里拿出一根黑毛："你是要做什么？"

"做你一直想做的事！"

习尧颤巍巍地把黑毛放在石块堆上，睁大了眼睛。

黑毛化成一缕黑烟，缓慢渗进了石块里，石块开始发光，不一会儿所有的石块都亮了起来，四周开始起风——黑色的风，挟裹着说不清道不明的黑色物质，不停填充着石块间的缝隙。

我们连忙后退，因为风已经大到失控，形成龙卷将整个石块堆罩了起来。这时，空中传来一声玻璃裂响，先前制住阿修罗的巨大圆镜突然消失了光华，缩成了普通镜子大小，飞回了唐画的手中。

"呵，先前旅途寂寞，跟着朱霸霸凑热闹叫你一声师父，你难不成还当了真？！"沙静天的头转到中间，露出讥讽的笑。它摊开两只巨手，像拍苍蝇一样朝着我们拍来。

这货攻击招式还真单一。

可惜它又拍到了铁。铁棒再一次撑住了他的手掌，只不过这一次格外坚挺有力。它故技重施，再次用另外的手掌叠加使力，却依旧无法让铁棒弯折缩短。

"沙师弟，迷途知返！"一个并不大声也不强势，却格外清晰的声音响起。

习尧听到这个声音，眼泪瞬间便流了下来。

黑风散去，一个身材单薄的男人显露出来。他眼里冒着金光，身上燃烧着黑色的火焰，一抬手，铁棒顿时变长数倍，直接撑折了阿修罗的两只手。

"身形大，就很厉害吗？"他俯下身，然后身体开始胀开，由一个人变成了一只接天连地的巨猴。之前萦绕在身侧的火焰则凝固成了一副黑色铠甲，威武雄奇。

巨猴握住随之变大的玄铁长棍，朝阿修罗冲了过去……

唐画走到习尧身边，轻轻拍了拍她的背："姜叶当年确实骗了你，但是沙静天也没对你说实话。孙尚虽被天罚，但因是天地原石所化，所以并未灰飞烟灭，而是被打散成了原石碎片，散落在世界各地。"

"谢谢！"习尧跪拜唐画，行上大礼。

10

原以为孙尚复活之后，赢下这场战斗是毫无悬念的事情，可世事难料，阿修罗虽然动作不如孙尚迅疾，但却拥有着极其恐怖的自愈能力：前一刻被打断的手臂，下一刻又长了出来；肚子被捅穿一个大洞也毫无影响；头被捶烂了两个也一点不慌……

两个巨人缠斗了数招之后，孙尚停下来："我不想跟你打！"

"哈哈，你奈何不了我，自然发虚！"

孙尚摇头："都是自己人，打着没劲。"

阿修罗收了笑，用沙静天的头说道："既然如此，那你何不成全我？"

"你要如何？"

阿修罗指了指我们的后方："那道门，我要打开它，找到妻子的神识。"

我回头眺望，发现这块大陆的尽头竟是一个打坐的人，正守着一道随时可能打开的缝隙。

孙尚再次摇头："那道门不能开，我从那边来，比你更清楚其中凶险！"

"如果我非要开呢？"

"有我在，你开不了！"

"是吗？"沙静天癫狂发笑，"哈哈哈哈，是时候让你见识一下什么叫作真正的螳臂当车了！"

话音一落，他边上的一颗绿色代码头突然变成了太阳，接着便是扑面而来的炎浪与震破耳膜的鸣响。

阿修罗的其中一个头自爆了，所及之处，不论何物，通通被吹飞，被摧毁，消散于半空。

但我们毫发无损，因为山一样的孙尚挡在了前面。

待一切平息，我才发现孙尚已被炸回了人身，此刻正单膝跪地。习尧担心他的安危，连忙奔了过去。可孙尚突然回头，大喊道："别过来！"接着屈身一跃，闪至习尧跟前，一把压住了她。

我看到阿修罗的女人头，也变成了太阳……

身形大不算厉害，但头多确实厉害。

直觉告诉我，面对阿修罗的第二爆，如果再不做点什么，会死。

但根本来不及思考对策，我只能下意识把唐画扑倒在地，然后蜷缩身躯，头缩进脖子。

又是一次震天巨响，我感觉自己像是一个趴在孤礁上的落水者，被猛然而来的巨浪冲得神志不清。

那是火还是冰？是大锤还是刀枪？通通穿透身体，扎进了心脏……

11

还活着吗？

还活着。

我爬起来，感觉天旋地转，巨大的耳鸣声切断了听觉。脸有点湿，抹了一把，全是血。不过好在挡下来了不是吗，缩头乌龟防御术很厉害，羲和并没有骗我。

视野一片模糊，我揉了揉眼睛，并不见好。拍了拍脸，才看得清晰了一点。这时我发现天边的巨型阿修罗不见了，但空气中的危险气息却丝毫没有减弱。

前方有两个人在拼斗，出招拆招，术法闪避，动作之快，全是残影。我慢慢挪过去，认出是沙静天和孙尚。他们打了很久，最后孙尚一棍将沙静天打翻在地，定下胜局。我松了口气，心想不愧是斗战胜佛，从未让人失望过。

可这时孙尚后面又出现了一个人影，她矮小但敏捷，悄无声息地用剑刺穿了孙尚的背腹。

习尧怎么会？！我睁大眼睛努力去看，发现她的身体四周萦绕着一圈绿色的代码字符。

是被阿雅控制了吗？好恶毒啊，居然知道英雄的后背只留给心爱的女人。

沙静天趁机反制，一把抓住孙尚的脖子，将他按在了地上，猛烈地捶打，仿佛要把他捶成肉饼，捶进地狱。

也不知道捶了多久，总之他累了，才站起身，一脚踢倒插在地上的玄铁长棍，开始朝我走来。

我没有力气逃跑，只能任由他来到跟前，将我踢倒在地。

他用脚踩住我的头："这下，没人来救你了！"

按照惯例，我还是要挣扎一下的："你这样做，有意义吗？杀了我，能改变什么，打开那扇门，哪怕找到了罗秀的神识，你又能……呃！"

他加大了脚踩力度，我的头骨被压得剧痛。

"我确实改变不了任何事情，但做这些事，能让我心里舒服一点！"

"呵呵，你果然是个伪善又懦弱的……呃……我也曾犯过大错，造成了无法挽回的后果，唐画也是……但我们没有人像你一样四处逃避与自我哀怜，我们都在积极弥补……你对阿修罗族的愧疚只是伪善的证明，你扬言要超度所有恶念，却连阿修罗族还有幸存者都不知道……你从未真正意识到自己的罪过……你所有愧疚的表象，都只是一种对自我的不认同，你只是一个自视甚高的人，不能接受自己有污点而已……你的心魔从来就不是阿修罗，而是那个自私冷漠无情无义的自己……啊……"

我听到了颅骨碎裂的声音，疼痛拉扯着神经与肌肉，使我再也说不出话。

好在该说的都已说完。

我当然知道这番话会激怒他，于我而言没有任何益处，但就如他所言，说出这些话，能让我心里舒服一点。

"死吧！"他高高抬起了脚。

我闭上眼做好了迎接死亡的准备，但耳边却传来了一个小孩的声音："爸爸，回家吧！"

沙静天的脚迟迟不落，我睁眼一看，他竟呆住了。

"爸爸，你在干吗？"

"这里好臭，快回家吧！"

沙静天面容扭曲起来，他倒在地上，头顶不停冒着黑气，身体止不住地抽搐着。一面镜子飞来，开始缓慢吸收着黑气。待黑气吸尽后，沙静天便不动了。我抬头去看他，发现他没死，只是满脸痛苦，泪流如注。

我努力撑起身子，看见前方有一束光，光里站着刘先与一个五六岁的小男孩。

男孩走过来，扶起沙静天，像是搀扶着一个垂暮老者那般，带他慢慢走进了光里。

12

沙静天离去后，这片炼狱之地也随之消失，我们现身于旅馆大堂。

王言不破昏倒在了墙前，但看样子那道门已经彻底关闭。

习尧醒过来之后，带着孙尚离开了旅馆。我没问他们要去哪儿，刘先也没问。

封小荷没有死，白鹤将她复活成了剑灵，能在剑形与人形之间随意切换。

唐画只是受了轻伤，并无大碍。她向我告别，我发现自己无法挽留她，也无法祝福她。

我问她接下来的打算。

她告诉我，卧佛镇的罗魄湖里还封印着百千妖魔，她要对此事负责。

我最后问她："还能再见吗？"

她笑了笑："你在我心里，从未离开过！"

说完她就走了，而我却不能追出去。

我是一个没有自由的人。

如果还能称之为人的话。

刘先让我回房休息，我知道他是什么意思。

我回到地下室，看着床上那副死寂的躯体，陷入了沉思——白渡说我和姜叶都只是驾驶马车的车夫，意思再明显不过了。眼前的这个躯体便是马车，而我和姜叶都只是驾驭躯体的神识。

一开始，刘先跟我签合同，把我的神识引入旅馆做守夜人，便是在试探我与这副躯体是否匹配。后来证明是匹配的，而且会随着时间逐渐融合。接待103房客那会儿，李清水让我远离子夜旅馆，包括后来封小荷让莫名将我捅杀，逼我的神识离开这副躯体，都是为了不让我与它融合。可为时已晚，在南原与旭阳战斗的时候，李清水说，一切都来不及了，我已经是子夜旅馆的一部分。意思便是融合完成。

这就解释了为什么刘先要千方百计把我弄回旅馆，也解释了为什么学宫各派都对我虎视眈眈。我本身没有价值，但我能驾驭的这副躯体很有价值。莫名口中子夜旅馆的终极秘密，很可能就是它。

不过这到底是个什么东西，为什么需要神识来驾驭？先前驾驭过它的神识，比如姜叶，后来怎么样了？作为车夫的神识的终点，会是什么呢？

还有，子夜旅馆到底是谁建立的，它存在的目的是什么，吸纳神魔仙佛又是为了什么？

正想着，身子突然发轻，竟缓缓飘了起来。床上的躯体仿佛已经急不可待，把我用力往里吸去。

呵，这便是我的牢狱吧！

215问题：需要醒梦的人是谁？

贰 醒梦

完

图书在版编目（CIP）数据

守夜人.2／黄新星著.—武汉:长江出版社,2022.4
ISBN 978-7-5492-8251-7

Ⅰ.①守… Ⅱ.①黄… Ⅲ.①短篇小说—小说集—中国—当代
Ⅳ.①I247.7

中国版本图书馆CIP数据核字(2022)第052720号

本书经黄新星委托天津漫娱图书有限公司正式授权长江出版社,在中国大陆地区独家出版中文简体版本。未经书面同意,不得以任何形式转载和使用。

守夜人.2 ／ 黄新星 著

出　　版	长江出版社			
	（武汉市解放大道1863号　邮政编码：430010）			
选题策划	漫娱图书　姜　悦			
市场发行	长江出版社发行部			
网　　址	http://www.cjpress.com.cn			
责任编辑	江　南			
特约编辑	张项杰　巴　旖			
总 策 划	重塑工作室	开　本	710mm×1120mm　1／16
装帧设计	徐昱冉　徐　蓉	印　张	17.5
印　　刷	武汉鸿印社科技有限公司	字　数	345千字
版　　次	2022年4月第1版	书　号	ISBN 978-7-5492-8251-7
印　　次	2022年5月第1次印刷	定　价	49.80元

版权所有，翻版必究。如有质量问题，请联系本社退换。
电话:027-82926557(总编室)　027-82926806(市场营销部)